La Maison

Tradução de
Alessandra Bonrruquer

1ª edição

EDITORA RECORD
RIO DE JANEIRO • SÃO PAULO
2023

CIP-BRASIL. CATALOGAÇÃO NA PUBLICAÇÃO
SINDICATO NACIONAL DOS EDITORES DE LIVROS, RJ

B356m

Becker, Emma
  La Maison : minha história na prostituição / Emma Becker ; Tradução Alessandra Bonrruquer. – 1ª ed. – Rio de Janeiro: Record, 2023.

  Tradução de: La Maison
  ISBN: 978-65-5587-664-2

  1. Romance francês. I. Bonrruquer, Alessandra. II. Título.

22-81119

CDD: 843
CDU: 82-31(44)

Meri Gleice Rodrigues de Souza - Bibliotecária - CRB-7/6439

Copyright © Flammarion, 2019

Título original em francês: La Maison

Todos os direitos reservados. Proibida a reprodução, armazenamento ou transmissão de partes deste livro, através de quaisquer meios, sem prévia autorização por escrito.

Texto revisado segundo o Acordo Ortográfico da Língua Portuguesa de 1990.

Direitos exclusivos de publicação em língua portuguesa para o Brasil adquiridos pela
EDITORA RECORD LTDA.
Rua Argentina, 171 – Rio de Janeiro, RJ – 20921-380 – Tel.: (21) 2585-2000, que se reserva a propriedade literária desta tradução.

Impresso no Brasil

ISBN 978-65-5587-664-2

Seja um leitor preferencial Record.
Cadastre-se no site www.record.com.br
e receba informações sobre nossos lançamentos e nossas promoções.

Atendimento e venda direta ao leitor:
sac@record.com.br

EDITORA AFILIADA

Para Louis Joseph Thornton,
homem e pai admirável.
Para Désirée.
E para elas, para todas nós.

"Essa fenda, essa cicatriz delgada que jamais se abre, a não ser em um monstruoso sorriso sem fim. Negro. Escancarado. Um sorriso desdentado. Estranhamente lascivo. Talvez não exista nada além, no fundo de nossa preocupação e como toda explicação, que a incoercível e muda hilaridade desse orifício viscoso."

LOUIS CALAFERTE, *Septentrion*

"Vous qui passez sans me voir", Jean Sablon

Ontem, eu estava com meu filho, que esvaziava metodicamente o armário enquanto eu arrumava a cama dele. Eu procurava algo grande o bastante para cobrir todo o colchão e, na cômoda do corredor, a primeira coisa que vi foi a colcha de 3 x 3 metros que comprei quando a Maison fechou. Ela ficara lá por cinco anos, dobrada de qualquer jeito, nunca lavada.

— Você não quer me ajudar a estender a colcha? — pergunta Inge na porta do quarto Vermelho. A colcha saiu com dificuldade da secadora e está quente e quase viva em nossas mãos. Fui eu que a coloquei na máquina, porque um cliente derramou óleo sobre ela, e eu e Inge nos esforçamos, cada uma de um lado da imensa cama, para alisar todos os vincos com as mãos. Nós conversamos... sobre o quê? Já não lembro. Mas estou de bom humor, porque estou adiantada em relação à minha agenda e, de qualquer modo, meu turno está quase no fim. Inge sacode as cortinas de organdi para arejá-las, e a luz do lado de fora é um verdadeiro esplendor de fim de verão, ainda não alaranjada e com um brilho quase sobrenatural.

— Já desço — digo a ela enquanto visto meu casaco preto. Inge responde cantarolando, como costuma fazer, e a porta se fecha sobre o patamar no qual ainda flutua, tênue, o cheiro de amaciante e corpos nus.

Foi exatamente esse cheiro que ficou na colcha, essa maravilha que comprei por 5 euros, praticamente de graça, quando a Maison precisou fechar e a proprietária escolheu nos vender tudo por uma pechincha, antes que os donos dos outros bordéis viessem vasculhar nossas coisas.

Eu a levei para casa como um cachorrinho abandonado na estrada e, por muito tempo, fingi não poder lavá-la porque minha máquina era pequena. Mas minha recusa se devia inteiramente à angústia de perder esse cheiro. Sem ele, sobraria apenas uma peça de gosto duvidoso, grande demais para tudo, uma pilha pesada e desajeitada de tecido que eu jamais teria coragem de jogar fora. E aqui está ela, com a grande prega no meio que, a menos que seja perfeitamente alinhada, faz com que meu colchão pareça torto. Ao lado do Pequeno ocupado em esvaziar seu armário, eu me jogo sobre as dobras ainda perfumadas, girando a cabeça como um pião em meio a lembranças coloridas. Há eflúvios do amaciante, claro, e eu poderia encontrar a mesma marca se tivesse tempo, energia e a falta de escrúpulos necessária para impor à minha família o cheiro familiar do bordel onde trabalhei durante dois anos. Mas como adicionar a ele o toque ácido dos homens que suavam e das mulheres que se retorciam e gemiam, o suor, a saliva e os outros fluidos humanos que secavam nas fibras e a nota deletéria, às vezes insuportável, do sabonete azul que os homens usavam no chuveiro? Mesmo que eu não a lavasse, exposta ao ar do quarto ela adquiriria o cheiro do Pequeno, os fantasmas da Maison (e sou um deles) terminariam por evaporar e, dia após dia, o odor ficaria mais tênue, até que esses 3 x 3 metros de tecido bordado se tornassem uma tela em branco, cheirando a fraldas e a pele limpa de bebê.

Seria preciso preservar a colcha como um livro da Idade Média, só a desdobrando com extrema parcimônia e em condições ótimas, sem excesso de luz ou movimento. Ao levá-la para casa, eu estava confusamente persuadida de que a Maison não fecharia; de que, no último momento, algo ou alguém nos salvaria, que haveria outras bugigangas para odiar e adorar e que, mesmo que fechasse, ela forçosamente reabriria em outro lugar. Com tudo que eu levara para meu apartamento, a cama do quarto Branco, os espelhos, a mesinha de cabeceira, a mesa de centro, as toalhas, o pequeno ventilador, a lembrança da Maison obrigatoriamente sobreviveria. Mas os objetos têm uma maneira tão graciosa e discreta de se aclimatarem...

Quando nos visitou, minha avó perguntou, extasiada, onde havíamos encontrado aquela cama soberba, tão sólida; pega de surpresa, mencionei um mercado de pulgas em Reinickendorf, ainda que tudo na cama denunciasse o bordel. Quem haveria de querer um espelho incrustado na cabeceira e cercado por uma moldura romântica de pombas e oleandros? Mas, no quarto, ela perdeu todo o seu ridículo erotismo e adquiriu o ar humilde de uma pechincha inesperada. Quando anunciei que custara 30 euros, minha avó repetiu que era realmente adorável. Como a havíamos transportado?

— Ah, foi um trabalhão — me ouvi responder. Chovia naquele dia, e nos levantamos às sete da manhã para alugar uma caminhonete do outro lado de Berlim, porque eu tinha os olhos maiores que a boca e devia buscar, além da cama, quatro espelhos, duas mesas e um número considerável de quinquilharias para as quais nem sequer teria olhado se não as tivesse conhecido naquela casa. Estacionamos bem em frente à porta, da qual entravam e saíam algumas de minhas colegas e uma tropa de operários russos armados com trenas e chaves de fenda. Era a primeira vez que eu via aquela porta tão desesperadamente aberta entre os dois vasos de buxinho. Não parecia uma mudança, mas um arresto de bens, uma visita de oficiais de Justiça, uma debandada. O primeiro andar já estava completamente vazio. Ao passar por nós, Jutta lançou sobre o quarto um olhar longo e triste e suspirou: "Que desperdício, né?" E foi embora alegando um compromisso, mas acho que foi para evitar o golpe de ver a cama desaparecer do quarto. Levamos uma hora para desmontá-la, porque era composta de três partes inacreditavelmente pesadas que não haviam sido feitas para transporte. Alguém havia projetado aquela cama para permanecer lá, sem jamais ser movida. O estrado era formado por pranchas de madeira maciça: seria possível saltar sobre a cama com toda a força sem ouvir um estalo. Ela fora criada para isso, para a agitação, as estocadas ferozes, as noites de núpcias, o sexo selvagem e furtivo, não para dormir. E é por isso, aliás, que dormimos tão bem nela. Somos soterrados pela exaustão de todas as pessoas que ali se esgotaram durante quarenta anos. Mas ninguém além de mim sabe disso. E eu sempre levo um tempinho para fechar os olhos, porque sou distraída do cansaço pela necessidade de me olhar naquele espelho. Ao virar a cabeça, tenho sempre a impressão de que vou ver, atrás de minhas nádegas vantajosamente volumosas, a cômoda branca onde Inge guardava os lençóis, a luminária em forma de estrela e a gravura bonitinha de uma loira na janela, e quase consigo ouvir a sopa musical que saía dos alto-falantes, que eu combatia com minha playlist no aparelho de som do quarto. Naquele dia, achei que a cama jamais sairia de lá. Que seria preciso cortá-la em pedaços, como se fazia antigamente com os bebês que se apresentavam na posição pélvica e impossibilitavam o parto. Mesmo depois de termos soltado uns cinquenta parafusos, a estrutura da cama rachou quando tentamos levantá-la. Era impossível; tivemos de pedir ajuda aos cinco russos que desmontavam a cama de outro quarto. Eles pareciam diretores de funeral. Olhei para o piso de madeira, mais claro sob a cama, pensando que, quando aquelas tábuas viram a luz do dia pela última vez, a proprietária ainda era jovem e três quartos das garotas que passariam por ali sequer tinham nascido. A poeira tinha a mesma idade. Carregamos o caminhão e fomos embora, exaustos e cobertos de sujeira, e aquela foi a última vez que olhei para o imóvel, os quartos, os buxinhos e a rua em Wilmersdorf; foi a última vez que senti aquele cheiro.

Em vez disso, invento a história sobre o mercado de pulgas providencial, no qual um par de espelhos que originalmente custaram 400 euros (como estipula a etiqueta no verso) nos foram entregues por 20% desse preço. E a luminária, as toalhas, o porta-trecos... a única coisa que realmente lembra o bordel é a colcha que escondo como o vestido de noiva de uma união anulada por razões trágicas. Eu não poderia justificar a compra, porque ela destoa demais de meu gosto habitual. Seu valor é puramente sentimental. Sentimentos que parecem impossíveis de justificar e em razão dos quais escrevi este livro.

E não tenho muita escolha, porque o Pequeno se jogou em meus braços, completamente nu após o banho, e urinou copiosamente sobre a colcha — que agora preciso lavar. Sempre podemos contar com as crianças para virar páginas que não gostaríamos de deixar. A separação começa aqui.

Meu livro também.

"Não devíamos jamais ir ao quarteirão onde morava a senhora dos belos vestidos. Ninguém falava com ela, ninguém sequer a cumprimentava. Ela roubava menininhos. Sua casa estava cheia deles. Cheia de menininhos que jamais veríamos novamente, porque ela os comia um após o outro. A senhora dos belos vestidos era uma *fille de joie*."

LOUIS CALAFERTE, *La Mécanique des femmes*

"*Doch die Leute im besetzen Haus riefen: 'Ihr kriegt uns hier nicht raus! Das ist unser Haus, Schmeißt doch endlich Schmidt und Press und Mosch aus Kreuzberg raus!'*" ["Mas as pessoas na casa ocupada gritaram: 'Vocês não podem nos tirar daqui! Esta é nossa casa! Expulsem Schmidt, Press e Mosch de Kreuzberg!'"]

TON STEINE SCHERBEN, *Rauch-Haus-Song*

"Season of the Witch", Donovan

Quando comecei realmente a pensar nisso? Tive algumas ideias estúpidas durante a vida, mas me parece que esta sempre esteve presente, de forma mais ou menos consciente.

Talvez simplesmente há 25 anos, em Nogent, naquele 14 de dezembro. Talvez uma década depois, quando meninas e mulheres começaram a se diferenciar em minha mente. Talvez quando comecei a ler. Possivelmente quando entendi que não podia ficar com Joseph e caminhei sozinha e triste pelas grandes ruas de Berlim, cobertas de geada. Pode ser que este romance comece precisamente naquela noite: Stéphane, que veio me visitar e sem dúvida já se arrepende, dorme profundamente a meu lado e, não contente em roubar todo o cobertor, ronca alto. Se não sou capaz de dormir ao lado de um homem que ronca, e ronca também porque já não tem 20 anos, isso significa que mais uma vez entendi errado; que, contra todas as expectativas e apesar de meu amor por ele, preciso de alguém com os seios faciais novinhos em folha e, por extensão, alguém de minha idade. Será possível?

Há Joseph. Joseph — pensar nesse nome no escuro, articulá-lo silenciosamente através da carícia de lábios que se roçam, é uma dor para a qual não tenho nome. E talvez seja melhor assim. Talvez Joseph não deva estar neste romance. Quando alguém parte, é como uma morte da qual não conseguimos nos recuperar, porque a ideia de que a pessoa está viva e bem, e não tão longe assim, mas decidiu deixar de existir, é como esfregar sal na ferida. É uma morte. E eu contribuí para assassinar Joseph, como me esforcei para assassinar todas as pessoas que amo, pouco a pouco.

Entendo o ódio que ele sente por mim, o ódio que, comparado ao que sinto por mim mesma, parece uma vaga antipatia. Fui para Berlim porque sou covarde e não encontrei outra maneira de fazê-lo entender que eu era um caso perdido. Que nós éramos um caso perdido. Estava convencida de que, naquela cidade, encontraria pessoas parecidas comigo. Ainda não sei se no mundo existem pessoas parecidas comigo, mas a rua continua me chamando, aos gritos, usando os menores pretextos. Depois que Joseph foi embora, tenho a impressão de que só consigo respirar quando estou lá fora, caminhando. E agora que Stéphane dorme, tão profundamente quanto possível, nada me impede de respirar de novo. Então me visto para fugir. Antes de Stéphane chegar, eu estava morrendo de solidão, mas bastou ele aparecer para eu querer estar sozinha, como sempre é o caso quando alguém, qualquer um, deseja minha companhia. Donde essas fugas improvisadas e tudo, do roçar dos cadarços que amarro enquanto prendo a respiração até o estalar de meus joelhos quando me abaixo para pegar a bolsa, parece jogar contra mim e a favor da pessoa adormecida. Mas, graças a Deus, seria possível disparar um canhão dentro do quarto que Stéphane não abriria os olhos. Quando fecho a porta, tenho a sensação de liberdade roubada do cara que se pergunta como voltar para casa após ter flertado e transado com a garota que conheceu no bar.

Eu me encontro presa dessa maneira, entre a mulher e o homem, já há alguns anos. Desde sempre, na verdade. Isso nunca foi tão verdadeiro quanto em Berlim, durante meus passeios noturnos e solitários pelas grandes artérias das quais brotam as prostitutas. Elas parecem surgir magicamente em meu caminho, aonde quer que eu vá. Por volta das 16h, as ruas estão vazias, mas, assim que o sol se põe (rapidamente, como acontece em Berlim em fevereiro), as calçadas são tomadas por legiões de mulheres com botas de cano longo e pochetes. Desde que me mudei para cá, tenho a impressão de encontrar sempre as mesmas e, se não fosse tão tímida em relação a elas, eu as saudaria como faço com todos os comerciantes do bairro. Talvez, a longo prazo, elas me tomem por uma policial disfarçada ou uma colega potencial que veio analisar a qualidade das condições de trabalho. Perto dali, meu refúgio de paz consiste em um banco idealmente posicionado sob um poste; eu me sento e finjo ler, ou leio realmente, sem me privar de observar as sombras que se espalham perto da minha. E, todas as vezes, penso: "Eis mulheres que são verdadeiramente mulheres, que são *somente mulheres*. Eis seres eminentemente sexuais que podemos definir sem problema." Se houvesse nelas o menor traço ambíguo, essa duplicidade seria soterrada pela devassidão de ornamentos e feromônios com que elas saturam esse canto da calçada. De Joseph, restou-me a convicção aberrante de que uma mulher que transa como um homem — ou seja, de maneira igualmente desenvolta — só pode ser puta, qualquer que seja sua roupa ou os olhares com que se oferece. Assim, deve ter sido difícil para ele me definir claramente durante os três anos em que ficamos juntos, constantemente entre o amor alucinado e o ódio indizível. Embora tenha havido certo mal-entendido inicial, Joseph terminou por compreender (mas não aceitar) que o abandono e a curiosidade que eu demonstrava na cama não estavam reservados a ele e, mais ainda, não haviam esperado por ele para se manifestar. Imagino que tenha compreendido também que meu desejo não se dirigia a um homem em particular, mas à totalidade da espécie masculina, cheio de pulsões incompreensíveis e sem nenhuma relação com a exultação da carne. Passei tantos anos intelectualizando o desejo, o corpo em geral, que sua satisfação comigo quase poderia ocorrer sem nem tirar a roupa. Como? Não faço a menor ideia. Essa sem dúvida é a razão pela qual continuei a transar, imaginando que a solução, contra todas as expectativas, poderia ser encontrada nesse ato.

A verdade é que, depois que Joseph foi embora, qualquer ideia de alívio físico evaporou. Já nem penso nisso, pois esta é a improbabilidade final: gozar com qualquer um que não seja ele. Meu prazer passa pelo prazer do outro, estendido debaixo de mim, preso ao mistério entre minhas coxas e sem nada entender, convencido de se aproximar de mim com essa cavalgada, ao passo que somente meu cérebro está ativo. Meu corpo se presta de boa vontade a essa farsa, e não importa o quanto eu tente, o quanto me submeta às maiores contorções, subsiste constantemente em mim uma voz calma, fria, de predador à espreita: "Pode ser que ele goze em breve. Se você o acariciar desse jeito, ele vai gozar. Se desacelerar um pouco, vai demorar mais, mas veja os pelos arrepiados no peito e na barriga dele — pronto, chegou a hora. Ele olha para seus seios que balançam e essa visão o lança no abismo."

E por trás dessa voz se ergue aquela, indecentemente infantil, da parte de mim que parou de crescer aos 15 anos! Então é o movimento dos *seus* seios que o faz gozar, *seus* seios, esses seios pequeninos que sempre pareceram somente decorativos. É o seu corpo, o seu cheiro, a maneira como você se move, os ruídos que você faz — você é somente um envelope, um envelope que suga lentamente tudo que ele tem para dar, e isso não é uma espécie de milagre? Você, um corpo? Um corpo que faz gozar? Uau!

Como já pratico essa atividade há alguns anos, seria de esperar que o maravilhamento inicial tivesse se desvanecido — mas não. Cada homem que me aborda e evoca, mais ou menos sutilmente, seu desejo de me levar para a cama produz em mim o efeito de uma ocasião que deve ser aproveitada imediatamente, antes que desapareça. Como se eu corresse o risco de acordar novamente na pele daquela garota desesperada para ser para os meninos algo além de uma colega de óculos. Em função disso, eu me pergunto o que se passa na cabeça de uma puta, como é construído seu ego, sua apreciação de si mesma. Aquela que observo de meu banco gelado é uma jovem loira que fuma um Vogue enquanto caminha de um lado para o outro na calçada. Ela usa o que usam todas as suas colegas em Berlim: botas de napa de cano longo que refletem a luz dos postes e atraem o olhar. Irrepreensivelmente brancas, suas plataformas gritam *à venda* muito mais alto que as piscadelas lascivas. Enfiado nas botas, um jeans claro apertado sobre as coxas adolescentes e encimado por uma pochete fosforescente que faz estufar, de maneira estranhamente estudada, a curta jaqueta de pele falsa. Sob o vento gelado, ela exibe um nariz rosado e meio úmido e longas mechas de um loiro quase branco que flutuam atrás dela, cintilando em meio à fumaça cinzenta do cigarro.

O biquinho que ela faz ao expirar a fumaça me diz que é ao menos cinco anos mais nova que eu. Cinco anos, ou seja, ela mal tem 20 anos e, no entanto, quanta arte em sua maneira de se movimentar, que consciência de si mesma! A começar pelos saltos: ninguém conseguiria caminhar com eles, certamente não eu, mas eles parecem extensões de suas pernas, e ela caminha tão naturalmente, como se estivesse descalça. E o barulho que fazem, esse estalar lânguido produzido pelos dez passos que delimitam seu território... Ao ouvi-lo, sabemos que esse ritmo experiente só pode ser produzido por uma garota rebolando sob o risco de torcer o pé e que, por trás desse barulho, há necessariamente uma mulher, agressivamente sedutora, com pleno domínio de si mesma. E as roupas, o cabelo e a maquiagem formam uma caricatura tão atraente! Como ela conseguiu, em sua idade, reunir todos esses artifícios, essas iscas, sem parecer uma menina usando as roupas da mãe? E o que ela sabe? Como é ter consciência de evocar, em cada homem que passa, um pensamento sexual, involuntário ou não? Como é estar na rua, no meio de carros e pedestres, e ser um lembrete estrondoso e implacável da prevalência do desejo sobre todas as outras coisas?

E o que diria Stéphane, diante do qual já não ouso me apresentar de salto desde que, em Paris, usando botas de preço exorbitante, caí com tudo ao atravessar a rua? Seguiram-se alguns segundos intermináveis até que Stéphane e alguns espectadores, mal contendo o riso, viessem me ajudar — e não havia sequer uma calcinha para poupar a gente honesta da visão de meus tufos eriçados. Por mais tempo que tenha se passado, eu e Stéphane jamais rimos juntos desse incidente; ele é um não evento que permanece imóvel entre nós, grave e pesado como um assunto que, na menor menção, poderia gerar discussão. Jamais o mencionei por questões evidentes de vaidade e orgulho, mas nunca consegui entender o que impede Stéphane. Talvez simplesmente o medo de me ofender ao mencionar aquela noite (pois a sequência, longe de compensar minha queda, foi uma sucessão de rejeições em um clube de swing após o outro, uma lenta e dolorosa queda para nosso ego). Ou talvez ele não tenha achado engraçado. É uma possibilidade que me deixa pensativa: talvez eu e Stéphane não tenhamos o mesmo senso de humor, o que explicaria a lei de silêncio aplicada a essa cena e a outras, inofensivas, todas relacionadas aos penduricalhos cujo uso o sexo feminino domina tão bem quanto a respiração, mas que eu acho impossíveis. Agora que penso nisso, para ele fazer piada a respeito seria como rir de um obeso dando uma barrigada na piscina, seria como zombar das deficiências alheias. Talvez fosse esse o efeito que eu causava nele ao usar salto, mal escondendo meu sofrimento. Se pudesse ver o que vejo agora, a graça dessa pós-adolescente percorrendo alguns metros de calçada sem demonstrar o menor desconforto, ele sem dúvida teria de reconhecer a que ponto minha falta de talento para essas coisas é inata.

Seria essa a resposta às perguntas que me faço quando estou com Stéphane? Essa sensação constante de querer reconciliar dois mundos paralelos, separados não pelo espaço, mas pelo tempo, de maneira que, para me sentir próxima dele, seria necessária uma máquina de ficção científica que só será inventada daqui a um ou dois milênios? O fato de eu usar ou não salto em nada influencia nossa proximidade, sendo somente um sintoma: para ele, não sou uma mulher. Ou melhor, ainda não. Ou, se sou uma mulher, e quando estou nua a evidência é gritante, faltam-me as décadas de sofisticação adquiridas sob o jugo do desejo masculino. O que me falta para fascinar Stéphane são essa facilidade e essa indiferença ao caminhar de salto pelos cruéis paralelepípedos de Paris ou pelas escadas sem rampa que levam aos clubes superestimados nos quais somos rejeitados, provavelmente também porque minha dor e minha imaturidade podem ser lidas em meu rosto. O que me falta é a altura altiva das outras mulheres quando estão vestidas para matar, esses 10 centímetros de provocação, essa ilusão de dominar os homens. O que me falta, na verdade, é olhar para ele de cima, como faço com qualquer outro homem com o qual não me importe.

Quando passeamos ou jantamos juntos, sinto que, para além de algumas visões partilhadas e sensibilidades idênticas, somos um dos casais menos compatíveis que se possa imaginar. Stéphane não suporta a ideia de alguém achar que ele está jantando com a filha em Berlim. E como poderia ser diferente, se prefiro me vestir como sua filha a correr o risco de, ao demonstrar alguma elegância, parecer uma acompanhante passeando com o cliente? Tenho certeza de que ele acharia isso preferível. Stéphane jamais me beija em público, mantém o tom áspero e as maneiras bruscas de alguém perdido entre amigo e amante e, quando ele ri e parte de mim se derrete ao ouvir esse riso tão adulto e sexy, eu aperto a mão contra a coxa, sob a mesa, para evitar a tentação de segurar a dele. Também me ocorreu que ele não me beija ou abraça em público não por respeito aos outros, mas porque não quer; porque nossos passeios por Berlim, que ele acha longos demais, o cansam tanto quanto minhas perguntas incessantes e minha vontade de conhecê-lo melhor; porque o fluxo ininterrupto de minhas palavras, devido à timidez e ao medo de que ele fique entediado, longe de entretê-lo, o sufoca; e porque, a meu lado, Stéphane acaba por ansiar por sua solidão tanto quanto anseio pela minha. O tempo que passamos do lado de fora nos leva visivelmente ao limite, e é somente na cama, longe dos olhos do mundo, que atingimos certa forma de serenidade (ou, ao menos, nossos corpos o fazem). Isso até que ele comece a roncar — um parâmetro inédito que jamais levei em conta em minhas fantasias de romance — e eu perceba que sou jovem demais para ele e ele talvez seja velho demais para mim. Isso explicaria por que, quando tento me aproximar, tenho a impressão de estar tentando encaixar peças de dois quebra-cabeças diferentes. E porque, quando ele vai embora e me sinto aliviada por já não ter de fingir, sempre me arrependo de não ter sido mais terna e mais compreensiva e feito com que ele se apaixonasse por mim.

Eu o imagino no avião voltando para casa, esse urso rude que enche meu quarto de roncos e monopoliza as cobertas; esse cara que se recusa a continuar caminhando quando confesso não ter um objetivo definido em nossas andanças e que se impacienta quando confundo os endereços; esse homem mais velho do que meu pai que se apavora com a ideia de representar, mesmo que vagamente, um professor ou mentor e se irrita com minha curiosidade, mas tem uma maneira tão especial de dizer meu nome quando goza... Existe um instante sagrado, no qual estou sobre ele, mais alta do que jamais serei, e Stéphane tem o ar de um homem que se afoga. Nesse instante, seus olhos revirados refletem uma imagem imperial de mim mesma, quase mitológica, e ele diz "Emma, querida, querida Emma" como um homem perdido em uma mulher, sem distinção de idade ou condição, não como um homem que goza — bom, não somente —, mas como um homem que realmente ama. Esse fogo que crepita e se apaga pouco a pouco faz sua pele queimar; com a cabeça entre meus seios ele suspira de prazer, cego e surdo. Quando ele reabre os olhos, eu fecho os meus, porque o poder que meus talentos na cama parecem me conceder não diminui o fato de que ele me impressiona. Essa é a maldição daquilo que, apesar de tudo, chamo de nosso *amor*. Os únicos instantes de aproximação são aqueles que ele passa dentro de mim. A magia de nossa história são esses momentos após o amor, nos quais eu o observo me observar, apoiado no cotovelo, acariciando meu cabelo com a suavidade demonstrada pelos homens às mulheres que acabaram de possuir, e essa poderia ser somente uma cena normal entre dois amantes, se não fosse a perplexidade em seus olhos à ideia de que esse prazer pôde nascer de mim, dessa garotinha que ele jamais amará. Estamos completamente juntos e mais solitários que nunca. Então, subitamente, parece que seríamos capazes de nos amar. Nesse silêncio e nessa contemplação, percebo que a menor palavra pode destruir esse estado de graça tão frágil, essa efêmera compreensão mútua, mas tenho tanto a dizer! No fundo, talvez seja esse meu problema, a urgência de falar quando o silêncio bastaria. Quero dizer que realmente existe um lugar e um momento nos quais eu e Stéphane nos amamos, mesmo que seja um ponto minúsculo, e o fato é que esse ponto minúsculo é suficiente para nos conter até o momento do sono, antes de desaparecer durante a noite. Pela manhã, retornamos a nossos lugares respectivos, Stéphane com seus defeitos, eu com os meus, mas não posso ouvi-lo se queixar do frio ou das distâncias sem me lembrar da véspera, quando fomos tão amorosos. Espero pacientemente pela noite para renovar a experiência com esse escritor irritadiço, extrair dele o abandono e a estranha lucidez que o fazem escrever, quando está do outro lado do mundo: "Talvez, no fundo, você seja a única." É muita insegurança na mesma frase ou no mesmo contexto. Para obter esse tipo de declaração, é preciso que certos parâmetros estejam presentes: que Stéphane esteja triste ou tenha sido privado de seu cinismo pelo orgasmo e que sua mulher ou uma de suas amantes tenha ido embora. Mas o que me separa de *você é a única* é o *talvez* inicial e o *no fundo*, que precisa ser traduzido como *contra toda a lógica e após um exame escrupuloso de minha situação*. Isso é verdade, mas Raymond Radiguet escreveu que, quando um homem diz *Eu te amo* a uma mulher, ele pode achar que o faz por razões externas ao amor, pode achar que mente, mas algo naquele instante o leva a dizer isso e, consequentemente, é verdade. Há momentos nos quais eu e Stéphane nos amamos. Na maioria das vezes, isso é absurdo, mas, em algumas, a verdade dessa mentira me comove e o mundo me parece um local eminentemente hostil no qual eu e ele lutamos lado a lado — o que é melhor que um local hostil no qual estou sozinha contra todos, não?

Quando uma viatura percorre a rua paralelamente à calçada na qual se exibe a garota, por um instante aterrorizante imagino que, se os policiais vieram exigir os documentos dela, podem exigir também os dessa sujeita estranha que lê em um banco, no frio, às quatro da manhã. E como saí sem nada e não quero a experiência de passar a noite na cadeia por causa de um mal-entendido (embora talvez fosse dormir melhor lá que ao lado de Stéphane), escondo-me na sombra de um castanheiro até que a viatura vá embora. A garota também deu o fora e, sem ela, resta apenas esse trecho de asfalto molhado pela garoa, que sob seus pés parecia florido.

Na soleira da porta, observo o corpo de Stéphane estendido diagonalmente sobre o colchão. Ele já não ronca: ou o barulho da chave o incomodou, ou, antes, minha presença e meu calor haviam produzido as condições propícias ao ronco. Eu me dispo lentamente e me sento na beirada da cama, no golfo entre seus joelhos dobrados e seu rosto. Nem sempre tenho a chance de observá-lo tão detalhadamente; na verdade, trata-se de uma ocasião inédita, pois Stéphane nunca dormiu comigo antes. E, inevitavelmente, ao vê-lo assim, tão relaxado, sou atingida pela constatação de que não temos *nada* em comum. É algo que salta aos olhos. Lembre-se: 55 anos; embora ele pareça mais jovem, ninguém diria que tem 20. Tudo nele revela maturidade, até o sono, pois mesmo adormecido ele mantém um ar sério, preocupado. Se tiro os óculos, no borrão artístico de minha visão de míope os contornos são menos pronunciados, menos agudos, e consigo vê-lo como era aos 30 — não com minha idade, não; Stéphane aos 25 é uma espécie de Eldorado só encontrado nos arquivos —, como na foto tirada durante a publicação de seu terceiro livro. Posso sobrepor facilmente esse rosto adormecido ao rosto redondo e feliz do jovem escritor que não conseguia dar um passo em Paris sem se apaixonar dez vezes. Não inventei isso, eu li. Quando começo a duvidar, leio de novo. Para não esquecer que, há trinta anos, ele já era sisudo, já demorava para se animar, e sua atitude era uma antiga armadura para esconder do mundo a histeria que as mulheres lhe causavam — Stéphane é um fogo muito controlado, cujo calor só pode ser sentido em rajadas breves. Eu me pergunto se ele teria se apaixonado por mim; os 30 anos de Stéphane, aqueles palpitantes anos 1980 durante os quais eu ainda espumava ao longo do epidídimo paterno, parecem-me uma dimensão paradisíaca na qual nada seria impossível. Eu me vejo alta como uma torre, fascinando aquele jovem animal cheio de seiva, passeando com ele por toda a Paris, desvendando o mistério daquela mulher, a única que ele amou a ponto de lhe fazer um filho. Talvez fosse eu, aliás, a inspirar nele a ideia de se reproduzir para me manter em seu rastro — e então ele teria me amado, depois se cansado e terminado por me odiar pelos sacrifícios que ninguém lhe pedira. Eu me tornaria um hábito deitado no quarto ao lado com o bebê, exausta e cheia de leite, cansada por conhecê-lo tão bem, cansada de suas fraquezas, suas covardias, suas promessas, desprezada e desonrada por noitadas inteiras com homens — eu teria conhecido a cólera de Stéphane, sua reprovação, suas incoerências, suas decepções e talvez mesmo suas lágrimas. E poderia dizer, após anos de coabitação, que, meu Deus, não havia razão para tanta agitação, ele era somente um homem como todos os outros. Brigaríamos por um bom motivo, gritando, quebrando coisas, e, durante a noite, culpada, eu me sentaria na beira da cama como agora e, como agora, colocaria a mão em seu cabelo. Stéphane abriria os olhos, me olharia em silêncio, hesitante quanto à emoção a sentir, e suspiraria, dizendo *Ah, querida...*

— Ah, é você?

Stéphane bufa, vira para o outro lado e resmunga em um tom semiadormecido:

— O que diabos você estava fazendo? Você está gelada.

— Nada. Saí para caminhar um pouco.

— Você é louca. Volte para a cama.

O que talvez fosse exatamente o que ele teria dito na época. Eu me abrigo em seu calor, mantendo as extremidades frias longe das dele. Toda a minha ternura ingênua retornou ao fundo de minha mente e eu reencontro a familiar sensação de me deitar ao lado de um amigo da família que chegou tarde demais para conseguir um quarto de hotel e aceitou, mais ou menos de boa vontade, dividir o meu.

Eu e Stéphane caminhamos pela Danziger Strasse sob um sol tímido. A caminhada é difícil por causa da neve e desprovida de objetivo (de
qualquer modo, após 500 metros já não sei onde estou), mas Stéphane parece não se importar, pois está animado com a neve, que não vê há muito
tempo. Um pouco antes, quando subíamos a Kastanienallee, eu o vi sorrir
sem razão precisa. Ele adorou o bolo do café da manhã e as lojas. E me
causou imenso prazer ao declarar, em meio a um silêncio finalmente não
tão constrangedor e sem eu perguntar: "Eu poderia viver aqui."

O que o impede, além do trabalho, é o clima de Berlim. Frio demais
para ele.

— Sim, mas veja como é alegre a cidade toda branca.

— Verdade — admite ele tranquila e sonhadoramente, olhando para
os imóveis aos quais o sol e a neve dão a aparência de joias. — Mas em
Londres...

Uma jovem bonita nos separa sub-repticiamente, praticamente deslizando entre nós, vestindo um casaco de pele que mistura a seu perfume
uma nota de lã úmida, e lança a esse bravo pai de família acompanhado

da filha um olhar fulminante que faz Stéphane se virar. Eu teria ficado chateada se ela não estivesse usando botas brilhantes mais brancas que a neve, como se projetadas para a prostituição de rua durante o inverno.

— Ah, eis uma coisa que não existe em Londres.

— Garotas bonitas?

— Não, imbecil. Putas.

— Era uma puta?

Stéphane se vira novamente, incapaz de acreditar que a garota, com seu charme de estudante, possa ser uma puta, mesmo usando aquelas botas, e menos ainda que possa caminhar tão livremente, sem se preocupar com a polícia.

— Mas isso é legal aqui?

— Tudo é legal. A prostituição, os bordéis, as acompanhantes...

— É o paraíso!

Os olhos de Stéphane, animados pelo fascínio ou por um apetite súbito, seguem a garota até a esquina da Schönhauser Allee — esse é o olhar pelo qual me apaixonei. O olhar que ele me lançou no primeiro dia, quando apertamos as mãos. Ao me afastar, eu me virei para estudar o efeito produzido por minha saia naquele homem adulto demais para mim, e o efeito foi esse olhar. Como quero crer que não se trata de uma atenção reservada às profissionais, deduzo que ele olha assim para todas as mulheres que, com essa mistura de desenvoltura e provocação, constituem os símbolos vivos do desejo, serenas em sua onipotência e indiferentes à multidão ajoelhada. Portanto, também fui isso para ele antes que meu lirismo me dotasse de palavras e iniciativa e eu perdesse em fulgurância o que jamais ganhei em intimidade.

Fiquei impressionada demais com aquele olhar quase indecente, indecifrável para qualquer um que não eu, para lhe dar sentido, e só restaram dele uma lembrança muito vívida de calor e a urgência de ir embora, rápido, antes que minha aparência perdesse sua soberba. Agora, ao ver os mesmos olhos grudados no casaco de pele e nas botas insolentes, eu me pergunto, com frieza de legista: *No que ele está pensando?* Se eu perguntar, ele responderá que *em nada*, mas verei sua expressão se modificar subitamente, como se ele saísse de um sonho — e do que será feito esse sonho? Deve conter imagens que desfilam perante seus olhos, imagens dela nua, em posições impossíveis, e tudo que ele poderia fazer se concedesse a ela domínio temporário sobre ele. Será que pensa, ainda que furtivamente, em convidá-la para ficar conosco?

— Você acha que ela se depila? — pergunto com um fundo de maldade que ele capta imediatamente, o animal, e ruge:

— Você está com ciúmes?

— Com ciúmes? Estou hipnotizada, na verdade.

Estamos em pleno território da ilegalidade, na parte mal iluminada de Prenzlauer Berg; um pouco recuadas em relação à rua, as putas já começaram a trabalhar.

— Há vinte anos, certas ruas de Paris eram assim — comenta Stéphane.

— Para onde você acha que elas levam os clientes?

— Não faço ideia. Para os carros? Talvez elas tenham quitinetes para isso.

Vejo uma morena alta e curvilínea que se espremeu em um espartilho pequeno demais para ela, e a visão daquela massa de carne acima e abaixo da cintura estrangulada me enche de terror e alegria. Ela roça em Stéphane ao passar por ele e lhe lança um olhar sugestivo e desdenhoso, um segundo antes de retomar sua mira, que imagino ser o fim dessa rua, o começo da outra e, entre milhares de homens, aquele que se deixará convencer a fazer uma pausa gostosa. Nem sei se ela viu Stéphane ou se, após algum tempo, pessoas como ele, que só olham (pouco importando a insistência), fundem-se em uma multidão hostil e sorridente, que gostaria, mas não pode; que gostaria, mas não ousa; que não quer, mas se excita antes de voltar para casa; uma multidão que não paga um centavo para comê-la com os olhos, ela que consegue o prodígio de estar ao mesmo tempo mais vestida que eu e mais nua que uma estátua, oferecendo-se dentro do espartilho que usa sob a jaqueta.

— Por que você nunca foi a um bordel?

— Nunca precisei.

— Mas não se trata de precisar.

— Nunca senti necessidade de pagar por uma mulher. Você conhece minha proverbial mesquinhez.

— Então se trata de dinheiro? Não me diga que se trata de dinheiro.

— Para que vou pagar se posso ter uma mulher que me quer de graça?

— *Ach*, Stéphane! Não sei, pela *poesia*?

— Não me excita transar com uma mulher que aceitou porque estou pagando. Você entenderia, se fosse homem.

Começo a rir e, em minha obsessão do momento, tenho a impressão de que a putinha loira que nos observa também sorri.

— Se eu fosse homem? Querido, se eu fosse homem, estaria sempre com elas.

— É o que você acha.

— Bom, talvez não as de rua. Mas eu iria aos bordéis. Você não acha maravilhoso? Não estou propondo que você vá até lá, só estou dizendo que é possível. Imagine, você sai para trabalhar e sente vontade de transar. No trajeto há um pequeno bordel com uma dúzia de garotas bonitas que...

— ... que não dão a mínima se sou eu ou outro cara.

— Digamos que seja você. O bordel acabou de abrir. Elas são humanas, talvez alguma delas também tenha acordado excitada.

— Não sei quanto tempo uma mulher consegue se excitar nesse trabalho.

— Stéphane, não estamos falando de robôs.

— Não, mas você não faz ideia do que significa transar dez vezes em um dia. Acho que, depois de algum tempo, a mente e o corpo passam a trabalhar juntos e a excitação se torna um parâmetro não somente ornamental, mas também extremamente raro. Imagine que... Desculpe, senhora!

A puta que Stéphane quase derrubou é uma loira de lábios tão vermelhos que o restante de seu rosto alvo desaparece e vemos somente essa mancha sangrenta.

— Desculpe — repete Stéphane meio perturbado, e o sorriso que ela dá em resposta transforma sua boca em um buquê de vermelho, branco e rosa.

Ela recua sobre os saltos imensos para nos deixar passar e, como esse homem que não paga por mulheres ainda a observa, faz para ele um beicinho experiente, com a cabeça inclinada na direção de um edifício cinzento, erguendo com as mãos enluvadas a massa dos seios nus, em um gesto tão cheio de promessa, tão eficaz, que lamento um pouco o menear de negação de Stéphane.

— Ela era bonitinha — concede ele.

— Não entendo como alguém poderia imitar tão bem o desejo, suscitá-lo tão facilmente nos outros, tendo esquecido completamente como é senti-lo.

— Veja bem, há desejo, mas é desejo por dinheiro.

— Sim, mas fazer uma imitação tão boa, sem dizer uma palavra, provocar desejo em uma fração de segundo e fazer esquecer que se trata de imitação...

— É teatro.

— Mas *bom* teatro. Uma grande arte. Ou isso, ou o desejo masculino é completamente estúpido e lhe basta, para acreditar na reciprocidade, que uma mulher empine os seios.

— Você sabe como os homens são idiotas.

— Ok, admitamos que os homens sejam idiotas. Mas não idiotas a ponto de...

— Sim.

— Não me provoque, eu vi como você olhou para ela.

— Porque ela era bonita!

— Fico feliz em ouvir isso. E você está me dando razão; talvez o trabalho delas seja ser bonitas e desejáveis, mas talvez a diferença entre aquelas que atraem seu olhar e aquelas que são ignoradas seja o quanto elas se empenham para atrair você.

— Logo, são atrizes.

— Potencialmente as melhores de todas. Uma puta que faz com que você tenha a impressão de realmente possui-la, que faz você se esquecer do quanto ela custou, é a quintessência da interpretação.

Stéphane sorri:

— É um princípio fácil se esse não é seu trabalho. Tenho certeza de que seus clientes em Paris ficavam totalmente satisfeitos. Mas você fazia aquilo por diversão. Não precisava se empenhar muito no fingimento — se é que estava fingindo — porque o dinheiro não servia para pagar aluguel e comida, você o considerava um luxo. Agora, essas mulheres...

— Eu só acho que fingir, e fingir de maneira que ninguém se dê conta, talvez seja inerente ao fato de ser mulher.

— Mesmo? Que tipo de mulher?

— Todas as mulheres.

— Todas as mulheres ou você? Seu problema é essa tendência de generalizar para se tranquilizar.

— Eu ficaria surpresa de ser a única. O que o fere na puta é saber que ela estava fingindo e, mesmo assim, você gozou.

— Você sabe como é fácil fazer um homem gozar.

— Sim, uma máquina poderia fazer isso. Mas isso não o impede de continuar, impede? Talvez tudo seja falso, desde o início, mesmo com a amante ou a mulher. Mesmo assim, quando sente tesão, quando tem vontade de transar, você só pensa no calor do corpo dela contra o seu, nos gemidos, na maneira como ela se contorce sob você. Por menos que ela pareça querer, você não imagina nem por um segundo que possa ser teatro.

— Então, segundo você, todas as mulheres fingem?

— Estou dizendo apenas que uma puta ainda é uma mulher. Trata-se de uma profissão particular, mas não de mulheres particulares. Você tem com elas as mesmas chances de fracasso e triunfo que com qualquer outra.

— Eu tenho mais chances de tocar e sensibilizar uma mulher que não passa os dias transando. Porque ela não se cobre de indiferença profissional.

— Mulheres transam com homens que as deixam meio indiferentes. Há muitos motivos para transar além da carne.

— Que motivos?

Que motivos? Olho para Stéphane e subitamente me sinto mais distante dele que nunca. Não tenho dúvidas de que, se ele fosse mulher, seríamos as melhores amigas do mundo. O que o impede de me entender é esse órgão extra entre suas pernas para o qual transar significa gozar, implica gozar. Transar e gozar estão irreversivelmente ligados, pau e cérebro não conseguem percorrer vias paralelas durante o ato, eles marcham de mãos dadas e se fundem no momento do orgasmo. Se eu o reduzisse assim a seu caralho, Stéphane gritaria contra essa simplificação grosseira — com uma má-fé necessária.

Duas horas mais tarde, em Hamburger Bahnhof, Stéphane, que não brinca quando se trata de arte, inclina-se em minha direção como que para partilhar uma reflexão sobre a obra que contemplamos (uma instalação sinistra de Joseph Beuys):

— Estou de pau duro.

— Por quê?

— Não sei, porque estou.

Caminhamos até a parede oposta, onde há esboços feitos com o que parece ser sangue ou suco de morango. Stéphane já não está interessado, lendo as traduções rapidamente, febrilmente, enquanto procura com os olhos um lugar discreto. Ele o encontra em uma câmara escura na qual são projetados curtas-metragens experimentais e, quando estamos no meio da plateia escassa que assiste em pé, sussurra:

— Me dê sua mão.

— Foi você que me arrastou para essa exposição.

— Não sei o que me deu, tive um pico de testosterona...

— Vai passar.

— Você nem quer saber o que eu faria com você, se pudesse. Bem no meio desta sala.

Como assim, nem quero saber? Imediatamente, e bem agora que começava a me interessar pela exposição, estendo a mão para Stéphane, que a coloca no bolso, onde seguro seu pau. E é fascinante perceber que, assim preso, esse homem já não possui qualquer razão — nós nos arrastamos por 2 quilômetros de neve até chegar a esse museu que ele absolutamente queria visitar; não sem discutir três vezes, porque confiei demais em meu senso de direção; Stéphane iniciou a visita como se ninguém, com exceção de Beuys, merecesse ser chamado de artista; mas eis que uma mão, uma pequena mão morna em torno de seu cacete, rouba dele toda a capacidade de pensar.

E ele não percebe que a excitação que sinto, e que comunico a ele, está totalmente separada de minha carne. Ele não percebe que meu corpo permanece indiferente, mas minha mente se excita — que são sua excitação e as imagens que ela produz que geram em mim essa alegria. Não é esse, exatamente, o nome da mentira entre nós? Ele finge que sou a fonte de sua ereção e eu finjo estar no diapasão desse desejo que não me pertence, que provavelmente se deve à mudança brutal de temperatura entre a rua e o museu; as mulheres transam por muitas e excelentes razões que nada têm a ver com prazer físico. Como um homem poderia saber disso? Como Stéphane poderia suspeitar que minha motivação, aqui e agora, é aproximar os dois continentes que representamos e que, sem essas condições meteorológicas passageiras, sem esse furacão, jamais se tocariam? Eu o faço por esta magia: para vê-lo se abandonar, tornar-se novamente tão jovem e flexível quanto eu; para ouvir sua voz grave assumir os agudos desesperados de um menino quando eu o cavalgo; para vê-lo abrir seus grandes olhos, aparentemente petrificados pela potência que adquiro ao estar sentada sobre ele.

"Breezeblocks", Alt-J

Em outubro de 2010, Joseph comemora seus 21 anos; estamos tão apaixonados que um presente poderia parecer ridículo; somos tão felizes que bastaria uma besteirinha, como um suéter ou o ingresso para um show, mas, com minha mania de grandeza, bolei um plano diabólico do qual gosto tanto que não consigo mantê-lo em segredo. Vou dar a ele uma acompanhante, para fazermos um *ménage à trois*. Já encontrei o hotel, já sei o horário, tenho toda a programação em mente; só me falta a garota.

Encontrei uma, Nathalie, que serviria perfeitamente, pois é especializada em casais. Seu corpo, na medida em que isso importa, é bonito, e a descrição no site permite esperar que ela não se comporte de maneira excessivamente profissional. O problema é o seguinte: seu rosto permanece um borrão. Malgrado meu polido pedido, ela se recusa a enviar uma foto, e seu corpo pode ser perfeito, mas não vou correr o risco de contratar uma garota cujo rosto poderia pôr tudo a perder.

Após alguma procrastinação, volto minha atenção para Larissa, encontrada em um site inglês de acompanhantes, uma russa adorável na casa dos 20 anos, loira, com traços delicados e olhos azuis, grandes e amendoados, cuja foto mostro, orgulhosa, para Joseph. É um eufemismo dizer que passamos as duas semanas que nos separam da grande noite estimulando um ao outro, imaginando combinações exóticas entre mim e Larissa enquanto ele se empanturra de imagens inesquecíveis, com o pau túrgido na mão; os horrores que vemos separadamente na internet parecem, miraculosamente, a dois passos de se tornar realidade. Larissa, esse nome langoroso, surge a todo momento em nossas preliminares.

Eu a conheci no Café de la Paix.

O dia estava frio e lindo, e fiquei tremendo no terraço enquanto a observava, ao passo que ela esperava por mim no interior.

Assim que a vi, deveria ter dado meia-volta, mas fiquei impressionada — como reagir quando o maître a leva até a mesa de uma russa imensa e coberta de peles, ocupada em abrir as garras de uma lagosta e beber champanhe? Tudo nela cheirava a dinheiro, incluindo o sorriso que tomava seu rosto sem chegar aos olhos. O veludo de sua pele maquiada captava a luz que inundava o salão, e o olhar dos homens estudava, circunspecto, a dupla que formávamos. O perfume que ela usava era forte e sofisticado, o perfume de violetas da Guerlain, e seus dentes pequeninos brilhavam como pérolas quando ela fingia sorrir.

Se estivesse comigo, sem dúvida Joseph teria visto o que eu estava febril demais para notar: que ela usava maquiagem demais e não dava a mínima para a mulher ou o homem com quem se deitaria, desde que fosse paga — não se pode morar na rue de la Paix sendo muito exigente. Sobretudo, que ela não se parecia com a foto; não havia nela o menor traço daquele ar de ninfa, e somente as maçãs do rosto muito salientes haviam resistido aos retoques fotográficos. Eu deveria ter agradecido e procurado outra, mas meu cronograma estava apertado demais para isso, e já havíamos sonhado demais com Larissa.

Uma vez despojada da maior parte de minhas economias, esforcei-me para ver Larissa como era em nossas fantasias, deixando de lado a indiferença insondável que ela me inspirava. Quando Joseph me perguntou como havia sido, meu coração disparou e eu menti:

— Você vai gostar muito dela.

Entramos no quarto às 18h. Arrumo o champanhe e o pó, que se revela particularmente ruim, mas de jeito nenhum falarei mal de meu próprio presente. Febrilmente, para manter a compostura, enrolo um baseado, que anula os efeitos já fracos da cocaína. A mistura dos dois, regada por champanhe morno, não diminui minha angústia.

Às 20h, Larissa ainda não chegou e desejo, confusamente, que ela tenha sumido com meu dinheiro — a ideia de transar a dois subitamente é mais excitante que a eventualidade de uma farra a três. Joseph está tão assustado quanto eu. Quando o abraço, como era o caso a cada dois minutos naquela época, sinto naquele torso belo e largo seu coração, que palpita desvairado.

Contra todas as probabilidades, a honesta Larissa bate delicadamente à porta, levando-me ao limite do desconforto. Meu Deus, o quarto é tão pequeno que não posso perguntar discretamente a Joseph o que achou dela e, de qualquer modo, estamos assustados e ansiosos demais para conversar. Usando salto, Larissa mede quase 1,80 metro e é uma cabeça e meia mais alta que nós. É visível que não esperava um quarto tão pequeno, sem dúvida habituada às insanas proporções dos palácios parisienses, e é exatamente isso que eu deveria ter reservado, uma suíte no Ritz que teria nos apequenado com seu luxo requintado. Se Larissa não tivesse me falido, eu teria feito isso; a exiguidade elegante do cômodo se torna sufocante, fico constrangida por só haver uma cadeira e a ofereço a ela, ao passo que nós nos instalamos na beirada da cama como duas garotinhas tímidas. Larissa tem uma aparência imensa, adulta, e nós cheiramos a inocência. Tudo que ela vê é a que ponto somos jovens e estamos assustados. Seria melhor fingir não ter notado, mas psicologia claramente não é seu forte, pois, após olhar longamente para Joseph, ela pergunta rindo, em inglês:

— Você já tem 18 anos?

Enquanto assentimos, Joseph vermelho e eu escandalizada, vejo minhas esperanças ruírem. Eu achava que um casal jovem e apaixonado lhe pareceria mais uma brincadeira lucrativa que um verdadeiro trabalho, mas são indubitavelmente a condescendência e a vontade de rir que brilham em seus grandes olhos — e, subitamente, sinto pena de nós: eu deveria ter contratado alguém mais jovem. Uma iniciante, que não saberia a diferença entre trabalho e prazer ou entre trabalho e experiência, a quem a beleza de Joseph, que gloriosamente é de tirar o fôlego, teria deixado trêmula de admiração.

Mas eu paguei, e me encontro na desconfortável posição do cliente que tentará de tudo para arrancar da puta alguns fragmentos de interesse gratuito. Como o ambiente não se presta a uma orgia espontânea e nem eu nem Joseph pensaríamos em saltar sobre ela, inicio uma conversa desajeitada em inglês, que nós três massacramos com nossos sotaques pesados.

Nunca conheci uma mulher tão fria; ela pode sorrir, pode rir de minhas pobres tentativas de ser espirituosa, pode estar usando somente um vestidinho curto, mas jamais me senti tão distante de alguém. A cocaína que lhe ofereço por obrigação e ela aceita pelo mesmo motivo, longe de animá-la, provavelmente se une às acusações contra nós, demonstrando a ignorância de novatos dispostos a comprar qualquer pó branco, desde que seja fino. Não podem jogar a nosso favor essa garrafa de champanhe roubada de meu pai e essa grama de nada dividida em fileiras ridículas: *Fique à vontade, baby, cheire um pouco de adoçante, tome uma taça de espumante!* Ai, que miséria!

O tempo passa inexoravelmente, sem que ninguém conserte a situação; não sei quem merece mais levar umas bofetadas: eu, que tagarelo sem parar; Joseph, que assumiu o papel de DJ com seu iPod; ou Larissa (que é a profissional aqui, porra), muito confortável, com o copo na mão e as longas pernas cruzadas sobre o tesouro pelo qual economizei, a duras penas, mais de meio salário mínimo. Sem dúvida pensando que já são 45 minutos cumpridos — o que eu entenderia, se fôssemos dois velhos lascivos, mas alguém poderia sonhar com clientes mais fáceis de satisfazer? Ela deve saber que somente um beijo, um beijinho na boca com a ponta da língua meio úmida nos transportaria a alturas extasiadas, que nenhum de nós exigiria dela contorcionismos improváveis ou algum teatrinho estúpido. Só por ela estar lá, estamos prontos para fingir nos contentarmos com qualquer coisa.

Embora ela não tenha o menor traço de espontaneidade nem dom para a interpretação (porque a espontaneidade é tão passível de fingimento quanto o restante), devo reconhecer que demonstra certa clemência: estou tão desconfortável que ela deve sentir e, ao fim de uma hora, pede que eu a acompanhe ao banheiro. Momento constrangedor durante o qual, praticamente colada a mim entre o chuveiro e o vaso sanitário, cobra os 350 euros restantes, antes de sugerir que eu e Joseph tomemos banho. O que já fizemos em excesso, a ponto de esfolarmos a pele da virilha.

Com o dinheiro em mãos, Larissa pode começar. É impossível pensar no que se seguiu sem ter vontade de rir, e tenho certeza de que, se ainda falasse com Joseph, se ainda conversasse com ele sobre alguma coisa, riríamos juntos. *Ach*, Senhor. Perdão, Joseph. Eu jamais teria nos envolvido nisso se soubesse, mas eu queria tanto te dar prazer, queria tanto te oferecer uma escravinha para brincarmos a dois...

Como se, subitamente, tudo tivesse mudado, como se não tivéssemos passado 60% da hora anterior conversando, Larissa tira o vestido e se joga sobre Joseph. Ela o beija na boca, esquecendo generosamente que putas não fazem isso. Talvez esse seja seu esforço pessoal para nos relaxar, ou talvez ela tenha entendido que mais nada aconteceria...

Para mim, como sempre foi, é um espetáculo fascinante ver sobre os lábios de Joseph lábios que não os meus. Sem que ninguém preste atenção em mim, tiro a roupa e me colo ao casal estranho que os dois formam. O silêncio bastaria, mas Larissa emite aqueles miados provocantes de filme pornô, e eu me esforço para não olhar para Joseph — porque, se admitimos tacitamente que a situação não tem muita coisa de sexual, o que ainda nos separa do riso desvairado encolhe rapidamente. Até nossos beijos soam falsos.

Chego primeiro na braguilha dele, pois sei que ele não vai conseguir ter uma ereção. Desejo com todas as forças estar errada, mas, objetivamente, não há nenhuma chance. Sei que não podemos esperar grandes resultados e conto com minha capacidade de persuasão. Mas Joseph continua mole: seu pau, que sempre encontrei impecavelmente duro, parece literalmente enrodilhado em sua barriga e, apesar da minha gentileza ou minha implacabilidade, permanece assim, observando-me com o ar obstinado de uma criança que se recusa a andar. Não posso culpar nenhum dos dois. Joseph está ao menos tão arrependido quanto eu, e a situação nada tem de excitante. Uma ereção tornaria esse circo menos doloroso, mas não seria de mau gosto ficar de pau duro por causa dessa farsa? Eu também não me excito, e essa é nossa solidariedade final.

Ninguém é tão diferente daquilo que gosto em uma mulher quanto Larissa. Ela tem uma exasperante aparência de perfeição, com seios soberbamente empinados; nádegas pequenas, mas perfeitamente arredondadas; pele branca e suave como o leite e inteiramente depilada, incluindo a boceta minúscula, no interior da qual a vulva de boneca é tão delicada e pura que me pergunto se Larissa não troca de pele todas as manhãs. Procuro em vão, entre suas nádegas, um odor ligeiramente bestial, ligeiramente humano, um detalhe, uma imperfeição que a torne mais próxima, mas seu cu poderia figurar em um vitral diante do qual as multidões se ajoelhariam, pois é somente uma fenda quase imperceptível, rosado como a bochecha de um bebê, neutralizando com sua beleza absoluta qualquer pensamento impuro. E eu, com meu cabelo arrepiado e meus pelos eriçados, minha pele sem creme nem maquiagem e meu cheiro de tabaco, farejo os cantos e recantos dessa indiferente cadela de exposição. A pequenez da fenda de seu clitóris, de seus lábios, além de me deixar imensamente deprimida, evoca em mim qualquer coisa de quase ilegal. Somente minha saliva dá gosto à sua fenda, como se Larissa fosse somente uma espécie de receptáculo, adquirindo a forma e a cor das fantasias de cada cliente, guardando sua alma aquecida por trás de camadas de apatia. Mesmo o 69, com ela por cima, faz pensar em um belo chapeuzinho minimalista, e Joseph, habitualmente excitado com essa posição, nos observa a meio-mastro, parecendo se perguntar se se trata de um filme ruim ou de um pesadelo. Coloco uma camisinha nele, a toda velocidade, eu lhe lanço um olhar que diz *Pelo amor de meus 700 euros, por piedade, transe com ela.*

Assim que a penetra, Joseph fica mole, reduzido à impotência por aquelas entranhas geladas — mas Larissa, galvanizada, desesperada para se livrar daquelas crianças pervertidas, o agarra e sacode freneticamente, estendida sobre ele, gemendo alto *"Come now, come for me"*, apesar da evidência que me salta aos olhos: Joseph nunca esteve tão longe de gozar. Não é preciso conhecimento, somente bom senso: ele não tem uma ereção, pelo amor de Deus, o que nos chateia mais que a você, e, se você quer minha opinião, estar preso entre suas unhas afiadas não ajuda; se o conheço, ele deve estar rezando para que você não arranque seu pau fora.

Como, com todas as minhas boas intenções, fui nos meter nessa roubada? Chupando-a conscienciosamente, busco os olhos de Larissa; em vão, porque Joseph, que suga seus mamilos, obstrui meu campo de visão. Não consigo abandonar a ideia de que não somos assim tão diferentes e, com minhas carícias ao longo de suas coxas mudas, tento lhe transmitir minha súplica: Larissa, minha irmã, minha igual, entenda o que estou passando, tente só um pouquinho, esqueça esse homem entre nós e que nos absorve, embora por razões sensivelmente diferentes. Já estive onde você está agora, claro que é chato ele não ficar duro, não sabemos bem como ocupar o tempo que resta. Isso me irrita tanto quanto a você. Mas quero crer que nós duas ainda podemos consertar a situação. Larissa, você já teve minha idade, já teve um amor, talvez tenha guardado 700 euros para dar um presente ambicioso a esse amor. Minha intenção era dar a ele, com sua ajuda, um orgasmo avassalador, mas, como esse resultado foi comprometido, bastaria que você parasse de dar esses gritos estridentes que insultam a inteligência de todos nós; que sentisse o que estou fazendo aqui embaixo. Porque não pode ser assim tão desagradável ter a boceta chupada quando você contava com uma sessão de ginástica. Se você pudesse me gratificar com um suspiro, só um — porra, se simplesmente colocasse a mão em minha nuca, abrisse sua minúscula xoxotinha e assumisse um ar concentrado, a fim de fingir um orgasmo capaz de enganar um menino de 15 anos... Você não percebe, nos jovens olhos dele, a esperança de ver brilhar por um instante aquela espontaneidade que não se pode comprar? Até mesmo um peido, Larissa, até mesmo um gás incontrolável saindo de seu elegante traseiro bastaria para que ele a visse como humana e conseguisse ter uma ereção.

Então Larissa imita um orgasmo, astuciosamente no momento em que Joseph une sua língua à minha nesse painel de controle que passa por vulva. Tendo a pensar que estamos somente supersaturando as minúsculas terminações nervosas de seu clitóris, que provavelmente prefeririam o estímulo de uma pluma de pardal. Mas tudo bem, ela finge, e de maneira não muito insultante. E quando Joseph tem o ar selvagem de um caçador que finalmente vê sua hora chegar, cinco malditos minutos antes de acabar o tempo combinado, Larissa, que mal ficou rosada, veste-se e, com um sorriso frio nos lábios, dá o golpe fatal:

— Acho que seu *petit ami* está cansado...

O *petit ami*, compreendo eu, pasma, refere-se não a Joseph, mas a seu pau. Sorrimos bestamente, petrificados de vergonha, e seu caralho volta para a casinha com as orelhas baixas, farto de rejeições.

Quando Larissa finalmente vai embora, é difícil descrever a textura do silêncio que se segue ao ruído da porta fechando. Quase tenho medo de olhar Joseph nos olhos e explodirmos de rir — porque só resta isso a fazer. Setecentos euros! Quantos jeans April 77 eu poderia ter comprado para ele com 700 euros, jeans que não o teriam impedido de ter uma ereção? Eis uma despesa que teria deixado ao menos um de nós feliz, em lugar de fazer com que nos sentíssemos dois pobretões inexperientes, e eu uma simplória.

Mas Larissa fez eclodir um milagre que jamais conhecerá. Subitamente, sem o ar frio que ela carrega consigo, nosso calor renasce, e a ideia de fazer amor, somente Joseph e eu, de fazer amor como sempre, embora encha nossos olhos de lágrimas, é excitante como se nunca tivéssemos transado.

— Venha aqui, meu avião — ronrona Joseph estendendo os braços, aqueles braços modelados para o amor e por um ano de musculação que, se eu fosse acompanhante, me fariam renunciar a qualquer pagamento.

Seu pau está tão duro que parece prestes a explodir.

— Você viu como a pele dela era macia? — pergunto com a bunda para cima, presa entre aquelas grandes e inteligentes mãos de violonista.

— Bem macia — concorda Joseph. — Quase macia demais, não?

Ele morde uma de minhas nádegas; meu grito de protesto não deve ser interpretado literalmente e não é um pedido para que ele pare. Joseph enfia o belo nariz entre minhas pernas e inspira avidamente. Ergo o vestido para ver seus olhos, que brilham e sorriem.

— Você viu como a boceta dela era minúscula?

Joseph assente, perdido em uma confusão de grandes lábios e pelos eriçados.

— Não estou convencido de que ela tinha um clitóris.

— Isso me deprime, esse tipo de boceta. Até as crianças são mais desenvolvidas que isso.

— E como é que você sabe disso, sua depravada?

Seus dentes brilham, e eu suspiro:

— O cu dela não tinha cheiro!

— Ao passo que o seu...

Com a ponta do nariz enfiada entre minhas nádegas, ele inspira profundamente, com as pálpebras cerradas, como se tivesse chegado ao cume de uma montanha:

— Veja como estou duro.

— Verdade. Por que agora?

— Por causa do seu cuzinho.

Assim que a cabeça de seu pau entra em minha boceta, minha boca se enche de saliva e de palavras obscenas. A simples realidade está cheia de presentes de aniversário para um garoto apaixonado: "Posso acabar com você no meu aniversário de 21 anos?"

O que são 700 euros? O que vale essa soma mesquinha, comparada ao cheiro de Joseph e ao tempo que para, que perde todo significado, assim que colamos um ao outro, atordoados pelo prazer que nunca se pareceu tanto com a morte — sem que essa perspectiva jamais pareça assustadora?

Mas divago.

A presença de Larissa, aquela sombra no meio da grande luminosidade de nosso amor, não nos impediu de ter um fim de semana muito charmoso, tingido de romantismo desgrenhado, incluindo o peito de pato degustado no dia seguinte no terraço de um café da rue de Rivoli. Café que, por acaso ou não, durante quatro anos foi o refúgio onde solucionamos todas as nossas brigas, nossos dramas, onde aprendemos a nos amar novamente diante de uma garrafa de Coteaux du Layon doce demais e que nos deixava pensativos e sentimentais. Joseph chegava com raiva, no limite da paciência, e quando molhava os lábios naquele néctar e eu pedia ao Criador para me conceder, nem que somente mais uma vez, a graça de um beijo daquela boca soberba, eu via seus olhos mal-humorados brilharem de prazer; ele estava pronto para conversar, para me ouvir desfiar deploravelmente minhas desculpas ruins de traidora reincidente. E aquela carícia de vinho lhe sussurrava ao ouvido que ele não precisava me odiar. Que não precisava acreditar no que minhas mentiras pareciam implicar. Que eu o amava.

Uma dessas mentiras, durante quatro anos, foi me encontrar com Arthur. Joseph jamais acreditou que eu e Arthur não transávamos mais. Inventei a milésima história para esvaziar garrafas de rosé com ele, pois, de outro modo, a quem poderia contar aquela façanha lastimável? Alguns dias mais tarde, depois que contei todos os detalhes sentada em seu sofá, achei que ele jamais pararia de rir. Ao rir, Arthur levou embora todo o meu rancor.

— Mas que ideia, contratar uma russa!

— Eu sei. Eu queria que ela fosse bonita.

— Uma russa que quis se encontrar com você no Café de la Paix!

— Eu sei, porra, eu sei. Não me encha o saco.

— As russas são para os executivos que não dão a mínima. Sei lá, você não tem uma amiga que ficaria excitada com essa ideia?

— Não, não tenho esse tipo de amiga. Você faz ideia do quanto é complicado propor a uma amiga transar com você e seu namorado? Mesmo que isso a interesse, é preciso que aconteça em uma data precisa, em um local preciso, sem encontro prévio... Não, isso é missão para uma puta, não vejo ocasião mais adequada para uma puta.

— Sim, mas você espera demais da puta. Russa ou não. Para essas garotas, trata-se de trabalho. Obviamente, um *ménage à trois* com Joseph é menos divertido para elas que para você. Imagine como seria sentir inveja todas as vezes...

— Você vai me dizer que um casal jovem como nós está no mesmo nível que um pervertido de 65 anos?

— Para nós, não, porque não somos putas. Para ela, as coisas certamente são melhores com pessoas como vocês, mas talvez não, talvez sejam mais complicadas, se ela não tem o hábito de atender casais jovens. E claramente foi o caso.

Faço um minuto de reflexão intensa, como frequentemente acontece quando estou com Arthur, cuja voz tem uma frequência que modifica as opiniões mais inflexíveis.

— O que estou dizendo é que o trabalho da puta é oferecer uma ilusão.

— E foi o que você teve, uma ilusão.

— Uma ilusão na qual se possa crer. Não um circo cuja impostura pode ser percebida a quilômetros de distância. É isso que diferencia a puta boa da puta ruim.

— Mas ainda assim é uma ilusão, esse é o contrato. Você sabe disso. Mas talvez as mulheres sejam menos crédulas que os homens, mais difíceis de satisfazer. Evidentemente, é melhor quando elas fazem um bom trabalho e você pode ficar na dúvida, mas acho que os caras concordam tacitamente que se trata de teatro. Posso garantir que na Porte Maillot, onde é possível conseguir um boquete no carro, as garotas não se esforçam muito para fingir.

Arthur arqueia a sobrancelha:

— Mas, afinal, elas cobram 30 euros.

— Não! — gritei.

— Quanto você pagou?

— Setecentos euros por duas horas.

Arthur estoura de rir mais uma vez, o que me irrita.

— Já chega.

— Nossa, que vaca. *Setecentos* euros!

— Por 700 euros, acho que tenho o direito de exigir a Comédie-Fran-çaise.

— Com certeza!

— Porque se trata de um trabalho, concordo, mas, quando alguém ganha a vida tão suntuosamente, há lugar para a benevolência, não?

— *Benevolência!* Sim, acho que você tocou um conceito brilhante aí.

— É o que eu faria. Eu daria tudo de mim.

— Eu sei. Você seria uma puta maravilhosa. A melhor de todas.

— Não foi isso que eu disse.

— Não, é isso que eu estou dizendo.

Eu e Arthur não fizemos nada de errado naquela noite, e direi isso até o fim.

"Monolith", T. Rex

Quando olhos que não os meus pousarem sobre estas linhas, um pedaço significativo de Berlim terá desaparecido em meio à indiferença quase geral. Isso acontece todos os dias. Todos os berlinenses sentem falta de um ou vários locais que achavam eternos e que um belo dia desapareceram. E aquela ruazinha descoberta por acaso durante uma caminhada sem objetivo, porque procurávamos alguma outra coisa que jamais encontramos, terá para sempre aquele ar de fulgurância que atinge somente a nós, e ninguém mais.

Não sei como as pessoas sobrevivem a esse tipo de perda. Jamais tive de enfrentar essa situação; geralmente sou eu que abandono os lugares que me são caros para perceber, ao retornar, que eu não era indispensável a seu bom funcionamento. Nesse caso, emprego uma técnica covarde que funciona muito bem: evito pensar no assunto. Evito olhar para aquele lado do mapa do metrô e, como nada me obriga a ir até lá, minha nostalgia, embora constante, permanece leve.

Exceto que ontem me perdi enquanto andava de bicicleta e, em uma tentativa de retornar a avenidas familiares, acabei no cruzamento onde parava meu ônibus há menos de um ano. Reconheci a padaria e a loja de bricolagem. A dois passos dali, a igreja de tempos em tempos tocava um sino que, nos quartos, ressoavam com o estrondo reprovador de um pai distante ou velho demais para inspirar remorso. A igreja, que parecia ainda maior por estar colada ao bordel, estendia sua sombra sobre o café onde as garotas tomavam panachés depois do trabalho. Um ar gelado emanava de suas paredes, um sopro de tumba que aliviava o calor úmido e o cheiro inebriante de vinte mulheres inspirando e expirando o mesmo oxigênio.

A Maison ficava entre um local sagrado e uma creche; não foi à toa que tentaram fechá-la — e conseguiram. A torre do sino informava as horas, e as cantigas infantis causavam sono nas garotas que iam fumar no jardim.

Houve um tempo, não tão distante, no qual eu erguia os olhos enquanto prendia a bicicleta e sabia dizer, somente pelas cortinas, quem já estava trabalhando duro. Por trás do organdi rosa, lilás ou amarelo, passavam silhuetas que eu reconhecia imediatamente. Atrás da caniçada da sacada, eu via fumaça de cigarros e a sombra de pernas estendidas. Hoje, não há mais nada para ver. Entre a creche e a igreja, há um imóvel onde particulares coabitam com escritórios. Escritórios! É de chorar. Não preciso entrar no pátio para saber que o jardim foi transformado em um terraço de design moderno forrado de grama falsa e tóxica; consigo imaginar muito bem o *open space*, algumas mesinhas, os bancos de polietileno, os cinzeiros de cor pastel para fumar um cigarro e tomar um latte durante o intervalo concedido pelo chefe-guru. Eles devem ter destruído os bidês a marretadas. *Ah, odeio vocês, seu bando de caipiras*, penso enquanto tento ver pelas janelas nuas ao menos um rosto sobre o qual cristalizar meu desprezo.

Nesse momento, um grupo de crianças atravessa a rua, cercado dos dois lados por meia dúzia de cuidadoras da creche. Quando ela passa por mim, eu a reconheço pelas ternas inflexões de sua voz. Ela segura a mão de duas garotinhas e chama um garotinho, fascinado pelo vendedor de kebab que fatia a carne. Seu cabelo pesado está preso em um coque apertado e ela usa uma saia meio desbotada e tênis. É quando consegue chamar atenção do garotinho que nossos olhares se cruzam, e passam-se alguns segundos antes que a indiferença polida se transforme lentamente em interrogação. Vejo o tremor que a percorre quando ela finalmente se lembra de mim. Tenho certeza de que ela se apressa a falar comigo por medo de que eu a chame por um nome que já não é o seu:

— Oi, como vão as coisas?

Seu sorriso é cheio de angústia. Seu olhar se volta para o grupo que a acompanha — em uma prece muda, pedindo que eu seja uma antiga vizinha, uma prima, uma sobrinha?

— Eu estava passando pelo bairro. Que coincidência! Você está bem?

— Muito bem, sim!

As duas garotinhas que seguram suas mãos me observam. Tento fazer um gesto simpático, mas jamais tive jeito com crianças e elas continuam a me encarar, com a boca aberta e os olhos inteligentes demais. Estamos cercadas e ela se contorce um pouco:

— Preciso ir.

— Eu também. Eu gostei, enquanto durou.

Aliviada, ela sorri e depois ri. Ao ouvi-la rir, sou assaltada por tantas memórias que sinto frio e calor ao mesmo tempo, e tenho vontade de chorar. Não ajuda o fato de ela sugerir, retoricamente, para disfarçar sua fuga:

— Vamos tomar um café qualquer dia desses.

— Com prazer.

— Nos falamos, então.

Enquanto ela se afasta, flanqueada pelo zumbido do enxame de crianças que já foi nossa trilha sonora sob as que eram então nossas janelas, dois pensamentos me ocorrem: primeiro — e, no fundo, pouco importante —, não tenho o telefone dela nem ela o meu. E o segundo, que ficou em minha mente durante todo o dia, ou ao menos até eu retornar a Kreuzberg: o traseiro por baixo da saia floral não mudou nada. Apesar dos meses desde a última vez em que ela ficou nua na minha frente, e embora minha memória tenha apagado seu nome, a lembrança de sua bunda está obstinadamente gravada, assim como o estremecer de sua carne branca e a constelação de pintas na parte de baixo de suas costas: a bunda grande e bela de uma cortesã que hoje caminha por Berlim disfarçada de puericultora.

"Spicks and Specks", The Bee Gees

Preciso me lembrar de tudo. Tem de haver, em algum lugar, uma descrição precisa do que era a Maison, e essa descrição precisa dar origem, irresistivelmente, a imagens tão próximas da verdade quanto possível. Se bem que, no fim das contas, a exatidão não importa. E, se precisarei de algum talento para recompor a posição das peças e a cor das cortinas, estou preocupada sobretudo em explicar a alma do lugar, aquela ternura flutuante que tornava esplêndido o que era de mau gosto. Não preciso de muitas palavras; bastam as corretas. Um bom escritor faria isso em dez páginas. Já escrevi duzentas e nem uma vez senti ter me aproximado do que realmente importa, a única coisa interessante. Abordo o assunto de mil ângulos diferentes e, todas as vezes, ele me foge, deixando minha mente ainda mais vazia por ter estado tão cheia um minuto antes.

Quando se chega de metrô, como era o caso de muitas garotas e clientes, é preciso subir a rua larga, com a torre da igreja sempre à vista. Mas antes há o parque, verdejante no verão e extremamente lúgubre no inverno, com exceção do lago coberto de gelo, emoldurado como uma tela meio triste pelas altas árvores cobertas de fuligem e polvilhadas de geada. Após o parque, o *Biergarten*, diante do qual as garotas passam de cabeça baixa, sem qualquer vontade de cruzar com clientes. A creche, a escola maternal. A padaria, o estúdio de bronzeamento. O *Döner* e a florista do outro lado da rua. Um bairro do Velho Oeste sem o menor interesse turístico e ao qual ninguém iria, com exceção dos locais, se não fosse pela porta do número 36. Quase invisível entre duas fileiras de buxinhos em forma de bolas. Entre as campainhas uniformes, o antigo botão de cobre chama atenção; mal o apertamos e a porta se abre para o saguão meio sinistro, com piso preto e branco em forma de tabuleiro e ar burguês. A portinha de madeira gasta nos fundos, esquecida pela reforma recente, leva a um pátio onde flutua o cheiro da Maison e é possível ouvir, abafados pelos vidros duplos, o riso das garotas e o carrilhão de portas que se abrem e se fecham atrás dos homens.

Atrás da caniçada lavada pela chuva, vemos se erguerem faixas de fumaça azulada; um nome feminino às vezes é gritado, quebrando o silêncio com suas vogais suaves, mentirosas. O som poderia vir do térreo; o pátio foi pensado assim. A menos que se entre na Maison, o que pretendo fazer, não há como saber de onde vêm esses murmúrios, esses gritos, esses ruídos saídos da garganta de fumantes.

Do segundo salão, que alguém julgou moralmente indigno de reforma, parte uma escadaria de madeira carcomida com um corrimão muito bonito e finamente trabalhado sob a pintura descascada. Ao fechar os olhos, ainda consigo sentir, sentirei para sempre, seu contorno arredondado, o rico desenho, o correr reptiliano sob os dedos. A escada conduz ao primeiro andar — na verdade, um mezanino, que aqui é chamado de *Hochparterre*. Incongruente no velho edifício, uma pesada porta blindada anuncia, em letras douradas, o nome da Maison, acompanhado desta menção fantasiosa: editora independente. Como se uma pequena editora tivesse como pagar por tal porta ou tal letreiro.

Meu dedo pressiona o botão; no interior, abafado, ouço um trinado antiquado e um ruído de menininhas que se interrompem bruscamente e retomam à meia-voz. Ouço os passos da *Hausdame* e, no instante que ela leva para deslizar entre as garotas, encho os pulmões do ar estagnado no patamar, esse ar que parece uma poção. Parece fluir de sob a porta o perfume das mulheres, misturado ao da lavandeira no primeiro andar, onde cerca de cinquenta escritoras independentes lavam toalhas e calcinhas. O acasalamento desses dois odores vívidos tem qualquer coisa de infantil e obsceno; pareço estar cheirando a roupa de um bando de alunas escondidas no banheiro para fumar. Nos quartos que elas enchem com seus gritos, alguém espirrou uma essência meio vulgar, entre água sanitária e desodorizador de ambientes barato, e acendeu uns cinco incensos diferentes, na tentativa vã de disfarçar o tabaco, as axilas úmidas e, nos dedos pegajosos, o cheiro acre e quase imperceptível de uma sucessão infinita de homens. Em dez anos, quando o *open space* tiver mudado vinte vezes de locatário e a pintura tiver sido refeita, haverá sempre no patamar esse cheiro que ninguém conseguirá explicar, com exceção dos berlinenses que ainda se lembrarem das filas que saíam da penumbra dos quartos e das bocetas lavadas com água e muito barulho nos bidês há muito destruídos.

A porta se abre; o cheiro orgânico se acentua, ao mesmo tempo presente e camuflado pelo exército de velas que queimam em um gueridom ao lado da entrada. O halo dançante das chamas torna quase viva uma reprodução ruim de Klimt — na verdade, um pôster ricamente emoldurado. No cômodo octogonal, há duas portas; a primeira leva a uma salinha que parece um boudoir, na qual há uma poltrona de couro branco; uma mesa baixa com velhas edições da *Spiegel*, folheadas com a mesma angústia distraída que na sala de espera do médico; uma floresta de plantas falsas que serpenteia do piso ao teto, desaparecendo aqui e ali sob as cortinas e ressurgindo adiante, em torno de um abajur Jugendstil que banha a sala com sua meia-luz. Pode-se ver melhor aqui que em qualquer outro lugar: é por aqui que entram os homens. Eles se sentam na poltrona branca e, alguns minutos mais tarde, entram as garotas, uma após a outra, com suas silhuetas repetidas pelos espelhos em todas as paredes. Chamamos esse cômodo de salão masculino, mesmo que ele sempre tenha pertencido às garotas; os homens são somente uma presença agachada, engolida pela poltrona que já consumiu tantas outras. Eles são totalmente intercambiáveis, ao passo que cada mulher traz consigo um perfume e um universo que perdurarão muito tempo depois de ela ter ido embora.

A segunda porta está sempre entreaberta. Ela dá para um pequeno corredor com carpete bordô, esfolado pelos passos das garotas e seus clientes. Nas paredes, pôsteres da Belle Époque, frequentemente franceses. *O beijo* de Klimt, mais uma vez, está exposto ao lado de outra porta; trata-se do quarto Amarelo, com piso de carvalho escuro. À esquerda, logo na entrada do quarto, há uma cômoda de madeira clara e, sobre ela, um buquê de flores do campo, de plástico. À direita, um sofá de tecido amarelo, um gueridom e um porta-trecos onde ninguém jamais deixa os seus. Mas o que atrai o olhar de maneira irresistível é a cama no centro, a cama que nos faz entender que a cômoda, o gueridom e o sofá são acessórios, ornamentos destinados aos tímidos, impressionados demais com a cama tonitruante. Só se senta no sofá quem quer se habituar ao espetáculo da garota escalando a pequena plataforma, totalmente nua, para se deitar em meio às almofadas de cetim, bronze e verde-pavão, entre dois trípticos imensos. Um deles tem sessenta anos e foi achado em um mercado de pulgas por uma das primeiras funcionárias. Não posso olhar para o tríptico sem me perguntar o que ele deve ter visto antes de se mudar para cá e contemplar, de vinte a trinta vezes por dia, o acasalamento mais ou menos barroco de homens que gozam de olhos fechados e garotas que os cavalgam olhando para o relógio. Logo ao lado, fica o quarto Lilás, com seu ar de motel meio sujo, parcamente iluminado por luzes negras de neon. O piso é um laminado branco que tem bolhas nos cantos e marcas de salto em torno da cama. O quarto Lilás é meio assustador, só usado quando os outros estão ocupados. Ele divide uma parede com uma segunda salinha minúscula onde esperam homens dos quais às vezes esquecemos, nos dias de grande movimento.

No caminho inverso, após passar pelo salão masculino, há um vestíbulo a partir do qual serpenteia outro corredor. Trata-se de um posto de observação primordial, invisível para qualquer um que não use saia. A cortina de teatro púrpura que estremece continuamente marca a fronteira entre o mundo lá fora e o universo fechado que as garotas reinventam todos os dias, das 10h às 23h. Quando a porta da frente se abre para um homem, o ar frio é automaticamente reaquecido pela umidade da grande sala de estar que palpita atrás da cortina. Se prestassem mais atenção, se o cio ofuscante e a *Hausdame* não os conduzissem diretamente à poltrona de couro branca, eles talvez pudessem ver, pela fenda, longas pernas revestidas de seda preta, a metade de um rosto com olhos semicerrados e as unhas falsas que mantêm a cortina fechada.

Tudo me atrai para trás dessa cortina, mas, por estar se desfazendo, a memória dos quartos é mais necessária. Eu não gostava muito deles e preciso me esforçar para me lembrar como eram. O corredor faz uma curva, onde uma fonte de Vênus de estuque faz jorrar, com uma melodia de xixi de criança, água perfumada com gengibre. Logo em seguida, vem o quarto Prateado, como uma caixa de bombons cheia de ameixas. As dimensões são liliputianas e a cama salta aos olhos, estendendo-se de uma parede à outra. Ao fundo, sob o dossel bordado de estrelas, uma pequena janela deixa entrar o sopro tépido do pátio e as cantigas das crianças durante o recreio. Escondido atrás da porta, um lavabo flanqueado por pilhas de toalhas dobradas. Nessa parte da Maison, para a qual confluem todos os perfumes vaporizados para mascarar o cheiro dos corpos, o nariz é tão solicitado que causa vertigem e uma vontade irreprimível de se jogar na cama e rastejar até a janela. Os quadros nas paredes, únicas testemunhas desse desmaio, parecem alucinações — talvez porque, no mundo normal, ninguém colocaria lado a lado uma gravura do *Kama Sutra*, um pôster de um baile dos "anos loucos" e uma cópia de Lempicka em meio a cortinas lilases. Estamos à beira da indigestão, que nasce nesse quarto de sexo histérico seguido de silêncios difíceis de quebrar. Ao sair dele, o ar viciado do corredor parece um passeio na floresta.

Depois do Prateado, uma porta com grades e cadeado leva a um cubículo concebido para os homens durante sessões de dominação. Eu o conheci ainda iluminado por uma lâmpada vermelha, antes que percebêssemos que não era muito prático empreender qualquer forma de disciplina

no meio de um corredor onde desfilavam garotas e homens nus e recém-
-saídos do banho. Hoje, ao abrir a porta que range como a de uma verdadeira masmorra, veem-se duas caixas de papelão com objetos encontrados
pelas garotas: sapatos descombinados, espartilhos baratos, calcinhas e su-
tiãs, em meio a um cheiro de poeira e pés que não é de todo desagradável.

Ao lado, entre o cubículo e o Estúdio, fica o banheiro masculino; no
chão, mármore cinza com veios pretos e dourados, pretensioso e adora-
velmente feio, tão escorregadio que tivemos de cobri-lo com tapetes anti-
derrapantes para garantir a segurança dos clientes idosos ou desajeitados.
Quando o sol está no lugar certo, o local tem certa presença, com o chão
parecendo um lago imóvel onde deslizam nenúfares gigantes. Há um
box, um vaso sanitário ao fundo e uma reprodução em vidro do beijo de
Pigmaleão e Galateia. Quase invisível sob a porta, um pequeno botão que
deve ser apertado ao fim do banho, fazendo soar na sala feminina uma
sineta que avisa à interessada que seu cliente está pronto para voltar ao
quarto. Esse sistema de botões em todas as peças evita o risco de que pro-
tagonistas se encontrem: empregado e patrão, marido e cunhado, mãe e
filho. Mesmo que, é claro, nem todas as garotas e nem todos os clientes sejam tão escrupulosos e frequentemente essas duplas se encontrem, com as
meninas rindo, felizes com sua legítima indiferença, e os homens baixan-
do os olhos como se tivessem sido pegos em flagrante, empurrados sem
cuidado para um refúgio adequado por suas companheiras temporárias.

No fim do corredor, fica o Estúdio. Quando a Maison fechou, um anô-
nimo comprou tudo por um preço ridículo; gosto de imaginar que foi um
capricho de algum antigo cliente que se sentia à vontade entre o cavalete e
as bengalas de bambu, mas o mais provável é que o proprietário de algum
bordel tenha equipado seu estabelecimento. Tudo no interior é vermelho
e preto: o piso é de linóleo antiderrapante e as paredes são recobertas de
napa preta e tinta da cor de sangue fresco. Encostada à parede, há uma
bancada repleta de chicotes de uma ou muitas pontas e objetos de formas
e cores diversas, tudo o que o cérebro humano pode conceber para ser usado no traseiro. Assim que se entra, é possível ver uma poltrona de couro

que seria lamentável à luz do dia, remendada da melhor maneira possível com fita adesiva preta e prateada. Da poltrona, basta estender os braços para pegar, sobre uma mesa de vidro, uma revista inglesa especializada em dominação feminina: *Victoria*. A edição nunca muda: é sempre a mesma garota nua de casaco de pele e botas brancas de cano longo. Trata-se do tipo de literatura enviada em embalagem discreta e com a qual as pessoas se masturbavam há vinte anos. Há fotos amareladas de homens com a bunda de fora, montados por senhoras que parecem desconfortáveis e os obrigam a lamber seus saltos cobertos de lama. Para garantir que nada escape aos interessados, um escritor malnutrido escreveu uma história que serve de acessório às imagens, com diálogos que devem tê-lo feito morrer de rir ou suar de vergonha — mas, sem dúvida, o cérebro mal irrigado dos leitores de pau duro não saberia o que fazer com um bom diálogo. Em frente à poltrona funda, há um cavalete estranho, contendo um furo que nunca entendi o que deixava escoar. Dois imensos espelhos refletem ao infinito a pessoa amarrada no cavalete ou no banco sob a janela. Em um canto, há uma cômoda com as gavetas abarrotadas de cordas e instrumentos muito fascinantes, e tantas algemas e amarras que nunca sabemos qual pegar e terminamos usando sempre a mesma ou fazendo um rodízio de trás para a frente, como fazemos com as toalhas. Levamos clientes ao Estúdio principalmente nas horas muito movimentadas, e a grande maioria não ousa se sentar, por medo de estar aprovando tacitamente a escolha de quarto. Os homens têm medo do Estúdio, mas as garotas o usam para dar telefonemas e conferir, no espelho, o alinhamento da costura das meias com a cinta-liga. A luz vermelha vinda do teto, que achata os homens, favorece a pele das garotas e projeta em seus rostos jogos de sombra que fazem seus olhos brilharem, desmesuradamente brancos.

Volto para a cortina de teatro de onde vêm os risos e sussurros. Nesse local, frequentemente desejei ser homem, mas, se fosse, não poderia ter passado para trás da cortina nem circulado sozinha pelos meandros da Maison, e teria perdido 90% da essência do lugar. Claro, poderia ter lançado um olhar discreto para o banheiro feminino, ver o lavabo onde elas cuspiam antisséptico bucal com a liberalidade de mascadoras de tabaco e o bidê, com Hilda sobre ele, os cachos voando ao ritmo da mão entre suas pernas, choramingando sobre a demora do último cliente, ou Gita, que se seca com movimentos bruscos ao falar do seu: duas peixeiras no corpo de jovens cortesãs. Mas não poderia tê-las seguido quando caminhavam, com as calcinhas ainda nos tornozelos, na direção do grande salão feminino, abraçadas de passagem pela cortina púrpura. Nem teria conhecido a cozinha perpetuamente enfumaçada onde as garotas comiam e discutiam em meio a um barulho de feira, nem as bancadas que limpavam com o dorso da mão antes de ali apoiarem as nádegas, nem a janela entreaberta de onde vinha o barulho do mercado na praça. Também não teria visto o grande espelho de corpo inteiro na saída da cozinha, onde Esmée, de pernas cruzadas e a bolsa de maquiagem rasgada entre as coxas, cuidava das sobrancelhas provocantes pelas quais alguns clientes vinham correndo lá dos confins de Brandemburgo.

Acima de tudo, teria perdido a visão de conjunto na soleira do salão; muitas vezes fiquei parada ali, afastada da agitação causada pela sineta que ressoava nos quatro cantos do bordel. O tempo parava para mim e eu me empanturrava de imagens. Os sofás de canto, encimados por prateleiras até o teto; Agnetha sentada no canto do qual se eleva uma estante cheia de livros que só temos tempo de ler na diagonal. Birgit, que vira as páginas de um romance enquanto tenta acompanhar o debate entre Fauna e Tinkie, uma em pé no meio da sala, brincando com seu piercing de umbigo, a outra fumando na varanda, mas com o torso inclinado para o interior. Birgit está com as pernas dobradas e a calcinha enfiada expõe seus grandes lábios — trata-se de um espetáculo ao qual estamos acostumadas, mas que sempre retém minha atenção por um instante, como os seios pesados e de um branco quase transparente de Fauna. Imóvel perante todas essas mulheres seminuas e que não olham para mim, tive durante dois anos a sensação de ser um homem disfarçado de mulher, tão bem disfarçado que recebia, ao passar por elas, aquelas ternuras brutas das prostitutas, um tapa mais ou menos ressonante nas nádegas, uma mão no alto de meu crânio que aperfeiçoava meu estudado penteado-despentea-do. Acho que elas nunca suspeitaram de minha curiosidade de criança pervertida nem do estupor que eu ocasionalmente sentia ao ver o sorriso vertical de uma garota pintando as unhas dos pés; se tivessem sentido alguma coisa, sem dúvida teriam reagido com a indiferença de mulheres cuja profissão era ser belas e observadas, mas a quem os movimentos mais ou menos graciosos de seus corpos já não interessavam.

Entre os sofás, há uma mesa baixa e sempre bagunçada, cheia de li-vros, toalhas e fones de ouvido abandonados pelas garotas quando lar-gam seus podcasts para atender os clientes. Contra a parede e entre duas estantes, fica a escrivaninha onde a *Hausdame* guarda seus papéis, além de dois telefones fixos, seu celular particular e o celular no qual a proprie-tária a chama, assim como o serviço de acompanhantes e o faz-tudo que jamais encontra suas ferramentas nas estantes cheias de quinquilharias. Sobre a escrivaninha, fica a lista de quartos, na qual as garotas anotam a hora de chegada e partida dos homens e o próprio nome de guerra em notas adesivas que podem ser descoladas ao fim do dia, deixando apenas o número de clientes e o volume de negócios. Outra lista indica as espe-cialidades das garotas; trata-se de um documento do Word impresso há tanto tempo que mal conseguimos decifrar os nomes entre as manchas de café e separar mentalmente as que ainda trabalham lá das que foram embora há anos. Em um quadro de cortiça estão pendurados dezenas de cardápios de restaurantes, os números dos táxis que se contentam com um número de usuário, as coordenadas dos contadores nos quais *talvez* possamos confiar e, embaixo, mensagens específicas das garotas: "Chris-tina não fará programas com Carsten!", "Se Thomas telefonar, Sarah não tem horário!", "Para Birgit, programas somente a partir de 45 minutos!" Há também uma nota um pouco contrita: "Lola se esqueceu de colocar 210 euros em seu envelope, favor lembrar a ela." Mas Lola foi embora sem avisar dois meses antes de minha chegada, devendo somas mais ou menos altas às outras garotas. Dizem que ela agora trabalha em Munique, Ge-nova a teria visto cheirando pó em um *bar à champagne* e é evidente que a Maison pode colocar esses 210 euros lá onde o sol nunca brilha. É uma fé a toda prova que mantém a nota pregada no quadro, a fé em uma lealdade que não leva em conta a versatilidade das garotas que praticam esse ofício, as forças contrárias que simultaneamente as atraem e as mantêm afastadas da Maison. Essa benevolência que beira a candura se estende aos armários, cujas portas ainda trazem os nomes de funcionárias há muito desaparecidas, apagados pelos dedos das novatas — no interior desses armários, a poeira provavelmente ainda tem o cheiro de seu perfume.

Atrás, há uma varanda de bom tamanho, aberta no meio para dar passagem a uma pequena escada de pedra branca; quatro degraus de aspecto antigo que descem langorosamente, ladeados por corrimãos largos, na direção do jardim que dá nome à Maison. Não parece, mas o jardim devia ser bem-cuidado quando os proprietários ainda o usavam, embora hoje só reste um quadrado de terra vagamente recoberto de verde — líquen ou musgo, com a ocasional erva ou florzinha insignificante que brota à sombra da igreja. O cheiro é quase o de um lugar onde coisas crescem e animais vagueiam. Para proteger as garotas do olhar dos vizinhos, foi construído um teto de tela metálica ao qual se agarra uma quantidade razoável de hera misturada a trepadeiras brancas. O que a natureza hesitou em dissimular foi recoberto por trepadeiras de plástico; a chuva e a neve as desbotaram, mas o conjunto tem certo charme, no estilo Versailles no fim do mês. Luminárias descoloridas pendem da caniçada, colocada ali para criar a impressão de caixa impenetrável. O resultado é que só vemos o jardim ao entrar no pátio, sobretudo nas noites de verão. É uma bolha verde que parece respirar lentamente, na qual silhuetas se movem e da qual saem permanentemente vapores mais ou menos suspeitos e um sopro de incenso vulgar.

Se o jardim tivesse sido pensado para os clientes, sem dúvida a proprietária teria se esforçado mais e investido em móveis mais elegantes, mas ele é privilégio das garotas e, ao barato projeto inicial, foram feitas adições de bricabraque. Um balanço que range, coberto com um grande lençol azul e branco, cadeiras de jardim dobráveis com a pintura amarela descascando, uma espreguiçadeira quase apresentável e, como peça central, a carcaça ainda majestosa de um antigo *Strandkorb* do lago Wannsee. No início do verão, perto dos rododendros, inflamos uma pequena piscina infantil na qual as garotas mergulham as pernas pesadas antes que, cedo ou tarde, a brasa de um cigarro caia sobre ela e a transforme em incubadora de mosquitos. Nas tardes de julho, passei eternidades com o olhar preso a esse quintal depenado. As garotas deitadas, o grande chapéu de palha sobre o cabelo solto de Elsa. Birgit e Ingrid, com os tornozelos mergulhados na água ainda não turva de início de verão. Eddie escondida atrás do arbusto de framboesas — por questão de princípio, já que todo mundo sabe que ela está enrolando um baseado. E todas as outras, incluindo eu, indo e vindo, comentando os bronzeados, trazendo bebidas geladas para a fornalha imóvel. No inverno, o quadro é igualmente charmoso, embora seja menos prático caminhar sob neve ou geada com saltos vertiginosos. E é justamente esta visão que conservo com mais carinho: Gita e Eddie em seus casacos de pele, percorrendo o jardim a passos miúdos, exalando grossas nuvens de vapor, silenciosas sob a luz rosada de uma manhã de dezembro, claudicantes e graciosas como dois cisnes que acabaram de aprender a usar as pernas delgadas. Nevou na noite anterior e grandes flocos ainda caem em uma cadência lânguida, empoando os cachos loiros de Gita e o coque preto de Eddie. O único som que se ouve são seus passos esmagando a neve; finalmente, elas encontram um lugar para se sentar, levantando uma nuvem de poeira de neve que cintila por um instante no débil raio de luz e exclamando em coro que *aqui está melhor*. A jaqueta entreaberta de Gita revela o espartilho bordô e um pedaço de seio erguido pelas barbatanas do sutiã; ela descalça por um instante o pé envolto em nylon vermelho-carne e flexiona os dedos — quando Gita vem trabalhar, não tenho olhos para mais ninguém. Como se pressentisse isso, ela vira para mim o rosto de boneca:

— Você vem, Justine? Aqui o ar é melhor que na cozinha.

Sempre me perguntei como me encaixo nesse quadro, e se havia alguém na varanda em quem eu inspirasse a mesma ternura.

Sentada no velho *Strandkorb*, vejo entre as plantas penduradas na tela metálica as sacadas do segundo andar, os outros quartos. Não preciso subir até lá para me lembrar deles. A escada que cheira a comida, a porta que dá para o primeiro apartamento, o longo corredor de carpete vermelho, a cômoda baixa cheia de toalhas. A cozinha onde as garotas entram para olhar o relógio — suspirando que, meu Deus, o tempo não passa — e fumar um cigarrinho ilegal bem no meio do programa. Nesse cômodo podem-se ouvir, abafados, os ruídos vindos do quarto Dourado, 20 metros quadrados de estofamento púrpura iluminado por velas alaranjadas. Em um recesso, há um sofá vermelho e, sobre o aparador, a foto de duas garotas se beijando na boca. A cama é grande, robusta e recoberta por uma colcha dourada. Deitada sobre ela, basta estender a mão na direção do piso de mogno para alcançar a cestinha cheia de preservativos e do indispensável rolo de toalhas de papel. O quarto é muito popular entre as meninas, mas meu favorito se encontra adiante, ao fundo de um corredor curto e escuro. Ele mudou de nome muitas vezes; de "1001" passou a "Jasmim" e, depois, simplesmente "Vermelho", e está à altura das três denominações. A cama grandiosa, feita sob medida, ocupa metade do quarto. Caem do teto quilômetros de cortinas transparentes, um oceano de organdi no meio do qual brilha um aplique vagamente árabe. A luz do dia é filtrada por cortinas bordadas, vermelhas e douradas, fazendo com que a pele das garotas pareça purpúrea e seu cabelo solto seja percorrido por chamas. Em frente à cama, a lareira elétrica gera, quando ligada durante o frio intenso de janeiro, um sopro comparável aos fogos do Tártaro. A grande poltrona de veludo, deliciosamente profunda, está salpicada de pontinhos brancos — assinaturas imemoriais das cabeças de vento que ali fumaram, de bunda de fora, seus cigarros pós-coito —, e o tapete está esfolado e desbotado nos lugares em que elas caminharam de um lado para o outro à espera de que os homens se vestissem.

O quarto ao lado, o Tropical, é uma caixinha que cheira a jasmim já do corredor. Plantas falsas enquadram respeitosamente um afresco horroroso que um artista maldito cometeu em frente à porta, uma paisagem de selva cheia de flores e animais, tão confusa que, mesmo após dois anos, eu sempre descobria nela algum detalhe novo e insólito. Diante dessa aberração, a tela maravilhosa de um luar sobre o mar Báltico, tendo em primeiro plano uma mulher cor de espuma no ato de tirar o vestido. Porém, deitada na cama, o cenário mais fascinante sem dúvida é o espelho no teto, como se levitasse, mesmo que as borboletas adesivas que voejam em torno da nudez lá refletida deem à palidez dos corpos nus o ar de um Snapchat ruim. Bem ao lado do Tropical e do banheiro adjacente, a Clínica, com azulejos brancos do chão ao teto, espera que um homem exprima o desejo de deitar uma garota na mesa ginecológica. O cheiro é de álcool e desinfetante, embora ninguém jamais entre ali a não ser para encher um copo d'água na pia, mas os cartazes anatômicos, o carrinho cheio de instrumentos cirúrgicos e os jalecos pendurados nos ganchos dão testemunho da esperança de atrair estudantes de medicina para esse cômodo que todo mundo odeia.

No fundo, um terceiro apartamento contém os dois últimos quartos da Maison, o Branco e o Verde. O Branco, que é inteiramente cor-de-rosa, com exceção do laminado marfim, é de uma estupidez de chorar, com cortinas liberty e excesso de flores. A cama e a cabeceira de madeira, com entalhes pretensiosos, parecem ter saído dos sonhos eróticos de uma solteirona. Mas, quando o sol brilha, mesmo que timidamente, as cortinas incendeiam o quarto com uma luz rosada, as flores desaparecem, os bibelôs se apagam sob esse brilho vaginal e, em vez de estar presa nas fantasias de uma solteirona, você se sente dentro dela, confortavelmente engolfada entre suas coxas e tendo como único sinal do mundo exterior a música suave, insuportável depois de algum tempo, que se espalha por toda a casa a partir dos alto-falantes embutidos no teto. Ao lado, o quarto Verde é de uma elegância discreta, sem outra exuberância além da fonte de vidro que fica desligada a maior parte do tempo. Quando está ligada, seja porque corremos o risco de eletrocussão, seja porque o faz-tudo conseguiu dar um chute no lugar certo, uma umidade almiscarada toma conta do ambiente, que se torna atordoante. Nesse apartamento, a cozinha grande demais está cheia de tesouros esquecidos pelas garotas e seus clientes. Cartas de amor, elásticos de cabelo, gravatas medíocres, sabonetes, batons, CDs abandonados no aparelho de som e que tanto revelam sobre aquelas a que pertencem.

Ao fim do dia, é possível adivinhar o humor das garotas, a evolução de sua disposição. Esmée, que começou às 11h no Dourado — com um sujeito mal-humorado que a achou mais magra nas fotos — e terminou às 17h, após ter levado os três clientes seguintes à penumbra mais lisonjeira do Vermelho. Gita, que está menstruada e só atendeu no Estúdio, expondo os nervos à flor da pele a meia dúzia de caras ajoelhados diante de seus seios que estremeciam ao ritmo da chibata. Ingrid e seu novo corte de cabelo, indo do Branco ao Vermelho para admirar a franja escovada nos espelhos soberbos. Agnetha, que vai embora mais cedo porque um cliente excessivamente entusiasmado a arranhou. E ela. E elas. E aqueles suspiros frustrados ao abrir o armário onde são guardadas as chaves e descobrir que o quarto desejado está ocupado. E as excelentes razões para não ir até lá apesar das exigências do homem, *tenho dor nas costas e é um inferno arrumar a cama do Lilás, sinto falta de ar no Prateado, há um castanheiro em flor na frente do quarto e sou alérgica a pólen, sob a luz do Tropical tenho a impressão de ter uma bunda enorme, sinto-me sozinha no Dourado, Genova está bem ao lado e seus gritos me desconcentram...* e as galáxias que elas inventam, que inventavam nesses quartos agora alugados como apartamentos de férias, nesse jardim aonde agora vão fumar escravos de um outro gênero — e para onde vai a alma de lugares que foram tão violentamente habitados?

"Little Bird", The White Stripes

Dorothée, nua, passa nas longas pernas um óleo de limão cujo odor se mistura ao da sopa que uma das garotas deixou esfriando sobre a mesa baixa. Finjo ler, mas sua nudez priva as palavras de sentido; tenho sob os olhos um mingau branco e preto de letras e o único espetáculo que prende minha atenção, logo acima, é essa garota que não gosta muito de mim e sem dúvida acha que me mostrar a bunda branca constitui o gesto último de desprezo. Quando ela passa o óleo nas nádegas e esfrega para fazê-lo penetrar, entrevejo uma mancha de um rosa um pouco mais escuro e alguns insignificantes furinhos de celulite, e é precisamente essa falta de pudor, essa desenvoltura, que me encanta. É essa falta de consideração por seu corpo destituído de qualquer artifício que me excita — tenho a impressão de a ver mais nua que quando sai dos quartos, pingando de suor.

Não sei bem quando nem como Dorothée deixou de gostar de mim; suspeito que tenha sido quando lhe passei o francês gordo, malgrado minha vontade. Mas, naquele momento, eu já a conhecia bem o bastante para especular sobre sua vida lá fora. Descobri, de uma maneira ou outra, que ela era enfermeira. Das cinquenta ou sessenta garotas que compõem nossa equipe, umas quinze são enfermeiras, incluindo Nadine, que, com sua gentileza e seu sorriso, consigo imaginar salvando do desespero pacientes que jamais saberão como ela fecha as contas no fim do mês. Talvez Dorothée faça parte das enfermeiras irascíveis, embora nem sempre o seja. Há dias nos quais, mesmo comigo, ela está de bom humor: ri das histórias das outras garotas, conta as suas e defende a casa contra as críticas das novatas, que vêm de lugares nos quais se ganha muito mais. O que me leva a pensar que seu mau humor não se deve à Maison, nem ao trabalho, mas àqueles estados de espírito que frequentemente assombram as putas: o fato de envelhecer, de ver as jovens chegarem, de suportar menos as horas vazias entre os clientes. Sinto que sua raiva se dirige não contra nós, mas contra toda a terra, contra a própria marcha do mundo. E, se meu alemão fosse melhor e eu estivesse em posição de conversar com ela sobre isso, eu diria, enquanto ela se contorce para espalhar óleo entre as coxas, que aqui há muitas jovens menos bonitas que ela e algumas não têm nem jamais terão essa pele impecável e essa barriga chata na qual duas crianças cresceram sem deixar a menor estria.

Esmée retorna, com a toalha enrolada na cabeça como um turbante.

— Você já vai embora?

— Como assim, já? Estou aqui desde o meio-dia.

— Que cheiro bom desse negócio! — exclama Esmée, e, sem pedir permissão, com aquela proximidade de mulheres confinadas juntas que jamais deixa de me maravilhar, ela se inclina sobre o ombro de Dorothée para sentir o cheiro, com os olhos fechados.

Quase dois anos em um bordel nada fizeram para insuflar em mim essa audácia que tanto invejo. Dois anos imersa em um mundo no qual elas se cheiram de todos os ângulos, e eu ainda coro quando uma garota me beija no rosto. Nada me excita na maneira como Esmée cheira Dorothée; é essa confiança em seu sexo, a normalidade desse reflexo que consiste em examinar as outras mulheres, que acho tocante. Talvez porque *elas* não passem a maior parte do dia fantasiando umas com as outras, como faço eu, de um jeito que sequer é sexual, mas somente uma maneira de prendê-las como borboletas para observá-las à vontade.

— Você vem amanhã? — pergunta Esmée.

— Não, estou exausta. Meu plano amanhã é ir ao lago e beber umas cervejas sob as árvores.

— Então só vejo você na terça, *ma biche*?

Estou inventando o *ma biche*, "minha corça". Sem dúvida Esmée disse *Mäuschen*, "ratinha", e é quase a mesma coisa, mas às vezes eu gostaria de poder escrever em alemão, a fim de traduzir o afeto de todos esses *-chen* e *-lein* que transformam em carícia as palavras mais banais.

— Não venho na terça. Meu marido volta no domingo.

— Como vão as coisas entre vocês?

— Por enquanto, tudo bem. Eu reservei um hotel e as crianças ficarão com minha mãe...

É surpreendente a indiferença delas à ideia de transar com quatro, cinco, seis caras por dia na Maison e, mesmo assim, darem risadinhas quando se trata de um hotel e dos filhos na casa dos avós. Eu contei que o marido de Dorothée não sabe que ela trabalha aqui? Ele é representante comercial, ou alguma outra profissão que exige muitas viagens, e sem dúvida não tem a menor dificuldade para imaginar que a mulher o trai, mas certamente jamais imaginaria que é assim que o trai. Se há algo que nunca se discute o suficiente ao falar de bordéis é como gerir a quantidade de sexo. E, se não é a quantidade que incomoda, é a vontade de transar — perdão, de fazer amor — quando as horas de trabalho foram passadas com certo número de locatários de seu corpo.

— Depois de três dias, ele não pensa em outra coisa — sorri Dorothée. — Você não imagina o tanto de mensagens safadas que recebo. Evidentemente, não tenho tempo de responder, por causa dos clientes. Ele me manda fotos do pau, e eu gosto, mas, cá entre nós, isso me faz lembrar do trabalho. Como continuo meio distante, ele fica irritado.

Ela inclina o longo pescoço para trás, a fim de amarrar o cabelo — e eu consigo entender seu marido. Em alguns minutos, ela vestirá suas roupas de mulher normal, mas eu continuarei a ver Dorothée nua e brilhando de óleo, suntuosa mesmo sob o capacete da bicicleta.

— Segunda-feira, quando voltei das férias, eu não transava há dez dias. Dez dias, consegue imaginar? Em todos os anos que trabalho aqui, isso nunca aconteceu. Agora, ao fim de 48 horas, eu já me pergunto o que está acontecendo.

Dorothée percebe que estou ouvindo e sorri também para mim. Concordo com a cabeça.

— Meu problema agora é saber se terei vontade de transar daqui até o fim de semana.

Dorothée fecha o zíper da jaqueta, com ar de reflexão. Com seus anos de bordel, ela conhece a resposta, e já a forneceu: depois de 48 horas bebendo cerveja no lago, ela se perguntará o que está acontecendo. Terá dores estranhas nas costas e nas coxas, e isso a fará se lembrar de que já faz dois dias. Não lhe evocarão nenhum desejo particular esses passos aprendidos que ela executa cotidianamente na Maison, para homens com os quais não se importa. Sejamos honestas, *provavelmente* nenhum desejo; provavelmente, no máximo, um suspiro de bem-estar à ideia de não ser obrigada a executá-los, a não ser para o homem que ama. E a ideia de ter reservado um quarto, ela que passa a maior parte do tempo em quartos reservados por outros, lhe dará a impressão de ter escolhido transar, esteja ou não com vontade. Quando estiver no quarto, evidentemente haverá algo profissional em seu reflexo de curvar as costas, apertar as nádegas, entrecerrar os olhos e ronronar. Esses automatismos parecerão pressa, pois ela já pensa na ternura do depois, no sentimento de dever cumprido, na possibilidade de nada dizer, de não olhar as horas, de ir fumar na varanda. E ela terá a sensação de não querer, de transar como faria qualquer outra coisa, por hábito, por resignação, até o momento em que ele a possuir e ela perceber que aquele pau, que não é diferente de milhares de outros, não tem nada em comum com eles. Porque esse pau tem uma maneira de preenchê-la, de ressonar com ela, que a faria se apaixonar por ele, se já não estivesse. E seus gritos soarão como uma música adorada que enfim ouvimos, em vez de só percebê-la como ruído de fundo. Como um trecho de Pink Floyd em um aparelho de som adequado, algo verdadeiro, potente, que quase dá vontade de chorar. Ela se perguntará se ele sente, se percebe sua sinceridade, mas como poderia? Esses são os ruídos de sua mulher, primitivos e imediatos, a mulher que ele não vê há muito. E os ruídos que ela faz, sua maneira de se abandonar, são bons e familiares como voltar para casa após meses de viagem. Pouco importa quantas vezes transemos com outros, e pouco importam as razões: quando transamos com alguém importante, é como retornar ao porto. E talvez ela diga para si mesma, confusamente, com as coxas abertas e o olhar perdido, que todos aqueles caras e todas aquelas posições acrobáticas só valeram pela repetição. Talvez lhe pareça ter pensado no marido o tempo todo, enquanto o acúmulo a deixava de mau humor e ela tinha a impressão de não poder ver nem mais um homem sequer sem unhar seu rosto. Talvez se imaginasse possuída por ele, talvez, ao fechar os olhos, o visse do outro lado do quarto, olhando para ela — talvez o fato de ele nada saber sobre a Maison não seja uma traição, uma vez que ela pensa nele o tempo todo?

"(Sometimes You Gotta Be) Gentle", Heavy Trash

— O problema com essa profissão é que, depois de algum tempo, seu corpo já não sabe quando está fingindo e quando realmente está sentindo alguma coisa.

Hildie suspira fundo nos degraus do jardim.

— Você se esforça tanto para construir essa indiferença, ela se torna de tal modo um reflexo, que leva algum tempo para o corpo reaprender a sentir. Esse é o verdadeiro problema de ser puta. O resto não é nada: o que os outros pensam, o dinheiro, o cansaço, aguentar os caras... O problema são os fingimentos que nos impomos e que se tornam verdade.

Tenho sob as mãos suas costas compridas e flexíveis, cheias de pintas, que cubro de protetor solar. Hildie tem 27 anos, e é isso que responde quando um cliente pergunta sua idade, embora o site a rejuvenesça em cinco anos. Ela fica incomodada de fingir ser tão jovem quanto a irmã, pois tem a impressão de que deveria falar de outra maneira, usar trejeitos da época da faculdade — e essa já não é mais ela. Hildie despreza os homens que escolhem a companheira de uma hora em função da idade, e não quer nada com eles. Para exercer bem esse ofício, para gerir essa atividade de maneira razoável, é preciso ter mais de 25 anos, a fim de contar com todas as vantagens e nenhum dos inconvenientes. Se ela tivesse começado aos 18 ou 19 anos, se a maior parte de sua vida sexual tivesse se passado em um bordel, suas escolhas seriam mais complicadas. Ela não teria a dificuldade que mencionou, de diferenciar a pessoa real daquela que construiu. Fazer isso seria uma impossibilidade, e Hildie estaria ferrada para o resto da vida. É preciso ter transado, e transado bem, para trabalhar tanto e poder sussurrar para o próprio corpo, nas noites em que se está com um homem de quem se gosta, que dessa vez é para valer. O lado bom dessa deformação profissional é que, ao estar com um homem que a toca de modo desajeitado ou não consegue satisfazê-la, é fácil não se ofender; ela coloca a transa decepcionante no mesmo balaio das transas da Maison e não a vê como falha de comunicação ou falta de química. Seu corpo é um companheiro que ela ouve atentamente e pelo qual sente uma forma amena de pena nos dias de muito trabalho, quando volta para casa se perguntando se o que fez durante oito horas se chama sexo ou ginástica. Ela mensura o sacrifício a que submete seu corpo; às vezes, quando toma café no terraço, cercada de mulheres tão jovens quanto ela, Hildie imagina que, se tocasse a coxa de uma delas, se beijasse seu pescoço, o frisson da garota seria real, sentido da raiz do cabelo aos dedos do pé — ao passo que Hildie o experimentaria como uma fricção familiar, como ser arranhada por uma amoreira-preta ao caminhar pela floresta. Para se abandonar verdadeiramente, ela precisaria da mesma lentidão, da mesma paciência que uma virgem, de um homem que acariciasse lugares aos quais ela aprendeu a não dar a mínima, suas pernas, seus braços, suas costelas, mesmo que passassem por sua mente as mesmas fantasias selvagens de tantas outras. Um dia, um cliente abriu seus olhos após uma sessão no Estúdio. Ele perguntou se ela já tentara sexo tântrico; Hildie debochou, *mas é claro que não*, imagine, duas horas e meia sendo massageada com a promessa de gozar como nunca... Que besteira! O cliente deve ter sentido o sarcasmo em sua resposta, mas, sem se ofender, explicou que o sexo tântrico não era destinado aos velhos que não conseguiam ter uma ereção ou às velhas que já não ficavam molhadas e tinham todo o tempo do mundo para correr atrás de um orgasmo. Ao contrário, a lentidão e a procrastinação eram perfeitas para jovens como ela, que transavam muito (demais?), concedendo, por necessidade, um lugar ínfimo às preliminares.

— Por exemplo, tenho certeza de que você precisa de sensações bem fortes para gozar.

— Na maioria das vezes — respondeu Hildie, pensando no barulho de seu vibrador, tão potente que ela mal tinha tempo de imaginar obscenidades antes de gozar.

— É claro. É normal. Muito bem, o sexo tântrico permite que você se reconecte a cada parte de seu corpo, cada centímetro de sua pele. Por exemplo... Posso?

Ele estava inclinado sobre ela, esperando sua permissão para percorrer, com as pontas das unhas, a curva de seu tornozelo até o joelho.

— Você ficaria surpresa com o quanto um toque leve pode ser excitante. Trata-se de um exercício, claro. Exige abandono, e Deus sabe que isso não é fácil para mulheres da sua profissão. Mas isso permitiria que você se reconciliasse com a suavidade. Você precisa de suavidade, Hildie, como todas as outras.

Hildie não lhe deu atenção. No fundo, ela temia descobrir a existência de uma forma de sensualidade que a teria deixado muito mais realizada, mas que ela seria obrigada a ignorar. Mas às vezes, no terraço, após ter observado os corpos felizes das outras mulheres ao sol, ela fecha os olhos e usa as unhas da mão livre para acariciar sua perna, do tornozelo até a coxa, lentamente. Ao fazer isso, ela pensa em um homem pelo qual sentiria desejo. Quando termino de passar bronzeador em seus ombros, sinto em minha panturrilha uma carícia irritante como a de uma folha de grama e quase dou um tapa na mão de Hildie, que, sob os óculos de sol, sorri com o rosto bonito virado para mim:

— Viu como é?

E eu pensarei muito tempo nessa carícia, especialmente após nossos duetos na Maison, nossas sessões a três que deixam os homens sem fôlego. Trinta minutos astutamente agenciados por mim e Hildie, sem sequer precisarmos combinar antes, nas quais exibimos tesouros de obscenidade, posições incríveis, com o cara apertado entre nossas coxas, cego e surdo, ao passo que Hildie articula silenciosamente, sempre montada sobre ele, as indicações destinadas a mim. Fingindo perfeito abandono, mas sem jamais tirarmos os olhos das mãos do cliente e da camisinha, vigiando a escalada de seu prazer e imaginando a combinação sonhada que o fará gozar. Quando tudo termina, Hildie e eu temos vontade de nos cumprimentar mutuamente. Em nenhum momento fomos distraídas de nossa missão por qualquer sensação vertiginosa, mestras de nossos corpos até na hora de darmos gritinhos de alegria a cada palmada em nossas nádegas. E, contudo, enquanto estava mergulhada entre suas pernas, lambendo--a com um apetite que não era totalmente fingido, eu pensava naquela carícia banal em minha perna e imaginava o que poderíamos ser, se eu pudesse fazê-la gozar e ela soubesse o que fazer comigo, que lugares tocar, que linguagem inventar para devolver a nosso corpo esse frisson de vida.

— Mas esses são problemas de gente rica — suspira ela recolocando o chapéu, coberta de bronzeador da base das costas até os ombros comoventes. — Temos o luxo de sentir pena de nós mesmas por não sentirmos muita coisa. Eu sempre penso nas garotas que trabalham nos bordéis de 20 euros por programa. O nosso é um bordel burguês. Só aqui podemos ouvir garotas reclamando por não terem gozado.

"I'm So Green", Can

A expressão *bordel burguês* significa que garotas como Victoria não podem ouvir a campainha sem temer a chegada de um conhecido. Berlim tem 3,5 milhões de habitantes, mas atrás da porta sempre há um rosto que ela viu sabe-se lá onde, no trabalho, no supermercado, o rosto de um vizinho, do pai de um aluno, como se Victoria dispersasse feromônios que atraem todos os caras que gostariam de transar com ela mas, por várias razões, não podem. A culpa talvez seja de suas fotos: alguns segundos bastam para identificá-la sob os traços grosseiramente editados. Em quatro anos, ela já mudou três vezes de nome, mas raramente se passa uma semana sem que a ouçamos murmurar do sofá, vestindo-se com toda pressa:

— É um conhecido do meu namorado!

O que obriga Inge a retirar do chapéu desculpas tão fantásticas quanto implacáveis: *Victoria não se sentia bem e foi para casa, Victoria ainda está ocupada, Houve uma confusão na lista de programas* e, em casos extremos, *Ela não trabalha mais aqui, com quem você marcou o programa?* E às vezes vem do corredor, logo antes de a pesada porta de entrada se fechar, a queixa tonitruante de um cliente que mais uma vez vai embora de mãos vazias e lança, como uma garrafa ao mar, "Eu sei que você está aí! Silke, sei muito bem que você está aí", sem que possamos determinar se Victoria realmente se chama Silke ou se esse é somente um pseudônimo adotado há anos e esquecido por todos, menos ele. Estarão eles lá para pegá-la no flagra, como ela acha? Mesmo com roupas comuns, Victoria não deixa muitas dúvidas sobre a natureza de sua profissão: só pode ser algo relacionado a homens. Com o tempo, ela poderia anular qualquer risco de chantagem sendo perfeitamente clara sobre seu ofício; seu discurso e seu bom humor não dão a impressão de que ela se sinta constrangida. Terminei por pensar que esses homens que ficam furiosos ao serem rejeitados, esses jovens que quase choram quando lhes propomos outra garota, esses espertalhões que marcam programas com nomes falsos (em vão, porque ela sempre espia pelo buraco da fechadura), longe de quererem acuá-la, estão enfeitiçados pela magia que ela realiza no quarto, por algum truque secreto que não trocam por nada no mundo — como o sujeito que levei à porta certa noite e que derrubou um gueridom, subitamente todo atrapalhado, e que Victoria jamais quis rever. Da vez seguinte, tremendo de impaciência, com aquela excitação amorosa dos virgens que foram apresentados ao mundo, ele, por despeito, escolheu Hildie, que se parece um pouco com Victoria, de longe, em dias de nevoeiro. E Hildie me contou que ele rastejou o tempo todo, do quarto ao chuveiro, do chuveiro de volta a Hildie, dando trabalho para ficar de pau duro e ainda mais difícil de fazer gozar, sempre com os olhos fechados. Na hora de ir embora, ele tirou do bolso uma caixa de amêndoas açucaradas da qual pendia uma etiqueta com o nome Victoria, em rosa, e corações no lugar dos pingos dos "i". Ele se desculpou e, passando uma nota de 20 para Hildie, fez com que ela prometesse dar um beijo em Victoria e entregar-lhe os doces, com os cumprimentos de Laszlo.

— Com alguns, você se pergunta no que eles pensam quando transam. Ao menos com ele estava claro — rosnou Hildie. Ela estava um pouco chateada, como fica legitimamente uma garota de 20 anos que foi preterida pelos 42 de Victoria. Mas, no fundo, Hildie devia se perguntar a mesma coisa que nós, enquanto mordiscava as amêndoas desprezadas por Victoria: por que *ela*? Meu Deus, o que Victoria/Silke/Yasmine faz que os leva a correrem atrás dela? Eu escolheria Hildie dez vezes, sem sequer olhar para essa imensa valquíria esculpida com foice, com uma bunda larga, quase quadrada, e um loiro ultrajante; ela se apresenta com o langor das putas como as imaginamos, oferece a mão inerte, murmura seu nome da vez. Não faz nenhum esforço para fingir estar encantada em conhecer quem quer que seja — às vezes, esquece de tirar os chinelos e passa correndo, seguida de um eflúvio da comida que consumiu sem pensar nos próximos que tocarão seus lábios. Suas roupas, seu perfume, tudo cheira a puta — mas não mais nem melhor que muitas garotas aqui.

Depois que vejo os buquês e os doces e ouço caras bonitos choramingarem ao irem embora com o rabo entre as pernas ou fecharem os olhos com a bela Hildie para imaginarem a garupa de égua de Victoria, sou devorada pela curiosidade. Talvez sua altura e sua desenvoltura estimulem instintos que os sorrisos das garotas bonitas mantêm adormecido. Talvez seu ar de não querer ser escolhida, seus olhos que vagueiam de um lado para o outro como os de um aluno que não quer responder à pergunta deem aos homens cansados da boa vontade mercantil das outras putas a vontade de dobrá-la por bem ou por mal. Talvez essa técnica arriscada de o dobro ou nada seja uma audácia aprendida após dez anos de bordel.

Quando ela passa — sendo tão simpática com as colegas quanto é rude com os clientes —, erguemos em pensamento sua saia ultracurta; quando está nua, o que acontece com frequência, procuramos em suas dobras, meio consternadas, a resposta para esse mistério. É sem dúvida algo que os homens sentem e que nos deixa indiferentes, embora invejosas. Esmée enviou um de seus clientes em missão, mas o homem em questão, apaixonado por ela, fez um relatório enganoso, garantindo que Victoria era *grande demais* para ele. *Grande* demais? Será esse o segredo?

Já ouvi Victoria gritar por trás de uma porta fechada. Meu cliente estava no banho, eu fora buscar toalhas limpas e fiquei cativada, com a orelha colada à divisória, pelas vocalizações que cresciam sob a música suave.

Meu cliente me surpreendeu ali, com os braços ao lado do corpo, e simplesmente sorriu: "Grande Victoria." Quando perguntei o que ela fazia de tão particular, tão fascinante, Hector descartou o assunto com a mão, fingindo não querer trair a especialidade alheia. Como se Victoria fosse sua colega, e não minha! Provando, no fim das contas, que mesmo os homens são mais pudicos e respeitosos que eu — e agora, com seu cabelo comprido e quase branco e seu robe de seda coberto de estrelas, Victoria me parece uma feiticeira montada em um cisne branco ao anoitecer, quando o diabo visita o mundo dos mortais, uma aparição que sumirá em um piscar de olhos e que Marc Bolan teria celebrado em uma canção.

"If There Is Something", Roxy Music

Thibault tira a roupa tranquilamente.

— Desculpe por só termos o Lilás, mas a casa está cheia.

— Não se preocupe, eu gosto deste quarto.

— Ele me deixa deprimida.

Thibault está acostumado ao bordel, mais que eu. Ele está acostumado a ouvir falar dos clientes, ao estalar dos saltos das garotas no cômodo vizinho. E esse quarto vulgar, iluminado por neons lilases, onde acabamos todas as vezes, como que por decisão do destino, jamais o intimidou. Assim como não o intimidam o cheiro de desodorante e esperma ou o prosaico rolo de toalhas de papel na mesinha de cabeceira. Thibault adora estar no meio das garotas, ouvir seu riso; adora que elas toquem seu ombro quando passam por ele nos corredores e a afronta das regulares, que fingem reprovar sua infidelidade. Ele gosta até dos preparativos, dos quais não perde um detalhe: as toalhas que estendemos em cruz sobre a colcha, os preservativos retirados de nossas bolsinhas, a falta de pudor das que se despem na sua frente, sem interromper a conversa, e secam rudemente as partes que acabaram de lavar.

— E como vai você, depois de todo esse tempo?

— Tudo bem.

— Achei que você não ia voltar.

— Tive problemas de saúde.

— Wilma me disse. Você esteve internado, não esteve?

— Wilma contou?

— Só por consideração. Estávamos conversando sobre o fato de você vir menos. Ela estava preocupada.

— Ela é gentil. Eu fiz uma cirurgia cardíaca. Tive de ficar duas semanas de cama.

— Mas agora está melhor? Fora de perigo?

— Sim, mas o médico disse que preciso parar com as farras, as drogas, as garotas. Ao menos por um tempo.

Nu, ele se senta de frente para mim, com as pernas cruzadas. Seus olhos estão tristes.

— Não vou esconder que estou nervoso. Eu estava acostumado a sair, tomar speed, não dormir... Sempre tinha a perspectiva de fazer algo que me deixaria feliz, como vir aqui, por exemplo. Mas, desde que fiquei desempregado, tenho menos dinheiro e venho menos. Estou na merda.

— Divirta-se com outra coisa. Leia um pouco.

— Acabo de terminar um calhamaço de Franzen. Não é ruim. Mas isto aqui me faz falta.

— Dê um tempo. Leia Philip Roth, você vai gostar.

— Acho que fui longe demais. Há dez anos, eu jamais teria imaginado algo assim acontecendo comigo. Eu transava sem parar, tomava muitos porres... Acho que agora estou pagando o preço. Dinheiro à parte, eu vinha aqui quatro, cinco vezes por semana, e nunca tive problemas para ficar de pau duro. Hoje, sinto que, se não esperasse uns três dias entre as visitas, daria trabalho. Seria um chato. Já não tenho 30 anos.

Thibault, que acaba de fazer 41, sorri.

— Subitamente, minha vida parece vazia. Eu enterrei meu pai há seis meses, não sei se Wilma contou...

— Não. Sinto muito.

— É uma coisa estranha, enterrar o pai. Talvez mais ainda para um homem. Eu não tenho irmãos. Quando olhei para o caixão descendo, pensei (já aviso que é estranho): "Sou o próximo." Na minha mente, eu ainda tinha 15 anos, ainda era o filho. Agora meu pai está morto, não tenho mulher nem filhos... Se ainda pudesse farrear, isso ao menos me distrairia.

— Por que você não arruma uma namorada?

— E quando eu veria vocês todas?

— Como todos os outros, nos veria do mesmo jeito. Teria um gostinho de ilegalidade.

— É, eu preciso mesmo crescer algum dia.

— Ninguém jamais me disse algo assim.

Thibault dá uma gargalhada e me abraça. Em seu peito, sinto os batimentos de seu coração, nos quais não encontro nenhuma falha. Talvez eles estejam mais lentos que de costume?

— Acho que o casamento não é para mim. Sou casado com este lugar, e isso me basta. Tenho algumas esposas por semana, e nunca brigamos.

— Não se preocupe. As coisas vão melhorar. Todos nós ficamos na merda de vez em quando.

— E você, como vão as coisas? Como vai o livro?

— Vai indo, devagar. Tenho coisas demais na cabeça.

— Você fala de mim?

— Deveria!

— Se você quer histórias, podemos sair para beber alguma coisa e eu falarei de minha longa experiência como cliente!

— Eu tenho seu cartão. Quando recomeçar a escrever, telefono para você.

Seu cartão ainda está no bolsinho interno da minha bolsa. Às vezes penso em telefonar, convencida de que talvez possa encontrar em sua desenvoltura algo que desbloqueie o processo de escrita, mas sei que, no fundo, temos o mesmo problema, o mesmo livro à espera em nossas mãos, o mesmo medo de escrever mal e danificar essas histórias que, em estado selvagem, assumem a aparência de parábolas.

Com qualquer outro, eu esperaria até *depois* para ter uma conversa assim. Mas Thibault não precisa de clima para lembrar por que está aqui; o espetáculo de um corpo nu lhe basta. Já duro, prendendo meu lábio inferior entre os seus, ele tem o olhar grave de quem não lembra do que falávamos ou se falávamos (se fosse mulher, Thibault seria a puta perfeita).

— Fala pra mim, você dá muito? Fala.

Nessa pergunta que ele faz a Wilma, a Esmée, a mulheres que trabalham aqui há muito e só ficam de bom humor *quando* dão muito, está sua única fantasia, a ilusão de que ele é o único que paga. Nesse momento, seria tentador responder "O que você acha, meu amigo?". Penso nisso, mas lembro de seus olhos tristes e sussurro entre seus lábios: "Quatro vezes só hoje."

O que não é verdade, porque acabei de chegar, mas evidentemente é o que Thibault deseja ouvir.

"Beware My Love", The Wings

Após se despedir da multidão, Lotte finalmente desce as escadas, empurra a porta do jardim e é engolida pela agitação da rua comercial. Ela tem um grande latte nas mãos e, na mente, o projeto de ler no parque a algumas centenas de metros. O cheiro do restaurante turco, que a faz lembrar do trabalho quando chega pela manhã, é o cheiro da liberdade quando vai embora. Em um estalar de dedos, ela esquece os clientes do dia e é agora somente uma garota com a carteira cheia, cansada como estaria uma professora de educação física ou massagista. Trata-se de uma fadiga agradável, em nada relacionada ao sofrimento que poderia imaginar qualquer um que jamais tenha colocado os pés em um bordel. É uma lassidão que diz que vamos dormir bem, o dia ainda não terminou, dá tempo de molhar as pernas no lago. Lotte trabalhou bastante, a cidade parece lhe abrir os braços e amanhã ela irá tomar sol no lago Wannsee — ela merece, após dois dias na casa escura onde a pele adquire a palidez uniforme do leite com romã.

Lotte se senta na grama, perto da rua; é um prazer ver as colegas que partem e as que chegam para o turno da noite. Esmée, que inicia de bicicleta a subida árdua até a Maison, extremamente concentrada; Thaïs, que carrega a grande sacola esportiva com os dois sapatos de salto que usa cotidianamente e os trajes que variam conforme seu humor. Ver o mundo que continua a trabalhar, a ganhar dinheiro, a construir um pouco de conforto e dar às garotas um sorriso discreto que será ou não devolvido é uma das delícias do *Feierabend*. Uma delícia que nada pode contaminar. Com uma única exceção, e é preciso ser puta para compreendê-la: durante uma hora ou, ao menos, durante o tempo do primeiro cigarro, o ideal é não ouvir a voz de um homem. Sobretudo não a de um homem falando com ela. Mas sempre há um que se arrisca, confiante, e quando Lotte tira o livro da bolsa, com pressa de retomar uma passagem da qual os clientes a tiraram várias vezes, ela vê uma sombra que se espalha sobre a dela e, por um instante, esconde a luz do sol. Então uma sílaba fraca cobre o chilrear dos pássaros e o riso das crianças na escola adjacente:

— Oi!

Lotte hesita por um segundo, tremendo de raiva, tendo reconhecido a voz, o peso da sombra e até a consistência do silêncio antes mesmo de levantar os olhos. Eis Heiko, com as mãos no bolso e um sorriso triste nos lábios, saído do nada, e Lotte reúne tudo o que tem de cordial, a polidez deixada no armário na Maison, para sorrir:

— Oi. O que você está fazendo aqui?

Ela sabe muito bem o que ele está fazendo ali. Heiko deve tê-la esperado sair e a seguido discretamente. Deve ter esperado que ela terminasse o turno e foi atrás dela, respirando seu perfume e olhando o traseiro que só conhece seminu, coberto com a cinta-liga; deve ter esperado que ela se sentasse na grama e pensado em uma maneira de abordá-la, temendo sobressaltá-la, e depois apostado tudo na possibilidade de ela acreditar em um acaso feliz — como se ela pudesse esquecer que ele mora a quilômetros de distância e ninguém tem nada a fazer naquele bairro depois que sai da Maison. É por isso que ele tem a honestidade, ao se agachar ao lado dela, de confessar, ainda sorrindo:

— Você me disse que um dia tomaríamos um café, então pensei: "Por que não hoje?"

Imagino a raiva que a invade; raiva dela mesma, pois se lembra bem de ter aventado essa possibilidade quando parecia que Heiko nunca mais sairia do quarto. Raiva dele, porque quem, senão um cliente, esperaria algo assim, tomar um café com ela? Por que não hoje, Heiko? Sério, *por que não hoje?*

Ela esqueceu que em todo cliente dorme um homem que aspira a se tornar mais que aquele que paga. Ela pensou muitas vezes em parar de ver Heiko; praticamente em todas as visitas dele, depois daquela em que ele admitiu, em meias palavras, estar apaixonado por ela. (Será que realmente existem meias palavras em um contexto tão restrito quanto o bordel?) Mas assim que chegava à sala de apresentações, quando via o rosto dele se iluminar de felicidade, tendo nos braços uma sacola cheia de presentes, a coragem lhe faltava: alguma coisa infantil e terna dentro dela esmorecia diante daquela alegria por vê-la. Mas aquele seria o momento de dizer não, pois, no instante seguinte, aquela mesma coisa se enchia de raiva; a garotinha voluntariosa, sempre em busca de elogios, ficava exasperada com os olhares enamorados e o esforço para fazê-la gozar (uma esperança tão vã quanto encontrá-la fora da Maison). E a exasperação se transformava em repulsa: a ereção espontânea e desesperada daquele belo homem que mal chegara aos 30 anos lhe provocava mal-estar, uma sensação de se prostituir que meses de comércio com homens velhos, feios e gordos jamais causaram. Ela adivinhava a forma de seu pau duro antes mesmo de ele tirar a roupa e imediatamente tinha vontade de esganá-lo. Ela contava, furiosa, os minutos que ele passava no banho, achando-os ao mesmo tempo longos e curtos demais, esperando vagamente que ele levasse um tombo na saída do banheiro. O que jamais aconteceu, claro; Heiko jamais permitiria, ele viria mesmo com a perna quebrada. Aliás, fora o que quase acontecera no inverno anterior, quando ele torcera o pulso ao cair de bicicleta e rolar pela neve derretida, e Lotte tivera de se sentar sobre ele e realizar a tarefa em seu lugar; ela colocara The Pixies ao fundo para não ouvi-lo implorar e gemer (qualquer som produzido por ele há muito se tornara intolerável), e, como sempre, fizera pacientemente seu trabalho sem deixar que vibrações negativas se infiltrassem no momento, de costas para ele, tendo o cuidado de não tocar o antebraço que ele mantinha erguido como uma bandeira. Era sempre um esforço, com Heiko lhe dando beijos de língua que ela autorizara antes de passar a detestá-lo e que não podia proibir novamente sem revelar o declínio de seu afeto. Ele passava longamente a língua em sua boceta, sem se importar com o lubrificante que ela usava para não se oferecer completamente seca. Para encurtar seu calvário, Lotte fingia um orgasmo enriquecido por sua impaciência, um orgasmo rosnado que tinha a vantagem de fazê-lo gozar, mas o inconveniente de fazer com que retornasse a ela, insaciável. O breve cheiro de esperma que ela sentia quando ele tirava a camisinha usada, um odor que geralmente atribuía ao trabalho bem-feito, despertava nela um intenso sentimento de revolta. Às vezes, ela sentia um aperto que camuflava inclinando-se sobre o rádio para mudar a música (Lotte jamais tocava sua playlist para que nenhuma música a fizesse pensar exclusivamente em Heiko), e quando se virava e o via deitado, com os olhos fechados e o pau de volta a dimensões inofensivas, sentia uma estranha culpa. Ela não entendia como podia detestá-lo a esse ponto, e como ele podia imaginar o contrário, a ponto de gozar, e sentia uma pena dilacerante da estupidez insondável dos homens. Estúpidos quando estão eretos — todo mundo sabe disso, entende isso —, mas igualmente estúpidos uma vez esvaziados; na verdade, mais estúpidos ainda. Mansos como cordeiros. Radiantes, domesticados pela ilusão de terem feito gozar e prontos para retomar a mesma mentira. Quando ele estava assim vulnerável, Lotte poderia ter explicado que não queria mais vê-lo. A explicação sem jeito lhe queimava os lábios, antes que Heiko desembrulhasse seu presente; geralmente, uma caixa de chocolates. Era tarde demais. Os chocolates pelos quais ele pagara uma fortuna em uma butique francesa em Mitte e que Lotte achava amargos demais constituíam um novo pretexto para adiar novamente a explicação impossível. Ela não queria saber o que aconteceria, se Heiko deixaria os chocolates ou os levaria embora (o que, no fundo, a deixava indiferente, mas ela preferia se poupar do espetáculo dessa generosidade ou dessa indelicadeza), se começaria a chorar, se ficaria zangado — e, sobretudo, parecia inevitável que usasse quinze minutos a mais para discutir, para se defender, quinze minutos que ela não poderia cobrar, porque, na cabeça de Heiko, o tempo passado com ela não era composto de minutos valendo euros, mas de pedaços de eternidade, e a ideia de outro esperando por ela — por mais evidente que fosse — não lhe entrava na cabeça. Não, se ela falasse agora, seria preciso tirá-lo do quarto a pontapés, e ela não teria sequer o tempo de fumar um cigarro para dissipar a lembrança de Heiko dilacerado antes do cliente seguinte. Ela teria de arrastar, de quarto em quarto, a exasperação inspirada por ele e sobrepô-la à exasperação inspirada pelos outros, porque esse tipo de cena segue você o dia todo. Então Lotte pegava um chocolate, agradecia e, no momento de se despedir, prometia um café lá fora, simplesmente para evitar que ele ficasse ainda mais tempo no quarto, inclinando-se três, quatro vezes na soleira da porta, pedindo um último beijo, depois mais um, depois o último, sério, visivelmente já contando os dias que os separavam, levando um pouco de seus lábios para cada dia sem ela. Essa promessa às vezes tinha o efeito desejado: Heiko assentia animadamente, persuadido de que nenhum cliente jamais ouvira tal promessa feita por uma puta no limite da paciência. E mesmo que Lotte jamais tenha telefonado, jamais tenha pensado em fazer isso, ele ia embora contente, a toda a velocidade, fugindo com a promessa de um encontro como se precisasse dela para sobreviver ao ar de fora.

Lotte esperava confusamente que, nessa expectativa, ele aguardasse seu telefonema e não retornasse ao bordel, mas ele retornava, parecendo não ter guardado mágoa. Lotte podia contar com a presença dele como contava com a inevitabilidade da morte, todas as terças-feiras no começo da tarde. Ele geralmente era o primeiro a reservar um horário com ela na noite de domingo, quando a agenda das garotas era publicada no site.

Como Heiko se tornava cada vez mais sombrio, as *Hausdamen* começaram a chamá-lo de *Der Trauriger*, o Tristonho. Assim que Lotte entrava na sala de apresentações, ele saltava da poltrona como uma mola, sempre sorrindo, mas tendo nos olhos uma melancolia ainda mais cansativa, se é que isso era possível, que o entusiasmo de antes. Ele definhava. Certa semana, mergulhado em algum drama interno, ele decidiu não voltar —

não sem antes ter informado Lotte longamente sobre seu desespero: ele estava infeliz, não via para onde aquilo podia levar, estava ganhando menos, queria ter uma boa lembrança dela... e duas semanas depois, claramente angustiado, voltou. Deve ter compreendido que privava somente a si mesmo, e tinha a excelente disposição, à beira da histeria, de um homem resignado a se contentar com sua escassa ração. Cansado de esperar demais de Lotte, prometeu se comportar como homem razoável, feliz com o pouco que recebia dela (Heiko não tinha ideia de que esse pouco teria parecido opressivo para clientes menos apaixonados).

Essa sabedoria não durou. A prova: um homem razoável jamais teria esperado Lotte na saída do trabalho. Para dizer a verdade, nem mesmo um homem pouco razoável teria feito isso. Mesmo um imbecil teria compreendido que nada se consegue de uma mulher colocando uma faca em seu pescoço. Depois de ter se comportado como bobo apaixonado, Heiko vestiu os trajes de perseguidor. Já era ruim o bastante temer sua presença todas as terças-feiras; se o mundo exterior não fosse mais seguro, o que restaria a Lotte?

Assim, ela diz a si mesma que chegou a hora. Agora que ele está com um copo na mão e ela também, que estão mais perto que nunca de tomarem um café juntos, talvez seja a hora de mandá-lo embora. É difícil determinar se Heiko pressente isso, porque ele fala como se ela fosse fugir à menor pausa em seu monólogo. Ele fala do trabalho, de sua próxima viagem... O fato de ele gostar de falar é algo pelo que ela é grata no trabalho, porque o tempo passa mais rapidamente; porque, hipnotizada por esse fluxo, ela esquece um pouco o quanto o detesta — e porque ele está *pagando*. Do lado de fora, nessa tarde perfeita e cálida e enquanto seu livro a espera, dobrado na mesma página palpitante, ela vê tanta razão para aceitar a conversa de Heiko quanto a de qualquer outro chato. E a revolta cresce, terrível, no peito de Lotte, que parou de se chamar Lotte na porta da Maison. Heiko menciona o artigo de uma revista barata de psicologia; ele claramente tenta enviar uma mensagem, porque o artigo, escrito por uma terapeuta cuja clientela é composta essencialmente de putas, explica aos homens que as relações que eles imaginam ter no bordel são artificialmente mantidas pelas profissionais a fim de fidelizar seus clientes. Enquanto fala sobre o artigo, Heiko olha obliquamente para Lotte e faz algumas pausas tímidas na esperança de que ela negue tudo, que jure que a relação dos dois é autêntica. Ele está ou não jogando verde?

Lotte gostaria de explicar a essa psicóloga cheia de boas intenções que ela não entendeu nada no que diz respeito aos bordéis; ela não sabe o que um bordel como a Maison exige das mulheres e como são os estabelecimentos nos quais as funcionárias trabalham por quarto de hora, acumulando mais de quinze clientes por dia. Mesmo com toda a empatia do mundo, essa psicóloga não pode compreender como se constrói o afeto ou a irritação das garotas, e os mecanismos de sobrevivência que as impedem de expressar ambos. As garotas que trabalham em um daqueles caça-níqueis nos quais os homens fazem fila na porta não precisam de bom humor; se um cliente não gosta da conversa, há mais dez esperando, e é assim todos os dias; duzentas garotas e três vezes mais homens, em uma sucessão inesgotável — que diferença faz se eles voltam ou não?

Para Heiko, seria preciso dizer: "Eu sou amável porque você é! Confio porque tenho a vaga impressão de conhecer você, induzida pelo simples fato de transarmos de modo regular. Sou assim com você porque claramente sou uma puta ruim. Sou uma puta ruim porque, comigo, você não aprendeu aquele pragmatismo possuído pelos clientes de minhas colegas e que acaba com qualquer impressão de sermos amigos. Sou uma puta ruim porque você dá a meu abandono o mesmo valor que ao de uma garota pela qual não pagou, minha docilidade evoca em você a mesma esperança; sou ruim no meu trabalho. Sou uma puta que causa dor para você, e as putas não devem causar dor."

A noite cai suavemente sobre Heiko e Lotte, que parecem um casal. Um casal que já não tem muito a dizer um ao outro, ou então um casal tão sólido que mesmo o silêncio está cheio de palavras. Em breve, Lotte guardará suas coisas, decidida a ler em algum lugar onde ninguém a reconheça; ela inventará um compromisso para o jantar, Heiko observará com fervor religioso enquanto ela espana a calça e dirá *Vou ficar mais um pouco*. Ele colocará as mãos sobre a marca que o traseiro dela deixou na grama. Sem sequer perceber. No metrô que a leva para casa, ela enviará uma mensagem a Inge, rapidamente, antes de poder mudar de ideia: "Sem mais programas com Heiko, obrigada." Pensando que se trata de um desperdício, mas subitamente livre de um peso monumental — e, na terça-feira seguinte, na hora em que deveria ver Heiko, Lotte será a primeira nas apresentações para as tropas anuais de italianos vindos para a *Grüne Woche*.

"Who Loves the Sun", The Velvet Underground

— Meninas, que dia!

Gita se joga no sofá, vestida no quimono cor de ferrugem que ela veste entre dois clientes, como um boxeador. Ela acaba de passar duas sessões de uma hora no Estúdio — ao tomar banho pela manhã, contei os golpes secos de seu bastão — e agora, soberba, perolada de suor e com os olhos brilhantes, prende a cabeleira loira em um rabo de cavalo de colegial. Ela tira os sapatos e movimenta os dedos avermelhados:

— Bati tanto nele que não sei se ele vai voltar — arrulha ela com seu timbre de rolinha, de menina travessa que zomba dos homens que se dilaceram por um programa com ela. Eles brotam como cogumelos: basta abrir a porta e eis que aparece um, com flores na mão e um sorriso nervoso nos lábios, mal dando a ela tempo para respirar. Aliás, ao vê-la enrolar um cigarro diante da xícara cheia de café, tenho vontade de dizer que ela não deve ficar muito confortável. De meu posto de vigia atrás da cortina, vi o Doutor. Quando Inge avisou que Gita se atrasaria um pouco, ele fez um gesto que dava a entender que não estava com pressa. E timidamente, Inge se aproxima, coloca a mão no ombro de Gita, que ri ao contar como destruiu o cliente anterior:

— O Doutor chegou.

Gita se interrompe e Inge tenta minimizar os danos:

— Que homem elegante! Sempre tão bem-vestido! Se todos fossem assim, hein?

E então a bela Gita, com os olhos grandes e cansados revirando nas órbitas, veste seu bom humor profissional e corre para o salão onde o Doutor a espera. Não ouvimos nada; nenhuma efusão de alegria. O salão deve estar cheio daquele silêncio transido, apaixonado, que ele traz consigo juntamente com o perfume sofisticado demais. Ele olha para ela. Absorvendo Gita com os olhos e as narinas, com cada poro de sua pele. Inconsciente da contagem regressiva que ela já iniciou na mente. Inconsciente do que ela pensa enquanto ele toma banho e se veste, para não impor a ela o impudor dos outros clientes, que saem nus do banheiro, nus e eretos — e como ele poderia saber que essa delicadeza aborrece Gita tanto quanto o restante, tanto quanto tudo que se relaciona a ele? Gita não tem a menor vontade de despi-lo nem de fingir descobrir sua ereção; aliás, muitas vezes ele sequer consegue uma ereção, de tão imensa e aterrorizante é a fome que sente por ela; se essa fome tomasse seu estômago, ele seria incapaz de comer.

Em certa época Gita ficara confusamente tocada por sua doçura e pelo tempo que ele levava para penetrá-la, outro sintoma dessa fome que o forçava a possuí-la cuidadosamente, pouco a pouco. Ela gostava de seu silêncio grave e ficava excitada com sua maneira de se conter. Até mesmo gozou duas ou três vezes. E agora se culpa, convencida de que ele a sentiu gozar e, como tantos outros, confundiu esses espasmos com o início de um romance — nem mesmo um médico, se está apaixonado, consegue imaginar o orgasmo de uma mulher desprovido de alguma ternura.

Ele está nu diante dela, sem fôlego. Ela está reclinada na cama. Majestosa. Ele mal ousa respirar. Satisfeito com as iniciativas que ela toma e que jamais variam de um programa para o outro. É a adoração que dá aparência de novidade ao encontro. Ele comenta que ela está usando uma cor inadequada, um verde claro demais para sua pele de loira, mas esse erro de julgamento, longe de enfeá-la, a torna mais humana. Ele a imagina em casa, de pijama, escolhendo a roupa para o dia seguinte e correndo o cetim verde entre os dedos, com pressa de ir se deitar, pensando que ainda não usou esse traje e que, pelo que custou, é um desperdício não usá-lo. Aliás, há uma boa quantia do dinheiro dele na grande soma que ela pagou. É mais um golpe para seu coração, que a própria imagem de Gita coloca cotidianamente à prova. Ele sabe quando ela dormiu mal. Quando ficou acordada até tarde. Quando fumou demais na véspera. Quando está preocupada. Quando está menstruada. Ele sente, no fundo dela, a esponja que ela inseriu para absorver o sangue. Também percebe quando ela goza — como seria de outro modo? Isso não tem nenhuma relação com sua condição de médico; ele sabe porque está apaixonado. E, quando ela finge, ele não percebe isso como farsa, mas como delicadeza de amante que, por excelentes razões secretas, não tem vontade de gozar. Ele sente ternura pelo profissionalismo que ela demonstra nos dias em que está de mau humor. Como se ela interpretasse uma puta; como se tudo isso fosse somente uma peça da qual ela participa voluntariamente. Seu sangue ferve quando surpreende os olhos dela, calmos, ocupados em outro lugar, contradizendo os movimentos fluidos de seu esplêndido traseiro. Isso lhe dá vontade de agarrá-la pelo cabelo — se ousasse. Pois o Doutor é um alemão muito bem-educado. Saído de uma família rigorosamente protestante, ir ao bordel, independentemente de sua educação, é garantia de cedo ou tarde terminar no inferno, na terra ou em outro plano. Aliás, tratar uma garota como jamais trataria a esposa é uma tentação à qual sempre resiste. Há nesse homem um quê de Muffat, o bastante para irritar a Nana em Gita. Não estúpido o bastante para esperar que ela goze todas as vezes, graças a Deus, mas sempre observando seu rosto enquanto dá estocadas, suspenso sobre ela, ao passo que tantos outros se contentam em olhar seus seios, sua bunda, sua boceta, essa trindade projetada para o amor, de uma simplicidade e uma beleza de paisagem. Ele está atento ao menor espelho, ao menor vidro no qual o rosto de Gita possa ser refletido enquanto ela está deitada de costas, com as pernas sobre os ombros dele. E isso ocorre com frequência; em um acesso de raiva, Gita se pergunta de que adianta trair a mulher para trepar em posição de papai e mamãe. E, no caso de outro homem, isso certamente seria verdade, mas o amor, o amor... Exasperada, Gita esqueceu essa sede dos apaixonados, que se sacia com detalhes insignificantes. De repente, as exigências humildes dele a cansam, sua maneira de murmurar *Olhe para mim* parece uma perversão impossível de satisfazer. No caso de um homem amado, ou ao menos desejado, haveria no ato de abrir os olhos uma sensação de abandono ardente. Mas, com o Doutor, ela teme que ele perceba seu desprezo ou sua indiferença. Inventar um olhar temeroso, esconder-se atrás das pálpebras como que por pudor, tudo isso a irrita e, após virar de barriga para baixo, ela decide jamais vê-lo novamente. Vai deixar uma nota no quadro, proibindo que marquem programas para ele.

Isso já dura dois anos.

Depois do que ele considera amor e ela ressente como labuta suprema, o alívio de ter terminado é tal que ela arrefece em sua resolução, pensa nos momentos nos quais ele a ajudou com seus problemas administrativos e no dia em que, doente como um cão, ela telefonou e ele foi até lá, às sete horas da manhã, com a maleta cheia de antibióticos, sem pedir nada em troca, nem mesmo um beijo pela desculpa que teve de inventar para se despedir da mulher e dos filhos tão cedo. Gita arruma a cama e pensa naquela manhã em que ela se arrastou, com a garganta pegando fogo, para abrir a porta, e ele, de terno, com os olhos cansados, mas tomados de uma luz que ela acendera com um único telefonema, entrou tendo a maleta em uma das mãos e um chocolate quente na outra. Ele se assustou ao vê-la descalça e mandou que voltasse para a cama enquanto ele lavava as mãos. E Gita, deslizando entre os lençóis, pensou que, como não iria pagar pela consulta, deveria fazer algum gesto de gratidão, mesmo com 40 graus de febre... Mas ele se sentou na beirada da cama, abriu a maleta, fez as perguntas que um médico faz ao paciente, inspecionou sua garganta à luz do abajur, com uma neutralidade impecável, indiferente ao mau hálito, à língua esbranquiçada, ao pus no fundo da garganta (Gita sentia o constrangimento de um artesão que cuidou mal de suas ferramentas). Sem surpresa, ele diagnosticou uma amidalite, deu a Gita dois comprimidos, empilhou sobre a mesinha de cabeceira meia dúzia de flaconetes. Mal ela engoliu o primeiro remédio e já se sentiu melhor; ao vê-lo arrumar suas coisas, sentiu uma onda de ternura pelo Doutor. Naquele momento preciso, foi assaltada pela amplidão da tragédia que os dois viviam, embora em níveis diferentes. Talvez por estar doente e predisposta ao sentimentalismo, e porque a perspectiva de acordar sentindo menos dor era tão doce... de repente, Gita viu aquele homem, que não era diferente dos outros, mas certamente mais bonito que a maioria, que observava a peça onde os dois se mantinham em silêncio — o covil de Gita, com as paredes cobertas de pôsteres e fotos; a bagunça de Gita, com roupas por toda parte, prateleiras de livros, coleção de sapatos. Ela teve a vaga consciência de adquirir, na mente dele, uma consistência que jamais tivera, a despeito das horas que ele passara com o nariz enfiado nas dobras de seu corpo, e suspeitou que ele a preferia ali, de pijama e quase incapaz de falar, que maquiada, penteada e usando cinta-liga, porque estava apaixonado por ela e ali, no meio das calcinhas sujas e das garrafas vazias de Coca-Cola, estava próximo de uma verdade que acreditava querer penetrar. Temporariamente, Gita não era uma puta nem uma paciente, mas uma jovem pela qual ele poderia se apaixonar, alguém cuja companhia poderia apreciar durante meses, uma garota pela qual hesitaria em pagar por um divórcio dispendioso e do qual sairia como quase sempre saímos. Porque estavam na casa dela e não no bordel, ela também poderia se apaixonar, eles se usariam até se desgastar, à força de encontros clandestinos, restaurantes e hotéis escuros, inventando uma aparência de vida no limite extremo da frustração, até que se sentissem realmente frustrados e ela, com seus 26 anos e sua liberdade de pássaro, se interessasse por outro e, de um milhão de maneiras possíveis, eles se separassem. Ela viu tudo isso passar pelo rosto dele, e pensou brevemente na possibilidade de ele não ser um cliente, de ele ter um cheiro diferente do sabonete do bordel e esse cheiro lhe agradar. Ela lamentou o desprezo que ele lhe inspirava em tempos normais, malgrado ele e malgrado ela, aquele desprezo irreprimível que inspira os homens apaixonados por garotas que pagaram justamente para não os amar.

Ela rolou sobre os travesseiros, usando as últimas forças para revelar os seios, pequenos e eretos pela febre; a boca estava fora de questão, mas ele podia comê-la de lado, desde que rapidamente — ela estava tão quente que ele não duraria muito, de qualquer forma. Mais uma vez prestes a se dar, odiando, através dele, todos os homens que transariam com uma mulher semimorta, desde que ela tivesse um traseiro bonito e ainda estivesse quente... Mas o Doutor pareceu não ver seus seios; ou, se os viu, foi com a frieza clínica de sua profissão. Ele sorriu e puxou as cobertas sobre ela, e seu sorriso a fez se sentir obscena e patética: ela realmente achou que ele era assim tão podre?

Por um instante, o Doutor a observou beber o chocolate que ele trouxera. É importante que ela não beba nada quente demais, isso pioraria as coisas. Ela precisa dormir. Repousar. Ficar sem trabalhar por dez dias.

— Obrigada — suspirou Gita, colocando no olhar toda a gratidão que ela estivera disposta a demonstrar de lado. Antes de sair do quarto, ele pareceu hesitar, e então disse, com uma seriedade que lançou sombras sobre seu belo e anguloso rosto:

— Vou esquecer seu endereço. Você não precisa se preocupar.

Gita sorriu e respondeu não estar preocupada, mas se sentiu subitamente aliviada e inquieta, porque não percebera, ao menos não conscientemente, que ele agora sabia seu endereço. A parte de seu cérebro que ainda pensava imediatamente apresentou todos os recursos desagradáveis a sua disposição caso ele decidisse persegui-la, como mudar-se ou chamar a polícia. Ela estava tentada a acreditar, mas seria possível confiar em um homem apaixonado?

O fato é que sim, era possível. Era possível contar com a promessa de que ele jamais bateria à porta. Quanto a esquecer voluntariamente o endereço da mulher amada, não creio que seja possível. Sobretudo quando a mulher que ele tem o hábito de ver duas vezes por semana desaparece da noite para o dia. Foi o que fez Gita. Ela apareceu em uma terça-feira, trabalhou, disse "Até amanhã" e ninguém nunca mais a viu. As *Hausdamen* que telefonaram para que ela fosse pegar suas coisas só conseguiram falar com a caixa postal e, depois de muito tempo, uma voz metálica informou que o número já não existia. Seu armário ainda está aqui, trancado, intocado, com a etiqueta de letras violetas que soletram esse nome que ela descobriu em um livro, que em nada se parecia com o seu, mas que a fazia virar a cabeça quando fumava na sacada, perdida em si mesma, e nós avisávamos da presença de um cliente. Um dia, suas fotos no site desapareceram, mas estou certa de que um homem salvou essas imagens que à primeira vista parecem kitsch, mostrando Gita de quatro no quarto mais indecentemente florido da Maison, mas que na verdade são fascinantes, porque seus olhos, sem retoques, dão àquela devassidão de rosas, margaridas e organdi pastel uma gravidade quase dolorosa. Jamais, malgrado a falta de lugar, ousamos forçar o cadeado para guardar as coisas de uma nova garota, e uma parte de Gita permanece lá, em um armário bem alto, a bela Gita que parece ter desaparecido da superfície do mundo.

Quando o Doutor retornou dois dias após o desaparecimento de Gita — do qual ele havia sido avisado por Marlene —, Lotte, Birgit e eu o vimos entrar na salinha, escondidas atrás da cortina.

— Coitado — suspirou Birgit antes de retomar sua leitura.

Lotte foi falar com o Doutor. Ele parecia um náufrago que se agarrava a uma tábua para conseguir algumas golfadas suplementares de ar. Queria notícias de Gita e, quando Lotte respondeu que ninguém sabia dela, caiu em um silêncio mortal que durou uma eternidade. O Doutor colocou a cabeça entre as mãos e Lotte, que começava a se inquietar, jogando o peso de uma perna para a outra, mas não ousava interromper o devaneio de um cliente potencial, observou que suas unhas, habitualmente de aparência quase feminina, estavam roídas a ponto de sangrar; que, no interior desse homem de mais de 40 anos, havia um adolescente nervoso cujas piores manias haviam sido despertadas pela ausência de Gita. Lotte temia que ele explodisse e ameaçasse quebrar tudo se não disséssemos a verdade: que ela já não desejava vê-lo. Mas o Doutor não era desse tipo e, com pena, Lotte sentiu a própria mão se erguer e pousar sobre o ombro dele; ele ergueu para ela os olhos abatidos, insanos:

— Quem se parece com ela?

"Bluebird Is Dead", Electric Light Orchestra

— Esperei na frente da casa dela. Jurei jamais fazer isso, mas, depois de uma semana, estava ficando louco. As enfermeiras me olhavam como se não me reconhecessem. Isso é algo que você nota imediatamente quando passa os dias cercado de pessoas das quais só pode ver os olhos. Eu poderia matar meus pacientes, de tanto que pensava nela. Aliás, quase fiz isso, quase esqueci um curativo no estômago de um cara. Parece impossível, quase como se esquecer da camisinha para vocês, mas você não imagina como é fácil. Ele fica da cor dos tecidos e dali a pouco você tem uma septicemia e um cadáver. Eu estava prestes a dar os pontos pensando em Gita, no apartamento de Gita, quando a enfermeira colocou a mão em meu braço, e isso nunca acontece, não durante uma cirurgia.

"Então, quando fui embora, em vez de voltar para casa, fui para o Mitte e estacionei em frente à casa dela. Esperei e a vi. Ela estava com um cara. Da idade dela. Um cara que não pagava: isso estava claro na maneira como ela olhava para ele. Também estava claro que ela jamais ficara nua na frente dele. Odiei o cara instantaneamente, claro, mas fiquei feliz por ela estar bem, porque eu estava preocupado. É totalmente estúpido; no fundo, eu deveria ter desconfiado que ela simplesmente ficou de saco cheio. É preciso ser realmente idiota, como só os homens podem ser, para imaginar que uma garota que desaparece necessariamente está em apuros — foi o contrário. Ela estava radiante. Eu achava que a tinha visto feliz aqui, mas era como admirar um pôr do sol com óculos escuros, sem comparação. Ela segurava uma cerveja, da qual o cara tomou um gole e, na sua maneira de rir e devorá-lo com os olhos, eu soube que eles iam transar. Que ela queria transar com ele. É idiota, mas subitamente consegui ver tudo, inclusive a excitação nos gestos dela. Estava muito escuro, mas eu podia sentir. Qualquer outra pessoa teria visto somente uma moça bonita e meio bêbada, em uma noite de sexta-feira, prestes a levar um cara para casa. Ela estava sentada no parapeito de uma janela do térreo, com os braços em torno do pescoço dele. Eu me perguntei se foi por causa dele que ela deixou essa vida, mas acho que não. Ele foi um encontro casual, e provavelmente não tinha a menor ideia sobre o passado dela. Ali eu entendi que nunca fui mais que um cliente para ela, porque ela se movia de um jeito diferente, brilhava de um jeito diferente. Comigo, ela só respondia aos estímulos, não tomava nenhuma daquelas iniciativas, como as mãos no cabelo dele, as pernas em torno das coxas dele, o rosto virado para trás. É incrível como a realidade pode nos deixar apáticos. Eu estava lá, no meu carro, atordoado demais para me esconder, pensando nas vezes em que me senti próximo dela, pensei receber mais do que ela dava aos outros. A ocasião em que fui até sua casa, aquele momento de paz em seu quarto, em silêncio, ela entre os lençóis e eu examinando sua pobre garganta inflamada. Eu não pedi mais que isso, estava feliz com aquela proximidade. Naquele dia, sonhei que ela também pudesse se apaixonar por mim.

"E, subitamente, ao vê-la pendurada no pescoço daquele cara, eu me perguntei se os carros em torno estavam realmente vazios, se eu não estaria prestes a ver as silhuetas de outros clientes, paralisados de medo, antigos clientes petrificados nas mesmas ilusões destruidoras.

"O fato de que ela desapareceu sem ao menos pensar em me avisar deveria ter sido um sinal. Se eu fosse menos idiota, teria sentido os outros nela. Eu achava que esse era o cheiro dela, e o amava, como amava todo o restante.

"Fui somente um cliente, e quando, abraçada a seu jovem paquera, ela olhou em minha direção e me viu, compreendi que me tornara um inimigo. Aqueles olhos! Eu só via seus olhos; o restante, de um ombro a outro, desapareceu; foi logo antes de eles se beijarem. Ela nem piscou, não fez nenhum gesto de surpresa — somente aqueles olhos fixos em mim, imensos, aterrorizados, imóveis. Aterrorizados. Aterrorizados.

"O pior, quando você tem mulher, filhos e uma amante, não é estar apaixonado por alguém com quem só pode passar duas horas de cada vez. Não é que o amor seja unilateral ou esteja condenado de antemão. O pior é ter de voltar para casa tendo nos ombros um mundo em ruínas e não deixar transparecer. Encontrar forças, Deus sabe onde, para sorrir e se comportar normalmente quando, a cada segundo desse teatro, seu mundo em ruínas continua a desmoronar, incansavelmente. O pior é que seja possível. E factível. E que façamos isso. Dias, semanas, meses inteiros com esse buraco no coração."

"Mambo Sun", T. Rex

Hildie pega outro ônibus para voltar ao Kreuzberg. Eu gostaria de ir com ela para tomar um café, mas quero dormir e meus olhos estão pesados de tanto chorar. Ela se afasta, encolhida sob a melancolia e a bolsa onde esvaziou o conteúdo de seu armário. No ônibus, senhoras idosas a observavam, entre a pena e a ternura, acreditando em alguma insuportável dor de amor que, dali a dez dias, será curada por outro canalha. As crianças a encaram com ranho secando sob o nariz. Pode ser luto, algum desastre pessoal — Hildie chora tanto, e com tanto abandono! Mas ninguém fala com ela, ninguém tenta conversar, o que é perfeito, pois ela não seria capaz de inventar uma história. Ela contaria tudo, e quem poderia entender? *O lugar onde centenas de caras me comeram durante três anos acaba de fechar as portas.* Essas lágrimas só podem ser de alegria, *ou então...*

Em casa, Hildie se deita ainda vestida e tira um cochilo sem sonhos do qual acorda quatro horas depois. Está com fome, apesar de ter achado que jamais sentiria fome novamente. O sono profundo que dividiu seu dia em dois faz com que a manhã pareça distante, como se pertencesse a uma outra época. E a tristeza também tem qualquer coisa de distante, de imprecisa; é um pesar sem sofrimento, como se tivesse sido um amigo, e não ela, a perder alguém.

Enquanto devora o resto de macarrão da noite anterior, ela recebe uma mensagem de texto: "Em uma hora?"

O remetente é um homem que ela nunca viu e com quem começou a conversar há uma semana, quando entendeu que precisaria de uma distração para o pesar. As fotos do desconhecido a intrigaram. Hildie veste um macacão preto, fluido, sem calcinha. E, com o coração batendo surdamente no peito, sob os pequenos seios enrijecidos pela carícia da popeline, caminha na direção do parque onde combinaram se encontrar. Trata-se de uma bela noite de junho e o calor do dia parece emanar do chão. Hildie teve três clientes naquela manhã. Alguém poderia pensar que a perspectiva de ver um homem só inspiraria tédio, mas ela constata, maravilhada, que está queimando e que, a despeito de três anos passados a caminhar de quarto em quarto para transar com estranhos, esse estranho, porque não está pagando e porque ela o escolheu, a excita de maneira inédita. Mais que excitação, ela sente medo, que lhe aperta dolorosamente o estômago; medo de encontrar o homem no escuro. Medo de que ele não goste dela. Medo de já não saber transar, de ter pegado no bordel o cacoete de ir direto ao essencial: baixar o macacão e ser comida por trás contra uma árvore, uma ideia que faz sua boca se encher de saliva. E como explicar isso a um desconhecido? Especialmente porque ele não é assim. Por mais que tenham conversado sobre o assunto, Hildie sente que ele não vai pular sobre ela ou tentar beijá-la imediatamente. Ao pensar nesse adiamento, nessa espera, uma nova tensão lhe torce as estranhas, mas Hildie não volta atrás. Ela, que caminhou nua e sem o menor constrangimento pelas poucas centenas de metros quadrados da Maison, subitamente se pergunta, febril, qual é sua aparência quando vestida, como fica seu traseiro nesse macacão, se na escuridão é possível ver que seus mamilos estão eretos e que seu caminhar assumiu a lentidão lânguida de uma mulher indo em direção à possibilidade de prazer — ou assim ela espera, confusamente.

Quando ainda tinha toda a sua autoconfiança e não estava certa de comparecer ao encontro, devastada pelo fechamento da Maison e pelas lágrimas das garotas misturadas às suas, ela, por bravata, indicara um canto deserto do parque, um verdadeiro convite ao estupro. Enquanto caminha, as conversas dos grupos reunidos em torno das churrasqueiras portáteis se distanciam pouco a pouco, o júbilo tranquilo de uma noite de verão em Berlim emudece como em um sonho, e o silêncio que se instala é uma intrusão obscena em seus pensamentos. Embora, na verdade, ela não pense em nada. Eis 500 metros nos quais não pensa em nada, com os olhos atentos, tremendo quando ouve passos masculinos atrás de si. Tremendo à ideia de ver sem ser vista, flagrada em um momento em que os traços de seu rosto denunciem sua angústia.

Quando ela desce, com todo cuidado, um lance de degraus de pedra carcomidos pelo musgo, uma sombra enorme se destaca da escuridão: um cão de grande porte que a observa e vem cheirar suas pernas. Hildie não ousa se mexer e mal respira, persuadida de que, apesar do banho demorado, o cão sentirá o cheiro dos três clientes, algum vestígio preso em seus pelos. Ela tem um breve instante de medo, temendo que, como fazem os cães, ele enfie o nariz entre as coxas que ela protege com uma mão falsamente negligente. Se há uma coisa que os cães podem sentir, sem sombra de dúvida, é uma fêmea disposta a cruzar. Mas esse cão é comportado, como seus congêneres berlinenses, e se afasta com um latido pacífico.

Novamente o silêncio. Nada além do marulho distante de uma cascata artificial. Hildie tem um pressentimento impossível de definir.

— Dei a volta inteira no lago enquanto esperava — diz, em inglês, uma voz suave atrás dela.

É uma voz carregada do sotaque de Liverpool e, na escuridão, ela vê brilhar uma fileira de belos dentes. A luz alaranjada de um poste, filtrando-se entre os galhos dos castanheiros, ilumina olhos cobertos por cílios escuros. Da camisa abotoada até em cima saem pelos que sobem até o pescoço.

Para saudá-la, outro homem a teria beijado. Um norte-americano a teria abraçado, anulando imediatamente qualquer tensão erótica. Mas ele não faz nada disso, só olha para ela, sorrindo, e o cabelo de Hildie se arrepia na nuca. Enquanto eles caminham lado a lado, Hildie pensa que, se eles se tocassem sem querer, um dos dois levaria um choque, haveria uma faísca azulada e eles não poderiam mais fingir que não conversaram sobre os dedos dele em sua boceta, que ele não enviou uma foto do pau ereto sob a calça do pijama, que eles não combinaram de se encontrar no escuro para poder se tocar sem ser vistos. Ele não usa perfume; se ela se aproximasse, sentiria o cheiro de sua pele, um cheiro que não teria sentido em mais ninguém.

Após o lago, um caminho recoberto de grama alta serpenteia na direção da obscuridade total. A trilha leva ao início da floresta, onde acaba qualquer tentativa de domesticar as plantas e as árvores formam um túnel denso. Hildie jamais percorreu a trilha; em tempos normais, não correria o risco, mas foi ela quem a sugeriu. Apesar de sua desenvoltura, Hildie sabe que ele sabe que ela sabe com o que consente uma garota que se deixa conduzir, em uma noite de verão, sob o céu sem luar. E a verdade é que ela está morrendo de vontade de ser possuída no meio do mato, por esse homem que caminha ao lado dela fazendo gracejos. Esse homem que provavelmente se diz que não pode ser tão simples, que espera guinchos de protesto assim que colocar as mãos nela. Que terminará por se decidir com a impressão de saltar no vazio. Quando eles se sentam na grama, as pernas de Hildie tremem um pouco. O medo que ela sente circular por suas veias é uma delícia que poderia mantê-la ali indefinidamente. Ei-los, sentados a alguns centímetros um do outro, imóveis, conversando como se estivessem no terraço de um café. Ela sente que ele a observa enquanto ela arranca negligentemente as folhas altas de grama. Acalentada por sua voz, ela se pergunta se ele está excitado por tê-la tão perto; se imagina, como ela, a união furiosa em meio à mistura de cardo e trigo selvagem, com as pernas dela apertadas em torno de sua cintura. Ver-se nova, fresca naqueles olhos escuros, é como estar embriagada. Tinha esquecido o frisson de observar um homem que a observa e não sabe se a terá. Que espera. Que se prepara, espreitando nas sombras. Um homem que não imagina que, um pouco mais cedo, haveria uma maneira muito mais rápida de chegar ao ponto.

Coisas rastejam pelo musgo perto dali. Organismos minúsculos, confusos com a presença humana, emitem guinchos, rosnados suaves. Há na floresta uma umidade cheirando a terra e húmus, eflúvios evasivos de flores escondidas pelas amoreiras e urtigas, vapores tão sensuais que Hildie fica atordoada. A coragem lhe falta e ela se deixa cair para trás, murmurando que a noite está bonita. É quando ele se inclina sobre ela:

— Vou beijar você agora — previne ele, antes que sua boca se aproxime da dela. *Quando ouvimos Mozart*, disse Sacha Guitry, *o silêncio que se segue também é Mozart.*

Ele não a beija imediatamente. Emprega todo o cuidado, toda a insuportável lentidão dos primeiros beijos suspensos no ar. Primeiro roça os lábios nos dela e se afasta. Silenciosamente, Hildie enfia as unhas no solo macio, uma mistura de areia e agulhas de pinheiro. Ele a beija pacientemente, respirando em pequenas golfadas pela boca. Hildie sufoca e agarra a coxa que sente contra a sua. Ele morde seu lábio inferior, e Hildie reprime um gemido rouco que finalmente escapa de sua garganta quando ele mergulha a língua em sua boca — e ela imediatamente se arrepende, com vergonha da excitação atroz que a toma tão subitamente. Ela certamente parece uma garota que não transa há anos; e isso é meio verdade, pois ela percebe que os clientes da Maison literalmente passaram por cima dela sem modificar em nada seu apetite ou sua capacidade de sentir prazer, mesmo quando ela voltava para casa enrijecida por causa do sexo, com o baixo-ventre pegando fogo, sonhando com uma série na TV e um kebab. Depois de ter tratado a boceta como uma ferramenta, ela sentia vontade de seduzir e ser seduzida, de ser um elemento desse bacanal entre as pessoas normais. Foi como um despertar de Hildie nela mesma, ela se tornou Martha novamente, a Martha de 27 anos com uma libido diabólica e olhos enamorados sempre que passava por um homem atraente. E, durante dias, a fantasia com esse desconhecido a perseguira nos braços dos clientes, que ela se divertira em esporear com os calcanhares, pensando no outro que jamais veria.

Hildie ronrona, com a boca cheia dessa língua, buscando comparações: é como se tivesse passado por um aguaceiro sob um guarda-chuva grande o bastante para mantê-la seca da cabeça aos pés. Como se fosse pintora de paredes e subitamente encontrasse sua vocação: a pintura a óleo sobre telas monumentais.

Eu *sinto* tudo isso, maravilha-se Hildie quando ele baixa seu macacão até a cintura. É como se, antes, eu estivesse em uma jaula, pensa ela, consciente de que suas metáforas perdem coerência conforme ele a despe. Eu *sinto* o frio, *sinto* as mãos dele. Ela também sente, ao se sentar sobre ele, a extrema rigidez de sua ereção. Nada a ver com a dureza pacífica dos paus que sabem que terminarão no calor de uma garota, porque estão lá para isso. É uma ereção que se prepara desde que eles deixaram o mundo para trás e entraram nesse recesso da floresta que nem consta dos mapas de Berlim, e ela expõe a barriga dele, dolorosamente comprimida pelo cinto. Hildie se esfrega nele raivosamente, com o branco dos olhos à mostra e o rosto virado para o céu estrelado. Ela tem a impressão de escalar uma árvore, uma árvore viva que respira sob ela e acompanha seus movimentos com os galhos quentes, reativos. Agora que saiu de sua matriz de indiferença, as informações chegam de todas as partes, como tapas na cara, sem que seu cérebro habitualmente alerta possa acompanhar uma sequer; ela está inteiramente presente, estúpida, idiotizada pela excitação, cavalgando a coxa que ele dobrou para ela, sentindo somente o tecido úmido entre suas coxas e o bater lancinante de seu coração no clitóris. O que ainda resta de frio e calculista em sua mente lhe sussurra que sob ela há um pau duro que sem dúvida será preciso chupar — mas, ao dizer isso, a Hildie em Martha já não tem o tom indiferente de uma profissional. Lembranças de antes da Maison a assaltam, e ela sabe que ele vai inspirar com força quando ela o libertar da calça; que ele fechará os olhos, extasiado, quando ela esfregar a bochecha contra ele, e os reabrirá bruscamente ao sentir seus dentes roçando a extensão de seu pau: o pavor de ser mordido, a ânsia quase irreal de ser engolido. E quando ela esticar a ponta da língua para seguir lentamente, muito lentamente, a veia palpitante até a ponta do pau, ele vai sibilar entredentes, talvez exasperado com a ideia de gozar muito rapidamente; ao levantar os olhos, Hildie o verá suspenso naquilo que os lábios dela lhe reservam. Quando abrir bem a boca para engoli-lo inteiro, e depois o envolver como uma luva quente, ele deixará escapar um soluço, suas costas se curvarão e seus dedos mergulharão no cabelo dela, enrolando-o no punho, não ousando puxar, ainda não. Ela o ouvirá suspirar *Oh fuck* quando deslizar os lábios, engolindo-o bruscamente até as bolas, maravilhada por conseguir fazer isso e por perceber que a sensação de sufocamento e o reflexo de deglutição, longe de oprimi-la, são como o espasmo de uma boceta prestes a gozar — o aumento da saliva e das lágrimas, o calor difuso em seu rosto. E lá embaixo, entre as coxas, a intolerável sensação de vazio que faz seu corpo trepidar como um tambor.

— Eu não trouxe camisinha — engasga Hildie contra o torso dele, pensando na pilha que ignorou ao sair de casa, por razões que então lhe pareceram legítimas: ela não imaginava precisar delas no Görli, nem sequer imaginava que pudesse haver no parque um canto afastado o bastante para trocar mais que carícias discretas. Tendo sido menos sutil ou mais previdente, ele tira do bolso uma camisinha que ela se apressa a desenrolar desajeitadamente, como se o segredo do mundo pudesse escapar. Ridiculamente sem fôlego, veste a camisinha nele com a boca, como lhe ensinou um de seus amigos que pegava o carro para ser chupado por uma travesti em um canto decadente da Potsdamer Strasse onde o cio se aliava ao desespero.

Hildie solta o pau que, mesmo exposto ao frio da vegetação rasteira, nada perde de sua rigidez. E então o cheira por toda a parte, como se ele fosse um prato raro. As longas coxas, a barriga chata, o torso largo no qual afloram os ossos das costelas, as axilas que ela expõe com um gesto imperioso para ali enfiar o nariz, os pelos negros que cobrem todo o seu corpo. E, montada sobre ele, apoiada sobre os calcanhares, ela se empala muito lentamente, com todos os músculos rígidos. O céu salpicado de estrelas projeta uma sombra em seus olhos revirados. Ela tem na garganta tempestades nascentes, uma necessidade catártica de gritar e que seu grito seja verdadeiro, que signifique algo. Pela primeira vez em três anos, dois meses, sete dias e algumas horas, Hildie presta atenção ao homem sob ela. Ele está no centro de uma poça de luz e ela se acredita engolida pela escuridão, em total impunidade; mas a lua se infiltra entre os galhos da grande tília que lhes serve de telhado e, enquanto ela observa seu belo rosto torturado, as mandíbulas salientes de homem que sofre, mas se recusa a gritar, ele vê os olhos dela, olhos penetrantes de feiticeira bêbada, com as pálpebras pesadas recobrindo quase inteiramente as pupilas dilatadas. Ali o mundo é em preto e branco, mas ele adivinha que, à luz do dia, entre os lábios entreabertos, os dentes dela pareceriam um colar de pérolas, e a pele cremosa que recobre o corpo que ondula sobre ele teria o tom rosado das meninas muito novas.

No primeiro impacto contra as paredes de seu ventre, Hildie sabe que vai gozar. É inacreditável, impensável, mas ela distingue na base da coluna vertebral aquele peso que nunca mente. Antes que possa evitar, antes que possa se preparar para esse voo espetacular, é atingida por um orgasmo tão potente que fica petrificada, com a boca aberta em um grito mudo. A improbabilidade da coisa toda, seu quase imediatismo enchem seus olhos de lágrimas maravilhadas. Erguendo o rosto para o céu, com as unhas enfiadas nos antebraços do homem que a observa, imóvel sob ela, Hildie esvazia lentamente os pulmões em um uivo dilacerado — perto deles, os pássaros revoam, na angústia instintiva contra o cão que precede o tiro do rifle.

Deixando o corpo cair novamente, Hildie percebe que as coxas e a barriga dele estão encharcadas; o pau que desliza dentro dela, que ele continua a mexer dentro dela com as mãos agarradas a seus quadris, produz um ruído úmido — e Hildie subitamente compreende. Ela compreende que realmente gozou, e isso aconteceu ali, sobre aquele homem, naquele mato escuro provavelmente coberto de pontas de cigarro, e ela sente um estranho constrangimento à ideia de que tenha sido tão fácil, pois a facilidade de gozar com o primeiro que não paga é tão estupidamente pavloviana... e, quando ele arqueia as costas para ir mais fundo, Hildie sente que tudo vai recomeçar, uma catarata escapa dela e ela mal consegue balbuciar algumas palavras indistintas antes que o mundo desapareça. Ele a faz bascular contra ele, os dois estão enlaçados, balançando no mesmo ritmo de relojoaria, sob a mesma enxurrada quente, e Hildie não consegue se impedir de gozar, três vezes, quatro; ela nem ao menos percebe que ele a deitou sobre um arbusto de samambaias e agora a fode com estocadas furiosas.

— Precisamos nos ver de novo — rosna ele em seu ouvido, agarrando suas coxas com as duas mãos, gozando também, e o gemido dele atravessa o algodão que enche seus ouvidos, como única manifestação de um mundo temporariamente aniquilado, girando somente em torno de seu sexo, do sexo dos dois, inextricavelmente unidos.

Quando eles voltam a si, o silêncio é total. A lua saiu de trás das nuvens e cobre Hildie e Ian com um halo azulado. O chão não está cheio de guimbas, não há nem mesmo uma tampinha de garrafa de cerveja para lembrar a proximidade do Görli, mas a terra sob eles está revirada. Ian sorri; ele é bonito, seus dentes são bonitos e ele não é tão jovem quanto parecia no escuro, o que é ainda melhor. Hildie percebe que poderia se apaixonar, se já não está; ela tem dificuldade para distinguir entre o amor e a extrema lascívia que, mesmo após a avalanche de orgasmos, continua a apertar sua garganta — sua boceta envia ao cérebro sinais que se parecem com ternura, ondas ardentes de gratidão. A mesma embriaguez que ocorre com os homens amados torna sua respiração lenta e profunda. Hildie toca os lábios que ele estende na direção dela com um ar de criança quase adormecida. Nos dedos que ela chupa religiosamente, há um perfume de cigarros e o almíscar ligeiramente amadeirado de sua boceta. Se ele tivesse pressa de se vestir, alegando um compromisso matinal para fugir, Hildie não sentiria esse medo confuso, essa sensação de tragédia iminente. Seria tão mais simples se Ian fosse um canalha, satisfeito por tê-la comido, e ela pudesse voltar para casa com a quase certeza de ter gozado sozinha. Mas, enquanto eles retornam ao parque, sem ousarem dar as mãos e se olhando a intervalos regulares, Ian pergunta:

— Como funciona?

— O que aconteceu antes?

— É.

— Não sei. Para ser franca, nunca tinha me acontecido.

— Pare com isso!

— Você não é obrigado a acreditar, mas eu juro.

E como ele poderia acreditar que uma garota como Hildie, que envia tais mensagens e toma tais iniciativas, gozou assim pela primeira vez? Em contrapartida, reflete ela, ao mesmo tempo juiz e réu, que interesse teria uma mulher em inventar isso? A verdade nua e crua é soberba: ela gozou porque o achou atraente, porque o escolheu, porque uma parte de sua vida desapareceu e ela não transava há mil anos.

Eles chegam ao centro do parque, onde os postes de luz alaranjada dão a impressão de dia claro.

— Espere um pouco — diz Ian, puxando-a para si. — Espere, deixe eu olhar para você.

Ele sorri novamente, e Hildie, que durante três anos protegeu a potência de seus olhos azuis como seu único bem inestimável, instintivamente se esquiva. Ian a segura pelo queixo e a força, com aquela doçura violenta das pessoas do mundo normal — que decididamente têm hábitos muito esquisitos. Ela teria preferido não ver nessa claridade, no olhar dele, que ele a acha bonita e que ele é bonito.

— Preciso ir — murmura ela se afastando, e os dois certamente se surpreendem ao retornarem um para o outro, como se já sentissem saudade. O beijo profundo, interminável, os deixa sem fôlego, e Hildie sente que Ian está duro novamente. Ela se afasta dolorosamente do abraço, quase correndo na direção do beco que leva a sua rua, seu apartamento, seu noivo, que acha que ela foi jantar com as amigas. Da escuridão surge um vendedor de maconha que a cumprimenta em voz baixa; ele e os colegas viram a maneira como Ian segurou sua nuca, cheio de fervor sensual, e acharam hilário:

— A noite foi boa, moça?

Hildie sabe que fede a sexo. Que o odor de Ian está por toda parte sobre ela, em seu cabelo pesado, em suas dobras suadas, impossível de situar, mas onipresente como um halo de fumaça.

— O que você está fazendo? — sussurra ela caminhando por sua rua, ofegante, como se fugisse da própria perda. — Pelo amor de Deus, o que você está fazendo?

E na angústia que a assalta, no delicioso cansaço de mulher apaixonada, há a alegria mórbida de pensar que sua vida poderia explodir totalmente dali a cinco minutos, por causa do cheiro indefinível desse homem de quem ela ignora até mesmo o sobrenome.

Junho de 2014

No oeste de Berlim, logo atrás do Schwarzes Café, onde trabalham alegremente minhas irmãs, fica a rua Schlüterstrasse, com seus edifícios opulentos, e é preciso realmente amar Haussmann, como fazem os parisienses, para preferir os de nossa capital. O Manège ocupa todo o primeiro andar do número 47 dessa rua nobre. Mais ou menos 250 metros quadrados que não podem ser avistados do exterior. Somente o olho treinado nota, da rua, que as cortinas estão perpetuamente fechadas e a única janela emite uma luminosidade lilás e meio vulgar, uma verdadeira luminosidade de bordel.

É preciso conceder algo ao Manège: o talento de seu decorador. Quem leu muito Maupassant ainda criança, com descrições de bordéis que, ao fim do domingo, reuniam vilarejos inteiros, tende a ficar impressionado com a pompa superficial exibida ali. Eu fui conquistada pelo cheiro, uma mistura estonteante de flores brancas e almíscar. É preciso imaginar um apartamento imenso astutamente dividido em muitos quartos que levam todos, como que por mágica, a um dos dois bares, e até mesmo os corredores exalam um perfume inebriante e uma umidade burguesa, incluindo os cantos escuros onde os clientes e as garotas discutem, em pé e em voz muito baixa, os preços e as opções. Fui imediatamente fisgada. As garotas eram bonitas; não, não bonitas, *esplêndidas*, todas usando saltos vertiginosos. Eu estava lá, sentada benignamente em um sofá da sala onde as garotas esperavam os clientes, tendo no rosto o sorriso estúpido que sempre acreditei atrair amigos e que, claramente, tem o efeito oposto. Não me senti intimidada por elas ou pela decoração, em todo caso não de maneira visível, porque tagarelei sem parar com a madame, fumando um cigarro atrás do outro; mas naquela noite, e durante os quinze dias em que trabalhei no Manège, deixei-me encantar ignobilmente pelos muitos detalhes que escondiam as disfunções clássicas dos bordéis. O cotidiano de uma puta não é melhor ou mais suportável por causa do belo papel de parede ou de um ponto de luz judiciosamente posicionado, mas, às vezes, a jaula é tão bonita que quase esquecemos o resto. Dormimos como gatas velhas, fugindo preguiçosamente para os cantos escuros quando o chefe está com um humor duvidoso.

E era o chefe, aliás, quem eu deveria conhecer naquela primeira noite: Milo, um albanês a respeito do qual me haviam dito, quando eu perguntara estupidamente se ele era gentil, que *podia* ser. No fim das contas, não o conheci imediatamente e tive tempo de fazer a pergunta a cinco garotas diferentes. Eu me lembro de Micha, a mais jovem e frágil, olhando de um lado para o outro antes de responder, sem confiança ou entusiasmo:

— Acho que sim.

— Aqui é um bom lugar?

— Sim, sim. Acho que sim.

Fiz no Manège todas as minhas perguntas de inocente, e recebi respostas que hoje me parecem escandalosas. Como o desdenhoso arquear de sobrancelhas da madame quando perguntei se alguns clientes tinham fantasias particulares:

— Eu me asseguro que tudo saia bem, que o tempo seja respeitado e que o cliente pague. Mas não quero saber do que acontece nos quartos.

Ela deu tapinhas com as mãos ao redor de si, para sinalizar que eventuais confissões a incomodariam tanto quanto um cheiro ruim. Além da limpeza e da supervisão, aquela jovem mulher se ocupava das seguintes tarefas: acolher os clientes, mostrar a casa, notificar o harém e organizar as apresentações. Em seguida, ser informada da escolha do cliente ou adivinhar, a partir de suas descrições desconfortáveis, quais das vinte garotas atraíra seu olhar. Notificar a feliz eleita e registrar escrupulosamente seu nome, o tempo combinado e o número do quarto. Cobrar, em dinheiro ou cartão. Acompanhar o cliente duplamente aliviado e se assegurar de sua satisfação, mas, acima de tudo, bater à porta, com diligência e pontualidade de aia, cinco minutos antes do término do tempo combinado.

Um bordel não pode funcionar sem regras estritas. Não é preciso ter trabalhado em um para imaginar que gerenciar vinte garotas cheias de hormônios e tendo a beleza de seus corpos como ganha-pão seja mais complicado que chefiar cinquenta criadas. A partir dos mesmos comandos gerais, cada bordel concede e remove liberdades a seu bel-prazer e aperfeiçoa seu regulamento interno. A presença de homens ou mulheres na direção é rapidamente sentida, tanto pelas garotas quanto pelos clientes. É possível determinar se ali estão submissas a ser controladas à força ou trabalhadoras independentes cujas sensibilidades são respeitadas.

As garotas jamais chegam com roupas realmente comuns no Manège; milhares de detalhes as denunciam de modo gritante. Elas sempre parecem estar entre duas sessões de compras na avenida Montaigne, essas pequenas ucranianas cheias de sacolas, segurando na ponta das guias de zircônia improváveis *bichons frisés*, cachorrinhos chamados de Bijou ou Chéri.

— Você pode ganhar muito dinheiro aqui, se for responsável — diz a *Hausdame* da primeira noite. — Mas a maioria das garotas torra tudo. Às vezes elas me dizem que não conseguem pagar o aluguel! Não entendo como isso é possível.

A única coisa obrigatória para trabalhar no Manège são os sapatos de salto. É por sua altura e curvatura que se reconhece uma puta. De resto, as garotas são livres para se fantasiar como quiserem, desde que joguem limpo e não exponham mais carne que as colegas. Elas não usam lingeries finas, mas vestidos ultracurtos, shorts, um festival de pernas nuas pontuadas pela renda de meias sete oitavos. Mas pode-se dizer que são, como anunciado no site e nos cartões de visita, as mais belas de Berlim? Acredite em mim quando digo que achei todas belas ao chegar. O tipo de garota cujo andar oscilante é um convite aos pensamentos perversos e às despesas imprevistas. Com todos os acessórios *cheap* que ninguém ousaria usar na boate mais sórdida de Paris, a maquiagem pesada mal dissimulando os traços medíocres e voluntariosos, o material sintético moldando os traseiros a ponto de esquecermos a pouca celulite, as extensões exageradas coladas ao crânio para compensar um cabelo fino ou liso demais... Algo ardente e cheio de vida, saturado dessa ilusão de beleza que só se mantém por um fio, que se desfaz ao olharmos de perto, deixando apenas o cheiro de carne crua.

Esse é o ofício no qual, sem surpresa, perde-se a virgindade mais rapidamente. Falo da inocência de pensar que é fácil ficar onze horas sentada, esperando clientes, com a promessa de uma renda mensal de 5 mil euros. E se, como eu, a garota tem um livro a ser escrito e mais da metade dessas onze horas totalmente livres, parece um acordo justo. Mas Deus sabe que, durante aquelas duas semanas de trabalho no Manège, não foi a escrita que ocupou meu tempo. Certo pudor — talvez esnobismo — me impedia de pegar o caderno e começar a escrever. Medo também... O vago temor de alguém me ver fazendo anotações e me flagrar em delito de investigação. O medo estava presente, mas também um fato inegável: quando está cercada de garotas que mexem no celular ou fazem ligações, é complicado não ser sugada por essa espiral de ociosidade nos confortáveis sofás do Manège. Quantos cigarros fumados? Quantos *Apfelschorle* bebidos para passar o tempo? O ofício de puta requer, acima de tudo, paciência.

Quando falamos ao telefone no dia seguinte e mencionei o Manège pela primeira vez, Stéphane deve ter sentido certa culpa. Cinco meses antes, enquanto atravessávamos a Skalitzerstrasse no meio de uma conversa sobre prostituição, eu falara de um artigo sobre as putas de Paris: em certos bairros, e sob uma liderança adequada, as garotas faziam de oito a dez programas por dia.

— É possível — dissera eu. — Tenho certeza de que eu conseguiria.

— Você não sabe do que está falando — suspirara Stéphane em resposta. — Dez caras é muita coisa.

— Vou saber, se trabalhar em um bordel.

— Pare de dizer besteira — respondera ele com aquele tom cortante que às vezes lhe dava um ar tão paternal. — Você acha engraçado, mas não duraria dois dias em um bordel.

Ignoro tanto quanto ele qual a parte da bravata nessa minha empreitada. Já não sinto a audácia ingênua que sentia aos 20 anos. Muitas coisas aconteceram desde então. Mas, para Stéphane, sou e sempre serei aquele potro jovem e imprevisível que enlouqueceu com o apogeu dos hormônios e os peitos novinhos em folha. E imagino as censuras que ele fez a si mesmo ao desligar o telefone, sabendo que sua amante mais jovem estava em um bordel, sem acompanhante, a milhares de quilômetros dali.

Legalizada na Alemanha, a prostituição obedece a uma regulamentação estrita, a mesma seguida pelos profissionais autônomos: *Selbstständig*. Não se trata de uma profissão na qual tudo é permitido, seja no topo ou na base da escada. As garotas, assim como a casa, devem declarar escrupulosamente sua renda e, mesmo com toda a honestidade do mundo (tão rara nesse meio quanto em qualquer outro), são comuns as incursões do *Finanzamt*, o fisco alemão, capazes de imobilizar um bordel em busca de dinheiro líquido dissimulado e quartos não declarados. Para uma garota, mesmo bonita, mesmo instruída, é complicado trabalhar sem estar inscrita no *Bürgeramt* e sem um número de contribuinte. As simples de espírito, que imaginam jamais precisar de um contador ou ficar na fila do *Finanzamt* pela boa e simples razão de que exercem um ofício que ninguém mais quer exercer, são forçadas a cair na real muito rapidamente. A menos que trabalhem na rua para alguma máfia, nenhuma delas pode se gabar de receber um dinheiro do qual o Estado não vê a cor.

A *Hausdame* de meu primeiro dia é uma mulher de cerca de 65 anos, falando um alemão do Leste difícil de compreender e ranzinza como ninguém, respondendo pelo nome de Jana.

Fico só vagamente surpresa de me ver diante desse espécime grisalho, gerenciando o harém com mão de ferro, com o humor tão instável quanto o de um velho *cocker spaniel* e tendo a admirável propensão de fumar em silêncio na obscuridade da sala vazia. São 17h e, no momento, estamos sozinhas. Duas outras garotas moram no bordel, no dormitório colocado à disposição das funcionárias, mas elas ficam em seus quartos até as 20h, só saindo para pegar uma bebida ou atender aos hipotéticos toques de campainha dos clientes.

Escolhi o nome Justine na hora, sem refletir muito a respeito. Se ainda nos falássemos, a escolha teria divertido Valentine, pois esse foi seu pseudônimo quando, aos 18 anos, brincamos de ser acompanhantes. Justine: pela facilidade e por Sade. Tento explicar a referência, mas Jana me olha sem piscar: "Ninguém sabe quem é." Mas o "j" inicial, que os alemães são incapazes de pronunciar corretamente, contém um exotismo que lhe agrada, uma espécie de charme impenetrável que evoca o Pigalle — que ela nunca visitou — ou a caverna de Ali Babá: dinheiro certo. Certamente não sou a única a evocar a bandeira tricolor, mas, no grupo das Sophie, Michelle, Sylvie e Gabrielle, sou a única a ter arriscado consoantes tão tortuosas quanto o maldito "j". No Manège, como em outros lugares, minha nacionalidade foi muito útil: mesmo sem jamais ter me visto, o proprietário me contratou com base na simples suposição de que a francesa possui segredos de alcova que as outras mulheres do mundo tentam desajeitadamente imitar.

Uma rápida explicação sobre as tarifas. Com o autoatribuído status de bordel "top de linha", o Manège pratica os preços mais altos das casas de Charlottenburg, que são muitas. Esse preço inclui uma penetração e um orgasmo (uma hora dá ao cliente o direito de gozar no máximo duas vezes, se ousar). No Manège, o cliente também pode conseguir, mediante pagamento, o famoso beijo na boca, que a lenda diz ser tabu entre as putas (20 euros) e uma felação sem preservativo (mais 20 euros), além de todas as fantasias não mencionadas pela direção e que cada garota é livre para aceitar ou não. Os extras constituem um suplemento do qual a casa não recebe um centavo, mesmo que, por uma razão que me escapa, as garotas sejam obrigadas a declará-los à *Hausdame*.

Uma vantagem suplementar é o bar, desde que o cliente beba champanhe e o beba com a garota. Do mesmo modo, nem todos os quartos são iguais. As tarifas indicadas se referem somente aos três mais simples (mesmo que sejam *luxuosos* a sua própria maneira; não é exatamente essa a palavra, mas não encontro outra); os outros quatro, por seu tamanho, mobiliário ou equipamentos de alta tecnologia (penso na jacuzzi estragada do quarto 5 ou no chuveiro aberto do quarto-salão, no qual caberiam três cavalos ou uma série de clientes e garotas), estão sujeitos a um suplemento de 150 euros, dos quais as garotas recebem uma porcentagem. Se o destino levar para um quarto com jacuzzi um cliente com vontade de beber champanhe e desfrutar de uma puta que o beije na boca, faça um boquete sem camisinha e se deixe sodomizar gentilmente, ele pode representar sozinho todo o faturamento de uma boa noite. Mas está fora de questão ir embora antes das onze horas regulamentares, faturando ou não. Na verdade, são os clientes que determinam o fim do turno da noite. E os clientes que bebem, ou que bebem e cheiram pó, têm o potencial de manter um bordel aberto até o meio-dia.

Foi por isso que, inicialmente, tentei começar o mais cedo possível, antes de perceber que, durante o dia, o lugar ficava tão morto quanto os cassinos 24 horas que pululam em Berlim. Durante o dia, os clientes sabem que somente duas ou três garotas estão presentes, e muitas vezes a que eles querem não está entre elas. A profusão da noite é claramente mais atraente.

No primeiro dia, às 20h, chega Gabrielle, uma búlgara alta constantemente falando ao telefone que, após se perguntar se estou lá para trabalhar ou cuidar do bar, oferece-me um vago olá — fim da comunicação.

Pouco depois, chegam Michelle e Nicola, duas irmãs ucranianas que mal parecem ter 18 anos quando, na verdade, têm 27 e 28, respectivamente. Nessa noite, Michelle chega do quarto de hotel de um cliente, com os braços carregados de balas e chocolates. Ela e a irmã têm alguns clientes regulares — não muitos — que as encorajam constantemente a comer. Pois, contrariamente ao que se poderia pensar, a magreza não é muito apreciada no bordel. As muito magras, embora possam iludir enquanto estão escondidas por um vestido e elevadas por saltos que lhes dão ares de potro, quando estão nuas e deitadas provocam leve pena, assim como o medo de parti-las ao meio. Vulneráveis nessa magreza que faz com que mal pareçam núbeis, o cliente médio tem mais vontade de alimentá-las que de submetê-las às cavalgadas infernais inspiradas pelas putas curvilíneas e sólidas.

Entre Gabrielle e as duas irmãs, representamos uma paleta variada, sem concorrer verdadeiramente umas com as outras. E, contrariamente a meus prognósticos, as duas pequeninas aceitam responder as minhas perguntas quanto ao funcionamento do bordel. Estou me preparando para começar quando soa o que será o tiro de largada de minha carreira, a primeira campainha da noite.

Um homem de aparência tão banal que deveria ser ilegal, 40 e poucos anos, ligeiramente careca — após ter prometido me lembrar de tudo, eis que não consigo me lembrar nem do nome de meu primeiro cliente. Rick? David? Como se chamava aquele canadense embriagado que jamais colocara os pés em um bordel? Entramos igualmente desajeitados no quarto 3, com sua enorme cama de dossel e lareira de mármore. Depois que o cliente foi fisgado, começa a parte mais difícil — para mim. Podemos passar cinco minutos trocando gentilezas, e depois? Se ele jamais transou com uma puta, está pagando também para não dar o primeiro passo. Foi parcialmente graças a esse canadense providencial que desenvolvi minha técnica de ataque: dizer besteiras sem pé nem cabeça enquanto subo na cama e, sem interromper o solilóquio, jogo o vestido do outro lado do quarto. Mesmo nua, a partida ainda não está ganha: o novato nunca esteve tão longe de querer se apoderar dessa nudez que o enche de angústia. Não é difícil imaginar seu dilema: ele realmente está com vontade de transar? A ideia de poder transar não basta? Como ter uma ereção, e por quê? Ele sem dúvida se sente um pouco idiota por gastar 120 euros por uma transa ruim e apressada com uma garota cujo trabalho é baixar a calcinha dez vezes por dia.

E, de fato, depois que ele tira a roupa (a toda velocidade, com algumas risadas constrangidas), eu me vejo diante de uma ereção tímida sobre a qual é difícil colocar a camisinha regulamentar. Se transar com um cara pelo qual sinto tanto interesse quanto por um letreiro de neon pode ser julgado desagradável, a ideia de que esse mesmo cara retarda a experiência por causa de uma disfunção qualquer é incomparavelmente pior. Em contrapartida, ele pode virar o jogo a seu favor ao apresentar, já de saída, uma ereção sólida e entusiasmada. Porque — simples assim —, uma vez deitada ao lado de qualquer homem, é muito fácil esquecer seu rosto e ver somente esse denominador comum que coloca todos eles no mesmo balaio. Ainda que nenhum caralho se pareça com outro, eles são uniformemente simpáticos e complacentes. E causam menos reações de pavor que certos rostos. Uma aliança brilhando no anelar é igualmente reconfortante: ela faz relativizar. Por mais banal e desprovido de sensualidade que seja um homem, a ideia de que em alguma parte do mundo uma mulher se contenta com ele, talvez até seja feliz com ele, permite ter a esperança de que nem tudo esteja perdido.

E aqui estamos, cara a cara na cama grande demais, em meio a um silêncio constrangedor, tendo ao fundo o tagarelar das garotas no salão. Em minha cabeça giram a toda a velocidade as engrenagens ainda inexploradas de prostituta: não ir rápido demais; não apressar as coisas, por mais tentador que seja, pois ninguém quer passar o tempo restante olhando para os olhos do outro. Acima de tudo, ninguém quer realizar o segundo ato incluído na tarifa, não por preguiça, mas porque a segunda vez sempre é trabalhosa, prejudicada pela angústia de demorar demais para gozar ou não conseguir, ameaçada incessantemente pelas considerações ligadas ao orgasmo contra o relógio.

No entanto, não é preciso chegar à segunda vez para ter trabalho. No meu caso, o canadense tenta tanto adiar que, no fim, não consegue gozar. Entre o primeiro beijo contrito e a batida imperiosa de Jana à porta, há um momento no qual ele se sente tão senhor de sua ereção que se interrompe para me perguntar se pode me enrabar. Insegura, anuncio o preço, persuadida de que ele desistirá da fantasia. Mas, seja porque a sodomia é rara mesmo entre casais, seja porque o dinheiro deixa de ser um problema quando se está com o pau encostando no umbigo, ele não se assusta em gastar mais 100 euros para me comer por trás. Contudo, quando informo o preço — e, portanto, concedo autorização —, a coisa fica real demais. No tempo que levo para ficar em posição, sua ereção juvenil desaparece. Sem muita esperança, tento tudo que sei, com leve impaciência. Ainda estamos nos esgrimindo quando Jana bate à porta.

É difícil dizer a um homem que ele não vai gozar, contra todas as expectativas. Tenho a consciência pesada das iniciantes. Mas o canadense não sente rancor. Imagino que ele volte meio atordoado a seu quarto de hotel entre a Friedrichstrasse e o Gendarmenmarkt, o triângulo de ouro dos executivos, e termine com a mão o que iniciei com a maior boa vontade do mundo. Sem ver, *a posteriori*, nenhum interesse no investimento ou em toda essa situação enganosa. Voltando para Toronto ou sabe Deus que outro canto do Canadá anglófono, poderá contar aos amigos que entrou em um bordel e teve o direito da primeira noite com uma francesa jovem e afável que não negou nenhuma de suas três investidas.

Imagino que o fim será ligeiramente editado.

Assim, comecei minha carreira e este livro no Manège, confortável no luxo extravagante daquele imenso apartamento, sem jamais me livrar da sensação de que uma armadilha se fechava lentamente sobre mim. Muito rapidamente, fiquei com medo e vi minhas noites serem interrompidas pela angústia de ter abocanhado mais do que conseguia engolir. A representação quase exclusiva do antigo bloco oriental entre proprietários e garotas não ajudava a dar uma impressão de legalidade; eu tinha visões quase constantes de um bordel albanês para o qual me enviavam depois de roubarem meu passaporte. O perigo poderia vir de qualquer lugar, dos proprietários, das garotas, dos clientes, do impassível segurança, Maximilian. Eu temia que a escritora ou jornalista em mim jamais viesse à luz — e, como em certos pesadelos, dizia a mim mesma que tudo ficaria bem, desde que eu não demonstrasse estar apavorada.

Mas não demorei muito para deixar escapar uma reação próxima do pavor. Depois do canadense, a noite parecia ter chegado ao fim. Nenhum cliente à vista, nem mesmo os dois ou três irredutíveis de sempre. As garotas — uma dúzia — estavam espalhadas pelo grande salão de apresentações. Pequenos grupos de ucranianas, búlgaras e romenas enganavam o tédio com o celular e discussões impenetráveis — ao menos para mim, sentada sozinha em um sofá, fumando um cigarro depois do outro.

Por volta das 2 da manhã, dando um último suspiro, avisei Michelle e Nicola de minha partida iminente. Era surpreendente como o tempo parecia passar por elas sem jamais cansá-las, sem causar mais que a migração de um lado para o outro do salão.

No corredor, cruzei com a *Hausdame*, que reabastecia as prateleiras com toalhas.

— Acho que vou embora — arrisquei, covardemente.

Ela deixou escapar uma risada breve.

— Não, não é assim que funciona — respondeu ela, e imediatamente vi ressurgirem, mais intensas que nunca, as imagens do bordel militar na Albânia, meu passaporte roubado e as explicações que eu não teria tempo de dar a minha família chorosa, doente de angústia. Somente Arthur e Stéphane sabem o que estou fazendo (mais ou menos), e este último, lá de Londres, provavelmente irá virar sua embaixada de cabeça para baixo a fim de me libertar, mas em que condições? Meu coração começou a bater com força e eu gaguejei:

— Ah, é?

— Um turno dura onze horas. Normalmente, você deve ficar até as 4h.

— Mas não há nenhum cliente, e garotas demais.

— Não importa. É assim que funciona.

— Ok. Sem problema.

Mas eu devia ter um ar tão desamparado que ela me alcançou no corredor.

— Olhe, se você realmente quer ir embora, vou pedir ao proprietário.

Eu não a impedi, mas uma sombra em seu rosto, em sua voz, demonstrava claramente o constrangimento que ela sentiria ao pedir esse favor. Não sei o que permitiu que eu fosse embora mais cedo. Jamais vi Milo conceder um favor a quem quer que fosse, longe disso. Não sei quantas vezes uma das quatro *Hausdamen* ressurgiu da sala na qual ele, seu sócio e vários capangas bebiam e conversavam até de madrugada, fumando grossos charutos: ela chamava com o dedo uma das garotas — frequentemente as mesmas, frequentemente *a* mesma —, porque Milo queria falar com ela. Não sei o que se passava então na cabeça da garota em questão, mas sua atitude era a dos prisioneiros injustamente enviados ao pelotão de execução. Às vezes Milo ia pessoalmente conversar com uma garota em um canto. Ele falava com todas na mesma língua. Eu não entendia uma palavra, mas não era preciso ser poliglota para adivinhar o conteúdo do sermão. A atenção de Milo se voltava principalmente para Gabrielle e Micha. Micha: pequeno tesouro, frequentemente sozinha, originária da Romênia, que parecia ter 16 anos e que, aos 19, era efetivamente a mais jovem do Manège. Tinha o ar de um cachorrinho espancado, desconfiada, mas gentil, com um sorriso cheio de covinhas. As outras garotas, incluindo as romenas, jamais se sentavam com ela. Imagino que a direção tampouco a tivesse em alta conta, porque mesmo durante as apresentações Micha mantinha o ar taciturno de uma adolescente retirada de uma conversa no Facebook (o que devia ser o caso) e, à noite, quando os homens chegavam com a ideia de ser seduzidos em torno de uma taça de champanhe, tinha um talento surpreendente para desaparecer nos cantos escuros e só ressurgir quando o cliente havia sido fisgado por outra. Em resumo, só demonstrava um apetite moderado pelos negócios. Milo a repreendia quase todas as noites, sem que ela abandonasse seu ar obstinado, o mesmo acontecendo quando Sandor, o sócio mais vivaz, tentava abordá-la com mais gentileza.

Talvez tenham me deixado ir embora porque tive o único cliente da noite. Ou porque era francesa e o Manège estava animado com essa sorte inesperada que pretendia manter. Talvez para não destruir minha boa vontade de iniciante — ou o que restava dela.

Ao voltar para casa, já tinha em mente um catálogo de medos mais ou menos legítimos e fundamentados. Eu tinha todas as cartas na mão para não retornar. Mas retornei no dia seguinte, e no outro, e quase todos os dias durante duas semanas. Pois naquela noite compreendi tudo que inspira obras tão tristes sobre a prostituição. E, por orgulho, porque estava fora de questão escrever um livro ingênuo, miserável ou, ainda pior, que só abordasse uma faceta desse trabalho, me convenci de que tinha de haver algo belo ou engraçado sobre o que escrever, mesmo que fosse preciso raspar o fundo do tacho. Eu esperava que minha voz tornasse humana a realidade da prostituição — porque os livros têm esse poder —, mesmo que eu fosse a única lutando por essa mentira.

Se jamais tivesse conhecido o Manège, eu não teria apreciado a doçura da Maison, que forneceu a este livro uma nova luz. E, se tivesse insistido, se tivesse permanecido no Manège ao lado de Milo e seu harém de olhos feridos, teria escrito um livro terrível, já lido mil vezes. Talvez lá da Albânia.

— Há muitos lugares assim em Charlottenburg — diz Jana, que jamais emprega a palavra *bordel*. — Mas este é o melhor. Lá fora, as garotas estão pedindo socorro.

Portanto, claramente há lugares piores que o Manège, a ponto de, em comparação, trabalhar para Milo parecer uma libertação. No T., por exemplo, a direção recentemente instaurou uma tarifa *flat rate*, que significa, *grosso modo*, que uma hora dá ao cliente o direito de gozar tanto quanto for humanamente possível — ou, em todo caso, tentar. Comparado a esse regime, o pequeno punho de Jana à porta deve parecer uma bênção. Também no T., garotas foram demitidas porque se recusaram a transar sem camisinha. Cada casa tem seu inferno específico. No Manège, eu diria que é a espera, infinita, abrasiva. O tédio condiciona mais parâmetros do que se imagina. Reúna dez garotas sentindo umas pelas outras uma indiferença cordial e as encurrale sem salário fixo e tendo como único denominador comum a sensação de estarem perdendo sua bela juventude de maneira escandalosa: quando o primeiro cliente colocar o nariz na porta, inconsciente do maná financeiro e da esperança que representa, você terá uma matilha de fêmeas histéricas. Eis como nascem no Manège os rancores e ciúmes: a excepcional raridade dos clientes. Isso irrita o proprietário, que irrita as *Hausdamen*, que difundem entre as garotas taciturnas uma tensão impalpável e latente. Em certos dias, para não dizer o tempo todo, é melhor não atravessar o caminho de Jana, e cada uma de suas idas e vindas, irritada e resmungando, com os braços repletos de garrafas cheias e vazias, faz as outras baixarem a cabeça imperceptivelmente, como em um sortilégio. Quando não tem o que fazer, Jana se esconde perto do bar com seu rádio ou se arroga a cama do quarto 6, que dá para o salão, a fim de ficar de olho em nós; lá, ela abre seu tablet e distrai o mau humor com algum programa de entrevistas alemão, cercada por três celulares e um telefone fixo — o que aconteceria se ele tocasse?

Quando é tomada novamente pela frustração, ela deixa seu refúgio e se junta a nós nos sofás para fumar o milésimo Pall Mall e nos entreter com as dificuldades que terá para retornar a Steglitz: o ônibus M49 que frequentemente se adianta, fazendo-a esperar vinte minutos pelo próximo; e tomara que não chova como ontem à noite, porque ela não conseguiu fechar os olhos por um minuto; e mesmo assim, pela manhã, estava lá, trocando os lençóis, uma tarefa que poderia muito bem ter ignorado, uma vez que não há um cliente, *um único*, no bordel, mas que merda! Isso me faz crer que Jana, apesar do salário fixo, sofre mais que as garotas com a ociosidade.

Como em qualquer trabalho, rapidamente a motivação diminui. Começamos com a ideia de bater todos os recordes, e logo sentimos somente uma grande preguiça, a ponto de o primeiro cliente providencial se tornar um incômodo, perturbando a calma doentia. O que os clientes veem ao entrar no salão não muda de uma noite para a outra: grupos de garotas que viram para eles os rostos cansados, como um grupo assustado de suricatos. Um exército de iPhones pinta seus narizes de um azul fluorescente. A música seria suportável se pudéssemos dançar, mas ninguém dança, e o ambiente lembra uma boate de interior excessivamente ambiciosa que não consegue animar seus frequentadores. Algumas garotas observam vagamente os clientes e lhes dão as costas, silenciosas, certas de mais tarde serem repreendidas por Milo, que fuma desesperadamente seu charuto na salinha e, mesmo assim, parece ter olhos por toda parte. É que, em um bordel como o Manège, a rota que leva à conquista de um cliente é tortuosa: trata-se de ser suficientemente cativante para receber o convite para uma bebida, suplantando de alguma maneira as outras quinze candidatas. Mas nada garante que a garota terminará levando o cliente para o quarto. Nem sempre é fácil diferenciar os que vêm transar daqueles que vêm beber com mulheres bonitas, de quem uma garota não tirará mais que 20 euros. Esse não é um risco que as funcionárias do Manège estejam dispostas a correr. Ficar presa a um tagarela é perder a chance de fechar negócio com um cliente menos fleumático. E se, por sorte, conseguimos trabalhar, depois que o cliente vai embora a espera recomeça, mas pior, porque você tem de lidar com o cansaço pós-coito e a tentação de um cochilo reparador.

Poderíamos pensar que o tempo livre encorajaria as ocupações intelectuais ou as conversas entre as garotas. Mas não se pode instalar um wi-fi em um lugar como o Manège e esperar um ambiente de franca camaradagem. Em contrapartida, nunca me ocorreu abrir um livro enquanto vegetava em um dos salões. A única vez em que ousei fazer isso foi com uma enorme antologia de Paul Nizon que ganhara de presente de Natal de minha avó alemã; foi quando percebi que, às vezes, a literatura pode ser mais incômoda que a ociosidade. Nesse dia, eu oscilava entre a vontade de conversar com as garotas e o medo de não saber como, e me parecia evidente que me isolar daquela microssociedade com algo tão pretensioso quanto um livro não me ajudaria a criar laços. Eu jamais soube encontrar o tom certo para obter confidências. Certa noite, perguntando às duas irmãs se alguns clientes não tentavam convencê-las a trabalhar juntas, achei que elas não tinham entendido direito, pois Michelle respondeu que tudo dependia do dinheiro, e não havia em seus olhos a repugnância que a ideia de lamber a boceta da própria irmã ou mesmo beijá-la na boca suscitaria nas pessoas comuns. Ou eu era pervertida demais para o erotismo simplista e comercial daquele lugar ou, ao contrário, o vício estava tão enraizado naquelas garotas que o incesto deixara de ser tabu pelo preço certo — mas duvido. Até certo ponto, é possível sugerir qualquer coisa às funcionárias do Manège sem causar mais que um franzir de sobrancelhas. Em uma casa na qual se pode conseguir cocaína com um estalar de dedos, elas estão acostumadas a todas as extravagâncias. Nada as desconcerta realmente; há muito, elas aprenderam a não esperar nenhuma ajuda, física ou psicológica, dos proprietários ou das *Hausdamen*. Em sua mente, há um compartimento trancado no qual acumulam memórias de clientes bêbados ou drogados demais para tocá-las com gentileza, de transas brutais e fantasias degradantes — um canto mais escuro que todas as alcovas do Manège, no qual se dissolvem os eflúvios de suor rançoso, de caralho sujo, de língua paralisada pelo champanhe ruim, ressurgindo somente nos pesadelos e instantes de solidão que nenhum pensamento feliz consegue infiltrar.

Eu teria amado poder penetrar, mesmo que superficialmente, esses espíritos solitários e ranzinzas, esses segredos de alcova tão pesados quando ninguém os ouve. Mas não precisei de muito tempo para desencorajar o interesse, já homeopático, das garotas por mim, ao mesmo tempo que obtinha certo respeito de Milo e Sandor.

Em meu quarto dia de trabalho, o Manège tem um afluxo inesperado de clientes. O primeiro precisa escolher entre mim e Gabrielle e não resiste ao apelo langoroso da França. Mais tarde, estou no bar, diante de uma taça de água com gás, fumando o primeiro cigarro de meu segundo maço, quando dois homens entram no salão com passos lentos e impressionados. Um deles é alto, calvo e usa óculos — na escala estética do bordel, é o que as garotas consideram um cara razoável, de aparência inofensiva e não destituída de espírito, com um certo ar de Henry Miller (ou Bruce Willis). Não o bastante para me dar a descarga de adrenalina necessária para levantar o traseiro do banco e ir me apresentar. Em contrapartida, acontece algo quando encontro o olhar de seu colega, como um roçar muito suave, e subitamente não sou mais puta. Nós nos olhamos com uma sensação de tempo suspenso, e ele se parece tanto com o homem que amo tão intensamente, há tantos anos, que esqueço de sorrir, petrificada, e ele se aproxima de mim como os meninos se aproximam das meninas, com os grandes olhos cheios de uma timidez maravilhada. Eu baixo os olhos para minha água com gás para esconder o rubor, e isso deve alimentar sua ousadia, porque, quando os ergo, ele está na outra ponta do bar com o colega careca, pedindo gim-tônica. Acendo um cigarro e fico ali, esfregando as costuras de meu vestido; quando me arrisco a olhar para ele de esguelha, ele tem pousados sobre mim os olhos emoldurados por longos cílios, que devoram seu rosto. E juro que nos procuramos sub-repticiamente, como em um bar, como se não se tratasse de dinheiro e eu estivesse lá por acaso, até que Selma, uma jovem búlgara morena e comprida como um cipó, apoia uma das nádegas em meu tamborete. Ela se inclina para mim e dá um conselho de colega perspicaz:

— Vá falar com ele! Vá falar com ele, ele está olhando!

— As outras já se apresentaram?

— Ele não quer saber das outras. Está olhando para você desde que chegou.

De todo modo, está fora de questão não ir até lá — a menos que eu queira levar um sabão de Milo, o que algumas garotas adorariam presenciar. Elas ou Ronja, a bartender com uma cara obtusa de buldogue que observa minha inércia desde o início da situação.

Minhas pernas tremem quando me levanto, em função da sensação de estar sendo observada. Não importa quantos anos se passem, sempre me sinto nua diante de homens que, de perto ou de longe, me fazem lembrar de Monsieur, malgrado as muitas decepções causadas por aquele arrebatado grosseirão.

O cliente vê quando me aproximo e a frase que estava prestes a dizer ao amigo morre em seus lábios.

— Muito prazer. Eu me chamo Justine e sou de Paris.

Sua mão é macia e muito quente. Eu pergunto se eles estão ali pela primeira vez, agudamente consciente de meu cabelo, do decote de meu vestido de patinadora, da barra de renda de minhas meias. Nada disso parece produzir no careca o efeito atordoante que cola seu colega ao tamborete, e por uma boa razão: está claro quem levou o outro a um bordel. Os dois são de Boston, colegas de universidade, e moram em Berlim há sete anos. Um é evidentemente solteiro, mas o outro, o Monsieur, sem dúvida tem uma mulher à qual deve toda a sua timidez. Desajeitado demais para me oferecer uma bebida, e provavelmente inconsciente das vantagens financeiras que eu teria com isso, ele espera pelo momento propício. Mas será que existe momento propício para um homem que está no bordel pela primeira vez e tem de lembrar a uma mulher sua condição de puta? Imagino que não, mesmo que as duas partes estejam lá para isso. Quando ele aproveita um instante de silêncio para perguntar quanto custa, vejo na inclinação de sua boca que ele tem a impressão de se aproveitar de mim e lamenta o fato. Subitamente fico constrangida de trabalhar lá. Quando estou com um homem que me atrai, gostaria de ser uma imperatriz.

Mas o bordel não estraga nada. Ao contrário. O bordel transforma todas as putas em imperatrizes. Eu peço que ele me siga e ele o faz a uma distância respeitosa. Meus escarpins são grandes demais e fico com um pouco de vergonha de ele ver meus calcanhares escaparem a cada passo. Esperamos em um canto escuro que a *Hausdame* nos designe um quarto.

— Como você se chama?

Conversamos em inglês, e muito, porque quero que ele esqueça o momento no qual pegarei o dinheiro; o dinheiro dos homens sempre me inspirou pudores.

Ele se chama Mark. Tem 38 anos, é casado e acaba de ter um filho. Trabalha com música, mas não é músico; organização, publicidade ou algo assim.

Quando entramos no quarto, ele me pergunta por que trabalho ali. Eu sou tão *maravilhosa*. Pareço um *sonho*. Ele não consegue acreditar — como é o caso de todos os alemães e muitos norte-americanos — que a prostituição e os bordéis são proibidos na França; essa é uma realidade que também acho difícil de engolir, sobretudo quando penso em nosso léxico embelezado com *putain, pute, bordel*. Digo que sou escritora e estou escrevendo sobre o bordel, omitindo que também tenho um aluguel a pagar no fim da semana, e que uma semana é precisamente o prazo necessário para o pessoal da editora responder a meu pedido de adiantamento. Especifico que esse é um segredo que não pode ser revelado ali. A precaução é inútil, porque os homens que vão ao bordel transbordam de segredos que adivinhamos sem que precisem abrir a boca. Mas Mark é daqueles que precisam falar, ou talvez tenha a sensação de oferecer um segredo em troca do meu. Desde que o filho nasceu, seu casamento passa por uma crise que o arrebatamento da paternidade não consegue amenizar. Ele ama a mulher, mas ela é uma criatura doce que consegue se abster facilmente de sexo e, seis meses após o parto, não tem nenhuma pressa em recomeçar a transar. Eles brigam sem parar, por causa da depressão enfrentada pelas pessoas apaixonadas quando investem tudo em um filho. E posso ver que, longe de se sentir à vontade ou legítimo em um bordel, Mark sente uma vergonha culpada.

Qual é a solução quando você ama sua mulher, mas precisa de sensualidade, tem necessidade de gozar? A mais coerente não é ter uma amante, pela qual acabará se apaixonando graças à lufada de hormônios e ar fresco que ela representa. É assim que se termina na merda. Como se trata somente de caralho e boceta, o recurso mais eficaz sem dúvida é pagar uma mulher para que, providencialmente, ela seja apenas um corpo. Deve ser complicado, para pessoas doces e românticas como Mark, ver-se reduzido a algo tão mesquinho quanto um par de bolas doloridas. E nem mesmo isso impede alguém de se apaixonar.

A semelhança de Mark com o primeiro homem da minha vida termina na aparência. Assim que me encaixo sobre ele, ele goza sem dizer palavra, sem fazer barulho, com os dentes cerrados em meu ombro, e só percebo porque ele fica mole. Acho que ele não teria dito nada, paralisado pela vergonha do fiasco que não foi verdadeiramente um fiasco, mas um orgasmo mecânico, o terrível transbordamento de seis meses de abstinência. Poderíamos ter tido um momento embaraçoso de desculpas supérfluas, mas, graças a Deus, a camisinha tem o bom gosto de escorregar. Ela escorrega de forma muito limpa, ainda cheia do esperma do qual nenhuma gota escapou, tendo cumprindo perfeitamente sua função. Mas muitos creem, como Mark, que esse pequeno pedaço de látex é uma armadura impenetrável não somente contra as doenças (com a gravidez sendo a menor de suas preocupações), mas sobretudo contra as evidências de adultério. O contato com a mucosa de uma mulher que não é a sua, sobretudo quando ela pertence a todo mundo, tem qualquer coisa de pesadelo do qual nenhum despertar sobressaltado os salvará — e de justo castigo divino. Não é preciso muito para Mark empalidecer: basta a sensação de ar frio sobre seu caralho. Mal começo a extrair a camisinha e sinto o tremor febril de um homem casado que vê seu império explodir como uma bolha e já imagina na boca o gosto amargo da terapia tripla.

— Desculpe — balbucia Mark uma dúzia de vezes. — Desculpe, mas estou muito...

Ele jamais termina a frase, que completo raivosamente em minha mente, sem deixar transparecer: muito o quê? Muito constrangido? Muito desorientado? Muito covarde?

Nós nos separamos como bons amigos. Mark queria me ver do lado de fora, beber alguma coisa, e eu lhe dei meu número. Acho que disse meu nome verdadeiro e o título de meu livro, porque sou covarde e queria muito ser mais que uma puta; porque, apesar de todas as minhas boas intenções, suponho que me achava superior a tudo aquilo. Eu não esperava que ele me ligasse, e ele não o fez por muito tempo. E, se passou por mim como outro cliente qualquer (adquire-se rapidamente esse hábito de misturar todos eles), não esqueci do mundo que se dissolveu a nossa volta quando o beijei.

— Por favor, cuide-se — disse ele enquanto se afastava pelo corredor, segurando apenas meu dedo.

— Não se preocupe. Este é um bom lugar — menti, ainda acreditando um pouco nisso. E perguntei, à meia-voz:

— Você vai voltar?

— É claro que vou voltar. Foi *incrível*.

Contudo, nos dez dias seguintes que passei no Manège, Mark não voltou, e não posso culpá-lo. Apesar das piedosas mentiras destinadas a reassegurar a mim mesma tanto quanto a ele, até um novato como Mark deve ter pressentido que eu era a única com um sorriso sincero o bastante para esconder a sombra imensa e triste da realidade daquele lugar.

O período de graça acabou após sua partida. Eu tinha a medalha de melhor funcionária da noite, talvez da semana, com meus dois clientes quase consecutivos, e, quando passei pela salinha para colocar minhas duas toalhas regulamentares no cesto de roupa suja, ouvi Sandor dizendo a Milo, em inglês, que a francesa, *essa sim*, trabalhava bem. De fato, embora os homens não entendam muito desse trabalho, eles entendem o bastante para reconhecer uma galinha de ovos de ouro. Se muitas vezes tive de suportar o mau humor das garotas e das *Hausdamen*, nenhum deles jamais levantou a voz para mim; ao contrário, eu era seguida por olhares onde se lia a surpresa de ter uma garota que não era reticente, insolente ou preguiçosa.

Milo evitava cuidadosamente qualquer demonstração de simpatia. Maximilian, que era chamado de Fantasma, reservava toda a sua energia ao trabalho de segurança capaz de solucionar qualquer problema e encontrar qualquer um a qualquer hora. As mais antigas ganharam, ao longo dos anos, o privilégio de chamá-lo por apelidos carinhosos e arrancar dele algumas frases — às vezes até um sorriso, que sempre parecia doloroso.

Sandor era de outro calibre, com uma jovialidade excessiva que, imagino, podia se transformar em uma cólera muito mais assustadora que o humor constantemente sombrio de Milo. Eram a gentileza sedutora, a propensão aos elogios e aos gracejos que o tornavam um intermediário particularmente útil entre o chefe e seu harém, tanto nas repreensões quanto nos encorajamentos. Era essa mesma gentileza que me levava a fugir dele como da peste. Mas Sandor me notara; ele falava um bom francês, um pouco enrolado, mas cheio de encantadores falsos cognatos, e eu representava a sonhada oportunidade de praticar. Desde que deixara seu país, ele morara em praticamente toda parte e passara em Paris, no boulevard Suchet, anos que lhe causavam uma nostalgia cheia de adjetivos reverentes. Ele jamais falava de trabalho e, enquanto eu esperava pelos clientes, beijava minha mão, acendia o charuto e conversava comigo sobre Édith Piaf e Jacques Brel. A esposa o abandonara dois anos antes, e suponho que ele se consolava nos braços de búlgaras e ucranianas sempre diferentes — uma solução bastante agradável quando se tem quase 50 anos e se vem daqueles mesmos lugares nos quais as mulheres são tão belas e frias quando se fala a língua delas. Todas as noites, ele se oferecia para me levar para casa, e eu sempre me esquivava, com o coração disparado à ideia de que ele adivinhasse meu medo, irracional ou não, de cair em uma armadilha fatal.

Depois que Mark foi embora e eu arrumei o quarto, desabei em estado comatoso sobre uma poltrona. Ninguém chegara nesse meio-tempo, e as garotas tampouco haviam se mexido: Michelle e Nicola jogavam Candy Crush, Selma estava no bar com Ronja e as ucranianas e búlgaras estavam divididas em dois grupos no anexo do salão.

No fim do meu turno, três caras irrompem pelo corredor. Já era quase dia e eu acabara de avisar a Madeleine que estava indo para casa. Mas meia hora passa rápido, não? Pelo esporte. Pela satisfação de bater o recorde.

Não foi preciso muita coisa. Eu deveria estar trocando de roupa, mas quis bancar a esperta e olhei o mais alto dos três nos olhos, com o ar profundo que eu imaginava ser irresistível. E devia ser o caso, pois foi assim que consegui o pior cliente da minha carreira. Eu me lembro de tudo, sobretudo de seu olhar quando apontou o dedo na minha direção e disse:

— Quero você. Quanto?

Com sono, anunciei meu preço, pensando que, se ele era rude, ao menos parecia familiarizado com o bordel e talvez tivesse o bom gosto de transar melhor que o canadense e levar mais tempo que Mark. Ele não queria beber nem perder tempo; queria transar, agora, imediatamente.

Eu teria compreendido meu erro se tivesse olhado para Ronja antes de olhar para ele, o Grego. Embora Ronja parecesse constantemente furiosa, sem razão particular, ela também lançava às garotas olhares de conivência para aconselhá-las a não chamar atenção deste ou daquele cliente que conhecia. E ela conhecia esses três, assim como Milo. Contudo, no fim das contas, eles eram clientes e precisavam ser atendidos. Não há bons ou maus clientes no Manège, desde que paguem; *ninguém quer saber o que acontece nos quartos.*

Entrementes, e não pode ser por acaso, Renate nos instala no quarto 3, que dá para a salinha — para os homens.

O Grego sem dúvida tem um nome, mas é impossível lembrar. Quero fazer meu trabalho de modo eficaz e voltar para casa como uma flecha, mas o patife, que não fala uma palavra de inglês, tem outros planos. Depois de tirar a roupa, ele se deita na cama com as mãos atrás da cabeça, confortável como se estivesse em casa. Quando me aproximo resoluta com uma camisinha na mão, ele faz um gesto e dá um grunhido em alemão para me fazer entender que o objeto em questão não terá nenhuma utilidade. Eu paro, confusa, com uma coxa sobre a beirada da cama.

— Cocaína? — propõe ele.

Do que esse maluco está falando? As garotas sequer podem beber enquanto esperam, e o quarto é expressamente para não fumantes, de modo que certamente é proibido cheirar pó.

— Eu quero cocaína — anuncia ele com um tom de mafioso bêbado, e sua maneira de exigir me dá vontade de lhe dar um tabefe.

Tenho dificuldade para suprimir o biquinho de desprezo que os adolescentes fazem quando pensam *Mas que coitado...* e respondo, seca, que não temos.

— Vá pedir a seu chefe.

Dando de ombros, saio do quarto de calcinha, persuadida de que o Grego será rapidamente expulso a pontapés albaneses por sua impudência.

— O que foi?

Milo coloca o charuto no cinzeiro, com um ar subitamente preocupado.

— Bem...

Eu me aproximo do pequeno círculo e Renate coloca seu gim-tônica sobre a mesa.

— Ele disse que quer *cocaína*.

Eu arregalo os olhos para demonstrar claramente minha probidade profissional. Milo coça o queixo, pensativo. Depois um sorriso ilumina seu rosto. Ele acena para seu factótum, como sempre escondido em um canto escuro da sala, e mastiga uma frase em alemão. Maximilian se levanta e sai do Manège com um cigarro na mão.

O Grego, ainda deitado, me dá duas notas amassadas de 100.

— Uma para você, uma para mim.

Pensarei nesse grama como uma gorjeta, depois que ele me liberar. O que, claramente, não está perto de acontecer. Ele tira do jeans um saquinho quase no fim, comprado em outro lugar e, segundo meus padrões, amplamente suficiente para o tempo que nos resta.

— Faça duas fileiras.

Eu compreendo sua metalinguagem alcoolizada. E, como visivelmente hesito, ele repete em meu pescoço:

— Use tudo.

Essa orientação é acompanhada de um tapa nas nádegas mais repulsivo que qualquer tipo de ejaculação facial, e esse único gesto consegue acabar com minha aparência de bom humor. Eu me forço a dar um sorriso horrível por trás do qual palpita o desejo impetuoso de empalar aquele homem, da pior maneira possível, usando apenas as mãos. Faço um canudo grosseiro com uma das notas de 100 antes de cortar a cocaína com um cartão de visita do Manège.

A regra de ouro, diante de um cliente que quer cheirar, é não fazer o mesmo. Do mesmo modo que, para lidar com um cara bêbado, a solução certamente não é se embebedar também. Mas, quando começamos nesse ramo, achamos que, diante de tal idiota, uma fileira nos dará a força e a paciência necessárias para sermos civilizadas. O problema é que, se você interpreta bem esse papel e, ao olhar para seus olhos, ele não se vê sendo queimado vivo na ponta de uma vara afiada, o cliente pode querer prolongar o programa.

E agora estou doida feito um chapeleiro. Fiz fileiras tão tortas que o tampo da lareira parece a bancada de uma confeitaria. Pelos meus critérios, ainda restam naquela confusão ao menos quatro fileiras, mas o Grego limpa tudo com uma passada de mão e lambe o pó da palma. Ele se deita pesadamente no meio da cama e abre um dos braços como convite. E é assim que o inferno se instala naquele quarto de Charlottenburg, do qual é preciso subtrair os poucos segundos durante os quais Renate me passa, pela porta dupla entreaberta, 2 gramas de cocaína ainda não cortada.

Rapidamente fica claro que não preciso temer um assalto viril desse cara, que só me pede para ficar sentada a seu lado, tentando decifrar seus borborigmos em alemão misturado com inglês e sotaque grego. No início, esperando um milagre e cada vez mais tentada a fazê-lo calar a boca com uma ereção, acaricio vagamente o caralho mole que a cocaína fez se enrodilhar. Contrariamente ao que se poderia pensar, é muito difícil ficar com um cliente que não quer ou não pode transar. Não digo com um francês, com o qual há muito assunto e é possível sobreviver de forma honrada. Mas tente fazer isso com um cara tão chapado que já não sabe que língua fala... A cocaína é uma droga ruim para o sexo e a sensualidade. Há pessoas, homens e mulheres, que defendem obstinadamente o contrário, que ela provoca ereções ou aumenta a libido. Mas a verdade é que, embora seja possível obter uma ereção viável e uma propensão constrangedora às confidências — inclusive sexuais —, depois da primeira fileira é quase impossível gozar, e a ânsia pelas coisas mundanas diminui quando se trata de agir e se entregar. A ideia de transar ou sentir prazer suscita somente uma indiferença crassa. Quando o efeito passa, o desejo não retorna, longe disso, e já nem queremos conversar, só cheirar mais uma fileira ou morrer. Nesse caso específico, a única "vantagem" da cocaína está no fato de repetirmos à exaustão as mesmas frases, organizadas de maneira ligeiramente diferente. Mesmo o sabir mais oculto pouco a pouco se torna compreensível.

É assim que consigo entender que sua conversa gira em torno de um eixo simples: a mulher. E meia dúzia de variações do tema, sem que eu possa determinar se ele conta histórias reais ou fantasias: a melhor amiga da mulher que acaricia seu caralho sob a mesa do restaurante antes de terminarem os três em um quarto de hotel; sua mulher que, durante as férias, encanta-se com um jovem garçom e os três terminam em um quarto de hotel; em um iate na Grécia, a mulher que se masturba sabendo que um marinheiro qualquer a observa e, surpresa, os três terminam na cabine. Nessas peripécias, há provavelmente uma mensagem de ordem moral: sua mulher é (ou ele sonha que seja) uma vagabunda. E, longe de se ofender com isso, ele a encoraja a satisfazer todos os seus desejos. Eis um assunto sobre o qual eu poderia discorrer até a batida salvadora de Renate à porta! Mas é complicado estar envolvida em uma cena na qual as leis da razão já não são válidas. Muito rapidamente, atinjo minha velocidade de cruzeiro e meu vocabulário se limita a *oh* e *ah*. Regularmente, ele se levanta, desce da cama e cambaleia até a cadeira onde estão suas roupas. E eu sinto um frêmito de louca esperança de que ele subitamente tenha cansado de contar mentiras a uma garota que, por assim dizer, não entende nada e que, ao estimulá-lo obstinadamente, o confronta com sua impotência; mas não, ele está bem. Só está procurando uma nota no bolso para que eu faça um canudo.

— Corta mais uma fileira?

Enquanto engulo a vontade de esganá-lo, ele verifica, por baixo de meu ombro, que realmente estou preparando *duas* fileiras.

(Mais tarde, uma jovem espanhola experiente na questão me ensinará que existem mil maneiras de não cheirar pó e, ao mesmo tempo, não ofender o cliente chapado. A mais simples consiste em deixar o cabelo solto virado para o lado, a fim de varrer a fileira. De todo modo, jamais é bom para uma puta perder o controle, mesmo que seja em um bordel tão vigiado quanto o Manège. É importante que as garotas estejam dispostas a cheirar, mas também é importante que conheçam seus limites e se atenham a eles, porque nenhum membro da direção estará lá para ouvi-la reclamar quando transar sem camisinha durante a euforia doentia do momento ou levar um tapa por ter se recusado.)

Gostaria de ter conhecido essa sabedoria de alcova *antes* de cruzar o caminho do infatigável Grego, pois, quando Renate bate à porta, estou quase tão chapada quanto meu cliente. Aliviada, preparo mentalmente uma despedida muito mais cordial do que me sinto. Mas, ágil como um peixe, o Grego se levanta para prolongar o programa, com o dinheiro na mão. O tom empregado significa que não tenho escolha.

Quase começa uma briga quando Renate me envia para explicar que ele vai ter de pagar por meia hora suplementar, e não o preço mais vantajoso de uma hora, como o infame pão-duro achou que seria. Claramente, ele não está disposto a abrir a mão; tenho de retornar à sala, totalmente nua, para anunciar a Milo que o cliente quer falar com ele — o que raramente é bom sinal. Durante a conversa atrás de portas fechadas, percebo que o ar aqui, mesmo fedendo a charuto, é mil vezes mais respirável que o do quarto, saturado de um suor doentio. Não há um ruído, e espero ouvir, a qualquer momento, socos terminando em um uivo intercalado de gemidos. Sandor tenta conversar comigo para preencher o silêncio:

— Ah, a França...

Milo retorna, seguido de um forte cheiro de suor, quente e rançoso. E manda Renate para o quarto, armada com a maquininha de cartão.

Ela sai de lá com uma careta de profunda repulsa, só respirando quando as portas duplas são fechadas. Há até mesmo um pouco de pena no gesto que faz para me reenviar ao trabalho. Milo e Sandor fingem olhar para o outro lado.

Quando enfim me rendo, já não suporto mais nada nem ninguém. Cheirei quase 1 grama inteiro e sei cada detalhe dos contos adultos do Grego como a palma de minha mão — sobre a qual o pó desliza como uma carícia. Embora eu seja a usuária ideal para essa substância e minha sociabilidade decuplique sob sua influência, em nenhum momento retiro das inúmeras fileiras qualquer vontade de conversar. Fico imóvel, calada, esperando a longa e dolorosa queda. Esses são os momentos nos quais mais me aproximo da serenidade, breves episódios de lucidez durante os quais digo a mim mesma *Acalme-se, idiota. Lide com esse babaca. Em breve você estará do lado de fora, na Savigny Platz, e poderá beber alguma coisa com Madeleine no Schwarzes. Até lá, ninguém está tentando te machucar, você está chapada, só isso. Muito chapada. Extremamente chapada.*

Fora esses monólogos interiores que em nada me ajudam, o simples fato de existir é problemático. Todos os meus sentimentos se transformaram em ódio e, antes de cortar as fileiras, o tapa no traseiro administrado pelo Grego me faz dar um sorriso tão crispado que quase trinca meus dentes. Continuo meu monólogo, mas gostaria de não poder; estou horrorizada comigo mesma.

Renate bate e, excepcionalmente, coloca a cabeça no vão da porta para se assegurar de que tudo está bem. Imediatamente o Grego se levanta, com o cartão de crédito entre os dedos trêmulos. *Meu Deus,* penso eu, *esse monstro quer continuar.* Será que essa não é uma forma muito sofisticada de tortura, decompor assim o tempo, em vez de comprar duas horas já de saída (porque, concretamente, *concretamente,* o que esse Grego tem de melhor para fazer até amanhã à noite?), com o objetivo perverso de ver minha esperança eclodir, florescer e subitamente morrer? Talvez ele se delicie com meu medo, evidente por trás da máscara de polidez sindical e do bom humor extremamente frágil. *Que monstro.*

Imediatamente, quando Renate me pergunta, com certa pena, se quero ficar, eu escapo:

— Não, preciso ir, minhas irmãs estão esperando.

O Grego mal percebe que estou saindo com as roupas debaixo do braço; ele pede que enviem outra garota.

Só restam três na casa, e duas estão ocupadas. Quando me visto na salinha, vejo Diana, uma turca de 45 anos (31 no site) e seios enormes, arrumar o cabelo para assumir meu lugar. Diana, parecendo irritada, mas normalmente risonha e gentil, pronta para entrar naquele inferno fedorento, sem fazer a menor ideia do que a espera, a criatura com o caralho mole, as mesmas cinco histórias, os tapas obscenos no traseiro. Diana tem um filho de 14 anos que dorme em seu apartamento em algum lugar e espera ver a mãe ao acordar. É visível que ela não esperava ter um último cliente. Quem dirá um cliente assim.

Quando ela se inclina em minha direção para perguntar como ele é, Milo e Sandor estão ao alcance da voz e me ouço pronunciar a mentira habitual do Manège: "Ele é ok." Embora esteja tentada a sinalizar o contrário por alguma mímica, termino por me perguntar *de que serviria?* É tarde demais. Ela é a única que está livre.

Diana nada deixa transparecer ao entrar no quarto, mas sinto sua náusea ao perceber que não sou *eu* que empesteio a salinha. É o cara, aquele que me engoliu animada e me cuspiu derrotada, ansiosa para ir embora o mais rapidamente possível, sem nem mesmo tomar o banho que me seria tão salutar. E agora ele está prestes a engoli-la também.

Estou muito mais inquieta por ela agora, escrevendo tranquilamente do sul da França. Naquela manhã, o destino de Diana mal tocou minha consciência: cada uma com sua merda, eu terminei e vou me mandar, caras colegas; já não existo, é inútil chamar meu nome.

Renate quase me causa um infarto ao perguntar, com ar de quem conta comigo, se eu não gostaria de ir para um novo quarto com outra garota e, como em um pesadelo, a garota em questão também está lá, enrolada em uma toalha, uma das cinco turcas loiras que jamais falam comigo. Ela também tem um ar suplicante. Reprimo a vontade de gritar.

— Não, realmente não posso, sinto muito... minhas irmãs... elas estão me esperando.

Toda a cena se passa sob o olhar de Milo e Sandor; mas, surpreendentemente, eles não me dão as contas. Ao contrário, Sandor pula do sofá e se oferece para me levar para casa em Wedding — Deus do céu, eu tive a *estupidez* de contar que morava em Wedding, que grande jornalista disfarçada eu sou... Só me falta essa, cair na rede deles no momento em que estou disposta a mandar todo mundo se foder...

Balbucio uma desculpa quase inaudível em um alemão de imigrante clandestino e saio correndo de lá, do Manège, da Schlüterstrasse, para o mais longe possível da janela lilás atrás da qual Diana começa a entender no que foi que ela caiu.

A coisa mais irritante da cocaína é a súbita inutilidade da música. Imagino que, em qualquer *bad trip*, seja de maconha, LSD ou ecstasy, a *boa* música possa ajudar a tornar certos parâmetros mais toleráveis. Mas a cocaína não se deixa enganar por esses truques. É pragmática, exige calmantes ou alguns baseados, sem os quais segue em frente, incansavelmente. É surpreendente que uma euforia tão curta possa preceder uma depressão tão profunda, tão dedicada a sua tarefa. Nem Beatles, Nina Simone ou (sobretudo) White Stripes, nem mesmo alguma coisa suave e neutra como Mozart ou certas canções do Velvet Underground.

A própria ideia de ser interrompida em meus pensamentos ultrarrápidos parece uma aberração. O cérebro funciona rapidamente demais: quando, aos 21 anos e no mesmo estado, escutei "Atom Heart Mother", terminei a canção em minha mente antes mesmo de ela começar. Nessa noite, portanto, não arrisco ouvir música.

Há uma boa caminhada entre a Schlüterstrasse e a estação Zoo, mas tenho muito no que pensar. Primeiramente: será que *também* mencionei que moro na rua Amrumer? Que merda! O que é que eu tinha na cabeça? O que vou fazer se um dia chegar em casa e encontrar Sandor fumando um charuto no hall do número 34, com seu sorriso assustador de cafetão educado e dois ou três capangas encostados na caixa de correio? É verdade que tive a inteligência de não dizer meu nome verdadeiro a ninguém. Sim, mas e se eu não voltar? Quanto tempo vão levar para encontrar a folha na qual sem dúvida já anotaram minhas coordenadas e meu número de passaporte; justamente, meu passaporte, que, como uma idiota, deixo no "vestiário", o quartinho no qual qualquer um pode entrar, no qual nossas coisas ficam amontoadas sobre o sofá e os únicos armários com chave pertencem às *Hausdamen*? Wedding está cheio de turcos sinistros que poderiam me atacar no meio da noite, quando vou comprar um maço de folhas na Späti [loja de conveniência] da Müllerstrasse. E se eu não estiver em casa, se estiver escrevendo em algum lugar ou tiver saído para esticar as pernas, e Anaïs e Madeleine estiverem em casa e abrirem a porta sem nem mesmo atender o interfone, porque não falam alemão? Na verdade, isso não parece possível, mas a maioria das pessoas que voltaram para casa e encontraram a família amarrada deve ter achado a mesma coisa. O gordo Sandor estará lá, com a merda de seu charuto e parecendo deplorar a intrusão, e, antes de cortar meu dedo, perguntará exatamente o que minha mãe também perguntará um dia, chorando: *Você achou que isso era uma brincadeira?* Que podia entrar e sair do Manège e ninguém acharia ruim? E agora vou acompanhá-lo calmamente até uma bela casinha na Albânia, onde os militares e os agricultores locais adorarão me conhecer, ou prefiro ajudar minhas irmãs a recolherem seus dentes hoje ou seus seios amanhã? A escolha é fácil, não é? O ar livre, o campo, as pessoas calorosas, o aprendizado de uma dúzia de novas línguas e dialetos...

A meio caminho da estação Zoo, o mundo me parece incomumente sombrio, e a única coisa capaz de expulsar o Grego, Milo, Sandor e as *Hausdamen* carrancudas de minha mente é o livro. Vou escrever sobre tudo isso, é por essa razão que faço o que faço, e só estou tão perturbada porque *essa não é minha vida*. Minha vida é escrever, e durante mais alguns meses posso fingir ser puta — e, se caras como o Grego acreditam, é porque sou boa atriz.

O que me leva a pensar nas outras garotas. Como Diana. No que elas pensam? Quando, como eu, sobem a Schlüterstrasse destruídas e fedendo ao suor de um canalha sem consideração, que lhes deu a impressão de ser amigo do Chapeleiro Maluco *e* da Lebre de Março, no que elas pensam? Quais são as ideias sombrias que as envolvem como um manto pesado, já que não escrevem livros e o Manège é sua vida? Será que suas esperanças e sonhos desaparecem? Talvez seja melhor assim. Talvez seja mais fácil suportar a depressão da cocaína e os clientes sujos quando se trata somente de mais um dia de *trabalho*. Talvez elas digam *Que dia de merda*, liguem seus iPods e a música crie para elas um universo paralelo no qual pensam em coisas doces e encontram forças para recomeçar. Espero que sim.

Realmente espero que sim.

Em casa, preparo uma banheira cheia de espuma. Fico de molho por uma eternidade, imaginando se a polícia poderia me ajudar. Em meu estado de paranoia, o mero fato de eu pensar na polícia faz soar um alarme na cabeça de Milo. Parece-me evidente, com 1 grama no sangue, que eles não deixarão ir embora a francesa de cabelo comprido que consegue os três únicos clientes de um bordel vazio. Eles não me deixarão ir embora.

Eles não me deixarão ir embora!

Quando me deito, a respiração de minhas irmãs adormecidas deveria me acalmar, mas não. A ideia de telefonarem para os meus pais e dizer que não volto para casa há três dias e meu celular está desligado, a ideia de minha mãe imediatamente às lágrimas perguntando onde eu estava, e Madeleine gritando, com o nariz escorrendo, que eu estava no bordel, *no bordel*, enquanto eu me debato no porta-malas de um sedã alemão, me fez tremer como vara verde em minha cama. Eu jamais deveria ter colocado os pés no Manège. O que foi que me deu? Sozinha em Berlim com minhas irmãs. O que é que eu tinha na cabeça?

Quando amanhece, estou na sacada, enrolada em dois casacos, e não se pode dizer que as coisas melhoraram. Por mais que eu repita para mim mesma que nenhum desses cenários catastróficos é plausível, pois a prostituição na Alemanha é legal, a ideia de escrever um livro sobre o interior dos bordéis me parece impensável. Mas não vejo como voltar atrás, depois de todos os discursos cheios de bravata para minhas irmãs, para mim mesma, para Stéphane. Não vejo como renunciar a esse novo livro que rapidamente toma forma em minha mente, cujas notas já ocupam um lugar tão grande na minha vida. E tudo isso por causa de um cara que nem sequer encostou em mim? Lembro de noites bem piores em Paris, e que não renderam um centavo.

Às 9h, ainda não consegui dormir, mas a boa notícia é que o restante do mundo está se levantando.

— Você já acordou? — envio a Stéphane.

E leio *Stéphane está digitando*. Quase posso imaginá-lo no sofá em Londres, recém-saído do banho, ainda molhado, e fumando um cigarro enquanto digita no teclado. Do outro lado das janelas, a garoa fininha molha a cidade.

— *Yes*. Você está voltando do trabalho?

— Vamos nos falar?

— Agora é complicado. Eu ligo quando chegar ao escritório.

Sua mulher deve estar por perto. Eu suspiro:

— Ok.

Depois, quase imediatamente:

— Que pena, eu adoraria ouvir uma voz amiga. Mas não faz mal, até depois.

Enquanto me arrependo de ter enviado essa mensagem passivo-agressiva, o imprevisível Stéphane me liga. Do outro lado da linha, ouço sua voz ofegante e o barulho tranquilo das ruas de Londres. Quase soluço:

— Eu não queria ter soado tão infeliz, se Nathalie estiver por perto, eu...

— Não, não é isso, é que estou pedalando!

Stéphane, que esperou ter 56 anos e ir morar na Inglaterra para começar a andar de bicicleta.

— Está tudo bem? Foi tudo bem no trabalho?

Eu deveria confessar que não recuo diante de nada, que encontrei meus limites não sendo fodida com toda a força, mas conversando com um grego viciado em cocaína. Mas, se ouvir isso a 1.500 quilômetros de distância, Stéphane vai ficar furioso e pedir que eu jamais retorne ao Manège, que jamais coloque os pés novamente nesse ou em qualquer outro bordel. E se eu perder Stéphane; se ele acreditar, mesmo que sub-repticiamente, em minhas fantasias mórbidas, ficarei verdadeiramente com medo: ele trabalha em uma embaixada e sabe mais que eu sobre as europeias bonitas que desaparecem da noite para o dia e sobre as quais se descobre, ao procurar por elas, que vendiam seus serviços às populações locais. O menor tremor em sua voz bastará para destruir o que me resta de audácia: acima de tudo, é preciso não assustar a única pessoa capaz de mencionar o bordel como se fosse um emprego qualquer. Sem contar o riso com que ele pontua cada uma de minhas histórias.

— Está tudo bem, foi um dia longo...

Acendo um cigarro; a falta de ar de Stéphane, que pedala em algum lugar de Londres, subitamente deixa o mundo mais leve. E eu conto minhas historinhas, enfeitadas com detalhes charmosos e engraçados para continuar a ser, em sua imaginação, a putinha letrada que domina todo um bordel em função de suas predisposições. É isso que faz renascer, como que por magia, minha coragem e motivação. Preciso escrever para que Stéphane saiba tudo que não contei a ele a fim de não deixá-lo preocupado. E aquele Grego, aquele maldito Grego, parecerá minúsculo quando eu o fizer entrar em uma página.

Quando vou me deitar, já me sinto melhor por pensar que, em Londres, Stéphane começou sua jornada como conselheiro da embaixada. Eu me congratulo por ter repassado a informação de que o Manège abriga um sério tráfico de cocaína. Nunca se sabe: se eu desaparecer, *ele* sem dúvida saberá imediatamente onde procurar.

Nos primeiros dias, decidi apostar tudo e usei um batom muito forte; o que nunca faço, pois minha boca fica parecendo torta, mutilada — mas achei que não haveria ocasião melhor que aquela. Contudo, se há um lugar no qual não devemos nos maquiar assim, é o bordel.

Isso é evidente quando se pensa a respeito, pois nem todos os retoques do mundo conseguem evitar a ruína. Foi por isso que senti uma onda de tristeza ao ver, certa noite, Irina sair do quarto enrolada na toalha para pedir que a *Hausdame* fosse até lá com a máquina de cartão de crédito, tendo a parte de baixo do rosto orgulhoso toda manchada de batom. Eu não gostava de Irina, que parecia jamais ter me notado, e achava sua aparência de uma insipidez incrivelmente pretensiosa. Mas aquele batom espalhado pelo queixo, como uma marca de infâmia, e pelos dentes, que ela havia mostrado ao gritar por Jana, lhe davam um ar de boneca deixada na sarjeta, à mercê da chuva e do vento — o fracasso de todos os artifícios, sem os quais só restava um narizinho pálido, no fim das contas nem sorridente, nem bonito.

Isso acabou com qualquer vontade de passar batom ou me maquiar. Quando vemos os danos causados por uma simples felação sobre duas camadas de rímel supostamente à prova d'água... Ainda mais surpreendente é se olhar no espelho após ter ficado por cima de um cliente sem tê-lo beijado. Como se a maquiagem *sentisse* que fizemos sexo, e isso fosse suficiente para borrá-la.

Quando as meninas vão para os salões esperar os clientes, o Manège pode se orgulhar de uma equipe resplandecente e de excelente aparência. E, no entanto, o lugar continua deserto, por razões que escapam a todo mundo. (O cliente em mim me dá uma cotovelada: *Isso te surpreende? O dia em que eu colocar os pés ou — Deus me livre — o caralho em uma lixeira dessas...*) E é verdade que não consigo determinar qual garota seria a menos indisposta, se eu tivesse culhões e 120 euros para gastar. Embora eu não seja homem, o salão desesperadamente vazio confirma que eles pensam como eu.

Ao se ver sem clientes, uma empresa normal reduziria seu efetivo, mas um bordel — que só paga salário fixo às *Hausdamen* — tenta recrutar ainda mais garotas. Um bordel normal tentaria atrair supermodelos, mas Milo recruta Paulette, em uma resposta que nos deixa boquiabertos. Paulette apareceu por lá em um fim de semana particularmente às moscas. Enquanto a maior parte do grupo se embelezava à espera da abertura do salão, chega essa alemã grande como uma estátua — grande não, enorme! —, que se apresenta timidamente:

— Oi, eu me chamo Paulette.

Ninguém parece acreditar. Paulette deve ter 35 anos e é de Potsdam, mas parece vir de muito mais longe, dos rincões de Schleswig-Holstein, de um canto rural ainda sem telefone nem internet. Seria preciso ver nisso uma decisão corajosa de Milo, que, cansado de ter quinze garotas bonitas vagando como zumbis por seu bordel vazio, achou que uma criatura como Paulette poderia atrair uma nova clientela ou, no pior dos casos, desconcertar e fazer brilhar ainda mais seu harém habitual?

Paulette é uma torre: a cada um de seus passos, sinto os saltos de seus escarpins gemerem com o esforço, e suas carnes tremem ao menor movimento. Ela usa o cabelo descolorido preso no alto e, sob o coque malfeito, sua nuca mostra uma tatuagem de borboleta na qual o preto já está ficando esverdeado. As meias arrastão mal chegam ao meio das coxas e as transformam em chouriços grossos e granulosos. Somente um olho treinado poderia determinar o manequim de Paulette, que insiste em usar tecidos muito moles; raras são as calcinhas que não marcariam aquela bunda imponente. Para completar, ela tem o rosto tão suave quanto o de um guarda de prisão e um sorriso raro e tenso — e, embora não vejamos em seus olhos o menor traço de predisposição erótica, neles brilha uma determinação na qual muitas garotas poderiam se inspirar.

Sim, Paulette tem talentos que muitas não possuem: ela é gentil e parece realmente esperar uma resposta quando pergunta como você está. Ela não está ali para comprar bolsas da Vuitton ou um casaquinho para seu chihuahua; quaisquer que sejam as razões que a levaram até lá, no Manège todo mundo reconhece instinto de sobrevivência quando o vê. E esse estímulo faz mais pelo faturamento que o súbito desejo por luxo. Apesar de tudo isso, não consigo deixar de me perguntar como Milo achou que isso poderia dar certo. Milo não é Henry Miller. Eu ficaria surpresa se ele ficasse excitado com a poesia obscena das carnes disformes. Ou que pudesse compreender a euforia de não conseguir distinguir, no escuro, um seio de uma nádega de uma dobra de gordura. Com um pouco de perspectiva, Paulette é a única aqui que talvez possa lembrar os bordéis que Maupassant descreveu, nos quais as pessoas estavam preocupadas com o corpo e o erotismo, não com acessórios. Sim, imagino que deva haver algo de sinistro em transar com ela. Um perverso polimorfo sem dúvida encontraria aí um novo tipo de emoção — se é nisso que Milo estava pensando. Mas duvido. A única coisa à qual Milo é sensível é aquilo que remete agressivamente ao sexo: salto alto, maquiagem pesada, seios de silicone, cabelo com apliques até o meio das coxas, argolas de ouro e perfumes florais ou doces que ficam estagnados por muito tempo nos corredores estofados. Tudo que permite identificar uma mulher a quilômetros de distância — aliás, Milo talvez tenha achado que uma montanha como Paulette, usando bons sapatos e tecidos colantes, gritaria aos clientes que temos mulheres aqui, muitas mulheres, tantas que nos permitimos o luxo de ter uma Paulette.

Nesse ínterim, ninguém consegue adivinhar essa profusão da rua; além disso, imagino que o boca a boca seja mais eficaz que a iluminação reveladora de Milo — e, em vez de quinze, agora somos dezesseis ociosas no grande salão. Os ônibus de turismo podem vir: estamos prontas.

Há muitas, como Paulette, cuja presença suscita perguntas.

A maior parte das garotas mora no bordel ou aluga um apartamento próximo, mas, nos dois casos, pode-se sentir a mão de Milo. Como alugar um apartamento sem falar uma palavra de alemão nem ter comprovante de renda? Sem poder se explicar a um contador? Sempre é possível inventar uma profissão para os formulários, no caso de alguém perguntar o que você quer dizer com profissional independente (ninguém quer alugar para uma puta, cuja motivação profissional é versátil e dada a mudanças de endereço tão fantasiosas quanto imprevisíveis), mas é preciso inventar algo crível. É por isso que se encontram em Berlim muitas *maquiadoras profissionais* incapazes de se comunicar com suas clientes alemãs.

A maior parte das garotas foi trazida por Milo ou seus contatos. Enquanto elas definhavam nos países do Leste Europeu, acumulando empregos de merda que pagavam uma ninharia, incluindo serviços noturnos nos clubes de striptease, um senhor alto e sorridente como Sandor lhes falou do Ocidente. De Berlim, a grande e bela cidade cheia de oportunidades, e de homens dispostos a pagar muito pela possibilidade de se aproximar por alguns instantes da beleza eslava reverenciada em todo o mundo. *Pense bem, querida*: praticamente o mesmo trabalho que aqui, mas em um lugar incomparável onde você será tratada como princesa, confortável e protegida de homens que barganham durante horas antes de pagar duas ou três vezes menos do que você vale. Lá empregamos pessoas para defender e servir você; ninguém poderá colocar as mãos em você nem se aproveitar do fato de que está sozinha para se recusar a pagar. Lá você estabelecerá seus próprios critérios e, acredite, nenhum alemão se recusará a pagar para ter entre os braços alguém que não seja sua Gretchen. Falo de ter a cidade entre suas coxas; falo do mesmo trabalho que aqui, é verdade, mas com um rio de dinheiro, tanto dinheiro que você nem saberá o que comprar, e, quando voltar para cá, estará coberta de ouro e nada será impossível. Tudo que você precisa fazer é trabalhar duro e confiar em mim. O que custa se afastar da família por um tempo, se é para enviar dinheiro e lhes dar meios para nunca mais se preocuparem com nada? Você só precisa ousar. Precisa ser menos estúpida que as pombinhas locais, que preferem se matar em restaurantes miseráveis a propor aos homens a *verdadeira* mercadoria, a que os interessa realmente, a única que os faz gastar sem contar o dinheiro. Você sabe quanto vale a suposta virtude de uma mulher? Claro, você pode se agarrar à sua integridade já diminuída pela prostituição, pelas punhetas no banheiro e pelos amassos no estacionamento, pode ficar aqui e se guardar para seu namorado, mas seu namorado é um pobretão sem ambição que jamais lhe oferecerá a vida que você merece, que é ruim de cama e não paga um centavo e cujo único feito será pedi-la em casamento, um dia, talvez, e esse será o fim, você se tornará uma mulher gorda com a barriga cheia de estrias, cercada por pirralhos que vão sugá-la até os ossos antes de você completar 30 anos. Nesse momento, seus pés já não caberão nesses belos escarpins, querida, será tarde demais e você jamais poderá fugir desse buraco. Hoje você pode.

Sim, esse é o tipo de ladainha que deve ter seduzido a maior parte das garotas do Manège, mesmo que todas tenham hoje um ar de desilusão. Daí a dizer que não têm escolha, que são obrigadas... Eu acredito na *Hausdame* quando ela diz que as garotas nunca têm um centavo. O que mais há para se fazer quando não se tem família por perto, nem amigas ou um bom relacionamento com as colegas de trabalho? Compras. O dinheiro só se torna real quando é gasto, ostensivamente, no balcão das butiques luxuosas da Kurfürstendamm. Mais tarde elas podem pensar em escapar. E no Manège há comida, bebida, cocaína; o mau humor das garotas também deriva do fato de terem o nariz cheio de pó e, se ele acabar, basta pedir que Maximilian compre mais. Se elas tiverem trabalhado. Se estão trabalhando. E como, na maior parte do tempo, não há trabalho, as longas noites do Manège devem ser somente uma ressaca horrorosa, mais morna que violenta, da qual somente um cliente providencial pode salvá-las. O que equivale a dizer que, com o que ganham, as garotas alimentam um estilo de vida luxuosamente letal no qual o aluguel e a comida realmente devem parecer supérfluos.

Paulette, Loretta e Sylvie são outra história. Elas formam o clã das mulheres velhas e alemãs que constitui o centro vivo e humano desse harém cheio de inveja. São elas que ouvimos rir e conversar na salinha, pois, a partir das 20h, a salinha e a companhia dos proprietários e das *Hausdamen* são privilégios das antigas. Quando um cliente chega, elas não são obrigadas a se apresentar nem mesmo a deixar sua poltrona. Elas têm o direito de pedir bebidas alcoólicas e, quando vão ao salão, raramente é sem um copo de vodca e apelidos carinhosos para Maximilian ou Ronja, com quem são como unha e carne.

Loretta anuncia ter 35 anos, que na realidade são 46 e parecem 48. Ela está meio envelhecida, mas vem todas as noites e claramente ganha dinheiro, pois nunca falta. Ela é enfermeira durante o dia e tem uma filha de 21 anos. Diana tem um filho de 14. Sylvie e Paulette, elas vão até lá para conseguir uma vida melhor, o que quer que isso signifique, para ter algum dinheiro depois de pagar as contas. Mas onde estão seus clientes?

A única explicação capaz de justificar a presença de mães de família, que têm mais para fazer que esperar pelas fantasias de um babaca local esnobado por quinze adolescentes búlgaras agarradas ao celular, é o serviço de acompanhantes proposto por Milo. Os preços são mais altos, mas o serviço sem dúvida é melhor que no bordel.

Selma um dia me fala sobre as acompanhantes e eu pergunto se não é mais rápido e barato fazer a própria publicidade, de maneira independente. Em Paris, essa é a única solução, e, para as garotas que sabem administrar, é lucrativo. Mas, na Alemanha, dada a desconcertante legalidade da profissão, é muito cansativo se lançar sozinha no negócio. A garota deve se deslocar ou estar disposta a receber em casa perfeitos desconhecidos, sem saber se têm uma faca ou sabe-se lá o quê no bolso — sem falar dos vizinhos, que, na Alemanha, gostam bastante de saber da vida de todo mundo. A garota precisa se ater a princípios estritos: jamais ir duas vezes ao mesmo hotel na mesma semana, a fim de não ser reconhecida pelos porteiros (o *Finanzamt* adora flagrar programas não encontrados nas declarações anuais de renda). Sempre receber *antes*, independentemente da simpatia ou da confiança inspiradas por esse ou aquele cliente. Manter o olho no relógio e ser capaz de enfrentar os homens que querem negociar a duração do programa. Ser inflexível quanto às camisinhas, a menos que o cavalheiro esteja disposto a pagar — e, quaisquer que sejam os extras, sempre receber *antes*. Pouco importa se o cara escolheu sexo anal bem no meio do cachorrinho e o tempo necessário para abrir a carteira é suficiente para fazê-lo brochar. De qualquer modo, as disposições do cliente não são as de uma puta, jamais: para ela, a única lei é o tempo.

Antes de chegar a essas considerações, no entanto, é preciso um trabalho de retaguarda ainda mais exigente. Comprar um segundo celular, sob pena de ser constantemente assediada no número privado. Passar longas horas ao telefone, repetindo incansavelmente as mesmas descrições lisonjeiras, as mesmas tarifas exorbitantes, respondendo sem perder a paciência às mesmas perguntas estúpidas e reconhecendo os caras que telefonam com o pau na mão para gozar gratuitamente com as modalidades de um programa hipotético. Responder a todos os e-mails, triando escrupulosamente os que podem ser respondidos com copiar-colar dos que merecem resposta pessoal (e enganos frequentes são cometidos durante essa triagem). E, mesmo antes de tudo isso, encontrar, no terrível emaranhado de sites alemães, o melhor lugar para anunciar, aquele que cobra um preço razoável e oferece uma exposição ótima. Descobrir um fotógrafo capaz de tirar fotos sugestivas, mas ao mesmo tempo de alguma classe; ninguém pode esperar fazer carreira como independente com selfies apressadas feitas no próprio quarto. Ser independente, totalmente independente, é um sacerdócio em tempo integral, e a garota deve ter sérios talentos como secretária, contadora, administradora e publicitária. Como se não bastasse ter de estar sempre bonita e sorridente, com as unhas feitas, depilada, penteada e maquiada.

Não é melhor deixar que Milo faça o trabalho sujo? Mesmo duas noites de tédio por semana, por mais longas que possam parecer, não representam um décimo do tempo que uma independente emprega na gestão de seu negócio. Se não vemos mais independentes, é porque a prostituição é uma profissão que, por várias e excelentes razões, encoraja a preguiça. Nenhuma garota perde de vista que está vendendo algo que as mulheres comuns guardam preciosamente e nem sequer pensam em monetizar, e essa liberalidade vale, além de um bom salário, algumas vantagens, como ter tempo livre e não precisar se esforçar para conseguir clientes. Todas as formas de prostituição que existem em Berlim visam a reduzir ao máximo a solicitação, que é exaustiva para as garotas. Mesmo aquelas que vagam pela Oranienburgerstrasse o ano inteiro, debaixo de neve, vento e granizo, em suas eternas botas de cano alto de napa envernizada, fazem propostas no máximo indolentes. *Quando* fazem. Elas preferem ficar bem à vista da calçada, e você pode passar por ali mil vezes durante a noite que, com raras exceções, elas estarão sempre no mesmo lugar, digitando em seus smartphones ou conversando umas com as outras. E quando esbarra nelas, elas o seguem lentamente com os olhos, como se dissessem *Você sabe por que estou aqui, idiota, e eu não sei o que você quer.*

No máximo, você ouvirá um murmúrio, um número ridiculamente baixo anunciado em um alemão carregado do sotaque do Leste Europeu. E elas o levarão para o fundo dos pátios da Auguststrasse, ao lado de um portão sempre entreaberto, ou então para seu carro, se você tiver o bom gosto de possuir um. Delas é preciso não esperar nada além de um encontro furtivo e estritamente externo; imagine a perda de tempo se, a cada vez, fosse preciso tirar a calça e as botas e correr o risco de colocar a pochete para trás (você não esperava que ela tirasse a pochete, não é?), despir o casaco, a jaqueta, a calcinha, o sutiã... Não, obrigada. Durante minha pequena pesquisa, descobri que a gama de serviços propostos nessa honrada rua se limita a uma punheta ou um boquete. Não se cobra por tempo, Deus nos livre, mas por ejaculação, rápida e áspera após alguns movimentos do punho ou da nuca. Sem conversa, sem penetração. Por um preço considerável, é possível ver um par de seios enquanto a jovem o chupa à sombra cúmplice do porta-luvas.

Disseram-me que, na Potsdamerstrasse, outro local de prostituição nas vias públicas, as garotas *podem* transar. Basta pagar o preço para fechar o negócio, e um extra não menos dispendioso por um quarto — uma de duas peças em um pardieiro imundo iluminado por neon, no qual o cliente descobre que sua prometida é menos jovem, atraente e charmosa que sob a sombra de um poste. O preço do quarto geralmente só é citado na soleira da porta, quando o cliente de pau duro está mais disposto a esvaziar a carteira. E, mesmo assim, eu não apostaria minha semana no Manège nos talentos empregados para levar o cliente ao orgasmo — deixando, ao final, uma intensa repulsa por si mesmo.

À noite, elas são confinadas a um dormitório onde se aglomeram quinze ou vinte garotas, independentemente dos atritos letais e das questões vitais que as opõem. Embora o Manège, comparado à rua, passe por uma empresa familiar cheia de teorias progressistas sobre como aumentar o bem-estar das funcionárias, basta uma visita, mesmo como cliente, para perceber que a direção é temida e muitas garotas estariam dispostas a trabalhar em um restaurante — se seu estilo de vida não fosse o que é.

Se meu alemão fosse melhor, eu diria a Paulette que não será no Manège que ela fará fortuna. A clientela é composta majoritariamente de empresários cheios de dinheiro e grupos de amigos: homens assim desejam sonhar e fazer seus colegas sonharem; colegas que terminarão por também escolher uma garota muito magra de cabelo muito comprido e seios tão empinados que encostam no queixo. Os homens suscetíveis de terem um lugar para Paulette em suas fantasias vêm sozinhos e rapidamente, durante um intervalo. Entendi isso no dia em que eu, Gabrielle, Michelle e Nicola fomos preteridas em favor dela. O cliente nos dá um aperto de mão frouxo, sem parecer nos ver. Há somente Paulette, energizada por ter voltado para casa de mãos vazias durante quatro noites consecutivas, que se apresenta de sua maneira discreta, falando um alemão do qual nenhuma de nós pode se gabar. Paulette fala a língua áspera e cheia de gíria desse taxista de 55 anos e, mais que isso, sabe como conversar com ele. Ela adivinha melhor que nós o cansaço desse homem que *finalmente* está diante de uma cerveja gelada após dez horas dirigindo por Berlim. Os taxistas são independentes como as putas, mas seu trabalho inclui muito mais solicitação e muito menos dinheiro. Mas a fadiga é mais ou menos a mesma: trata-se de conduzir pessoas mais ou menos amáveis e mais ou menos decentes, às quais é preciso sorrir quando gritam ou colam chicletes no apoio de cabeça e tolerar quando beberam a ponto de se esquecer do próprio endereço. Seria preciso perguntar a um taxista se transportar um cara que fala ao telefone não é comparável a uma relação sexual aceita com repulsa e somente pelo dinheiro. De todo modo, existe uma ligação tácita e forte entre esses dois profissionais que habitualmente coabitam na calçada; e se nós, as jovens, as princesinhas acostumadas ao calor do bordel, não somos permeáveis a ela, uma velha estradeira como Paulette vê nesse homem exausto um cliente de primeira.

Fascinada, eu os observo alternar momentos de silêncio e conversas lentas, sentados na mesma posição pesada e exausta de operário no limite, bebericando sua cerveja de modo sincronizado. Ela consegue animá-lo em pouco tempo, mas não tagarelando tolamente, pois esse não é seu estilo nem o estilo de seu cliente, como ela percebeu já de saída (será que Paulette *também* é taxista?). Após ter bebido cerveja e champanhe, Paulette pega o cliente pela mão como se ele fosse uma criança que ela tivesse convencido a se comportar. Ela avisa Renate de sua boa sorte, e Renate, meio circunspecta (ele é o *único* cliente até agora, e foi *Paulette* quem o fisgou), abre a porta do quarto 2. Alguns minutos mais tarde, Paulette retorna com o valor de uma hora e meia nas mãos, mais 60 euros só para ela, que anuncia baixinho a Renate; mas consigo ouvir mesmo assim. Sessenta! Deus do céu, o que é que Paulette tem para tirar 60 a mais de um *taxista*? Vinte euros para beijá-lo na boca, muito bem; mais 20 para um boquete sem camisinha, ok; mas e o restante? Que pequena astúcia Paulette pode ter empregado? Será que ela teve a audácia de cobrar para que ele lambesse sua boceta? Ou decidiu faturar 20 euros por um dedinho no cu? Eis algo que seria ao mesmo tempo pequeno e brilhante.

Ao vê-la pegar duas toalhas no banheiro e ajeitar os seios enormes, procuro em vão, em seu rosto ou atitude, o medo febril das novatas; Paulette está armada com uma determinação feroz e responde a meu sorriso de encorajamento com outro, que torna seus traços menos severos e a deixa quase bela.

Quando volto para casa sem ter faturado nada, Paulette fisgou três dos quatro clientes que apareceram, e as garotas que inicialmente haviam achado engraçado começaram a levar para o lado pessoal.

Evidentemente, eu me pergunto o que ela faz. Tanto quanto me pergunto em relação a todas as outras. Eu gostaria de saber o que acontece nos quartos. E sou a única no Manège.

Mas, quando pergunto, cheia de alusões e insinuações, *Como foi?*, recebo sempre a mesma resposta: um olhar demorado que diz que não é da minha conta, que se pergunta por que quero saber. Será que sou pervertida? Será que conto tudo a Milo? Se o humor das garotas não está muito ruim, eventualmente consigo uma resposta lapidar e cheia de desconfiança: *Tudo bem, ele é ok.* E, depois do Grego, sei que é possível colocar qualquer coisa nessas cinco palavras. O que ignoro é quem causa esse desconforto: elas mesmas ou a direção? Serão as *Hausdamen*, que combinam vaga culpa com amor pelo dinheiro? Imagino que elas não acreditem ter muita coisa em comum com as garotas que supervisionam; se nada querem saber, é porque acham que a surdez obstinada as poupa de respingos da perversão na qual chafurdam tanto quanto todas as outras. Permiti que Jana me maltratasse por muito tempo, antes que a jovem espanhola, que me aconselhou sobre o bom uso da cocaína no meio profissional, fez-me lembrar desta abrupta verdade: são *elas* que trabalham para nós, não o contrário. São as garotas que ganham dinheiro, não elas. Elas se limitam a fazer a limpeza e cobrar dos clientes; nada as autoriza a correr atrás de nós como se fossem cães de guarda.

Essa realidade, anunciada em alto e bom tom, parece incontestável, mas não impede Jana de estabelecer sua autoridade sobre nosso pequeno mundo de uma maneira que não estaria deslocada em presídios de segurança máxima. Como qualquer carcereira, ela tem favoritas e bodes expiatórios, que flutuam em função de seus humores. Às vezes, tentando agradar-lhe, nós a irritamos ainda mais: as únicas constantes são não atrapalhar seu trabalho e, acima de tudo, jamais falar inglês. É melhor repetir duas, três, quatro vezes em alemão — o que, de qualquer modo, acabará por colocá-la em um estado próximo do transe, mas mais lentamente, com mais tempo para que possamos sair correndo.

No dia seguinte, fico sozinha com Jana durante seis horas. Seis horas. Vejo-me reduzida a fazer contas mesquinhas, calculando meu faturamento durante a semana, que mal chega a 150 euros por trintas horas de nada impenetrável. Na véspera, ao me dar minha parte, menos os 35 euros diários que o Manège cobra por meu *Steuernummer*, o número de identificação fiscal (NIF), Jana, ainda mais acabrunhada que eu, disse:

— Já é algum dinheiro, Justine. Você precisa resolver isso.

Eu tenho uma ideia a respeito, mas, por enquanto, ela só flutua por minha mente em meio a mil outras ideias ruins. Nesses quinze dias, eu tive muito tempo para ir ao *Finanzamt* e receber um número. Se não o fiz, não foi por preguiça — como sou tentada a pensar —, mas porque não tenho nenhuma pressa em ser registrada definitivamente no Manège. A soma cobrada diariamente me parece o resgate pago por uma liberdade já bastante comprometida. É verdade que eu ganharia mais com esse *Steuernummer*, mas será que não ganharia ainda mais, em todos os níveis, em um lugar que realmente tivesse clientes?

Enterrada em meu sofá, peso os prós e os contras: não se passou um único dia aqui no qual eu não tenha me perguntado se seria possível ir embora, pedir demissão. Aos olhos da lei, a pergunta parece grotesca, mas as sobrancelhas de Milo parecem zombar alegremente da lei. Hesito a ler artigos sobre o assunto, pois não quero que um jornalista parcial me cause ainda mais medo.

Será que eu disse meu endereço?

Admitamos que ninguém vá atrás de mim, o que já seria fabuloso. Será que posso me apresentar em outro bordel? Esse deve ser um mundo pequeno que se comunica sem cessar. Quanto tempo levaria para circular a notícia de que a francesa começou a trabalhar em uma casa concorrente — por menos que isso interessasse a Milo, e como não interessaria? Tive mais clientes em quinze dias que algumas garotas em um mês. Será que ele permitiria que eu simplesmente enriquecesse outro bordel e espalhasse por toda parte o fato de que o Manège é totalmente disfuncional? É algo que eu gostaria de ver.

Essas considerações me levam a rever a viabilidade de meu livro e da aposta que fiz comigo mesma, e essa covardia, essa apatia que não se parece comigo me faz temer e odiar o Manège. Não vou abandonar um projeto que me apaixona porque o primeiro bordel que tentei é administrado por um bando de retardados para os quais a sensualidade e o erotismo significam quase tanto quanto a termodinâmica para mim.

Aliás, os clientes não são verdadeiramente o problema, se não levarmos em conta pessoas como o Grego ou jovens *traders* que cochilam bêbados sobre o ombro das garotas, preferencialmente com algo ridículo na cabeça. Sempre podemos lidar com os canalhas sujos. Em contrapartida, é realmente odioso que as únicas pessoas que ganham dinheiro sejam intimidadas por aquelas que, no fim das contas, são somente caixas, carcereiras e porteiras. Não deveriam ser tratadas desse modo garotas que se servem, para o bem público, de uma parte de seus corpos que mulheres como Jana só utilizam para fazer xixi. Por que, em troca dessa abnegação, eu deveria aguentar a cara fechada das *Hausdamen* e suas exasperadas vaporizações de Bom Ar quando saio do quarto? Essas cabras velhas deveriam nos servir rastejando. Quem é que paga o salário delas, afinal?

Aqui, o trabalho não é particularmente difícil, mas as relações humanas são. São as garotas que me mantêm aqui, suas histórias. Ainda quero conhecê-las, especialmente Michelle e Nicola, as duas irmãs. Onde eu poderia encontrar duas irmãs no mesmo bordel? A ocasião me parece única. Alguém já ouviu falar de uma coisa tão doentia? E elas nem sequer transformam isso em argumento de venda. Sou a única a reconhecer esse blasfemo valor agregado, e talvez a única a falar a respeito.

E as antigas também me interessam; todas me interessam. Se houver a menor chance de obter suas confidências, o preço a pagar não é ficar onde estou, sem criar problemas e me queixar, mas também sem lamber botas? Sim, mas em quinze dias de presença assídua, meu pio voto de conformismo só fez aumentar entre nós o fosso que separa os vários comerciantes de uma mesma rua, em função da concorrência inevitável entre suas mercadorias. Eu acreditei que, se trabalhasse muito, além de atrair a benevolência da direção, suscitaria entre as garotas uma simpatia, ou ao menos uma solidariedade, que as incitaria a partilhar suas histórias. Total ingenuidade de minha parte: tudo parece passar por elas ou através delas; prazer, desprazer, todas as emoções que o comum dos mortais liga ao sexo se diluem no dinheiro. Se atraí algum interesse inicial, foi por ser novata, dependente de conselhos amavelmente oferecidos ou não. Bastou uma noite para que eu fosse promovida, e agora sou a inimiga número 1, a maldição tricolor que chegou para roubar clientes e ficar agarrada às saias de Sandor como uma filha pródiga. A única maneira de virar sua opinião a meu favor seria me desentender seriamente com Milo, mas essa opção me angustia, sobretudo porque não sei se isso não as faria se afastarem ainda mais, dessa vez por razões legítimas.

E para quê? Como posso escrever coisas humanas, engraçadas ou comoventes sobre essa profissão em uma casa na qual o sexo foi despido de todos os seus afetos e reduzido a uma fricção puramente mecânica? Essas garotas são parte da verdade, mas nem de longe a mais interessante. Se *eu* fui capaz de entrar nesse ramo com um *a priori* neutro ou mesmo positivo, deve haver outras como eu.

Talvez eu esteja viva demais para esse lugar. Talvez não consiga entender por que o sexo, que é a grande alegria clara-escura da vida humana, deva se tornar sinistro assim que é cobrado. O que acontecerá a meu entusiasmo se ficar aqui? O que acontecerá comigo? Não posso ir trabalhar com um nó no estômago e voltar para casa todas as noites rezando para que, em Londres, Stéphane já tenha acordado. Não posso trabalhar em um lugar no qual todas as histórias que ouço são impossíveis de contar a minhas irmãs. Eis outro problema do Manège: não quero que Anaïs, Madeleine e Marguerite saibam como sou tratada, mas os segredos que guardo terminarão por me sufocar. Nesse momento, tenho medo de adotar, apesar de tudo, o tique verbal do Manège, que consiste em sempre responder *Tudo bem* (ao escrever, percebo o derrotismo dessa fórmula). Anaïs, Madeleine e Marguerite, por capilaridade, têm um instinto infalível para farejar quando não estou feliz; posso fingir por alguns dias, mas me aproximo inexoravelmente do momento no qual minha infelicidade se tornará visível. E o simples fato de que a irmã mais velha trabalha em um bordel já é uma problemática suficientemente complexa sem adicionarmos minha infelicidade.

Mais uma vez, sou a única no Manège, com Jana e Gabrielle, que ainda não saiu do quarto. Estamos no início da noite. Ganhei 30 euros, o que quase faz o Schwarzes Café, onde trabalham Anaïs e Madeleine, parecer uma daquelas máquinas de ganhar dinheiro de Genebra. O que me detém? De todo modo, será o Manège o tipo de lugar do qual nos desligamos de maneira polida e correta? Não devo nada a eles; eles, em contrapartida, ainda me devem 150 euros pelo Grego, que não poderiam me pagar, mesmo que quisessem, porque não lhes dei o número de minha conta. Sem falar dos 35 euros diários que também deveriam me devolver. O total representa uma soma astronômica que eu não me importaria de receber, mas talvez esse seja o preço de minha deserção repentina: eles não terão coragem de me importunar com quase 300 euros meus no bolso. Se eu for embora, será para sempre.

Não dou a mínima.

— Jana?

Ela vira preguiçosamente a cabeça em minha direção, com uma sobrancelha arqueada.

— Vou descer e comprar alguma coisa para comer, ok?

— Ok.

Ela mergulha novamente em seu programa sem a menor suspeita ou o menor sinal de interesse. Talvez seja fácil assim.

Deslizo para o vestiário vazio. Uma última hesitação e uma vaga decepção comigo mesma ainda me fazem parar diante do grande espelho. *Você não se sente bem aqui, não é verdade? Não muito*, respondo para mim mesma. E visto minhas roupas normais. Guardo os sapatos e o vestido na bolsa, para que Jana não se inquiete ao me ver sair com uma sacola. É uma precaução inútil.

Quando atravesso a salinha e coloco a mão, pela última vez, sobre a maçaneta, Jana não tira os olhos da tela. Ela sem dúvida lamentará esse detalhe quando tiver de anunciar a Milo que eu dei o fora.

— Até já — digo, correndo para o patamar. Ao fechar a pesada porta, ouço-a murmurar a mesma coisa, essa vaca velha convencida de que me verá retornar com um sanduíche na mão.

Do lado de fora, ainda é dia, um dia lindo, e o ar jamais me pareceu tão puro. Como se o mundo inteiro encorajasse minha fuga, o ônibus na direção do Zoo chega imediatamente. Atrás de mim, vejo desaparecer o número 47 e suas cortinas lilases.

As pessoas no ônibus parecem perfeitamente normais. Esse não é um bairro que signifique muita coisa para alguém, e Schlüterstrasse é somente a rua que liga a Olivaer Platz à Zoo. Ninguém me olha estranho, ninguém duvida que eu esteja livre.

Livre. Eis outra de minhas queixas contra o Manège. Jamais saí de um emprego me sentindo livre. Tranquila sim, mas não *livre*.

"The Hell of It", Paul Williams

— Os franceses me excitam. Adoro que eles falem durante o sexo. Não entendo nada, mas fico excitada. O sujeito pode estar recitando sua lista de compras, não faz diferença. Como Jamie Lee Curtis naquele filme.

Eu teria muitas coisas a dizer a Bobbie, que saiu de um programa no Estúdio com um de meus compatriotas. Para mim, os franceses no bordel são como uma epidemia de gastroenterite. Suponho que possa haver qualquer coisa de tocante no espanto que eles tentam dissimular à ideia de que nenhum policial emboscado atrás de uma câmera de segurança pulará sobre eles na saída do banheiro. Para eles, trata-se de um milagre ou somente de uma perversão da lei da qual eles abusam, assim como da pobre garota? Seria preciso discutir isso com eles, mas, no bordel como alhures, os franceses raramente demonstram talento linguístico.

Isso poupa minhas colegas de muitas grosserias involuntárias que sou a única a entender — porque, na presença de uma mulher de sua terra, os franceses falam muito, frequentemente demais. E não posso atribuir sua falta de jeito à barreira linguística, ao passo que um idiota do outro lado do Reno talvez recebesse o benefício da dúvida antes que eu o catalogasse como tal. Compreender somente 60% da conversa é vantajoso e estabiliza meu humor. Sou muito tolerante enquanto estou conversando. É uma música de fundo que produzimos a dois, tacitamente, para dar consistência a nosso romance coreografado. Um mal necessário que pode se revelar muito agradável, como sem dúvida diriam os farmacêuticos que raramente vendem uma aspirina a uma pessoa idosa sem ter de conversar por um bom tempo.

Mas os *franceses*! Eu não os culpo: ninguém pode se banhar desde o nascimento em uma cultura que condena as putas às chamas do inferno (e, antes disso, ao banimento da sociedade) e suspeitar que no bordel, como por toda parte, haja regras de decoro. Tenho inúmeros exemplos para ilustrar meu argumento. Você, o agente imobiliário de meia-idade que, quando perguntei sua profissão, respondeu: "Como você, eu lucro com o dinheiro alheio." (Agente imobiliário, eis uma profissão mais parasitária que todas as outras.) Ou você, o velho que mora em Berlim há trinta anos e que, quando perguntado a mesma coisa, motivada pela mais básica das cortesias, respondeu, com um sorriso cheio de desdém: "Isso é um interrogatório?" (Você acabou se revelando contador; obrigada por ter evitado esse beco sem saída discursivo.)

Em vez de fazer uma lista dos infelizes que a curiosidade ou a incapacidade de falar outra língua lançou em minhas redes, parece-me mais judicioso evocar somente um gordo bêbado, trazido pelo leviano destino, e cuja presença confirma a necessidade fundamental de reabrir os bordéis na França.

Por onde anda você, seu porco gordo e perdido cuja incompetência ainda ressoa mais em mim que o talento de qualquer homem bonito? Você chegou com a primavera: que grande ironia. Eu esperava pelo programa seguinte quando Inge veio me procurar para uma tradução urgente: havia um francês no salão masculino e adivinha? Ele não falava inglês nem alemão!

Geralmente, gosto de ser a porta-voz dessa bela casa, explicar os preços, o funcionamento, reconhecer a garota que atrairá o olhar do cliente, e sou ainda mais amável porque ser porta-voz significa que o programa não será comigo. Adoro fugir dos franceses. Nesse dia, eu tinha tempo, mas decidi dizer o contrário quando o vi, dolorosamente encalhado na poltrona de couro. Você estendeu sua mãozinha suada e eu me apresentei.

— Finalmente alguém que fala francês! — exclamou você, cheio da impudência do turista que imagina estar em casa por toda parte.

Mal tive tempo de mencionar os preços e você sacudiu a cabeça, impaciente.

— Eu vi que vocês têm aulas.

— Como assim, aulas?

— Não sei, eu vi no site. *Liebesschule* — "lições de amor", gaguejou você, sem nenhuma elegância.

— Ah, sim. E o que você quer aprender?

— Não sei. Não sei como isso funciona. Você, por exemplo...

— Não, sinto muito. Já tenho programa.

Você gritou, com os braços no ar como se eu o tivesse acusado de estupro:

— Eu só perguntei, caramba!

Talvez você temesse que um segurança sérvio, acompanhando a conversa através do microfone em minha calcinha, aparecesse e quebrasse seus dedos ao primeiro altear de minha voz. Contaminada por sua agitação, respondi no mesmo tom:

— Está tudo bem, só estou dizendo que...

— Sem problema, sem problema!

— Muito bem, então.

— É só que, bom, como eu não falo inglês muito bem...

— Sim, imagino. Sinto muito.

E como seus braços tremiam à ideia de ter sido indecente, retomei:

— Sem dúvida você se interessou por alguma garota?

— Sim, uma loira... Dorothée?

— Vou chamá-la.

— Mas com você realmente não tem jeito?

— Realmente não, sinto muito.

Que alívio ao fechar a porta! Normalmente, não sou exigente quanto à atratividade de meus clientes, porque me parece que isso faz parte do trabalho, mas, ao ver você, eu estava pronta para renunciar a todos os meus princípios e inventar alguns novos. E enquanto caminhava pelo corredor para encontrar Dorothée e encerrar a questão, senti meu peito se livrar de um peso incrível: o seu. Evitei olhar para o beicinho de Dorothée, e seu *Ach!* único e grave me pareceu cheio de censura. Eu entendi perfeitamente a dor que ela sentiu. Clientes feios e estúpidos são suportáveis; o verdadeiro inferno é quando, *além disso*, eles vêm para ser instruídos e precisamos estar verdadeiramente presentes, sem podermos fechar os olhos e imaginar outra pessoa. Enfim, não pensemos mais nisso, disse eu a mim mesma ao correr para o programa seguinte, certa de que, qualquer que fosse o monstro informe esperando na sala de apresentações, meu destino seria doce.

No dia seguinte, eu caminhava alegremente na direção de meu primeiro cliente, aquele que influencia todo o turno. Eu estava longe, a uma distância equivalente a duas vezes aquela entre Paris e Sydney, de imaginar quem se escondia atrás de Stefan, Hans, Michael ou qualquer que fosse o nome alemão sob o qual o programa fora agendado. Você. Você, o francês gordo de mãos moles já relegado ao fundo da memória, que eu imaginava já ter voltado para casa, meu Deus do céu.

— Sou eu de novo! — cantarolou você, o que não o tornou nem um pouco mais simpático.

Eu achava ter sido suficientemente pouco receptiva na véspera. E, mesmo assim, você voltou, como se o programa com Dorothée tivesse sido somente uma interrupção de nossa conversa, da qual você nada reteve:

— Como eu dizia, o que me interessa são as aulas.

Achei que ali estava minha chance.

— Meu pobre cavalheiro, eu sou uma professora muito ruim.

Seus pequenos braços ansiosos retomaram sua posição habitual:

— Só estou perguntando.

— E eu explicando.

— Porque me disseram para procurar por você, me disseram que *eu devia procurar Justine...*

— Isso é muito gentil, mas...

Provavelmente um engano muito compreensível de Dorothée. Derrotada, reprimi um suspiro:

— O que você quer aprender?

— Vim aprender cunilíngua — sussurrou você.

— *Cunilíngua.*

— Sim, acho que sou bom com os dedos, mas queria saber mais.

Meu Deus do céu, exclamou Emma no interior de Justine, *quantos anos você tem?* Jamais coletei essa informação, o que mostra quão pouco eu me importava, mas você tinha bem mais de 35 anos, o que significa que há nessa terra homens dessa idade que se sentem suficientemente impotentes diante do sexo feminino para ir a um bordel pedir conselhos, nesses termos.

Por que eu? Mas, como você estava lá, como eu estava envolvida demais para me livrar desse atoleiro, como você me olhava daquele jeito obstinado que em nada contrariava sua linguagem corporal, achei melhor seguir em frente:

— Você quer ficar quanto tempo?

— Hum, ao menos uma hora.

— Uma hora basta, não?

— Ou uma hora e meia!

— Uma hora basta. Vamos marcar uma hora.

Uma hora de pura satisfação, pensei enquanto caminhava pelo corredor para escolher um quarto, o Vermelho, o mais escuro. É verdade que dificilmente alguém poderia ser mais antipático à primeira vista. Eu jamais vira um físico tão insignificante e um ar tão teimoso, gritando que era de sua natureza tornar todo o procedimento tão complicado quanto possível. Oleoso e rareando no topo, seu cabelo escuro estava esticado sobre o crânio, em uma lamentável tentativa de não parecer careca. Seu terno era pequeno demais, com a calça presa por um cinto de utilidade relativa: que bela imagem você passava!

É claro que você não quis tomar banho. Havia se lavado no hotel e era suficiente. Tive de realizar na sua frente minha pequena rotina: retirar a colcha, procurar o lubrificante, a camisinha e o desinfetante para as mãos, conversando o tempo todo. Graças a Deus, você tinha perguntas suficientes para nós dois — e boas perguntas, nada de que eu pudesse me livrar com uma risadinha.

— Você trabalhava nisso em Paris?

— Não.

— Em Paris você ganharia muito mais.

— É muito perigoso em Paris.

— Pfffff... — você tentou relativizar; você, que certamente só conhecia sobre o assunto alguns sites de anúncios.

— É muito perigoso — repeti, franzindo as sobrancelhas e desafiando você a repetir seu suspiro de foca.

— Mas você realmente ganharia mais.

— Sim, eu sei.

Eu já sabia que 88 euros por uma hora com você era um preço irrisório.

— De qualquer modo, não faço isso pelo dinheiro.

— Ah, vai... — riu você, com ar de quem não se deixa enganar.

— Faço isso pela experiência — repliquei com raiva, porque, embora essa realmente fosse minha razão primária, a experiência de transar com um cara como você não me deixava exatamente animada.

Com um cara como você, devo confessar que só havia mesmo o dinheiro e minha estúpida polidez. Caridade: por menos de 100 euros, essa era a única palavra apropriada.

Você arqueou as sobrancelhas, incrédulo, enquanto tirava a roupa. Fiz força para manter uma expressão neutra, dando um meio sorriso que era uma demonstração absoluta de cortesia. E enquanto o observava, subitamente muito sério, tirando a cueca e a dobrando humildemente sobre o restante das roupas, um tremor de angústia me deixou gelada: como eu podia lidar com aquela situação? Ali em pé, você não tinha o ar de alguém que me ajudaria se atirando sobre mim como um louco. Estava escrito em grandes letras sobre seu rosto francês que eu não podia esperar de você a descontração dos alemães que iam até lá simplesmente para se deitar nus a meu lado e acariciar meus flancos. Já havíamos dito tudo; nem eu nem você encontraríamos um assunto, por pior que fosse; nada do que eu sabia a seu respeito me dava material para trabalhar. Você era advogado de imigração; informação que eu recolhera com falso entusiasmo, antes de perceber que não me inspirava nenhum. Eu não fazia ideia do que isso queria dizer, mas não me interessava o suficiente para perguntar. Ao ouvir "advogado", pensei que talvez você não fosse um completo idiota, antes de perceber que é totalmente possível ser idiota e advogado; basta ser capaz de aprender quilômetros daquela metalinguagem árida do direito e aplicá-la. Nada ali o impedia de ser parvo; antes o contrário.

O lugar em que você morava, na Beauce, deixava meu encéfalo apático: lá não havia nem mesmo uma linha de trem da qual pudéssemos falar mal juntos. E você não tinha paixão histórica ou cultural por Berlim: a razão de sua presença era um mistério e aquele era o segundo dia que você procurava as putas. Você viera sozinho, mais um turista sexual, sem nem mesmo um amigo também turista sexual com o qual fazer comparações.

Quanto a você, para além da evidência de que nada tínhamos em comum, você não se interessava por mim porque eu era puta. Não lhe ocorria que eu era como qualquer outra, com coisas bobas para dizer como todo mundo, talvez mais que todos. Tirei furtivamente a calcinha.

— Muito bem, então você quer aprender cunilíngua.

Em seu rosto não havia o menor sinal de entusiasmo.

— Você já tentou?

— Sim. Bom, não muito. Mais ou menos.

— Como assim, mais ou menos?

— Digamos que faz muito tempo.

— Ah.

— Acho que sou bom com os dedos. Mas não tenho certeza com o resto.

— Ser bom com os dedos já é meio caminho andado — finjo garantir, como se você fosse um dos raros espécimes a ter compreendido o princípio dos dedos em uma boceta.

Mas, no fundo, tudo que eu ouvia me consternava e assustava. Não havia nenhuma maneira de esquecer sua presença, você não sabia de nada e, para ser pedagógica, eu teria de sentir coisas e informá-las a você. Seria preciso que eu explicasse o inexplicável, que usasse palavras científicas para nomear o que não deveria precisar ser nomeado e, acima de tudo, que fingisse prazer para você se empenhar. Tentei acalmar as palpitações de meu coração:

— Mas você já viu um filme pornô, não? Você sabe mais ou menos onde fica o clitóris e todo o resto... pequenos lábios, grandes lábios, enfim, tudo isso?

— Sim, sim, eu sei.

— Muito bem. Não há nada de muito complicado.

E abri prontamente as pernas.

— Comece com os dedos e faça o que já sabe fazer.

— Mas assim, do nada?

Seus olhos arregalados! Talvez você esperasse uma dança do amor?

— Sim. O que importa é praticar.

Você tinha um ar de operário na bancada de trabalho. É bem verdade que eu não devia parecer muito interessada, com as mãos cruzadas atrás da cabeça.

— Então começo com os dedos...

— Faça como quiser, siga sua intuição! — respondi, impaciente.

Meu Deus, como é possível um homem estar a 10 centímetros de um par de coxas abertas e continuar a acreditar que há um caminho imutável a seguir, uma espécie de aquecimento cujo procedimento não varia em função do dia, do humor, da companhia ou do desejo?

Eu gostaria de ter sonhado o que se seguiu, ou que se tratasse da história de outra pessoa. Fui tomada pelo desespero quando o vi colocar o indicador na boca antes de introduzi-lo em mim, como se verificasse a temperatura de um cadáver. Com a testa franzida, você iniciou um movimento parecido com o de vaivém: o ritmo inexorável e perpétuo da gota d'água caindo sobre a testa do torturado, até deixá-lo insano.

Encostei a cabeça lentamente no travesseiro, apavorada com a ideia de você sentir meu movimento e perguntar o que eu estava achando. Este era meu dilema naquele momento: que atitude adotar. Eu poderia fingir, mas isso não seria útil para você, e eu temia que meu teatrinho ruim fosse evidente até mesmo para um advogado de imigração. Eu também poderia começar do zero, elevando o nível geral ao dizer que aquilo não estava funcionando, que não tinha como funcionar. Correr o risco de deixá-lo constrangido. O abismo representado por sua ignorância, sua falta de sensualidade e sua inapetência me dava medo. Mesmo alguém completamente inexperiente não faria o que você estava fazendo. De que cratera, de que planeta povoado por gastrópodes você tinha saído para que uma boceta inspirasse essas manipulações dignas de um manual conjugal do século XIX? Eu observava seu silêncio, cada vez mais inquieta, constatando que nada, nem mesmo minha inércia, o faria se desviar de sua trajetória. Nenhum ruído, nenhum gemido de prazer lhe causaria o menor frisson, pois não se tratava ali de atração, química ou criatividade, mas de tempo; em sua mente estúpida você virava a ampulheta a cada etapa laboriosa que conduziria ao coito. E eu não tinha a menor ideia da etapa em que estávamos nem, ainda mais importante, de qual se seguiria. Por que você não me deu, como todos os outros, a tarefa compreensível de fazê-lo gozar? Ali, era eu quem devia gozar, daquele jeito, com um dedo pegajoso que me fazia sentir saudades de meu ginecologista porque, ao menos, ele conversava comigo ao mesmo tempo. A ideia de ter que me mexer na ponta daquele dedo, perdida em um desfalecimento risível, era um desafio comparável ao grande exame oral do Instituto de Estudos Políticos de Paris. Eu tinha medo de tossir e você sentir o movimento no interior de meu corpo; tinha medo de que você ficasse assustado ao perceber que *ela* vive. E, por não ver nenhuma outra saída para minha miséria, ergui-me sobre os cotovelos:

— Em relação aos dedos, você entendeu o princípio.

O que mais eu poderia dizer? O vaivém de um objeto de forma vagamente fálica na cavidade vaginal é efetivamente a pedra angular de parte das preliminares.

— Devo parar agora? — perguntou você.

— Não *obrigatoriamente*, mas você veio até aqui para aprender a lamber, não foi?

— Sim.

— Bem, chegou a hora de começar.

— Já?

— Vá em frente.

Minha nossa! Ao vê-lo entre minhas pernas, tive a impressão de ver um prato de miúdos crus e tê-lo flagrado brincando com a comida com a pontinha do garfo. Chegamos à apoteose sensual quando você esticou medrosamente a ponta da língua. Eu o observei com olhos semicerrados: você não contava com os pentelhos e eles provavelmente não lhe pareciam muito limpos. Ao ver a ruga de concentração em sua testa enquanto você se esforçava para fazer contato sem tocar nos pelos, imaginei que você estava aborrecido por não ter tudo exposto a seu olhar, por ter de adivinhar para onde ir. Também percebi que estava pensativo: então as putas não são todas depiladas? Não são projeções proteiformes da fantasia masculina? Talvez eu não fosse caprichosa; eu teria apostado meu faturamento daquele dia que você ao menos se dera ao trabalho de ler minha descrição na internet, o que teria evitado esse tipo de decepção. Porque o resultado foi que nada senti. Mas você encontrara o clitóris, e seria preciso passar sobre seu cadáver para tirá-lo dali. Transformei um suspiro de desespero em gemido vago, imediatamente intimidada pelo barulho alto em meio ao silêncio. Ainda restavam 45 minutos! Pensei em todas as coisas que podem acontecer em 45 minutos. O Concerto para piano n. 3 de Rachmaninoff, por exemplo. Ele cabe inteiro nesses minutos, e ainda sobram alguns. Três quartos de hora podem conter ao menos três orgasmos. Podem passar muito rapidamente, sem nos darmos conta. Em contrapartida, se pensamos neles, podem ser três vezes quinze minutos. Pensar nisso me deu vontade de chorar, e eu tive a impressão de estar lhe entregando os pregos para fechar meu caixão. Ergui o queixo:

— A questão é que não se trata somente do clitóris.

Você me olhou sem compreender.

— Ele é importante, mas há todo um mundo ao redor dele.

Nenhuma cintilação de compreensão iluminou seu rosto.

— Os pequenos lábios.

Nada.

— Os grandes lábios... enfim, há muito com que se divertir.

Como era visível que você não fazia a menor ideia do que fazer com toda aquela carne supranumerária e sem dúvida ornamental, acrescentei:

— O que quero dizer é que você não é obrigado a se limitar ao clitóris. Você pode lamber tudo. Um pouco mais para baixo, por exemplo — sugeri com um arquear das sobrancelhas que achava capaz de me poupar de pronunciar a palavra *vagina*.

Você me olhou com ar apavorado:

— Mas, mais para baixo... há "outra coisa".

— Sim, e...?

Lentamente, minha fúria começou a ferver. Reuni o restinho de minha paciência:

— Você não está colorindo uma figura. Ninguém vai achar ruim se você passar um pouquinho da linha.

Lívida, vi você baixar o focinho e retomar bravamente sua labuta, sem levar em conta meus conselhos rudes. Estava fora de questão ir mais *para baixo*, por medo de encontrar *outra coisa*, mas, como claramente estava diante de uma mimada a quem o clitóris não bastava, você lançou mão de outro dedo previamente molhado na boca. O prazer, vindo de todos os lados, deveria ter me consumido. Mas o ruído de sucção que você produzia me irritava como o raspar de uma faca sobre um prato. Era uma tortura que nenhum livro sobre os bordéis jamais evocara: a total nulidade masculina. Aquele ruído de sucção e a música nos alto-falantes, como uma afronta adicional. Quando vi que ainda restavam 42 minutos, minhas barragens explodiram. Sentei-me de pernas cruzadas, tirando de seu beicinho aquele incompreensível galimatias de pele.

— Seja honesto, você está odiando fazer isso.

Você me lançou um olhar quase chocado:

— Não, por quê?

— Não sei. Parece.

— Não.

— Ok.

— Por que, você está?

— Não estou exatamente odiando, mas tenho a sensação de que...

Ah, merda.

— Se você precisa chupar o dedo, é porque alguma coisa não está dando certo. Normalmente, já estou molhada a essa altura. Você está fazendo as coisas ao contrário, é preciso lamber antes e colocar o dedo depois.

— Ah.

— Pois é.

Um anjo passou a toda a velocidade, envergonhado por nós.

— Por que você quer aprender a fazer isso?

— No caso de eu ter uma namorada, ué.

Como se houvesse a menor chance!

— É uma razão honrada, mas não suficiente. É preciso que você sinta prazer. Se não sente, é inútil.

Você baixou os olhos.

— Não parece que você esteja gostando muito de fazer isso. É isso que quero dizer. Isso deixa você excitado ou não?

— Eu faço isso para dar prazer!

— Verdade. E esse é o problema. Você precisa entender uma coisa sobre as mulheres, uma coisa essencial: se alguma coisa não deixa um homem de pau duro, nós também não ficamos molhadas. Muitas vezes, não conseguimos gozar porque ficamos nos perguntando se ele está gostando ou não. É preciso um pouco de comunicação. Você sente alguma coisa, não sente?

— Nem sei mais.

— Se realmente quer lamber uma garota e que ela sinta prazer com isso, mesmo que você não sinta, você precisa se empenhar um pouco mais! Senão vale mais a pena passar lubrificante e penetrá-la de uma vez. Eu tenho a impressão de que você está com nojo, que essa não é uma situação agradável para você. No fundo, não dou a mínima, mas acho que esse é um dinheiro mal gasto.

— Ok.

— Entendo bem que você não tenha vontade de fazer isso com uma garota que trabalha em um bordel.

— Ok.

— Mas você não tem como aprender sem praticar.

— Sim, com certeza.

— Deus do céu, uma boceta não tolera falta de apetite. A mulher precisa sentir que você está envolvido, ou então finja estar envolvido, mas finja direito. Porque isso aqui, sinto muito, me dá sono.

— Ah. Mas o clitóris...

— Sim, o *clitóris*. É bom que você conheça o conceito, é bom sinal. Mas eu não sinto nada quando você passa a pontinha da língua, como se não quisesse se sujar. É como se... já sei! É exatamente como se eu segurasse seu pau com dois dedos e sacudisse, mas de um jeito mole... — expliquei eu, unindo o gesto à palavra.

— Sim.

— Depois de uma hora, quem sabe eu conseguisse fazer você gozar. Mas nenhum de nós teria, sei lá, *explodido de prazer*. Seria o que chamamos de punheta entediada.

Alguma coisa me disse que você conhecia o conceito.

— Talvez para os homens seja mais fácil. Mas a mulher, meu amigo, precisa sentir o desejo do homem. E isso passa por pequenas coisas, como sua mão, que não faz nada; coloque-a sobre mim. Ou sobre você mesmo! Onde você quiser, desde que eu tenha a impressão de que você está gostando do que está fazendo.

— Ok.

— Você entende o que estou dizendo ou parece que estou falando chinês?

— Não, eu entendo.

— E quando você lamber... É preciso usar o queixo, o rosto inteiro. É preciso se comportar como um animal! Há um animal adormecido em você!

— Sem dúvida.

185

— Então lamba, morda, chupe, sinta, se solte! Nenhuma iniciativa é ruim.

Você tinha um ar de incompreensão tão total que senti um pouco de pena.

— Só estou dizendo isso para ajudar. E você não deve fazer coisas que não quer fazer só para agradar.

Você resmungou.

— Mantenha em mente a ideia do entusiasmo, ok? É o entusiasmo que excita.

E foi ali, naquele momento preciso, que vi a solução.

— Veja meu caso. Posso garantir que, se eu fizesse a mesma coisa em você, agora, você não teria a impressão de que não estou com vontade. Quer que eu mostre?

— Sim, ok.

Evidentemente, você nada compreendeu, porque gozou totalmente imóvel, sem dizer uma palavra, sem um suspiro, sem sequer aquele tremor que percorre até mesmo os vira-latas cruzando na rua — civilizado demais para se abandonar e gemer, mas não civilizado o bastante para transformar o amor em arte. Preso, pobre coitado, entre a fera e o funcionário público.

— Sabe — disse eu, colocando a calcinha —, esse é seu problema. Não é preciso procurar mais.

— O quê?

— Isso.

— Mas eu não fiz nada...

— Exatamente. Você não fez nada, foi como se você estivesse morto. Você gozou, e eu só fiquei sabendo porque a camisinha ficou morna.

— Acho que não sou muito expressivo.

— Sim, pode ser, mas você precisa se esforçar um pouco, meu amigo. E é uma profissional que está dizendo.

Eu o vi se vestir em silêncio, com pena de sua cueca triste, sua camiseta anacrônica, sua maneira de colocar as meias antes do resto, oferecendo um retrato de infelicidade que o próprio Houellebecq, com sua ciência da sordidez, teria evitado pintar. Eu podia vê-lo fazendo exatamente a mesma coisa todas as manhãs em sua casinha francesa, sem um olhar feminino para o qual colocar a camisa para dentro das calças, tão sozinho e resignado que a presença excepcional de uma garota não lhe inspirou a iniciativa de se virar para mim na hora de vestir as calças, a fim de disfarçar a gordura das nádegas. Eu entendi por que Dorothée o enviou a mim, estimando que uma compatriota o compreenderia melhor. Mas, para compreender você, não era preciso linguagem, pois se tratava de algo universal; a única coisa que uma francesa compreenderia antes que uma alemã, russa ou romena era que, ao privá-lo de bordéis na França, haviam-no privado de vida sexual. Bastaria que a prostituição fosse legal e institucionalizada, que jamais tivesse deixado de ser, para que, aos 17 anos, você fosse com os colegas dar seus primeiros beijos, e todo o restante, com uma profissional. Então você ainda seria maleável o bastante para reter algumas noções elementares de desejo. Você teria pagado uma jovem pela qual teria se apaixonado, como é comum aos 17 anos, e esse amor lhe teria dado vontade de compreender; ou então uma velha meio rude, que teria lhe passado um sermão: *Olha, meu queridinho, se você continuar assim, nunca vai conseguir de graça, escuta o que eu digo.*

Seria imoral lamentar que sua experiência sexual não tenha sido propiciada pelas putas, em vez de por esses coitos obtidos através de mal-entendidos com garotas bêbadas ao fim de uma noitada na faculdade? O que se pode desejar aos homens feios e desagradáveis, desajeitados e resignados ao desprezo das mulheres, se não a amabilidade e o sorriso das funcionárias dos bordéis? Sua antipatia resultava de longos anos de timidez, recusas, humilhações, de uma adolescência invisível para as garotas, mais um na horda dos que jamais transaram sem empregar esforços sobre-humanos, que tiveram de lutar por cada sorriso triste e que, por volta dos 35 anos, simplesmente desistiram de tentar. O garoto desajeitado e cheio de boa vontade foi enfiado no corpo de um advogado envelhecido.

Enquanto se vestia e, um pouco mais alegre, participava apaticamente da conversa, você perguntou, como um tesoureiro escrupuloso, quanto eu cobrara em Paris por uma hora:

— 500 euros — respondi sobriamente, e seus olhos se arregalaram antes de você dar uma risada incrédula.

— Uau!

— O quê?

— Isso é um roubo!

É, os jecas franceses realmente não têm jeito. Temos pena de sua solidão, de sua incompetência, mas vocês sempre encontram uma maneira de ser babacas, acreditando que assim são mais divertidos. Eu sorri. Em meus olhos, havia mais desprezo do que conseguia metabolizar e, por um instante, tive vontade de lhe explicar como são inestimáveis, para certos homens, as excentricidades das jovens de boa família que têm vontade de sentir medo. Tive vontade de explicar a que ponto eles perdem o bom senso quando ficam de pau duro e têm a possibilidade de confiar essa turgescência ao ventre perolado de uma estudante que não apertaria a mão deles em público.

Tive vontade de explicar que, mesmo por menos de 100 euros, você é que fora roubado. Por sua própria culpa. Teria bastado que fosse sorridente e amável para que eu também fosse. Seu grosso. Você não saberia distinguir um olho molhado de desejo de um motor a explosão.

Você apertou minha mão quando foi embora.

"Come on", The Rolling Stones

Agosto de 2014. Trabalho na Maison há seis meses, com uma consciência profissional que me priva de vida social e amorosa. Inebriada pelo calor armazenado durante um mês no sul da França, estou em um estado de fragilidade que jamais resultou em algo bom. Por mais que eu trabalhe, os clientes me são indiferentes. Durante um mês, procurei um amor de férias que combinasse com o calor lânguido, um coração disparado para apimentar meu cochilo. Em vão. Essa fantasia sentimental era acompanhada da vontade de transar direito, ou seja, com a cabeça, realmente tendo vontade e vendo essa vontade se cristalizar em um único homem. Isso era mais complicado do que eu pensava. E eu me perguntei, com prudência, se o bordel não estava me curando de alguma coisa: a meus olhos, a excitação se tornara mais importante que o prazer.

E estou de volta a Berlim, encantada com meu bronzeado e meu cabelo loiro e buscando febrilmente a quem mostrá-los, degustando essa promessa como se fosse um prato excepcional. O destino, que não tem bom gosto, me envia um SMS de Mark. Eis alguém que deve ter passado o verão se lamentando sobre o vazio da existência e estremecendo vagamente ao ver meu nome em sua lista de contatos. A promessa de renovação, para um jovem pai ocioso, está totalmente contida na infidelidade. E eu não sou mulher de me recusar a ser um símbolo.

Às 15h30 em ponto, Mark e sua bicicleta estão a minha porta. Visivelmente emocionado, terrivelmente tímido, ele entra em meu apartamento mais ou menos arrumado para a ocasião. Enquanto caminho até a sala, com Mark atrás de mim, percebo que não faço a menor ideia do que ele está fazendo ali. Estou me recuperando de uma ressaca fenomenal e, sentada na frente dele à mesa, eu me pergunto quando ele vai voltar para casa e eu vou poder ficar sozinha.

Não preciso esperar muito. Após dez minutos de gracejos ofegantes, Mark pergunta, com um olhar cheio de significado para meu quarto:

— Você gostaria que a gente se aproximasse um pouco?

Nem sequer por um momento pensei em dormir com Mark. Ou, se pensei, foi para despertar em mim mesma uma indiferença quase inacreditável; eu não tinha a menor vontade de sexo, nem mesmo com ele. Olho obstinadamente para minhas unhas, como faço quando me sinto incapaz de disfarçar o desprezo em meus olhos. E resmungo por entre o cabelo:

— O que você quer dizer com se aproximar? Tipo, no sofá?

— Pode ser; como você quiser — murmura Mark, meio sufocado por sua audácia.

Graças a Deus, eu tenho a sorte de possuir um sofá que acabaria com qualquer excitação. Um verdadeiro sofá Ikea para estudantes falidos, de madeira bem dura e suavizada apenas por almofadas finas. Qualquer casal sentado ali pareceria estar no consultório de um conselheiro conjugal. Temos um ar tão constrangido que pergunto a Mark:

— O que você está fazendo aqui, de verdade?

— Você quer dizer em Berlim?

— Não, quero dizer aqui, na minha casa.

Mark se contorce, desconfortável. A razão de sua presença era evidente antes de eu fazer a pergunta. E, a menos que ele seja honesto, a menos que se comporte como adulto e me trate como tal, tudo que sair de sua boca daqui para a frente será somente uma longa ladainha covarde. Enojada, eu o escuto nos ridicularizar a ambos, persuadido de que a única maneira de sair dessa é ser polido:

— Eu queria conversar, conhecer você, falar de livros, de música, fazer amor, falar de nossas vidas...

É difícil determinar se ele achava que *fazer amor* se fundiria sem problemas àquelas outras propostas improváveis, mas essa eventualidade consegue me colocar em um mau humor massacrante. Como nunca aprendi a ser má, deixo que ele continue a se enrolar em suas respostas ruins e digo, em um tom acerbo:

— Então vamos falar de livros, já que você está aqui para isso.

Faz-se um silêncio pesado, que Mark rompe com um gaguejar envergonhado.

— Posso beijar você?

Em seus olhos imensos paira a hipótese de que conseguirá me convencer — o que está acontecendo com Justine hoje, porra? Como as coisas podem ser tão fáceis e naturais no bordel e tão difíceis aqui? Não respondo. Seus lábios brevemente em contato com os meus me deixam tão fria quanto a cotovelada de um passageiro do metrô. Espero que ele perceba. Mais que isso, espero que perceba minha irritação.

— Você percebe que esse é o momento no qual você se enfia na merda?

— Por quê?

Esse tipo de pergunta habitualmente faz os caras casados tremerem, e Mark deveria dar sinais de angústia à evocação do destino fatal que aguarda os pais de família adúlteros. Mas ele tem uma ideia na cabeça, o que o torna impermeável à voz da razão (o fato de ser encarnada por mim sem dúvida torna a razão pouco verossímil).

— Você tem mulher e filho e não tem a menor vontade de ter uma história. Enquanto você me via no bordel, tudo isso estava no interior de uma espécie de perímetro de segurança. É aqui, agora, que você perde o controle.

— Sim, eu sei...

Mal escuto os balbucios patéticos de Mark, que se parece um pouco com Monsieur, mas não tem aquele desplante inacreditável de me fazer acreditar no nascimento de um romance proibido entre nós. Desses balbucios não há muito a reter, senão a verdade nua, perceptível em seus dedos trêmulos: Mark está com tesão, coitado. Ele está ali para transar. É errado, claro, mas ele só terá plena consciência disso depois de ser aliviado do fardo seminal que lhe rouba todo o bom senso.

— Eu também não quero uma história, não enquanto escrevo meu livro e trabalho na Maison. Eu já tentei, e não funciona. É um luxo que não posso me permitir e, honestamente, não tenho vontade. Estou ocupada demais. Nenhum de nós tem interesse em uma história.

Mark resmunga que sim, ele sabe. Ele revirou o problema mil vezes na cabeça e sabe que é uma ideia ruim, mas:

— Eu me sinto tão atraído por você — suspira ele, colocando a mão em minha coxa, minha coxa tão fria e rígida que, ao lado dela, até mesmo o braço indiferente do sofá tem um ar sensual. — Não consigo evitar, é mais forte que eu.

É claro que ele está tentando transar com uma puta sem gastar um centavo. Não estou dizendo o contrário. Eu me levanto de um pulo e acendo um cigarro, sem dizer palavra. Mark torce os dedos, suspirando:

— Não consigo tirar você da cabeça.

Ele se levanta, súplice:

— Eu me *masturbei* pensando em você.

É estranho como não sinto *nada* ao ouvir isso. Não me evoca *nada*.

— Para dizer a verdade, com meu trabalho, eu tenho dez vezes mais sexo do que preciso. Na maior parte do tempo, é um sexo de merda, mas mesmo assim. Não vejo muito bem o que eu teria a ganhar aqui.

Mark também não, mas como poderia? Já deve ser suficientemente complicado confessar por que foi até lá, verdadeiramente, pois sua vontade de conversar desapareceu. E ele me olha em silêncio, tão claramente à espera que meus nervos se despedaçam.

— Como veio até minha casa, você poderia ao menos ter a decência...

— A decência?

— ... de dizer que só quer trepar. Mais nada.

Porque não sou burra a esse ponto, seu filho da puta, mesmo que tenha sido de uma ingenuidade que merece uns tapas; que merece, para dizer a verdade, que eu deixe você me comer. Era realmente necessário que eu fosse estúpida o bastante para imaginar que teríamos uma boa conversa?

Mark se enrola em um solilóquio de má qualidade cuja única nuance de honestidade consiste em finalmente confessar que é o "lado físico" que lhe faz falta, ou seja, esse buraco bem quentinho entre as coxas de uma garota, no qual depositar sua angústia e suas queixas contra a mulher tão pura, a mãe de seu filho; um refúgio cálido e úmido no qual se esquecer e do qual tirar forças para ser gentil, doce, amoroso e petrificado pela culpa ao voltar para casa à noite.

— Sim, era o que eu pensava. Trepar.

Embora eu demonstre a vivacidade de uma cabra morta, Mark fica lá sentado, segurando minhas mãos e gaguejando besteiras nas quais há trechos verdadeiros de súplica. Esse seria o momento de botá-lo porta afora. Mas a única coisa que escapa de minha boca é incompreensível:

— Então é isso que você quer. Trepar e mais nada. Sem pensar, sem nada. *Brainless sex.*

E como Mark emite uma daquelas pobres chacotas de homem sem coragem e incapaz de dizer sim, caminho sem me virar até meu quarto e me deito sobre a cama na qual nunca tive uma transa que valesse a pena.

— Então venha.

Nada prenderia Mark em seu canto do sofá, nem mesmo minha voz glacial, mais profissional que nunca. Eu o ouço vir correndo como um cão, com o clique das solas de seus sapatos amplificado pelo teto alto. E quando ele se encaixa em minhas costas eu percebo, com uma alegria cruel, que não tenho camisinhas. E aposto meu reino como ele também não.

— Você tem proteção?

Como previsto, Mark se enrijece contra mim.

— Ah... não.

Eu me viro:

— Eu gostaria que você me explicasse como pretende trair sua mulher sem camisinha.

Nova chacota: sim, é estupidez da parte dele. De minha parte, a ausência de preservativos é relativamente reveladora: não tenho ninguém e, claramente, acabei por me acostumar a essa ideia.

— Então o que fazemos?

— Eu... hã... Eu...

Blá-blá-blá... seu idiota.

— Então estamos ferrados.

— Talvez pudéssemos só...

— Só o quê?

— Nos tocarmos?

— Você quer que eu te masturbe?

— Por exemplo. Não sei.

Eu arqueio uma sobrancelha. Mark abre a boca, fecha, reabre dez vezes. Pobre Mark. Há alguns minutos falávamos de seu bebê, e ele usara um discurso aflitivo, transparente, para me convencer de que a paternidade fora a melhor coisa que já lhe acontecera. Que eu não podia entender, mas isso mudava tudo. Nada nem ninguém lhe dera tanto quanto aquele bebê deitado em seu berço. Depois de se tornar pai, nada mais tinha importância; aquele pacotinho de carne tão dependente tornava todo o restante obsoleto, tanto as responsabilidades quanto os prazeres dos quais ele achava não poder se privar. Mas a verdade é que *não podemos*, Mark. Talvez o reverso da moeda da paternidade seja estar no apartamento de uma garota mendigando cinco dedos em torno do pau. Nós conhecemos bem o milagre da paternidade, sem o qual a perspectiva de uma punheta faria qualquer homem rir amarelo. Mark já foi, e não faz tanto tempo assim, um jovem bostoniano que se entupia de substâncias ilícitas e transava como um coelho com garotas pelas quais *poderia* se apaixonar. E então teve um bebê e, bruscamente, as punhetas se tornaram uma iguaria. Nada como um bebê para reconectar um homem de 40 anos ao adolescente fácil de satisfazer adormecido dentro dele. Eu sonho com um pai que me diga, após ter me comido como um condenado recém-saído da prisão, que seu casamento está em ruínas desde o nascimento do filho e que eu não devo acreditar nas besteiras ditas aos outros para manter as aparências. Que é esplêndido ser pai, mas também é uma merda inominável, e que, mesmo amando o filho mais que tudo no mundo, ele já não faz amor com a mulher, e nada pode substituir esse amor. Não seria melhor assim? Não nos sentiríamos ambos mais leves? De qualquer modo, que garota astuta engoliria as dissertações de Mark sobre a paternidade com aquela barra dolorosa lhe deformando as calças?

Infinitamente cansada e decidida a levar até o fim aquele pesadelo acordado, empurro Mark sobre a cama sem encontrar resistência. Baixo seu jeans até os tornozelos. E, em um silêncio tumular, faço um boquete mecânico, despido de qualquer emoção, mas formidavelmente eficaz, pois, dois minutos depois, ele grita que vai gozar. Acho difícil acreditar, considerando-se meu entusiasmo, mas é verdade. Faz quanto tempo que o coitado não transa? Eis uma pergunta que lança uma luz particularmente miserável sobre a cena: a situação era realmente urgente. Ele estava prestes a ejacular nas calças ao espirrar.

Aliso suavemente sua coxa e a borda do jeans que sequer amassou. Mark se levanta e, enquanto coloca a camisa dentro das calças, me devora com seus grandes olhos de corça:

— Foi maravilhoso. Mesmo.

Eu estouro de rir. Jamais fiz um boquete tão triste em toda a minha vida. Quer dizer, não, *triste* não é a palavra, pois já fiz uns boquetes tristes que nada tinham a ver com essa fricção aplicada e raivosa. Já fiz boquetes sórdidos; também não era o caso. Não, a palavra que procuro é mais grave, ela carrega consigo uma desilusão pesada e amarga. Contudo, olhando para Mark, parece que eu o levei para a luz. Como todos os caras que vão até a Maison — mas, na Maison, estou trabalhando. Achei: o que acabo de fazer foi um boquete de puta. Um boquete que não estaria deslocado em um carro estacionado em algum beco escuro do Bois de Boulogne, rápido, eficaz, com lama e cascalho nos joelhos — exceto que ele aconteceu na minha casa!

Mostro o banheiro a Mark, para que ele possa lavar o pau como ensinei, com água, mas sem sabonete, seu idiota. Se sua mulher não quer transar, como pode notar que seu pau tem cheiro de esperma? Eis uma pergunta que gostaria de fazer a todos os homens casados que o bordel coloca em meu caminho.

Fico encostada em minha estante com um cigarro na boca, imaginando que, a despeito de si mesmo, Mark registra detalhes sobre mim no banheiro: meus sabonetes, minha maquiagem, a cor das toalhas, aqueles cartazes ridículos que Madeleine traz da rua, todas as pequenas coisas que lhe sussurram desajeitadamente histórias sobre a verdadeira Justine e a falsa Emma, que é uma garota verdadeira com uma vida verdadeira, e não acho que ele precise de tudo isso para se sentir desconfortável.

Estou analisando meus livros quando ele retorna e se posiciona atrás de mim. Iniciamos uma conversa lenta, sem objetivo. Ele não sabe como se despedir e eu anuncio, com voz indiferente, que preciso fazer compras. Essa é a segunda vez que nos salvo. Há muito não olho para ele e Mark pergunta:

— Tudo bem? Você está bem?

Como se eu fosse começar a chorar. Como se eu fosse soluçar e me jogar no chão, fazendo de Mark meu refém a fim de lhe contar a que ponto sou somente uma pobre garota que se deixa convencer por caras casados a lhes fazer o primeiro boquete desde o nascimento do herdeiro? Se eu quisesse aborrecê-lo, a receita estaria ali, sob meus olhos.

— Tudo bem.

Sou incapaz de reconstituir a discussão que retomamos, porque Mark rapidamente diz uma enormidade que apaga todas as outras:

— Ouça, não sei se devo perguntar isso...

Sinto imediatamente que o que ele dirá em seguida será ruim.

— Eu devo alguma coisa?

Apesar de enojada, sinto certo prazer em vê-lo se enredar.

— Você está falando de dinheiro?

— É, não sei...

Eu olho para longe e Mark imediatamente inicia desculpas lamentáveis. E não posso culpá-lo, não de fato. Fui tão glacial, tão mecânica, que a única saída que ele encontra é pagar. Aquele foi um boquete de puta e, portanto, devo ser uma.

Ele não consegue entender isso, mas uma puta *jamais* teria feito aquilo. Uma puta não tem tempo a perder com essas besteiras. São as pobres coitadas que se comportam assim. Essa frase de Mark ressoa em minha mente durante dois ou três dias, essas palavras desajeitadas para se safar com dinheiro. E é uma frase muito boa: após seis meses de bordel, após ter me saído muito bem de situações que teriam feito muitas garotas chorarem, eis o momento no qual me sinto uma puta. Eis, sobretudo, o momento em que isso me incomoda. É fascinante, mas parece que até eu tenho limites. E cheguei a eles sozinha! Mark nada fez, eu me enfiei nessa situação sozinha, e nossa ausência de dignidade deu origem a essa cena exemplar de *quid pro quo* contemporâneo, tão patético quanto se possa desejar. Enquanto o levo até a porta, Mark faz uma última tentativa:

— Podemos dizer que isso foi uma espécie de... aquecimento? Para a próxima vez?

Que ele possa ao menos pensar nisso é uma grande fonte de consternação, mas eu terei todo o tempo do mundo para refletir a respeito durante o restante da tarde, sentada em meu sofá, fumando um cigarro atrás do outro — e sozinha.

— Bom retorno — digo com um sorriso ao fechar a pesada porta do imóvel, e Mark acena até desaparecer de vista. Ele chega ao ponto de se contorcer entre as persianas de meu quarto para me perguntar mais uma vez se tudo está bem e, como é palpável que me questiono sobre a possibilidade de fechar a veneziana sobre seus dedos, vai embora de bicicleta, gaguejando mais um adeus.

Enquanto ele pedala tranquilamente para o Mitte, onde vive sua bela família, suponho que o alívio físico dará lugar a um grande vazio, um sentimento de repulsa por si mesmo e de culpa que nenhum banho, mesmo com muito sabonete, será capaz de apagar. E, para se reconfortar na cama da mulher, ele pensará que, no fundo, não há nada a confessar. É como se ele tivesse ido se masturbar no Friedrichshain — e isso não é proibido para ninguém, certo? A ideia de que sua vida sexual agora se resume a isso, a esse tipo de trepada sórdida com uma garota confusa a quem ele sempre hesitará em oferecer dinheiro, o manterá acordado e trêmulo, o que me parece muito justo. Em todo caso, eis a prova de que a paternidade realmente cobra um preço.

"Is She Weird", The Pixies

Não sei bem o que fazer com essas coisinhas miúdas da vida cotidiana de um bordel. Não vejo nenhuma história à qual integrá-las, com exceção da minha. Na vida de todo escritor deve haver um momento no qual ele adoraria saber desenhar. As imagens teriam mais peso, depositadas sobre a folha em branco com os traços precisos e aéreos da caneta ou do pincel. Há momentos tão leves na vida humana, graças tão breves, que as palavras se mostram pesadas demais. Às vezes, ser Reiser ou Manara seria o ideal.

Minha mente está cheia dessas joias, e só posso mostrá-las assim, expondo-as aleatoriamente, sem ter a esperança de que esta página possa lhes restituir sua beleza. É um esforço inútil.

Estamos em uma tarde de outubro, estou adiantada e, como gosto de fazer sempre que estou trabalhando, vou tomar um café no restaurante italiano da esquina. Ao menos esse é meu plano, que modifico subitamente ao ver Birgit em minha mesa favorita do terraço.

Ela fala ao telefone; eu me esgueiro como uma raposa para a confeitaria ao lado, onde me servem um café ruim e aguado em uma mesa bamba. Rabisco algumas besteiras nas margens de meu caderno, perturbada pela presença não tão distante de uma colega vestindo roupas normais e bebendo seu café de *Feierabend*. Ouço, entre duas rajadas do vento outonal, seu sotaque berlinense, tão oculto e familiar. Ela olha em minha direção; covardemente pego o celular e faço uma chamada em francês que dura até o fim do cigarro. Birgit deve ter me reconhecido, e não quero, de modo algum, que ela pense que a esnobei. Evoco em meu foro íntimo o excelente argumento de que as garotas do bordel não têm a menor vontade de ser reconhecidas; duas garotas bonitas, juntas, a dois passos da Maison é meio demais. Mas sejamos honestas: não estou com vontade de conversar, e sei que Birgit sabe disso. Ela trabalha lá há dez anos.

Isso não me impede de não me sentir lá muito orgulhosa de mim mesma. Ao passar diante dela, digo um olá discreto, com o rosto enfiado no cachecol. *Oi, Justine*, sorri Birgit, que me viu desde o início, como agora tenho certeza, e não parece aborrecida.

Trocamos algumas banalidades. *Como foi seu turno, você terminou a que horas?* É quarta-feira, sua filha está em casa, ela está esperando a comida que comprou para as duas.

A Maison seria meio triste sem Birgit, sem suas risadas e seus conselhos de iniciada que conhece o lugar desde que ele só tinha quatro cômodos. Não há muita coisa capaz de surpreender essa mulher, e essa qualidade reconforta as novatas. Birgit é inevitavelmente a mais alta na fila de apresentações, inclinando seu 1,80 metro para ver, através do buraco da fechadura, quem está no salão; e frequentemente dá meia-volta, diz "Não vou" e se senta novamente, majestosa, no grande sofá de nossa sala. *Por que não*, inquieta-se a tropa trêmula, segura de poder contar com Birgit para separar os pervertidos dos bons clientes, os simples dos complicados.

— Ele não faz meu tipo — responde simplesmente Birgit, já retornando à leitura de uma *Marie Claire* alemã. *Ele não faz meu tipo*, eis algo que não se imaginaria ouvir da boca de uma puta, sobretudo quando ela precisa alimentar a filha de 14 anos, mas Birgit tem princípios. O dinheiro não tem nada a ver com isso. Ela não sai correndo para as apresentações e, de todo modo, tem clientes habituais, homens como Berthold, que passam toda a manhã com ela no Dourado, seu quarto preferido. E isso lhe basta, porque é evidente que Birgit não é venal, buscando somente um pouco de conforto suplementar, cinco dias por semana, das 10h às 16h, a despeito da chuva, do granizo e da presença dos cavaleiros do Apocalipse. E, se não trabalha, Birgit não faz tempestade em copo d'água, como as outras garotas. Ela tem muitas outras coisas para fazer: sua papelada, as unhas dos pés, uma escova e o bate-papo com as colegas — dos quais geralmente não participo, porque meu alemão, embora melhore constantemente, me torna impermeável às sutilezas da conversa. Eu não entendo, mas escuto. E as palavras que compreendo, aliadas às que adivinho, dizem que Birgit é mãe de todas aquelas garotas. Pode-se contar qualquer coisa para ela, sem que ela saia repetindo. No trabalho, ela está inteiramente presente e, quando vai embora, essa parte de sua vida cede lugar àquela outra, à qual ela chega com um nome diferente. Em sua mente, tudo está perfeitamente compartimentalizado, talvez com exceção daqueles minutos logo após o fim do turno, quando, de volta ao ar fresco, fazemos uma triagem em nossos pensamentos. Nesse momento, as coisas são sempre meio fluidas, meio mornas — tudo ainda está muito vivo.

E foi precisamente nesse momento que a surpreendi, porque ela tem um ar meio triste. Sua tristeza pode ser vista por trás do sorriso, como o sofrimento das mães que secam os olhos logo antes de as crianças chegarem da escola. E, se finjo não ter notado, é para não abrir a caixa de Pandora, para não evocar toda essa tristeza novamente. O que eu poderia dizer sobre aquilo que a aflige? Há nela tantos silêncios, silêncios de mulher e de mãe que me são estranhos e que sou covarde demais para administrar. Há nela dez anos aprendendo a ter sangue-frio e humor negro a fim de não ser ferida, dez anos justificando as ausências regulares, dez anos de resignação que detestamos chamar por esse nome. Dez anos dizendo para si mesma que há coisas piores que a prostituição, como morrer de fome, ver a filha morrer de fome, temer ser despejada a cada início de mês, não conseguir dormir, mendigar entre amigos e familiares. Como suportar uma vida que só permite o mínimo necessário para não morrer de tédio, sentindo murcharem os sonhos tolos da juventude, um por um, em função de questões mesquinhas e implacáveis de dinheiro. Podemos calar tudo isso, mas há sempre um instante no qual essa onda de desespero se abate sobre qualquer puta, e mesmo sobre mim, que me escondo atrás de um livro, uma experiência, que tenho 25 anos e muitos belos dias pela frente, no bordel e fora dele.

E às vezes esse desespero é demais. A ponto de, egoisticamente, eu não querer imaginar os tormentos que rondam uma prostituta de 46 anos ou o peso desta pergunta sem resposta: e daqui a dois anos? Cinco? O que fazer então? Quem decide, senão o tempo? Sempre chega uma idade na qual a vontade e a resignação já não importam: ninguém mais quer transar com você. Chega um momento no qual até mesmo a prostituição se torna um luxo inacessível.

C'est la vie, diria Birgit em minha língua.

— Tenho que ir trabalhar — balbucio, recuando.

— Então vá, querida, corra, corra! — responde Birgit, fazendo com a mão um gesto de me enxotar e dando aquele sorriso triste, tão cansado, meu Deus, cantarolando como se estivesse me enviando para a escola, e não para trepar com caras que nunca vi. Birgit tem um ar que diz *Se é preciso, então é preciso, esse é nosso trabalho, e quem disse que é um trabalho desonesto?* C'est la vie!

Birgit com seu casaco preto e seu rabo de cavalo loiro, o céu plúmbeo, o vento que fumava todos os meus cigarros e aquele fim de tarde monótono. Esqueci tudo que aconteceu antes e depois, e não sei mais o que dizer sobre essa cena. Mas há nela uma mensagem importante. Confusamente, sinto que, se não falar dessas mulheres, ninguém o fará. Ninguém verá as mulheres que se escondem por trás das putas. E é preciso ouvi-las. Nessa carapaça vazia que são as putas, nesses pedaços de pele alugados arbitrariamente, aos quais não se pede que tenham qualquer significado, há uma verdade gritando mais alto que em qualquer mulher que não tenha sido comprada. Há uma verdade na puta, em sua função, nessa tentativa vã de transformar um ser humano em mercadoria, que contém os parâmetros mais essenciais da humanidade.

E espero que Calaferte me perdoe por tê-lo compreendido tão mal ao lê-lo aos 15 anos; não é capricho nem fantasia escrever sobre as putas, é uma necessidade. É o início de tudo. Seria preciso escrever sobre as putas antes de falar de mulheres, de amor, de vida ou de sobrevivência.

"Au coeur de la nuit", Téléphone

— Você sabia que há uma nova francesa na casa? — Egon afivela o cinto enquanto me lança um olhar brilhante sob as belas sobrancelhas. Já terminamos o tempo combinado e devo tê-lo feito sentir isso involuntariamente. E preciso admitir que, se ele queria despertar minha curiosidade e conseguir mais alguns minutos preciosos, funcionou.

— Como é?

— Vi na internet. Acho que ela chegou há alguns dias. Você a conhece?

— Eu não conheço *todas* as francesas, sabia?

Mas isso me interessa, então me sento na beirada da cama.

— Você já a viu?

— Não. Você sabe que sou fiel.

— Obrigada, meu amigo. Mas por quanto tempo você vai conseguir resistir à tentação francesa?

Egon deve ter percebido a ironia e o ciúme, o improvável ciúme, contidos em meu arquear de sobrancelhas, pois ri:

— Está com medo de perder seu império?

Como a palavra *império* me deixa de excelente humor, faço uma pose de odalisca sobre as almofadas, com os braços erguidos e as mãos enfiadas no cabelo:

— Você acha que tenho razões para temer?

— Nenhuma.

— Vencer sem perigo é triunfar sem glória.

Faço para Egon uma horrível tradução em alemão e em inglês dessa nobre citação, que diz mais do que eu gostaria sobre minha confusa inquietação, uma vez que é a primeira vez que falo de guerra no bordel.

As garotas só falam disso, da nova francesa. Elas se perguntam, tanto quanto eu, se a chegada dessa concorrente anuncia o fim de meu reinado inconteste. E por mais que eu me esforce para permanecer tranquila, demonstrando a grande indiferença de uma soberana, minha principal preocupação ao descer para o salão é ler o bilhetinho grampeado à lista de garotas e que descreve a novata como *alta, voluptuosa, cabelo castanho e comprido, olhos pretos, grandes seios*. Pauline, claro, está com a agenda lotada.

Dois dias mais tarde, ao chegar para o trabalho, sinto um cheiro que não conheço. Eu o sigo febrilmente até o banheiro, e lá está ela. Pauline, tão diferente de mim quanto se pode ser, alta, escultural, com um ar de Paris que não precisa de palavras. Eu me aproximo, parecendo um cão cheirando o outro:

— Pauline?

— Justine?

A que se deve isso? Quando as duas vozes francesas se elevam, surge um novo território, um *boudoir* só nosso entre as outras garotas. Uma amizade que se deve ao fato de sermos francesas. Imagino que isso não tenha muito peso na vida normal, mas, em um bordel berlinense, é um cimento muito viável. A ponto de eu jamais me perguntar seriamente se, fora isso, eu e Pauline tínhamos alguma coisa em comum. Talvez não. Esse é o irresistível poder de atração de ouvir sua própria língua quando você acredita estar acostumada a jamais compreender totalmente o que dizem as pessoas a sua volta. Atenção, não é destituído de charme esse fluxo confuso que se torna um pouco mais claro a cada dia, casualmente. Mas, quando uma compatriota murmura, subitamente *entendemos* e o cérebro desperta!

Não lembro de mais nada do dia em que conheci Pauline, somente dessa excitação. Eu mal saía do quarto e já procurava por ela na sala comunal ou na cozinha. Assim que a encontrava, minha leitura de *Germinal* era esquecida. Eu a seguia até o banheiro, encantada, fervilhando com a necessidade de saber, sem qualquer outra desculpa que o prazer de falar francês. Por um feliz acaso, eu estava, em *Germinal*, no momento em que a pobre égua Trombeta desce até a mina; ao fundo, um cavalo mais velho, Batalha, sente seu cheiro e enlouquece, com as narinas tremendo. Ele sente nessa irmã, vinda lá de cima, o cheiro dos campos, do vento e do sol, e as evasivas lembranças fazem com que sinta imediata ternura por essa nova recruta que treme de medo. Assim que Trombeta toca o solo, Batalha acaricia seu nariz, como para lhe transmitir a coragem vinda da experiência. É inútil dizer que o paralelo, embora belo, acaba aqui, pois, em Zola, não há nenhum parágrafo terno que mais cedo ou mais tarde não se transforme em tragédia: condenados ao mesmo destino funesto, creio que os dois cavalos terminam morrendo afogados. É por causa de meu temperamento dramático que nos comparo, eu e Pauline, a dois cavalinhos martirizados em uma mina imaginária. A metáfora fala da sensação de ver chegar um ser parecido comigo, falando a mesma língua, suscitando a necessidade irreprimível de reconfortá-la, mesmo que inutilmente, de traduzir tudo novamente, para que ela se sinta em casa. Pauline tinha cheiro de novata, e eu não conseguia ver uma novata sem lembrar de mim mesma no Manège. Era também por isso que ela me atraía irresistivelmente. Ela usara um procedimento muito simples, abrindo a primeira porta indicada em sua pesquisa no Google, sem se preocupar com o lugar que tinha mais classe, era mais pretensioso ou mais caro. Ela não sabia do que escapara e caminhava por lá alegremente, ignorando o paraíso na terra que descobrira por acaso. Ela chegara bem e sem surpresas, como prometia o site, e imagino que, através dela, eu tentava curar os pesadelos e as angústias do Manège, onde eu não entendia nada e ninguém falava comigo — e sem dúvida fora melhor assim.

Nem todas tiveram a chance, como Pauline, de dar seus primeiros passos de puta em um ambiente tão acolhedor. É à luz das novatas que as mais antigas da Maison e eu mesma sentimos o quanto tivemos sorte. É como um despertar abrupto vê-las fazer mil perguntas antes de ousarem se servir de um café, enquanto nós nos entupimos de cookies, rindo de boca aberta, com o vestido erguido até a barriga. Eu me lembro de uma garota que rodava pelos corredores exíguos como uma alma penada, com o celular na mão, tendo uma pochete fúcsia na cintura: um atributo que traía, como nenhum outro, suas origens — nesse caso, um bordel como o Manège, onde ninguém ousa deixar seus pertences sem vigilância. Quando falei com ela, ela me deu uma olhada rápida por cima da tela do celular. *Ela estava gostando dali? Não muito. Não havia dinheiro suficiente nem extras suficientes. Não havia clientes suficientes.* Por sua maneira de fugir da conversa, entendi que ela não tinha o hábito de contar com as colegas para passar o tempo. A menos que sua carreira tivesse começado em um daqueles bordéis nos quais as garotas caminham em torno do bar procurando clientes e suas pernas tivessem ficado pesadas nessa casa onde há tão poucos deslocamentos inúteis.

Eu achava que terminaríamos por reeducá-la. Durante um turno, Nadine, que tinha algum tempo antes de seu próximo programa, vestiu-se para ir comprar clementinas na quitanda da esquina. Ela perguntara se a novata queria alguma coisa; ela arregalara os olhos e, deixando o celular de lado, murmurara, olhando para o escritório da *Hausdame*:

— Mas temos o direito de sair?

Lamentável lembrança do Manège, onde isso seria muito malvisto. Nadine reprimiu um gesto de pavor:

— Mas é claro que podemos sair, querida! Somos livres e independentes aqui.

Mas parece que essa liberdade não compensava os extras pagos em outros lugares, e que aqui frequentemente são uma questão de simpatia recíproca. Após alguns dias, ninguém mais a viu; algum tempo depois, ninguém mais lembrava seu nome.

É preciso mais que a nacionalidade em comum para fazer amigos. Ter o mesmo trabalho tampouco subentende amizade. Mas conversar, eis o que compõe minha amizade com Pauline: falar a mesma língua, não precisar reduzir ou polir o pensamento para traduzi-lo melhor. Chegar a isso de imediato, instintivamente.

De toda forma, isso nos deixa tão animadas que quase esquecemos de trabalhar. Nossa coalizão tricolor anexa a cozinha, expulsando as germanófilas, que não ousam nos pedir para ao menos falar inglês (e que prazer sutil, após meses de esforço, ser uma daquelas imigrantes que nada fazem para se integrar!) Elas escutam nossas besteiras como se fossem música, sorrindo das obscenidades que proferimos em um tom impassível — e por que não, já que ninguém entende? As garotas repetem algumas palavras com ávida falta de jeito, encantadas por balbuciarem em francês. E nós, indomáveis, peroramos, explodindo de rir, gritando em nosso Procope enfumaçado, bebendo hectolitros de café e filosofando sobre clientes passados e futuros. Saboreamos nossas análises, retificamos as respectivas conclusões e nos deleitamos com nuances que nos são naturais em francês. Temos todo um universo a reconstruir, normas a ditar, uma tarefa titânica que nos aguarda, a ponto de cada novo cliente nos fazer suspirar como meretrizes, exaustas de não fazermos nada. E quando Inge entreabre a porta para anunciar um retardatário que não agendou programa, eu me apresento rezando interiormente para que nenhuma de nós seja escolhida. Aperto suavemente a mão do cliente e murmuro meu nome — porque estamos tão ocupadas, meu Deus, não é evidente? Que rude infame veio perturbar o colóquio de semântica comparada entre a palavra *bite* e seus — pobres — equivalentes em alemão? Quem, senão as duas Barthes de bordel que somos, conhece a poesia do francês, que diferencia *pine* e *queue*, *con* e *chatte*, quando seu vizinho do outro lado do Reno patina na inevitável redundância de *Schwanz* e *Muschi*? Certamente não o dito vizinho do outro lado do Reno, que escolheu Pauline e espera, com as nádegas gordas apertadas na poltrona do salão, todo animado com a ideia de comer uma parisiense. Maldito alemão. Essa guerra não terminará nunca?

— Você pode procurar o quanto quiser, para eles a única escolha válida é *Schwanz*.

— Existe *Pimmel*. Mas quem diria *Pimmel* na cama? *Pimmel* é para um garotinho repreendido por se tocar em público.

— Estou dizendo: fora de *Schwanz*, não há salvação. Eles têm um pouquinho mais de escolha para *chatte*, mas a experiência mostra que frequentemente são tímidos ou educados demais para utilizar *Votze*, que é o correspondente exato da palavra *con*.

— Eu gosto de *Votze*. Soa bem sujo.

— *Schwanz* é a palavra proteiforme por excelência. Ela muda de sentido em função do contexto. Talvez só exista uma palavra porque se trata de um símbolo?

— Quem precisa de mais de uma palavra? E quanto à virtude encantatória do...

E a sineta do banheiro interrompe uma rica conversa que precisamos adiar, mas tantas coisas acontecerão nesse intervalo que certamente esqueceremos dessa ponta de iceberg linguístico. Talvez um cliente vagamente francófono, tendo lambido uma *minou,* possa reiniciar o debate sobre outro ângulo: a que ponto o francês é cheio de gafes charmosas, como *minou*, e como essa língua, em sua elegância unânime, é traiçoeira — salvo para os mestres incontestes do diálogo erótico: os franceses!*

Tento esquecer que sei seu verdadeiro nome. Aliás, para mim ela é mais Pauline que Léa; Pauline, essa escolha deliberada, a descreve melhor e diz mais sobre ela que a Léa que ela é para o restante do mundo. Ela é Pauline mesmo durante o curto trajeto que percorremos juntas, do metrô ao bordel e do bordel até a Yorckstrasse, onde eu desço e ela continua. E, no entanto, é nesses momentos que sinto aflorar outro universo, quando nos encontramos na padaria antes de nosso turno, aportando no ar que deslocamos o cheiro

---

* *Bite, pine, queue* (francês), *Schwanz* e *Pimmel* (alemão) são designações coloquiais e mais ou menos vulgares para o pênis. *Con, chatte, minou* (francês), *Muschi* e *Votze* (alemão), para a vagina. Mas *chatte* também significa "gata", e *minou* (algo como "miau-miau") é uma variação muito infantilizada de *chaton*, "gatinho(a)", explicando a referência da autora às gafes (ou à falta de correção política) do francês. [*N. da T.*]

de nossas vidas do lado de fora. Ou quando partimos à meia-noite, usando roupas normais. Talvez porque ela fale minha língua, não tenho dificuldade para imaginar seu apartamento ou suas atividades, o que ela come, um pouco do que pensa; não me surpreenderia vê-la atravessar o parque de bicicleta ou com suas colegas no terraço, ao passo que, após meses de proximidade, sempre me maravilho ao constatar que eu e as outras garotas habitamos o mesmo mundo. Que poesia parece conter o acaso quando encontro uma delas na rua! Thaïs passando ao lado de minha mesa na Krossenerstrasse, sem maquiagem, com um suéter amarrado nos ombros. Em certa manhã, cedo demais para qualquer coisa, Lotte desalinhada, com o longo cabelo castanho chegando aos quadris, atravessa a rua e, sem me ver, agacha-se perto de mim para amarrar o tênis. Cada uma dessas ocasiões é como uma brecha aberta nesse meio-sonho em que todas elas fazem piruetas. Mesmo que Lotte claramente tenha saído de uma noitada de ecstasy e Thaïs só tivesse ido buscar comida no restaurante tailandês, sinto uma má-fé de poeta que não admite nenhuma coincidência vazia de sentido, nenhuma realidade banal, não. Elas parecem ter sido colocadas lá propositalmente, por alguma força consciente de que sua presença passageira constituiria mais uma estrofe neste poema que redijo sem saber como termina.

Quando a vejo em frente à padaria, Pauline me passa uma impressão cálida e familiar de reconhecer um amigo na multidão. O fato de só nos vermos em um desses cafés, antes ou depois, mas sempre no vago contexto do trabalho, é sintomático do valor que damos ao mundo externo e de quão ferozmente defendemos o acesso a ele; não por desconfiança ou medo, mas por um reflexo adquirido sob a pressão sofrida pelas putas. Que nos sintamos bem como putas, eu e Pauline, que partilhemos certas visões sobre essa questão, significa que devamos nos sentir putas do lado de fora, quando estamos juntas? Na rua, ninguém suspeita que somos prostitutas, mas nós sabemos. Porque só nos conhecemos nesse contexto e porque é impossível não falar dele. É como se sempre houvesse algo a dizer, um verdadeiro tonel das danaides, e, quanto mais falamos, mais temos vontade de falar. É verdade que essa profissão é apaixonante e engraçada como poucas podem se orgulhar de ser, e eu e Pauline somos suficientemente jovens e libertinas para só ver nela um jogo no qual ganhamos todas as partidas. Mas também há realidades mais cruas que somos inteligentes demais para ignorar, e talvez tenhamos medo, em última análise, de não conseguirmos mentir suficientemente bem ou relatar nossas depressões passageiras sem deprimir a outra.

Em abril, passei uma semana de cama com uma inflamação na garganta. Eu não conseguia comer, beber nem, evidentemente, fumar — um direito que até então considerava inalienável. Como me desespero fácil, essa falha de meu organismo me deixou moralmente abalada. Refleti muito em minha cama, entre o muco engolido com a saliva e os cataplasmas de sal grosso de Marguerite, cuja comiseração me fazia soluçar. Cheguei ao grau zero de autoestima, aquele que leva um homem ao suicídio ou a se aninhar no sofá para assistir a séries ruins, inchado de pensamentos sombrios. Minha situação parecia tão precária! Meus nobres objetivos e minha ideia de transcender o bordel desapareceram e só deixaram em seu lugar a verdade nua, da qual nem eu, nem ninguém em meu círculo poderia escapar: eu trabalhara em um bordel. Você pode escrever quantos livros quiser, será essa a única coisa que as pessoas reterão de seu currículo, sua espertalhona. Ao retornar à Maison, eu precisava dos sorrisos de Pauline e de seu entusiasmo, de sua motivação inquebrantável de mulher paga para ser sexy, e da maneira como incitávamos uma à outra, *É claro que fazemos os homens felizes. É claro que somos as rainhas da casa. É claro que essa profissão nos permite viver melhor que o mortal comum.*

O dia estava bonito; todas as árvores haviam enverdecido em minha ausência e o ar cálido continha pólen, abelhas preguiçosas e um perfume de primavera tardia. Em tom lúdico, comecei a desfiar meu rosário de queixas: precisamos encontrar outro trabalho, nem que seja de meio período, nem que seja somente para ter o que responder àqueles que perguntam o que fazemos da vida. Porque isso aqui nos diverte, por agora, porque somos jovens, mas não podemos ser putas para sempre, mesmo que quiséssemos — e, objetivamente, não queremos. Basta ver as que trabalham aqui há dez anos, desde que chegaram à maioridade, para adivinhar que não é um golpe fatal do destino que as prende ao bordel, mas o fato de estarem habituadas a essa vida, ao conforto cálido que faz adiar tudo para amanhã, à facilidade desse dinheiro. Sei que essa palavra é muito relativa, *facilidade*. É a palavra que usam os outros, os que ignoram se é ou não fácil transar seis vezes por dia e chupar o mesmo número de paus, e chupar bem, sem um arranhar desajeitado com os dentes, sem um suspiro de impaciência; mas sabemos, eu e você, que enquanto somos bonitas e fortes, enquanto isso nos diverte e lisonjeia, esse dinheiro exige pouco esforço — eis o que chamo de *fácil*, e tenho o direito de usar essa palavra. Enquanto uma parte significativa de nós mesmas for nutrida pela atenção dos homens, por seu desejo, enquanto nos sentirmos pagas por sermos belas e inteligentes, esse dinheiro parecerá fácil. Enquanto gostarmos de transar, e Deus sabe que isso pode durar muito, e mesmo que às vezes nos aborreça, você sabe que nos habituamos a tudo, basta ver o número de idiotas que se forçam a correr e terminam por gostar. E esse é o problema, justamente esse, o fato de o sexo se tornar um hábito — eis a dura-máter do conflito. O fato de transar se tornar um esporte, um entretenimento, e mesmo que seja o mais completo e mais divertido de todos os esportes, já não sabemos, no fim das contas, se estamos nos divertindo ou competindo.

Essa profissão apela à capacidade das mulheres de perder o rumo e o reencontrar como se nada tivesse acontecido. Em suma, de poder transar sem coração nem alma quando são pagas para isso, mas, fora do bordel, devolver ao sexo seu poder mágico e às palavras do sexo todos os seus sentidos, como se nenhuma transação jamais tivesse perturbado a noção de sagrado. Uma compartimentalização total. Não podemos estar inteiramente no bordel ou lá fora. É claro que sabemos, eu e você, que o pau do homem que amamos (ou o de qualquer um que não pague) é diferente. Sabemos quão diferente. Se todos os outros se misturam em um único falo neutro, esse pau tem um cheiro, um gosto e um comportamento únicos. Sabemos o quanto os ruídos que fazemos então são verdadeiros, como estamos envolvidas. E, por certo tempo, somos nós que decidimos sentir ou não alguma coisa mais que a fricção. Mas isso não vem do cérebro, vem de uma parte de nós que se cansa, a longo prazo, de abrir e fechar suas válvulas de uma hora para a outra. Porque muitas vezes voltamos para casa e não temos nenhuma vontade de transar. Evidentemente. Você sabe disso; já no metrô você percebe o quanto é bom estar sentada. Como é bom não fazer nada. A programação está escrita em sua mente: ao chegar em casa, você comerá um falafel diante do último episódio de *Game of Thrones*, jogada no sofá, vestindo meias grossas e um roupão indigno. Isso seria o ideal. Mas é preciso não se apegar demais a essa ideia, porque seu namorado também está em casa. Certas noites, é preciso confessar que isso enche o saco. Mesmo conversar irrita, porque passamos o dia fazendo *também* isso, meu Deus, praticamente mais que qualquer outra coisa, falamos o tempo todo sem parar. Ele pode muito bem ser seu namorado, esse homem que espera por você todo sorridente e legitimamente cheio de tesão, mas também é um cara que quer conversar. Ele tem *muitas* coisas a dizer, sem dúvida muito interessantes, mas o que você mais desejava naquela combinação falafel-série-roupão não era o silêncio? E quando chega a hora de se deitar, quando ele murmura em seu ouvido fantasias nas quais você é a personagem central, você verifica frouxamente seu grau de entusiasmo pela ideia de fazer amor e se submeter à enésima penetração: *Waterloo, morne plaine,* meu jovem. Entre isso e saber se Tyrion Lannister vai ou não ser degolado, em termos absolutos, é o que os anglófonos chamam de *no-brainer.*[*]

Isso é algo complicado de se confessar ao namorado, e certamente nunca nesses termos. De qualquer outra garota, pode-se ouvir que ela não

---

[*] *Waterloo, morne plaine* ("Waterloo, planície sombria") é a primeira linha do poema "Expiação", de Victor Hugo, que fala da derrota de Napoleão na cidade belga de Waterloo em 18 de junho de 1815. Os franceses a usam no sentido de "derrota certa", "não ter a menor chance". *No-brainer* é uma expressão em inglês que descreve uma decisão tão fácil que sequer exige reflexão, uma escolha automática. [*N. da T.*]

está com vontade, que está cansada, que está com cólica — enfim, qualquer uma daquelas desculpas enunciadas em tom manhoso e moribundo. É mais delicado quando passamos o dia satisfazendo outros homens por dinheiro. Gosto muito do exemplo do encanador: ninguém o censuraria por querer falar de qualquer outra coisa que não seu trabalho, por mais que goste dele. No entanto, em sua casa também há torneiras vazando e gaxetas para trocar, e que monstro sem coração diria à mulher que isso pode esperar, porra, que ele mexeu com canos o dia todo, que isso nunca vai ter fim, que o mundo é somente uma enorme torneira pingando? Nenhum! A mulher pediu com toda a gentileza, ela não tem como resolver isso sozinha, e não custa nada, um último girar da chave, rapidamente, em nome da paz em família. Talvez esse seja o girar da chave que justifica todos os outros.

E talvez o encanador, ao voltar para casa, também tenha vontade de transar. Certas noites, eu preferiria desentupir sifões.

Também não é algo dramático, não estou dizendo isso. Mas, antes de fazer esse trabalho, quantas vezes você disse *Bom, vamos terminar logo com isso* antes de começar a transar? Quantas vezes se deixou levar e se surpreendeu querendo que ele gozasse o mais rapidamente possível, como se esse fosse o objetivo, o relaxamento final de toda a pressão? Sem falar da ideia de gozar também — e o princípio é mais ou menos esse, afinal. Não há dinheiro em jogo para definir um objetivo simples. Basta ter vontade. Por mais que ele seja seu namorado, certas noites o sexo é um esforço, e é preciso dedicar a esse homem a mesma paciência, a mesma constância e o mesmo autocontrole que dedicamos aos clientes. E o desejo e as ternuras dele têm o mesmo tom das exigências que é preciso satisfazer. Às vezes não suporto mais o cheiro dele em meu cabelo, o sorriso obrigatório, o fato de ter de pensar nele, e levo algum tempo para perceber que o homem a minha frente é aquele que escolhi — e para que, na verdade? Algumas vezes, ficaria muito satisfeita de ter somente minha companhia durante a noite.

O problema é o mesmo estejamos acompanhadas ou não, mas, sozinhas, podemos nos lamentar em paz. Quando transamos durante todo o dia, no que pensamos na cama para adormecer? Um número incalculável de vezes, surpreendi-me a procurar palavras-chave para utilizar em minha seleção de sites pornô — isso é que é torturar as meninges. Todas as variantes do sexo entre seres humanos passam diante de meus olhos sem causar mais que um bocejo de libertina cansada. Longos minutos de suspense palpitante nos quais chego aos limites de minha imaginação tortuosa, porque certamente há, nessa paleta de cópula furiosa, um detalhe que despertará meu interesse e fará com que eu volte a ser eu mesma. Mas que monte de mentiras! Como amar a mulher e como não desprezar o homem que engolem tudo isso e ainda pedem mais? Finalmente, mais que o orgasmo que se afasta, choro interiormente pela perda da capacidade de ser crédula quando é conveniente, e seria muito conveniente não saber tanto sobre o trabalho necessário para produzir esses filmes ruins. Seria conveniente poder, como todo mundo, relaxar a pressão interna e dormir como uma pedra, sem sequer a sombra de um pensamento.

Desde quando tenho esse tipo de discurso? Desde quando posso olhar dez, vinte, trinta cenas de dupla penetração e dizer a mim mesma que preciso tanto disso quanto de uma gonorreia — e, aliás, quem diz que não tenho gonorreia? Se é para pensar no sexo nesses termos, como uma corrida de longa distância da qual podemos sair com sapinho na boca e no restante do corpo, o que me resta de interessante além da arte (o livro que não escrevo), de minha declaração de imposto de renda ou da próxima reunião familiar? O que me resta, em termos de pensamentos, que não me leve à beira de um ataque cardíaco?

É então que percebo que isso talvez seja um progresso. Talvez Arthur tenha razão, talvez essa experiência possa ter como objetivo me libertar da escravidão do sexo, e então só precisarei ler ou fazer tricô para dormir, como as pessoas normais (como as pessoas *velhas*). Isso poderia muito bem se tornar um hábito; minha fé, não mais insalubre que qualquer outra. Eis sem dúvida minha chance, murmuram os dois livros de Foucault comprados pela internet e que agora juntam poeira, de aprender tanto sobre filosofia quanto sei sobre o aparelho genital humano. Quando penso no número incalculável de filmes e músicas, quando penso na massa enlouquecedora de escritores esperando que um público lhes faça justiça, surge a promessa de ser feliz por muito tempo sem precisar baixar a calcinha. Eu, que previ nobremente, em um futuro vago, ler todas as obras de Hugo, Proust, Joyce, tenho agora a oportunidade de elevar minha alma acima desses enredos obsessivos, dessas preocupações vis. E tanto pior se Hugo é ainda mais fulgurante quando, com a virilha úmida, o pecador emerge da lama em que se arrastou, cheio de desprezo por sua carne, petrificado pela convicção de ser melhor que isso: agora que já saciei essa parte nojenta de mim, vamos nutrir minha alma imortal.

Mas minha alma separada do restante me parece embaciada, sem apetite, e a possibilidade de ser imortal nessas condições tem qualquer coisa de desesperadora. Certas noites, sinto falta de minha alma como realmente é, descarada, indecente, mas regida por uma moral própria; preocupada, dormindo ou acordada, com a ciência do gozo e com as maneiras de contribuir com minha pedra para esse belo edifício túrgido — o monstro que sou me faz falta em certas noites. Sou eu que me jogo na sarjeta, e sou uma companhia deliciosa para mim mesma enquanto estou lá. Onde está a voz que sussurra, após algumas páginas de Aragon, que um orgasmo seria a homenagem mais vibrante a essa beleza? Eu não me perco com facilidade, mas, quando o faço, não tenho nenhuma ideia de onde procurar por mim.

O problema desse trabalho não é o que os outros pensam, mas o que ocorre em nós. Aliás, não é impossível que uma coisa seja condicionada pela outra. Estarmos convencidas de prestarmos um serviço não torna mais doce a palavra *puta*, nem a palavra *prostituída*, que implica total passividade em uma profissão na qual estamos sempre nos mexendo. Não se pode fazer muita coisa contra o peso de uma religião milenar, nem mesmo na Alemanha, onde temos tantos direitos de cidadania quanto os outros. Em nada se parece com as outras uma profissão que consiste em alugar essa parte de nossos corpos e essa intimidade tão ampla e vaga. Para ter certeza disso, basta imaginar a expressão contrita de um funcionário de banco ao qual respondêssemos "puta" quando perguntasse *Qual sua profissão*. Podemos ser fortes e estarmos convencidas, mas estar sempre à parte tem um preço. Não precisamos dos outros para sentir isso, mas eles tampouco se privam de nos informar. E não falo do meu gerente de banco, do meu senhorio ou do meu ginecologista. Pouco me importam os sorrisos entendidos das mulheres do salão de beleza do térreo quando nos veem, ou o silêncio cheio de sentido dos outros inquilinos quando passamos por eles na escada com um cliente que poderia ser nosso avô. O verdadeiro problema são os homens. Os homens do lado de fora e os momentos nos quais se tornam tentadores. Porque eu tentei. Certa noite na qual, só Deus sabe por quê, estava com vontade de transar, eu entrei no Tinder, no qual é praticamente impossível que uma garota saia de mãos vazias. A não ser que seja *muito* feia ou muito exigente — ou claramente puta. Não sei por que, mas não quis mentir. Ou melhor, sei: eu devia estar mais curiosa que realmente excitada. Só queria a possibilidade. Por isso e porque, porra, precisamos ser polidos, mesmo quando se trata de uma trepada, e existe uma pergunta mais banal que *O que você faz da vida*. O cara me perguntou e eu fiquei com preguiça de encontrar uma profissão. Não tinha nenhuma vontade de parecer esnobe respondendo "escritora". Prefiro ser puta a ser pretensiosa (que exemplo de moralidade!), então respondi que estava escrevendo meu terceiro livro sobre bordéis — até aqui me saí honradamente — e que, para isso, trabalhava em um.

Aí está. *E você?*

Não sei se isso surpreende você ou não, mas estou até agora esperando resposta. E não culpo aquele coitado. Sim, deve haver no Tinder homens cínicos o bastante para agarrar essa oportunidade de ouro, a chance de transar com uma profissional sem pagar um centavo. Mas, no fundo, é isso que estou procurando? Realmente quero ocupar meu tempo livre e meus picos hormonais com alguém que, no fundo, seria mais um cliente, um homem que somente considerações financeiras ou vagamente morais mantêm afastado do bordel? Porque nós nunca queremos *somente* transar. Queremos respeitar o outro e sermos respeitados por ele; queremos conhecê-lo; e, no fundo da mente, não excluímos a possibilidade de encontrar, mesmo em uma plataforma tão trivial, algo mais consistente que uma trepada anônima. Jamais abandonamos a esperança de nos apaixonarmos, porque, como todo mundo sabe, procurar é cansativo. Se casais se conhecem na Späti, por que não no Tinder?

No limite, passar uma noite com uma puta seria concebível — mas e se, por acidente, ele acabasse gostando dela? Em defesa daquele garoto, eu poderia ter sido mais sutil. Acaso aquele embrião de conversa não contém todo o medo irracional dos homens em face da sexualidade complexa e ávida das mulheres? Não existe um continente negro ainda mais inquietante que o simples fato de uma mulher vender seu corpo e seu tempo? Uma puta que vagueia à noite pelo Tinder não é simplesmente uma ninfomaníaca? Puta *e* ninfomaníaca: realmente é demais para contar aos amigos. É inevitável: uma garota que se prostitui carrega, aos olhos do mundo, um sinal que proclama em grandes letras *Eu sou uma perdida*. É possível que, através da puta, sejam os homens que julguemos e condenemos, sua baixeza, sua miséria. É possível, mas as mulheres são o bode expiatório perfeito há tanto tempo que já nem percebemos, e isso não está prestes a mudar. E eu quero poder transar com quem quiser, sem precisar mentir ou me justificar, mas não quero assustar os homens que vejo pelas ruas e que são tão tentadores. Seria impossível reeducá-los *manu militari* — então, minha pobre Pauline, quando vamos procurar um emprego?

Todas essas belas considerações não nos impediram de entrar no imóvel, mesmo que eu sentisse que agora éramos duas a ruminar sobre *minhas* dúvidas. Mas ouvimos mais acima, nas escadas, o riso explosivo de Rosie a se despedir de um cliente. Simultaneamente, respondendo à campainha, Sonja abriu a porta, arrulhando os nomes artísticos das duas vedetes que somos. Mal entramos e Bobbie, sempre meio azeda, anunciou para o cômodo ao largo: "Justine, dez homens já perguntaram por você!" A agenda de Pauline estava igualmente lotada. As garotas da manhã se vestiam sem pressa, pois existe coisa mais agradável que observar aqueles que começam quando nós já terminamos? Lotte, que já pusera o capacete, nos encorajou a experimentar os morangos que colhera em seu quintal. Margaret escovava sua peruca loira quando a sineta do banheiro tocou, Marianne gritou "Já?" e engoliu correndo o restante de seu iogurte, não sem antes confidenciar, em voz baixa, que seu cliente mal devia ter lavado as mãos. Eu e Pauline, em meio a esse fluxo contínuo de palavras, começávamos a tirar os sapatos quando a campainha de baixo tocou duas vezes, o telefone também, Sonja não sabia mais qual atender. Delilah pegou o melhor lugar atrás da cortina para ver os clientes chegando e, malgrado a confusão, nós a ouvimos dizer alegremente:

— As francesas chegaram e agora todos os homens vêm atrás!

Isso nos fez sorrir, mas não foi uma piada; não realmente. Admitamos sem falsa modéstia: se há um lugar na terra onde somos adoradas, cobiçadas, reputadas, lisonjeadas como déspotas adoráveis, depreciadas e compreendidas, invejadas e aceitas, é aqui na Maison.

E esse é exatamente o problema.

"Twist and Shout", The Mamas and the Papas

Sinto falta da Maison. Da maneira como o sol da manhã batia no velho parquet e as garotas se arrumavam às pressas. Talvez eu exagere a beleza das cadeiras, a música dos risos, a alegria do fim do dia, aquela magia intangível de quando eu parava na entrada do salão para observá-las. Talvez seja somente a distância que me torne sentimental; mas lembro daquela embriaguez passageira, daquele júbilo por estar cercada de mulheres nuas ou de cintas-ligas, como se estivesse no paraíso sem ter precisado morrer. Aquilo me tirava o fôlego. Mesmo quando me irritavam, quando falavam alto demais ou eram burras, mal-humoradas, brutais, peremptórias, tão perversas que eu tinha vontade de estrangular algumas e insultar outras, eu as achava belas. Um teatro encenado somente para mim, a única espectadora, o único público capaz de amá-las de modo uniforme. Ninguém as via com tal deleite, com tal pacífica sensualidade. A ponto de eu me perguntar frequentemente se não ia à Maison por elas. Agora que escrevo, é evidente: os *homens* estão em toda parte, na rua, na noite, em todos os lugares. Mas as putas, essas heroínas de meu imaginário erótico, só podiam ser encontradas em um lugar. Quando penso que, em um piscar de olhos, eu poderia jamais ter descoberto esse lugar, agradeço por essa bênção quase divina.

Sempre acreditei que escrevia sobre homens. Não consigo reler meus livros sem perceber que sempre escrevi sobre mulheres. Sobre o fato de ser mulher e sobre como isso assume milhares de formas. E esta sem dúvida será a obra de minha vida: matar-me querendo descrever esse fenômeno e aceitar a impressão de ter, em algumas centenas de páginas, avançado meio centímetro. E me esforçar para ficar satisfeita com esse meio centímetro, como se fosse uma grande descoberta. Escrever sobre as putas, que são uma caricatura das mulheres, a nudez esquemática desse estado, ser uma mulher e nada além disso, ser paga por isso, é como examinar meu sexo em um microscópio. E sinto a mesma fascinação que um técnico de laboratório ao observar as células essenciais a toda forma de vida se multiplicarem entre duas lâminas de vidro.

É então que percebo a que ponto a fronteira entre jornalismo e literatura é tênue. Que não fui feita para ser jornalista. Por mais egocêntrica que seja essa profissão, ela não chega aos pés do narcisismo de uma escritora como eu, incapaz de escrever sobre qualquer outra coisa que não eu mesma. Às vezes, tento. Quando estava na Maison, mais precisamente quando saía de lá, minha mente estava cheia das palavras precisas das garotas, de seus risos, das frases essenciais que diziam sem sequer perceber; eu as sentia vivas, tão vivas, e tinha a impressão de ter apreendido parte de sua alma. E isso não era anódino, talvez porque a voz delas fosse, no fim das contas, a minha. Mas entre o momento em que elas falaram e o momento em que registro o que disseram, seu brilho se perde na tradução e as palavras passam a parecer as de um ser totalmente externo a mim. Eu as registro com amor demais, reverência demais, reflexão demais. Perco as risadas bestas que continham tanta verdade, os detalhes insignificantes dos dias passados entre sua presença calorosa. Um *parti pris* em mim, que supera a escritora, quer descrevê-las como estátuas, ícones. Eu queria que elas fossem únicas e esplêndidas nestas páginas, mas terminamos por nos fundir em uma única Mulher, e os propósitos delas soam muito parecidos com os meus. Essa aprovação anula toda objetividade, em uma espécie de solidariedade feminina tão profundamente enraizada que nem sequer a sinto.

Com os homens, meu senso crítico sempre permaneceu deliciosamente adormecido. Eu sentia na companhia deles aquela docilidade pasmada dos crentes. Minha cabeça está cheia dessas memórias flamejantes, sempre estranhamente ligadas a um sentimento de felicidade e pesar. Percebi isso certa noite na qual ouvia *I'm Sticking with You*, do Velvet Underground; embora cortasse legumes na cozinha, na verdade eu atravessava Steglitz de bicicleta, alguns anos antes, durante um verão suntuoso no qual os castanheiros em flor tinham um perfume inebriante. Eu pedalava a toda a velocidade, com o capacete na cabeça, pensando naquele homem com tanta violência que quase caía a cada curva, e chegara exausta ao café, bêbada de Berlim e queimando de paixão. Eu era tão jovem. Depois disso, amei outros que me fizeram mais feliz, então por que essa música que nunca deixei de ouvir me fazia lembrar daquele homem, e somente dele? Por que, quando eu pensava no termo *amor*, era ele que surgia? A resposta foi como um soco no estômago: por mais infeliz e solitária que eu tivesse sido com aquele amor, meus 20 anos foram uma era de ouro à qual quis retornar desde então, desesperada para me sentir novamente tão viva e plena. Ele nunca me amou, e todos os homens que o fizeram inspiraram em mim um amor menos devastador; a noção de abandono, de paixão, só nasce em mim através da unilateralidade. E, certamente, no momento de meu último suspiro, será o rosto desse homem que verei, como a história do amor mais fundador que este mundo me reservou.

Se não tivesse cruzado seu caminho, quem sabe o que eu seria? Diplomata? Médica? Psicóloga? Professora emérita de alguma universidade? E não essa escritora melancólica e cheia de si, trabalhando em um bordel, tocando margens que não foram feitas para ela, para alguém de sua origem, sua educação. Todas as coisas que eu poderia ter feito e todas as outras que jamais teria conhecido! Essa evidência permanece totalmente opaca para esse homem; imagino que sua existência prossiga em sua marcha implacável, ao passo que a minha, desprovida da menor organização, tem a impulsividade de uma catástrofe ambiental impossível de conter. Quando penso nele, vem-me à mente a imagem de um rio que extravasou seu curso e engoliu, sem a menor consciência, partes inteiras de um continente, vilarejos, casas, outros rios — e não sei quem é quem nessa metáfora. A catarata de água negra e furiosa é ele ou sou eu?

"Dead Leaves and the Dirty Ground", The White Stripes

Certamente é mais fácil descrever as putas como máquinas de sexo desprovidas do menor afeto, colocando todos os clientes no mesmo balaio de desprezo e ódio e se apaixonando miraculosamente assim que saem do bordel — porque as mulheres são assim, não são? Digamos que quiseram que fossem assim. Seria complexo demais dar a palavra às putas e vê-las como realmente são, em nada diferentes das outras mulheres. Para se prostituir, não é preciso ser acuada pela miséria, completamente louca, sexualmente histérica ou afetivamente deficiente. Basta só ter dinheiro para comprar o estritamente necessário. Se alguém deve pagar pela perenidade dessa profissão, provavelmente é toda a sociedade, com sua obsessão pelo consumo, não os homens, não as mulheres. Homens e mulheres sofrem juntos sob o mesmo jugo. E penso nos homens que não têm um centavo e sequer a possibilidade de venderem seus corpos — o que fazer, então? Certamente é menos dramático transar por dinheiro que se sentar na sarjeta e estender a mão. Espero com impaciência pelo imbecil que defenderá o contrário. Certamente é menos trágico estar na Maison que no [supermercado] Lidl, matando-se de trabalhar por um salário risível. A única superioridade da caixa em relação à puta é poder dizer, sem corar, como ocupa seus dias. Embora "sem corar" seja discutível... No dia em que forem oferecidos às mulheres trabalhos adequadamente pagos, talvez elas não tenham mais a ideia de baixar as calcinhas para fechar as contas no fim do mês — e o mundo ficará melhor, não? E mais moral?

— Cada um tem sua interpretação do pior — diz Birgit durante o primeiro café.

Ou é isso que entendo; a expressão idiomática talvez seja ligeiramente diferente. Talvez as palavras não tenham nenhuma relação. Mas seu conteúdo se infiltra entre as duas línguas e eu o compreendo muito bem.

— Para mim, era não ter tempo para ver minha filha. Durante dois anos, tive dois empregos diferentes, um pela manhã, um à noite, seis dias por semana. Uma babá a ajudava a fazer os deveres e a colocava para dormir. À noite, eu voltava do trabalho para um apartamento silencioso como uma tumba. Conversava um pouco com a babá, que dizia que tudo estava bem. Então ficava sozinha na sala, com o resto do jantar, e me perguntava *Puta que o pariu, tanto esforço para isso?* Você entende o que quero dizer? Você não entende, você não tem filhos, ainda é jovem, mas posso garantir que, mais de uma vez, comecei a chorar como se nunca mais fosse parar. Eu me dizia *E amanhã tudo recomeça, e no dia seguinte, e no outro, e no outro...* Eu estava exausta.

Birgit traga profundamente seu Vogue, e Paula, que também tem dois filhos, aprova silenciosamente com um movimento do queixo enquanto empoa o rosto.

— Retomamos contato com o pai dela. Hoje ele fica com ela três dias por semana. Eu venho aqui pela manhã, tenho algumas horas livres, durmo o suficiente.

Birgit pousa solenemente a xícara de café:

— Cada um tem sua interpretação do pior. Mas só conhecemos o pior quando temos filhos. E só descobrimos as melhores desculpas quando temos bebês para alimentar.

Tocando o ombro de Paula:

— Você quer as flores do Berthold? Elas são bonitas, mas acabei de pintar meu quarto e as cores não combinam.

"Love Me or Leave Me", Nina Simone

Lorna. Eu me pergunto se ela escolheu esse nome após ter lido *Druuna*, de Serpieri. A garotinha de 8 anos que, ruborizada, devorava as tirinhas pornográficas do tio enquanto a família estava no jardim ainda fica constrangida ao admitir que conhece o livro e todos os personagens. Lorna: gravadas em minha memória, essas duas sílabas sempre evocarão a cena na qual a gorda e molenga Druuna é violentada brutalmente por uma família de humanoides insanos, e a mãe, que comanda as operações, usa o nome Lorna, que sempre me faz pensar em uma prática sexual repulsiva. Quantos fluidos escorrendo naquelas três páginas de mau gosto! Assim que fecho os olhos, os traços e as cores retornam com a vivacidade das lembranças de infância, e hoje sei a marca que deixaram em mim os seios enormes de Lorna e sua maneira de segurar o braço de Druuna para injetar o produto que a transformava em cadela.

Lorna, a minha Lorna, é o oposto de sua homônima. Loira, elegante, com pulsos e tornozelos finos, sempre usando um coque impecável, que mal tem alguns fios soltos quando ela sai do quarto e que transforma em rabo de cavalo ao fim de seu turno. Trata-se de uma juba suntuosa que ela passou a prender quando notou que os homens não conseguiam se conter e sempre a agarravam pelo cabelo — que também é um ninho de bactérias quando se passa os dias inclinada sobre a virilha de uma dúzia de homens.

Hoje Lorna está em um humor sombrio; deitada em um colchão no chão, tomo sol ouvindo suas queixas, com os olhos arregalados sob os óculos escuros.

— De todo modo, senti que não devia ter vindo. Há momentos assim, nos quais as vibrações são muito ruins. Mas fazia duas semanas que eu não trabalhava e tinha uma pilha enorme de contas para pagar. Passei a manhã sem um único cliente e começava a achar que devia ter ficado em casa quando Sonja veio me dizer que um tal de Klaus tinha marcado programa. Claramente a gente se conhecia, mas ela disse isso de um jeito, como se eu pudesse me lembrar da centena de Klaus que conheci aqui, além de Hans e Peter... Em resumo, esse Klaus chegou, um velho barbudo, e imediatamente lembrei dele e pensei *Ah, não. Merda, não, não ele...*

"Mas ele era meu único cliente até então, eu tinha de aceitar. Eu lembrava vagamente que ele era enfadonho, mas me persuadi de que poderia apressar as coisas. Já no salão masculino ele começou a me irritar, dizendo que era ótimo me ver, que ele se perguntara onde eu estava, blá-blá-blá... Do nada, contei que tivera um filho. Saiu sem pensar. E ele respondeu, com os olhos arregalados por ter obtido a informação: 'Eu soube desde que a vi entrar!'

"Eu já estava me sentindo enorme, mas ele continuou: 'Eu senti que havia uma mulher diante de mim, uma verdadeira mulher. Não mais uma criança.'

"Obrigada, babaca. Depois disso, as coisas foram de mal a pior. Como é psiquiatra (ou ao menos é o que diz; talvez esteja mentindo, mas é tão maluco que tendo a acreditar), ele fala sozinho; deve ser uma mudança em relação a suas consultas. Eu estava deitada no Tropical, olhando para aquele corpo de velho ao lado do meu corpo, que não era tão ruim assim, mesmo mais gordo que antes, e pensando na primeira vez em que ele viera. Era tarde da noite, no fim do turno, e eu não estava muito disposta, mas, quando começamos nesse trabalho, temos reservas alucinantes de paciência. Eu ficara fascinada por ele ser psiquiatra. Quer dizer, antes de ele assumir aquele tom pedante que todos eles têm nessa profissão. Essa obsessão de querer adivinhar quem você é, por que está no ramo, de onde vem. Eu entrara em um joguinho idiota, dizendo coisas a fim de ver que merda freudiana ele tiraria da cabeça para explicar minhas lembranças de infância, e ficara chocada com sua falta de limites. Ele não demonstrara medo de ser ridículo nem que eu o interrompesse bruscamente para dizer *Não é nada disso, você passou longe.* Eu não fizera isso primeiramente porque, mesmo em meu entusiasmo de debutante, não queria que ele ficasse excitado de novo; e também porque era um pouco como o horóscopo: muito do que ele dizia dava certo. Se você vai a um bordel e fala com uma puta sobre o pai dela ou as relações dela com os homens, sobre como ela percebe sua feminilidade e a feminilidade em geral, porra, há 80% de chance de acertar. Não precisa ser psiquiatra nem ter lido Freud. Então fiquei lá ouvindo as tiradas dele, era tarde, eu estava exausta e já não tão combativa, e sem perceber começara a repassar em voz alta os conceitos de abandono, de Édipo, de amor e ódio pelo Pai, e subitamente comecei a chorar feito um bebê. Não consigo lembrar por que, mas devo ter tocado tão precisamente em algum ponto que comecei a soluçar sobre aquele peito de velho, o que deve ter feito com que ele pensasse em seu consultório, e vi que ele certamente gostava da ideia de transar com uma paciente. Eu estava tão incomodada de passar assim a hora pela qual ele pagara que, após um momento, consegui me controlar. Era como se eu tivesse sido completamente esvaziada. Então quis fazer o que faço melhor, fora sentir pena de mim mesma por ter sido *abandonada* por meu pai: um boquete. Minha ideia era chupá-lo, trepar com ele e mandá-lo embora, depois arrumar o quarto escutando Can nos fones de ouvido, alguma coisa bem leve para levantar meu astral, e esperava que ele tivesse a cortesia de gozar rapidamente, mas ele já tinha 70 anos e, evidentemente, não ficou de pau duro. Naquele momento, foi minha delicadeza que me induziu ao erro, pois, hoje em dia, em uma situação parecida, eu começaria com a mão e resolveria tudo rapidinho. Mas, na época, eu ainda via todos os clientes como homens e temia sua opinião. Eu queria ser a puta cuja ternura compensaria a frieza de todas as outras. O fato de que ele não ficava de pau duro me deixava contrariada, por causa dos estratagemas que precisaria usar no estado de nervos em que estava, mas a ideia de masturbá-lo com a intenção claramente profissional de deixá-lo duro o bastante para colocar a camisinha me incomodava. Incomodava alguma coisa em mim que ainda não se prostituíra. Quanto a colocar camisinha em um caralho mole... Então chupei sem camisinha. Havia uma bem ali, mas, quando ele começou a ficar duro, senti que ele ia gozar e tive medo de que o tempo necessário para abrir a embalagem e desenrolar a camisinha o fizesse ficar mole de novo. Então continuei. Ele gozou na minha boca e nem pensei em cuspir na pia. Por mais microlesões que tenhamos na boca, engolir é menos perigoso que atravessar o quarto com a boca cheia de porra. Glup, a gente engole e pronto, terminou. Para mim, era só isso, uma questão prática, e não pensei mais no assunto.

"Ele voltou uma semana depois, febril, e fiquei nervosa de vê-lo novamente. Da outra vez ele estragara minha noite e eu não tinha nenhuma intenção de cair nessa de novo. Mas não precisava ter me preocupado, porque ele não tinha ido até lá para transar, nem mesmo para me sondar com suas perguntas idiotas, mas para dizer que não podia continuar a me ver. Eu ainda me lembro do alívio que senti e do esforço que fiz para assumir um ar de amante abandonada. Ele disse que acabaria por se envolver demais. Ele era casado e não tinha nenhuma vontade de se apaixonar, e eu era uma garota cheia de vida demais para que um velho como ele perdesse a cabeça por minha causa. E eu pensando *Então vá embora, imbecil.*

"Duas semanas mais tarde, eu estava atrás da cortina espiando o cliente que acabara de tocar a campainha e vi Klaus entrar. Tive um sobressalto de exasperação, pensando que ele mudara de ideia, mas ele estava lá por causa de Gita. Ele teve seu período Gita.

"De qualquer modo, no quarto, enquanto eu o ouvia falar sozinho e já me imaginava pegando o bloquinho para escrever em grandes letras *Sem mais programas com Klaus!*, ele começou a falar de Gita. De como Gita deixara de recebê-lo após alguns programas sem explicar por que e como fora a *Hausdame* que tivera de informá-lo. E me lembrei perfeitamente de Gita dizendo à Sonja que não queria mais ouvir falar dele, que ele era mais do que ela conseguia aguentar, que ela poderia explicar a ele, mas tinha medo de se tornar cruel. Sonja falara com Klaus, mas ele tentara voltar com outro nome. Depois disso, deve ter ido a outro bordel. Ele me contou essa história como se fosse a afronta última, e depois sua teoria sobre como ele e Gita haviam se *envolvido* demais, e por isso ela decidira se privar da companhia dele. Note bem que ele não imaginou, sequer por um instante, que ela estivesse simplesmente de saco cheio dele.

"— No fundo, foi melhor para mim — disse ele — porque isso teria terminado mal. Gita, bom, o nome verdadeiro dela é Julia, mas ela não diz a ninguém (*como se você estivesse me contando alguma novidade, babaca*), eu poderia tê-la engravidado.

"Quando ele disse isso, senti até falta de ar. Além disso, ele empregou a palavra *fecundar*, como se estivesse encarregado de perpetuar a raça alemã ou algo assim, e disse que adivinhara nela o desejo mais ou menos consciente, mas muito forte, de ser fecundada, então, evidentemente... Eu olhei para ele de baixo para cima, fazendo força para me manter em silêncio. Não sei se tinha vontade de rir da cara dele ou lhe dar umas bofetadas quando ele começou a dizer que, se eu me lembrava bem, ele também deixara de me ver. E, sem que fosse preciso envolver a *Hausdame*, não, ele tomara a iniciativa sozinho. Ele deve ter sentido uma pergunta em meu silêncio, pois começou a delirar (não há outra palavra) sobre até que ponto eu parecera receptiva. Foi então que percebi, estupefata, que o que ele entendia por receptividade era estar disposta à *impregnação*. Era minha vez de fazer uma análise selvagem, querendo saber até onde ele estava disposto a ir naquela aberração sem um único sinal de encorajamento de minha parte, e pedi que ele falasse mais sobre a noção de impregnação. Em sua boca, essa palavra dava a impressão de pertencer ao dr. Mengele. E ele me descreveu dois anos antes, jovem, cheia de vida e transbordando de hormônios. Meu primeiro sinal de abandono fora o fato de ter chorado em seu peito por causa de meu pai. O segundo fora o fato de ele ter gozado em minha boca; eu engolira sua *semente*. *Donnerwetter!* Foi então que compreendi que podemos pegar coisas muito piores que clamídia ao chupar um homem sem camisinha, coisas que não geram perdas ou danos, mas saltam sobre você anos mais tarde, quando já nem pensa nelas. Eu *engolira sua semente*, sem nada pedir em troca e em uma doação total de mim mesma, motivada por um brutal desejo materno. No estado de choque em que me encontrava, decidi me fazer de idiota para fazê-lo encarar sua própria vacuidade e respondi que ninguém corria o risco de engravidar assim. Ele assumiu seu ar mais doutoral e explicou que, psicanaliticamente, essa boca e *aquela lá* se equivalem; trata-se sempre de absorver a semente do homem. Tive vontade de rir, rir até me mijar, rir até que ele fosse embora batendo a porta. O que me impediu foi a fascinação doentia pelo que se passava na cabeça dele. Eu precisava saber se ele realmente acreditava no que estava dizendo, e pensei na cara que Gita faria ao ouvir esse tipo de coisa... Evidentemente, imaginei como seria prazeroso dizer a ele *Meu camarada, a única razão pela qual chupei você sem camisinha foi porque seu caralho não ficava duro e eu estava de saco cheio demais para perder tempo com isso. Tudo que eu queria era voltar para casa e fumar um baseado do tamanho de uma ogiva nuclear. E, já que você quer falar de psicologia, também estudei psicologia na universidade. Você realmente acha lógico que uma jovem prefira ser fecundada por você, e não por um homem da idade dela, com um físico e uma aura de bom genitor, a ponto de insistir em ser fecundada em um bordel? Eu agradeço, mas todos os dias trepo com ao menos quatro caras que seriam genitores muito mais tentadores que um velho palerma como você.*

"Por que eu não disse nada? Porque ele não parava de falar! Já partira para o planeta Klaus, cheio de teorias nebulosas e crevasses semânticas, contando que, agora que eu era mãe, ele se sentia menos ameaçado, e eu tive vontade de dizer *Klaus, sinto que estou me tornando mãe novamente pelo poder demiúrgico de sua palavra, é melhor a gente parar de se ver.*

"Como se não bastasse, ele conseguiu ferrar meu turno ao dizer que, quando se tornam mães, as putas perdem muitos clientes. Em primeiro lugar, isso não é verdade. Em segundo, vá se foder, cara. Na verdade, o poder das garotas jovens sobre os homens é absolutamente incomparável. E, como eu sabia que ele meio que tinha razão, fiquei com vontade de socá-lo. Mas vi que, à força de dizer besteiras, ele havia desperdiçado quase toda a sua hora, com exceção dos cinco minutos necessários para a ducha. Tive um assomo de júbilo e, enquanto vestia a calcinha, objetei que sim, é verdade, os homens adoram as novinhas, mas aqueles que as preferem às outras não sentem nenhuma confiança em si mesmos, pois é desconcertantemente fácil impressioná-las a um baixo custo, não é preciso nem ser bom em alguma coisa. Os homens que têm fixação em mulheres muito jovens têm pau pequeno, são impotentes ou ambos. É isso que acho. E mulheres de verdade não querem nada com homens que só pensam em corpos intocados e seios apontados para o céu. Encurralado, Klaus, que tem resposta para tudo, iniciou um monólogo hesitante para explicar que ele não era assim, claro que não — mas, ao ver que eu estava me vestindo, ficou com um ar desconcertado, como se tivesse esquecido onde estava e há quanto tempo. Houve uma época na qual eu o teria interrompido para fazer meu trabalho, a fim de não ficar com peso na consciência, mas, na verdade, era problema *dele* se falava demais. Ele perguntou se poderia ficar mais uma hora e foi como se o inferno se abrisse a meus pés. Olhei bem para ele, com aquela cueca tão cansada quanto ele mesmo e aquela barba de dr. Diafoirus, olhei para aquele pobre coitado que achava que sua semente era tão ardentemente desejada por garotas que só queriam trabalhar e ser polidas, e respondi *Sinto muito, minha agenda está cheia até a semana que vem.*

Lorna acende um cigarro na ponta do outro e traga furiosamente:

— Veja bem, esse cara tem 73 anos, sua mulher está muito doente e não quer transar há mais de dez anos. Não é preciso pensar muito para entender por que ele vem ao bordel. Ele deve ter a impressão de estar se apagando lentamente. Isso me deu pena — por um segundo. Depois pensei que minha vida também não é fácil, que tenho um bebê para criar e um monte de problemas que vão muito além do dinheiro, e na verdade não preciso que um psiquiatrazinho qualquer me diga que envelheci, que meus clientes vão fugir para os braços das mais jovens, que procuro um pai por procuração ou um genitor simbólico. Não preciso que alguém venha me dizer isso quando há cem, mil outros homens felizes em me pagar para fazer meu trabalho.

Nesse momento, Gita passa correndo, indo atender a alguma obrigação profissional, e Lorna a chama:

— Ei, Gita! Lembra do Klaus?

Ela para por um segundo e franze o belo nariz, como se tivesse sido agredida pelo cheiro de esgoto:

— Você quer que eu fique de mau humor?

— Aí está — retoma Lorna. — Quando um nome tão banal quanto Klaus evoca imediatamente um cliente específico, é mau sinal. Em resumo, eu queria dizer tantas coisas a ele, coisas que o teriam colocado em seu devido lugar em um estalar de dedos. Mas não só ele. Há todo um exército que inspira réplicas geniais depois que o momento passou. Na verdade, o que me mata nesse trabalho é ter a possibilidade, como mulher, de acabar de um só golpe com esse orgulho masculino que se infla por qualquer coisa e não desinfla por nada, e ter de me privar. Algumas conseguem; eu não. Não tenho vontade de passar uma hora, trinta minutos ou mesmo dez ao lado de um homem a quem acabei de dizer que não, seu caralho não é tão grosso quanto ele acha; ele pode ser fofo, mas mesmo assim precisa *pagar* por mulher, então vamos pegar leve na atitude... Todos esses caras que voltam para casa persuadidos de que fizeram a garota gozar. Os que levam a camisinha consigo para o banheiro porque ouviram dizer, sabe-se lá onde, que algumas garotas usam a porra do cliente que pretendem chantagear. Você consegue imaginar tudo que eu poderia dizer a eles? E todas essas réplicas se acumulam; ao fim de um tempo, elas se tornam um cisto que sinto se mexer em minha barriga. E jamais poderei escrever um livro, pois não tenho talento e ele pareceria vingativo... mas, puta merda, alguém tem de escrever um livro sobre isso. Essa leitura me faria rir. Faria rir todas as putas. E as outras também, porque o bordel, no fundo, é somente um espelho de aumento no qual todos os defeitos e vícios dos homens, normalmente abafados pelo cotidiano, tornam-se ensurdecedores.

No início, eu entendia Lorna menos ainda que as outras, porque ela estava sempre envolvida em conversas em gíria berlinense com as outras alemãs, que não se preocupavam muito em ser compreendidas. E Lorna nunca decidiu, por remorso, articular melhor as palavras ao ver meus olhos pulando de um lado para o outro, como em uma partida de tênis, entre ela e Birgit — mas eu me acostumei. De tanto ouvir esse sotaque estranho que mastiga a maioria das palavras e reinventa as restantes, a voz de Lorna e suas entonações se tornaram uma música familiar e, maravilhada, percebi que a entendia. Eu a entendia e, acima de tudo, eu a conhecia bem o bastante para pedir que repetisse os trechos que me escapavam. Certa manhã, me surpreendi respondendo *Allet Jut* [Tudo bem] a um cliente que perguntou como eu estava, usando o tom de Lorna ao chegar pela manhã. *Allet Jut, Schnecke* [Tudo bem, docinho].

Acho muito engraçado o fato de que o alemão que falo, esse léxico maluco feito de gírias berlinenses e verbos sofisticados mal conjugados, a única aquisição da qual posso me vangloriar perante minha família estupefata, foi adquirido num bordel, em contato com alemães dos quatro cantos do país e, sobretudo, com Lorna e Birgit, que, sem querer, deixaram-se decifrar como um daqueles livros difíceis que, na faculdade, levamos um semestre inteiro para terminar sob um professor exigente. Elas são meu monólogo de Molly Bloom — e sim, quando fui iniciada, tendo superado todos os obstáculos, senti uma satisfação rara e profundamente emocionante.

"Summertime", Janis Joplin

Essa manhã, no meio da lista de programas, vi um bilhete grampeado na agenda: "Svetlana parou." Ela não está de férias; não se trata de uma pausa. Não, ela parou. Imagino que um empregador normal teria escrito "ela pediu demissão"; *parar* é diferente das outras palavras. Imediatamente, por reflexo, completamos: ela parou de fazer besteira. Ou nem sequer precisamos especificar: ela simplesmente parou. Não é mais desse tipo. Não é mais uma puta. Eu interpreto sem problemas, mas, nessa escolha de verbo, sinto o acordo tácito com a Maison de não ligar mais para ela, nem mesmo para ser acompanhante ocasional, nem casualmente dali a dois meses, como acontece com as garotas que, por razões ignoradas, aparecem raramente, mas às quais a casa quer demonstrar que, em caso de necessidade, sempre serão bem-vindas. Suas fotos foram retiradas do site. Seu armário já não está etiquetado; no interior, há somente o vazio dos cômodos depois que a mudança foi embora, e resta apenas um grampo de cabelo no chão.

Uma puta que morre; forçosamente, isso faz as outras refletirem. Um dia, Birgit disse — e essa deve ter sido a primeira piada em alemão que entendi — que, cada vez que um homem se casa, nasce uma puta. Procuro em vão por um trocadilho equivalente para explicar sua morte.

Ninguém sabe para onde elas vão. O mundo simplesmente as recupera. O que elas se tornam? Pessoas normais, imagino. Mas me pergunto: agora que ela parou, agora que suas transas se tornaram inestimáveis, será que ela caminha pela rua tranquilamente, como todas as outras mulheres que jamais se prostituíram? Ao abandonar o bordel, será que perdemos, de um dia para o outro, essa agudíssima consciência de sermos mulheres? Será que esquecemos esse hábito de nos perguntarmos, a cada vez que um homem nos olha, se ele é um antigo ou futuro cliente? No terraço de um café, sozinhas perto de uma mesa com dez caras que não ousam flertar conosco e fingem mexer no celular, será que sempre teremos o vago medo de que eles estejam nos comparando com as fotos do site?

Como isolar esse pedaço de nossas vidas do restante? Ser puta é menos uma profissão que um acordo da mulher consigo mesma: a decisão de deslocar a noção de afeto ligada ao sexo e zombar dela. Se uma mulher trabalha em um bordel uma única vez, ela não pode voltar atrás, não pode fingir que o sexo nunca foi um negócio. As outras podem continuar a ignorar esse fato, ele não está escrito em nossas testas, mas *nós* sabemos.

Será que realmente paramos? O que acontece com aquela sensação na região do estômago todas as vezes que ouvimos, por qualquer razão, a palavra *puta*? Não podemos mais debater objetivamente a prostituição e, aliás, devemos evitar qualquer debate dessa natureza se não quisermos nos trair usando uma veemência irreprimível.

Svetlana parou. E, no bordel como em toda parte, a vida continua. Sua ausência criará entre suas colegas um vazio que outras virão preencher; isso nada tem de luto, ninguém parece sentir assim — ou talvez não se apegar também faça parte da profissão. E pensar que ela já foi uma peça-chave do turno da noite; que reconhecíamos sua voz de longe; que, ao sentir seu perfume, sabíamos em que quarto ela estava, ouvíamos seu riso, seus *gritos*. E, no entanto, ela partiu deixando somente um traço ínfimo, apagado pela necessidade de continuar a trabalhar, a viver. Trata-se do mesmo fenômeno que nos faz adorar certos clientes, mas levar mais de seis meses para perceber que deixaram de vir. E depois? Haverá outros. Ser puta é um trabalho que só pode funcionar com esquecimento: os clientes apagam a memória de seus predecessores; as garotas, a de outras garotas.

Acho que todas têm — temos — um lugar em sua mente para as garotas e os clientes, mas não é o pesar que preenche esse lugar profundamente enterrado. Seria inadequado lamentar o fato de que uma de nós mudou de vida, passou para o outro lado do espelho. Todas sabemos por que alguém para.

Talvez eu nem mesmo devesse mencionar Svetlana: ela foi embora e sem dúvida está bem, sem dúvida não gostaria de sair do esquecimento porque eu me lembro dela, porque ela era bonita e engraçada e suas aventuras tornavam as minhas mais interessantes. Mas temo que as putas não sejam chamadas de *garotas públicas* à toa. Se somos diferentes pessoas em diferentes momentos de nossas vidas, então Svetlana, essa parte precisa dela (tão teatral quanto Justine para mim) será sempre pública. Svetlana existe eternamente nessa dimensão do universo onde tem 19 anos, uma espessa cabeleira loira e os seios mais lindos que já vi (com o perdão das amantes a quem já fiz esse elogio).

Que seios! Eu me esquecia de sentir inveja, mas às vezes murmurava para mim mesma *Bom, o que você queria, ela tem 19 anos*. Svetlana saía dos quartos soberba, nua — tanto quanto as outras, mas, no meio daquela floresta benfazeja de seios, meus olhos reconheciam os dela imediatamente. Eles eram aquele tipo abençoado de seios pequenos, porém largos; pesados, mas desafiando as leis da física; insolentemente empinados como um queixo cheio de desdém, mal se movendo quando ela caminhava e, imagino — ah, como imagino! —, sacudindo deliciosamente na sombra púrpura dos quartos. Trêmulos como flans, com mamilos só levemente mais rosados que a pele branca e aquela curva excitante entre a parte inferior e a protuberância lateral, que se acentuava um pouco quando ela se inclinava sobre a agenda para anotar, com seu traço estranhamente seco, a hora de partida de seu cliente. Que passara cada minuto do programa em um estado de muda adoração. Eles cuidavam dela; às vezes, nós a víamos sair do Estúdio com as nádegas e as coxas vermelhas por causa das vergastadas, mas alguma graça divina parecia proteger seus seios dos rigores obrigatórios. Como se fossem impermeáveis, de uma palidez de leite, com os mamilos preguiçosos e insensíveis de uma Virgem a ser adorada com os olhos.

E, no entanto, um cliente a fez chorar em um dia no qual eu não estava lá, e ela não voltou no dia seguinte. Foi Delilah quem me contou, aos sussurros, na cozinha. Ninguém se lembrava da aparência do cliente — o que, no entanto, era uma informação muito importante —, mas a *Hausdame* ficara vermelha de raiva e avisara que, se ele continuasse a se comportar assim, nenhuma garota aceitaria programas. Se comportar assim? Ninguém sabia o que ele fizera a Svetlana para que ela se visse reduzida a chorar e sair estrondosamente do quarto antes do tempo estipulado. A discussão agitou a sala comunal, com cada uma de nós procurando em seu histórico pessoal um cliente recusado que poderia ter escapado da vigilância das *Hausdamen*, mas havia tantos! Além disso, cada uma de nós tem repulsas que deixam as outras indiferentes. Como distinguir uma esquisitice da outra? Embora Svetlana fosse jovem e nova na profissão, fazer uma puta chorar não é fácil, sobretudo aqui. Isso implicaria assustá-la, fazê-la esquecer por um instante que aqui nada acontece sem que ela queira. Implicaria ser mais rápido que o fluxo incessante de pensamentos de uma puta, de impedir que surgisse em sua mente a ideia de sair do quarto e procurar ajuda.

Essa ideia me faz lembrar que uma espada de Dâmocles está suspensa sobre nossas cabeças, e converso com Pauline para dividir o peso: se amanhã um maluco chegar aqui com uma navalha no bolso e decidir refazer o retrato de uma garota, ninguém poderá impedi-lo. Não há seguranças na Maison, mas isso não faz diferença: eles não teriam tempo de chegar ao primeiro andar antes que a garganta da garota fosse cortada. E, mesmo deixando a navalha de lado, intervém Rosamund, que nos ouve conversar apoiada na bancada da cozinha, se amanhã um dos clientes regulares, dos quais não desconfiamos, enlouquecer... Digamos que ele sofra um *burnout* e chegue com uma arma debaixo do casaco, decidido a não morrer nem calmamente, nem sozinho. Rosamund cria esse cenário enquanto descasca um gengibre, sem levantar os olhos para nós, que pesamos suas palavras e somos percorridas por leves calafrios. Imaginemos que a garota tenha a sorte de estar no térreo, perto da sala comunal e, portanto, capaz de alertar alguém; quem garante que a irrupção febril da *Hausdame*, o girar da maçaneta ou algum barulho do lado de fora não levaria o cliente desesperado a puxar o gatilho? Do nada, sem aviso.

— BUM! — diz Rosamund em tom inalterado, com o dedo apontado na direção da mesa onde eu e Pauline fumamos.

Mesmo que ele não atire imediatamente; mesmo que se contente em agarrar a garota pelo cabelo, gritando, com os olhos dementes, que sua vida não tem sentido e possamos chamar a polícia; se recuar na direção das janelas entreabertas com a puta tremendo de medo contra ele, unidos como dois besouros acasalando... Existe algum manual para indicar ao pessoal o caminho a seguir na presença de um desvairado? Não, estamos ferradas; se um desvairado decidir diminuir nosso rebanho, só podemos esperar que Deus reconheça os seus.

Esse incidente nos deixa cautelosas durante uma semana, antes que o tempo passe, como faz habitualmente, e nos esqueçamos (mesmo que, desde então, sempre que um cliente procura a carteira no bolso interno do casaco eu me lembre de Rosamund descascando seu gengibre, com o polegar e o indicador esticados, assustadoramente calma: BUM!). Não podemos ficar eternamente no térreo, e ninguém tem a intenção de fazer isso — afinal, essas coisas só acontecem com os outros.

Durante dias, eu me pergunto o que espera Svetlana do lado de fora e a vejo de braços dados com um garoto de sua idade para quem o passado importa pouco: aos 19 anos, o passado é somente uma bolha cheia de sensações, nada mais. Não achei que um cliente brutal a houvesse expulsado de lá, não com a célula psicológica que representamos umas para as outras — sem dúvida porque tenho 25 anos e o dia em que um cliente me fizer chorar será aquele em que me deitarei no chão e me deixarei morrer.

Isso não impede que eu aja como novata. No início, nada parecia errado, não desconfiei de nada. Ele era bonito, mas, assim como as coisas só dão errado para os outros, os malucos raramente portam sua loucura na testa. Na minha idade, eu devia saber disso, e essa constatação me faz sair de meu torpor. Eu senti certa tensão no ar quando chegamos no Branco. Aquele homem preenchia o espaço de uma maneira estranha, pouco habitual. Mas já vi tantas coisas aqui; não existe um quarto mais infantil e inocente que o Branco, e é sempre nele que os homens mais banais mostram as garras e as presas, como se a imersão no mundo de uma garotinha inspirasse neles a vontade de causar danos.

Eu estava em pé, fumando e o observando, e me perguntei o que levara alguém como *ele* até lá. Um homem bonito daqueles. O peso de suas pálpebras me lembrava um universo tão desesperadamente enterrado quanto Atlântida. Ele deve ter sentido essa faísca de desejo e talvez fosse daqueles que amam a tranquila resignação das putas; talvez até mesmo daqueles que se excitam com a repulsa quase palpável das novatas.

— Você parece tão jovem — suspirou ele, com o nariz colado ao meu. — Quantos anos você tem?

E como era visível que eu estava prestes a responder a verdade, ele colocou a mão sobre minha boca:

— Não diga. Você parece ter uns 18 anos. Porra, talvez nem isso.

— Talvez não tenha — arrulhei, deslizando as alças do macacão, dizendo uma daquelas mentiras descaradas que só têm credibilidade na alcova e na qual ele só acreditaria se tivesse vontade.

— Não, espere. Fique vestida. Sua roupa é muito bonita.

Ele tinha um nariz soberbo, que deslizava suavemente por meu pescoço, e, com uma voz profunda, disse as palavras que fizeram Atlântida ressurgir sub-repticiamente:

— Eu gosto de menininhas.

Ele pegou minha mão e a colocou sobre sua coxa:

— Está vendo o que você faz comigo?

Eu estava montada nele e seu hálito tinha o cheiro dos homens de fora. Senti despertar em mim o desejo doentio de suas mãos em meu corpo habitualmente adormecido e, na base da coluna, uma coceira atroz e deliciosa, uma necessidade de ser possuída, em breve, não imediatamente, não assim; aquela sensação de estar viva, porra, tão viva, subitamente, sem relógio na cabeça, sem a menor noção de como aquilo terminaria, e a cena poderia ter durado para sempre se, enquanto eu acariciava humildemente seu pau com minha bochecha, contendo meus gemidos de desejo, não tivesse ouvido aquela mesma voz, cheia da violência dos homens de pau duro:

— Me chupe assim, sem camisinha.

E foi *assim* que voltei a ser puta. Senti como se um balde de gelo tivesse sido jogado em minhas costas e tentei manter uma polidez fria de gueixa para explicar que estava fora de questão. Subitamente, fui coberta por uma chuva de detalhes profissionais, *Eu não o conheço, ele não tomou banho, ele tem um ar estranho.*

Querer ser chupado sem camisinha nada tinha de estranho. Era seu rosto que me incomodava. Sua maneira de insistir e insistir, a ponto de só restar de meu desejo uma vontade tão grande de arranhá-lo que fiquei inquieta. Um instinto, que não tinha nenhuma relação com as coisas que se aprende em um bordel — um instinto de mulher —, dizia que já não era possível confiar nele.

Não sei exatamente quando percebi que era ele. Sem dúvida foi um conjunto de coisas: a obsessão pela idade e a brutalidade contida de suas palmadas, como se ele estivesse se segurando para não usar os punhos. Eu estava fascinada pelo que via passar por seu rosto rapidamente, fascinada e aterrorizada. Eu me dizia que o momento no qual já não conseguiria mais suportar se aproximava rapidamente. Ele parecia um cão prestes a morder, a destroçar, e eu lá, estupidamente feliz por não estar entediada. Nós dois parecíamos mais estar brigando que fazendo amor: fui sacudida de todas as formas, meu cabelo foi puxado e eu estava esmagada sob o peso dele, ainda no controle, mas persuadida de que não estaria por muito tempo — como uma onda devorando um dique inteiro e, por mais que eu recuasse e recuasse novamente, também acabaria sob ela.

Meu erro foi crer que poderia contê-lo com aquilo que tanto o excitava: minha suposta juventude. Sua maneira de repetir, entre o maravilhamento e a cólera, *Você é tão jovem, você parece tão jovem, parece uma menininha*. Eu ria para mim mesma, consternada com essa obsessão com a juventude dos homens que veem a sua própria desaparecer lentamente, e via nesse capricho uma evidência benigna — até que um tapa estrondoso me tirou de meus devaneios.

Atordoada, eu me ergui sobre os cotovelos, prestes a protestar, mas um segundo tapa me derrubou novamente contra o travesseiro, presa embaixo dele, que me observava, com o rosto colado no meu, respirando os vapores de minha cólera:

— Você quer fugir? Tente. Tente, putinha, tente.

Não dei a ele o prazer de tentar, porque sabia ser impossível. Esse sujeito que eu poderia ter derrubado com um empurrão enquanto estávamos vestidos havia tirado não sei de onde, ao ficar nu, uma força titânica. Ele lambeu minha bochecha, demoradamente, e eu o odiei por isso, mas nada pude fazer com esse ódio.

— Você não pode fugir — continuou ele —, porque é muito pequena. Posso fazer o que quiser com você.

Ri na cara dele, mas ele não deu bola. Ele estava dentro de mim, imóvel, com os olhos voando sob as pálpebras.

— Você parece ter 16 anos. Diga que tem 16 anos.

Como não respondi, estupefata, ele me deu um tapa que me teria feito avançar sobre ele, com os dentes à mostra, se conseguisse me mexer. Ele deve ter sentido, porque segurou meu queixo, subitamente tendo no rosto uma tristeza impossível de descrever:

— Você pode se vingar. Pode bater em mim também. Eu sei que sou doente, eu sei. Diga que tem 16 anos — gemeu ele, em um tom miserável.

Eu só conseguia ver um sujeito infeliz, perto dos 50 anos, que poderia passar por 35, se não fosse o belo cabelo salpicado de branco e aquela necessidade lastimável de afirmar sua autoridade sobre uma garota muito jovem porque as mulheres eram mais fortes e inteligentes que ele. Meu papel não era reeducá-lo, mas participar do jogo. Desde que ele não me batesse novamente, não havia ali nada de muito difícil. Mordi os lábios e repeti, perto de seu ouvido:

— Eu tenho 16 anos...

Eu o senti estremecer entre minhas coxas, já não vingativo, mas todo doce em função da embriaguez de ouvir tal aberração; doce como um homem que faz amor. Foi nesse momento que retornaram em mim a malícia e a curiosidade:

— Tenho 15 anos...

Ele deu um gritinho, como se eu tivesse tocado um lugar particularmente sensível em seu cérebro, e, meio hesitante, retomei minha descrição langorosa:

— Tenho 14 anos...

Eu me revi nessa idade, toda rechonchuda e imbecil, de aparelho na boca, e revi também aquele tipo de homem, entre a multidão que vai buscar os filhos na saída da escola, de pau duro e com um ar de quem acabou de cagar nas calças:

— Tenho 13 anos...

Cheguei aos *11 anos* antes de chocar a mim mesma, porque ficou evidente que poderia chegar aos *6* antes que ele perdesse a ereção e, mesmo assim, eu não tinha certeza. A única certeza era que eu insuflara em seu desejo um sadismo suplementar. Ele se levantou bruscamente e me segurou pela garganta. Como seus olhos começaram a me dar medo, tentei rolar para fora da cama. Mas ele me agarrou pelo cabelo e me jogou no chão, insensível aos chutes que eu dava cegamente. Eu o ouvi cuspir em meu cabelo que eu era somente uma puta, uma puta suja, e que ele podia fazer comigo o que quisesse. E, antes que eu pudesse conceber a ideia de esticar a perna para machucar o lugar que certamente o faria parar, uma chuva de tapas caiu sobre meu rosto. Baixei os olhos para meu macacão de seda todo rasgado e vi, como se realmente tivesse assistido, Svetlana saindo do quarto às lágrimas; imaginei a expressão contrita daquele cara ouvindo as reprimendas da *Hausdame*, e essa visão tinha tal clareza que só podia ser ele. Não havia nenhuma dúvida, pois eu mesma me sentia à beira das lágrimas; lágrimas de raiva, de uma raiva pura e assassina, causada pelo fato de ser espancada e a ideia de que ele expulsara uma garota do bordel mais seguro de Berlim e imaginava ter suficiente impunidade para voltar ao local do crime menos de uma semana depois. E que tal coisa pudesse acontecer comigo! Comigo, que claramente tinha mais de 19 anos e experiência demais para ser levada à beira das lágrimas por esse tipo de situação. Se eu me senti assim, nem quero imaginar a tempestade na mente de Svetlana. Eu a vi se defendendo como eu pensara ser possível fazer, e depois percebendo, pouco a pouco, que não havia *safe word* capaz de conter aquele tipo de desejo, assim como não houvera acordo mútuo sobre os tapas ou sobre o clima doentio de pré-assassinato. Que não se tratava de um cliente teatral fácil de satisfazer, mas de uma espécie de animal selvagem enlouquecido pelo peso de suas próprias garras. Pensei que, de tanto repetir *puta*, ele deve ter convencido Svetlana, arrastando-a para sua fantasia contra a vontade dela, e que, sob os golpes, ela deve ter se sentido subitamente tão sozinha, tão pequena ante a constatação de que isso *também* era o bordel, a prostituição, e que uma coisa assim jamais teria lhe acontecido no mundo normal. De modo geral, a palavra *puta* pertence inteiramente a nós; não a ouvimos da boca dos clientes ou só a ouvimos raramente, no ponto mais alto da febre. Mas, para os homens, ela é tão blasfema que eles se desculpam abertamente depois de terem gozado. Com ele era diferente. Sua maneira de pronunciar a palavra também me colocava ante a minha condição, e se tratava de uma condição pouco invejável, pois autorizava esse tipo de relação. Subitamente, tive a impressão de ter escrito páginas e páginas de mentiras, e que aquele homem chegara como um anjo da morte para restabelecer a verdade: escreva o que quiser, embeleze as coisas o quanto quiser, mas uma puta permanece sendo uma puta, e você sabe o que é uma puta? Sua profissão é se calar quando uma garota normal exigiria respeito. Uma garota normal me expulsaria daqui a pontapés, mas não você; você fecha a porta suavemente e me deixa comer você e bater em você. E, quando eu terminar, você agradecerá e se lamentará como todas as outras, porque estará cheia de marcas roxas e isso certamente merece um pequeno valor adicional — e por que não, se é assim que eu quero? O que você pode fazer? Você dirá a suas colegas putas para não me aceitarem como cliente, mas e daí? Há muitos bordéis em Berlim nos quais ninguém me conhece, nos quais posso persuadir garotas mais jovens que você de que essa é a vida que elas escolheram, que ser puta é isso.

Pensei no Manège, pensei em tudo que minha proverbial consciência profissional me levara a fazer sorrindo até ali, sem jamais me impedir de dormir tranquilamente à noite, tudo que eu tolerara dizendo a mim mesma que assim meu livro seria mais divertido ou interessante; pensei em tudo que vivera fora do bordel e que jamais suportaria hoje em dia: tudo que aceitei porque era jovem, gentil e queria agradar. Retornaram-me lembranças de todos os jugos de todos os homens que amei, mesmo que por somente um instante, ao ponto de esquecer como eram pesados. Pensei em Jules, meu novo namorado, se ele me quisesse. Pensei nas horas passadas na Maison para juntar dinheiro para viajar para a Nova Zelândia, e na soma miserável que recompensava a paciência que eu agora demonstrava. Pensei em Stéphane e em como contar a ele que eu deixara um homem me agredir porque ele pagara e eu não pudera me defender. Eis uma história que resumia toda a condição das putas, e eu devia realmente ser uma puta, pois estava participando dessa história — e isso não era nem um pouco engraçado. Eu me perguntei quanto valia, em termos financeiros, o fato de não poder contar nada a minha melhor amiga ou ter de me calar sobre uma experiência ruim ao falar com meu namorado, que me esperava a milhares de quilômetros dali. Pensei que, se conversasse sobre isso com Stéphane, ele ficaria com medo por mim, ele sentiria o cheiro de meu medo, e isso não tinha nada de inteligente, sexy ou divertido. Pensei que eu não podia interpretar eternamente uma puta, era preciso que eu fosse uma, com tudo que isso implicava em termos de abnegação e sacrifício; mas, pelo amor de Deus, não! Fora de questão!

Seu último tapa atingiu o vazio, porque eu escapara de seus braços, deslizando sobre o piso graças a meu macacão. Eu gritei:

— Não! Não! Puta merda!

Imediatamente ele se enrodilhou sobre si mesmo, com um ar insuportável de arrependimento. Eu me levantei, meio trêmula, observando o quarto florido, meu macacão preferido reduzido a trapos, a música adocicada nos alto-falantes.

— Quem você pensa que é?

Silêncio envergonhado de uma criança que mordeu a outra.

— Na bunda eu até gosto; umas palmadas, tudo bem, mas bater em uma garota desse jeito? Você é louco!

Minha cólera atingiu novos ápices quando percebi que realmente estava a ponto de chorar. Mesmo estando novamente de pé, indignada, eu permanecia aos olhos dele uma puta subitamente consciente de que não recebera o suficiente para ser espancada. Não uma mulher ofendida, não: uma puta temendo por seus instrumentos de trabalho. E, no fundo, isso *também* era verdade.

Ele estava lá, de joelhos, desalinhado, com o pau teso contra a barriga, devorando com o olhar a garotinha espancada que se erguia contra a onipotência do Papai. Adorando as lágrimas que eu retinha. E se jogou a meus pés:

— Eu não queria machucar você; não pensei que estivesse machucando você!

— E quando eu pedi para parar? E quando tentei fugir?

— Você não me pediu para parar.

— Não encoste em mim. Se você encostar em mim mais uma vez, eu arrebento sua cara. Entendeu?

Acendi um cigarro. Ele se levantou cambaleando e se sentou na outra ponta do sofá. É incrível como se parecia com o primeiro homem que amei, a quem jamais teria ousado dizer não. Não nesse tom, não desse jeito.

— Sinto muito — suspirou ele, acanhado. — Posso fazer alguma coisa para me desculpar?

— Pode ir embora.

— Eu vou.

— Ótimo.

Ele fechou a braguilha, vestiu os sapatos e o longo casaco. Logo antes de eu fechar a porta, perguntou:

— Posso voltar para ver você?

Eu já não estava no mesmo estado de fúria e retornara sabiamente a meu lugar, fora de meu corpo, com meu motor funcionando a toda velocidade.

— Prometo que serei gentil.

— Não insista, ou vou fazer alguma coisa realmente ruim.

— Pode fazer. Sei que mereço.

Ele foi embora; em sua maneira de olhar diretamente à frente havia uma tristeza, alguma coisa tão desesperada, que soube que o veria novamente se ele voltasse — porque agora eu sabia que era Ele.

Eu nada disse às garotas ao descer. Thaïs, vendo meu rosto vermelho e minha falta de fôlego, perguntou se eu havia gozado; sem dúvida era o caso dela, porque acabara de sair dos braços de um cliente regular que reservava uma hora para enfiar a cara entre suas coxas. Não consigo explicar o que senti então. Acho que nada; já estava escrevendo. As imagens das horas precedentes desfilavam por minha mente com uma precisão exasperadora; eu tinha vontade de telefonar para a proprietária e colocar uma boa e velha *Hausverbot* [ordem de banimento] naquele sujeito — não, de deixá-lo voltar, deixá-lo fantasiar sobre a surra que me daria, e então dizer não. *No que me diz respeito, e também para as outras, meu camarada, jamais coloque os pés nesta casa novamente.* Antes disso, eu teria avisado às garotas, pronta para pendurar no quadro de nosso salão a ficha descritiva mais exaustiva possível, a fim de que jamais, qualquer que fosse a soma oferecida, ele pudesse colocar as mãos em alguém da Maison. Eu teria especificado que era ele, o cliente de Svetlana. Teria espalhado a notícia pelas casas vizinhas, onde ele certamente tentaria ser atendido, se já não o fizera. Se já não conseguira seu orgasmo frustrado entre as coxas feridas de uma pequena polonesa que acabara de fazer 18 anos.

Agora que recuperei a calma, esse antigo cliente de Svetlana apresenta meu primeiro dilema verdadeiro em um bordel. É um novo suplício, e estranhamente profundo, decidir se um cliente assim é administrável ou não, em comparação aos debates que me inquietam habitualmente, como decidir se vou rever Walter porque ele sempre tenta colocar um dedo no meu cu mesmo que eu diga não, ou Peter, porque seus teatrinhos constantes estilhaçam minha paciência em mil pedaços impossíveis de colar. Esses dois, e a maioria dos outros, não representam nenhum problema moral; não há neles nada que possa assustar legitimamente uma mulher honesta — e, o que quer que ele diga, Peter deveria conversar com a mulher sobre suas fantasias, pois isso evitaria que gastasse todo seu salário no bordel. O mesmo vale para Walter, que volta por ociosidade e, provavelmente, preguiça. Fundamentalmente, não é para homens assim que o bordel é útil. Ou, em todo caso, não é assim que vejo as coisas. O bordel foi criado em uma época na qual havia somente putas e mulheres honestas, e nele era possível exigir coisas capazes de destruir um casamento ou levar ao enforcamento público. Os viúvos amenizavam ali sua solidão, é verdade, mas o bordel era também, e acima de tudo, um lugar concebido para proteger as esposas das invenções extravagantes de homens cujos paus, quando duros, dominavam o restante dos órgãos internos. Basta ler Sade! Nos milhares de histórias que ele relata ou inventa, encontram-se fantasias que fariam a de meu cliente parecer beata; em *Os cento e vinte dias de Sodoma*, uma das *historiadoras* (olha que bela palavra) narra sua visita à casa de um notável quando era muito jovem: ninguém a avisara de nada, ela fora colocada em um cômodo escuro no qual, após longas horas de espera, entraram apressadamente criados vestidos de fantasmas e munidos de chibatas; entrementes, o dono da casa se masturbava freneticamente ao ouvi-la se jogar contra as paredes e uivar de medo — ela fora prodigiosamente paga por isso. No momento em que conta a história, ela tem 50 anos e alguns dedos e dentes a menos, arrancados por um cliente em troca de uma soma muito considerável. Não há nenhuma dúvida de que essa narradora é mais a inatividade de Sade que ele mesmo; é difícil imaginar como anos de prisão modelam a imaginação de um homem. Mesmo assim, existe aí um fundo de verdade: o bordel sempre teve a vocação de ser um espaço de liberdade, por mais ultrajante que essa liberdade possa parecer. E a resignação e a paciência das putas sempre as levaram a sufocar sua indignação aumentando o volume. Ainda é o caso hoje em dia, mesmo agora, quando as putas quase são consideradas cidadãs normais, tendo o mesmo direito inalienável de dizer não.

Não é que ele exija o impossível: querer uma garota que seja ou pareça muito jovem não causaria nenhuma reação em uma puta, a menos que ela fosse velha ou estivesse de mau humor. Forçar a barra, pedindo a uma garota de 25 anos que murmure que tem 11, é *borderline*, moralmente inaceitável, mas, para determinar isso, seria necessário um debate que não tem lugar no espírito pragmático de uma puta no meio de seu turno. Atender à fantasia de algumas bofetadas também é possível. É bem verdade que, na Maison, somos exigentes e mimadas, e ele teria poucas chances de encontrar uma voluntária. No entanto, imagino que haja lugares nos quais, por um bom dinheiro, seja possível agredir uma garota, chamá-la de puta, fazê-la interpretar uma menininha e ser chupado sem camisinha. Deve ser mesmo possível estapeá-la, e com força, se isso for combinado antes.

Mas a delicadeza de combinar *antes*, em virtude do fato de que uma puta ainda é uma mulher, que é um ser humano, que tem direitos que nenhuma remuneração pode alienar, não é uma perversão do bordel operado no século XX, nesse movimento de respeito devido a tudo que se move, respira e se comunica?

O que motiva esse homem é justamente pegar a garota de surpresa, e é aí que está meu dilema: eu entendo. Seu prazer é ter a aparência de um homem normal que veio depositar seu óbolo seminal nessa caixa coletiva e ver o medo aparecer pouco a pouco nos olhos da mulher, observar a máscara profissional que, ao escorregar, revela o verdadeiro rosto da puta, com a puta sendo sempre apenas uma garota com medos e repulsas análogos aos de suas semelhantes. O fato de ele se saciar com os punhos, por mais primário que seja, é somente uma tentativa de humanizar as máquinas de sexo representadas pelas putas.

Exceto que já não se trata de dinheiro; nenhuma garota aceitaria ignorar até onde o cliente pretende ir. Para uma puta, é horrível estar presa no momento. Não poder imaginar o fim, qualquer que seja ele. Se o cliente formulasse claramente *Eu quero dar um soco na sua cara* e obtivesse permissão, isso seria desconcertante, mas ela saberia o que esperar. Mas esse homem não tem nenhum controle depois que fica de pau duro, e é por isso que nem sequer pensa em avisar antes, pois nem ele sabe o que vai acontecer. Não sabemos como desemaranhar essa trama confusa que é seu imaginário sexual; nele se encontram tanto garotas muito novas quanto putas; elas são ao mesmo tempo vadias e eminentemente castas; são totalmente submissas, mas capazes de se voltar contra ele; poderiam se vingar, mas têm medo, um medo terrível, e com razão, porque terminam espancadas... Talvez ele sinta, ao transar, a que ponto seu ideal é obscuro e inacessível, quão frustrante é esse desejo informe cuja única encarnação discernível tem o cheiro e a cor do sangue. Ele tem mil cenários em mente, e o que os une é bater, coagir, gritar, esmagar, sem que saibamos se é a frustração que cria esse atalho, se esse é seu apogeu ou se, ao contrário, ele bate para não fazer algo muito pior.

Nada é impossível no bordel; em teoria, ele é a válvula de segurança que protege o homem do constrangimento, da necessidade de se justificar e, acima de tudo, da prisão. Já há algumas décadas, é a pornografia que preenche esse papel: há na internet ao menos 1 milhão de filmes mostrando o que esse sujeito deseja, ou seja, garotas massacradas por homens. E não é preciso procurar muito; aliás, nem é preciso procurar. A página inicial de meu site favorito fervilha de títulos inequívocos, sem necessidade de palavras-chave; trata-se de um campo lexical que parece gerado pelo próprio computador. Porém, se queremos filmes românticos, uma transa entre pessoas que se amam, aí é preciso recorrer a truques semânticos, e que truques! Boa sorte para quem quiser encontrar um único filme que não trate de partir ao meio, destruir, estourar, explodir, sujar, tratar como pedaço de carne, cobrir de porra, mijo ou merda, estrangular, sufocar, abusar, violentar... Em contrapartida, os filmes amadores, que conseguem o prodígio de ser ao mesmo tempo os mais excitantes e os mais ternos, são obras de estúdio nas quais atrizes pornô claramente cansadas de interpretar estudantes corrompidas fingem, contra toda lógica, ser putas. Assim, nós atualmente nos masturbamos diante de uma metaputa interpretando uma puta e, portanto, uma profissional para quem a excitação é fingida; nós nos masturbamos diante de uma garota que não tem vontade interpretando uma garota que tampouco tem vontade, mas que é paga e, portanto, não tem voz na questão. E é fascinante ver essas caretas de falso desejo e resignação, esses gestos reflexos que consistem em separar as nádegas com as mãos e gemer *ai, ai* enquanto os olhos, livres em suas órbitas, vagueiam de cima para baixo e da direita para a esquerda, triando pensamentos íntimos que têm por objetivo último o fim de toda essa gesticulação. Como se, após ter sugado toda a substância das histórias nas quais uma estudante ou mãe de família respeitável leva uma surra e pede mais, o imaginário masculino tivesse se resignado à docilidade de uma puta à qual se pode fazer tudo isso por uma soma não muito alta. É simples assim, deprimente assim. Não preciso explicar o que isso diz sobre o mundo em que vivemos. Talvez esses filmes sejam um mal necessário, a ocasião de expulsar fantasias de violência e dominação, e talvez, graças a eles, tanto as mulheres normais quanto as putas não precisem administrar tanta brutalidade quanto antes, quando a tecnologia ainda não tinha os meios de dar corpo a essas imagens passageiras.

Um homem aparentemente normal, mas ruminando pulsões que nada pode satisfazer ou amainar; um assassino de mulheres em liberdade que tenta se aproximar o máximo possível dos limites da legalidade ao apostar na vergonha que uma puta teria de conversar com a polícia. Para ir até onde? A que extremidade o levaria essa necessidade de espancar se o deixássemos fazer isso? Qual seria a etapa seguinte? Se o bordel já não consegue apaziguar essa tensão, se não se trata de uma tensão a apaziguar, mas de um instinto letal herdado da besta, isso significa que ele está preso, sozinho, com seu defeito de fabricação? Preso entre si mesmo e seu psiquiatra, entre a moralidade e essa voz dissimulada, murmurando em seu ouvido sempre que vê uma menina *Você acha que ela choraria se você lhe desse um tapa? Que sons ela faria? Ela soluçaria ou tentaria abafar o som no travesseiro, rezando para que você terminasse logo?*

E penso em minha irmã. Passo diante da escola perto do metrô e vejo todas aquelas meninas cintilantes de vida, com seus belos dentes brancos e aqueles peitos que abrigam toda a esperança e toda a ternura do mundo, sem um grama de desconfiança pelo gênero humano. Tentadoras, sedutoras e de uma ignorância imensa em relação a sua própria beleza. Cheias de olhares sedutores dirigidos a ninguém em particular, dirigidos a todos, mas que um homem assim, vagando pelos arredores, captaria e consideraria pessoal. E como resistir à tentação de conduzir um velho pela língua quando temos 17 anos e uma necessidade tão grande de nos sentirmos belas? Penso em minha irmã, penso nessas meninas e, sobretudo, penso em mim mesma nessa idade. Como teria sido fácil me afastar das colegas para me passar a conversa em um café e me convidar para um encontro mais tarde, em uma hora mais escura, em algum quarto de hotel. Eu seria enganada com tanta facilidade! Guardando o segredo por bravata, teria me jogado de cabeça. E no momento em que, excitado, ele levantasse a mão, eu teria me convencido de que se tratava de um requinte próprio aos adultos e bravamente me deixaria espancar, orgulhosa demais para reclamar, para admitir o medo. Que presas fáceis são essas pequenas mulheres que riem alto demais, com uma alegria chamativa demais! Menos de 200 metros separam a escola do bordel, e o que me garante que, ao sair do metrô, ele não se fez essa pergunta? Se não houvesse bordel no qual se aquecer em toda legalidade, quem pode garantir que ele não se esfregaria nas garotas mais jovens, mais manipuláveis? Aposto que o único argumento capaz de o manter longe dessa escola ou de qualquer outra é a ideia de uma cela à sua espera em Berlim. E tudo que posso fazer é rezar para que essa ideia permaneça em um canto de sua mente ou que, um dia, ele tenha a mão pesada demais ao bater em uma puta e seja preso — e que essa puta não seja eu.

"Ballrooms of Mars", T. Rex

Não há grades nas janelas. Não há ferrolhos nas portas. Somente maçanetas a girar e, em seguida, o pátio, a rua, o mundo. As que querem partir podem fazê-lo, a Maison não as impedirá. E frequentemente elas retornam. As deserções inesperadas e as desistências no meio do turno poderiam ter incitado a proprietária a adotar medidas severas; isso é moeda corrente na profissão. Muitos estabelecimentos exigem das garotas a mesma confiabilidade de um salão de beleza ou um restaurante — mas não este.

No início, quando me sentia mal ou o sol brilhava, eu bombardeava a Maison com excelentes desculpas: menstruação, uma inflamação na garganta, a família que chegara, o metrô que não estava funcionando... Assim que a mensagem era enviada, eu ficava petrificada de culpa, imaginando Inge ou Sonja dando um longo suspiro e cancelando, um por um, todos os meus programas, obrigadas a anunciar aos clientes que, mais uma vez, eu faltara. Até o dia em que uma delas respondeu por SMS: "Querida Justine, quando você falta, é desnecessário explicar por quê. Basta avisar que não virá."

Eu senti sua irritação por ter de escrever uma mensagem comprida em meio ao caos, atendendo a todos os quartos ao mesmo tempo, quem deve entrar, quem deve sair, certamente com um de meus clientes andando de um lado para o outro no salão. Eu me sentia como no colégio, quando, tendo esquecido meu livro pela enésima vez, vi o professor dar de ombros em vez de se irritar, com ar de quem lavava as mãos. Fora bem pior que uma reprimenda. Entendi mais tarde, sem dúvida ao pôr do sol, na hora em que deveria me despedir e voltar para casa saltitante, plena da alegria dos homens e do riso das garotas, que, a despeito da irritação, havia nessa mensagem mais benevolência que a merecida por minha má-fé. Eu lera *Tudo bem, mentirosa, falsa, fique em casa sem fazer nada* quando deveria ter lido *Sabemos que há dias nos quais é demais, o homem em cima de você, as conversas sem fim, as malditas exigências. Você provavelmente se sente bem, não tem dor em parte alguma, mas, se fosse obrigada a vir, terminaria de mau humor e os clientes perceberiam — mas não damos a mínima para os homens; o que conta é que aqui queremos que você seja livre. Então não perca tempo demais se justificando; basta nos avisar.*

O que, no terraço do restaurante onde eu e minhas irmãs nos empanturrávamos, esvaziando garrafas de Chianti no calor gostoso de uma noite de verão, fazia com que eu me sentisse ainda mais culpada. Aquele lugar decididamente era bom demais para mim. Ele satisfazia meus instintos mais baixos, entre eles o de só trabalhar quando tinha vontade. Aquele lugar considerava, ao contrário de mim, que não exercíamos uma profissão qualquer. E que, para bem exercê-la, mesmo que isso significasse testar a paciência de certos homens, a dama precisava estar disposta. Se ela desmarcasse com muita frequência, eles sem dúvida acabariam procurando outra, mas a experiência me ensinou que jamais o fazem. Eles esperam. Várias semanas, se necessário — mas eles voltam. Quanto mais uma garota foge deles, mais eles precisam dela. Sem contar os que, fartos de serem mandados embora de novo, perguntam à *Hausdame* se eu existo ou se Justine é somente uma invenção para atrair clientela.

Certas *Hausdamen* contêm seus comentários ácidos; essa magnanimidade lhes foi ensinada pela proprietária. E, na última noite da Maison, a noite em que Désirée está lá, cercada como um guru por mulheres que há vinte anos gostam dela sem jamais tê-la visto, assim que ficamos sozinhas eu pergunto (e ao olhar para ela sinto o amor palpitar em meus olhos, e sinto que ela o vê):

— Como você fez para que a casa funcionasse sendo tão gentil? Onde você aprendeu essa benevolência pelas mulheres? Nenhum outro bordel permite o que temos autorização para fazer aqui.

— Mesmo? — surpreende-se Désirée, como se não conhecesse os outros estabelecimentos, como se não tivesse aberto suas portas a todas as garotas julgadas pouco confiáveis em outros lugares.

— Nenhum bordel que conheço deixa as mulheres irem e virem, escolherem seus dias e mudarem de ideia em seguida, cancelarem no último minuto e às vezes nem avisarem, sabendo que poderão voltar sem que ninguém as censure, ou então as censure muito brandamente. Isso não acontece em lugar nenhum. Rosamund, que agora está no T., foi despedida porque passou uma semana sem trabalhar, mesmo tendo avisado. No R., Lotte foi mandada embora porque ficou doente. E há todos esses lugares nos quais as garotas não podem dizer não a um cliente, nos quais são malvistas porque acham que quatro programas por dia são suficientes, porque não querem chupar sem camisinha mesmo recebendo extra... Elas são obrigadas a usar salto alto e maquiagem, e as *Hausdamen* decidem quando é o fim de seu turno... Eu preciso saber. Você trabalhou em lugares nos quais os chefes eram tão gentis quanto você, foi isso?

— Tão gentis quanto eu... Será que se trata realmente de gentileza? É uma questão de inteligência. Não que eu seja particularmente inteligente. Mas sei como é esse trabalho. Sei que não adianta correr atrás das garotas, policiá-las, censurar seu mau humor ou sua falta de confiabilidade. Um dia, uma garota que tem dez programas decide ficar em casa. Isso significa muito dinheiro, é verdade, mas, entre esses dez clientes, cinco escolherão outra garota, e essas garotas se apresentarão espontaneamente. No dia em que aquela garota voltar, ela terá outros clientes, ainda mais numerosos. Na verdade, não estamos perdendo dinheiro. Ele se reparte de outra maneira. E o lucro que temos com uma garota que não tem vontade de trabalhar... não acredito que valha a pena. Não se consegue nada de uma mulher à força. Além disso...

Désirée abraça o cômodo com o olhar, esse cômodo prestes a desaparecer. E vejo suas mãos que se tornaram quase inúteis, essas mãos que construíram tudo aqui, que decoraram e arrumaram tudo para que garotas que ela nem sequer conhecia, que jamais veria, se sentissem valorizadas, preciosas. Tenho vontade de chorar.

— ... acho que é preciso muito amor para trabalhar nisso. O meu. É preciso ter sido uma delas, claro. Antes da benevolência, antes do tino comercial, antes do bom gosto, é preciso amor. Ninguém pode trabalhar bem sem amor.

Penso em Romain Gary quando escreveu que, após o amor da mãe, temos a vida inteira a impressão de comer comida fria. Penso nas garotas agora espalhadas por bordéis medíocres da cidade que, sem dúvida, são mais bem decorados, mais caros, mas nos quais o pé-direito alto e o pessoal exalam um ar tão glacial que a elas nem ao menos ocorre a ideia de se aproximarem umas das outras para recriar essa ternura que, aqui, dávamos como certa. Órfãs. Ah, eu sei, sei bem como isso soa. Não importa. Somos menos de cinquenta a saber disso. Só havia um lugar que podíamos chamar de casa, mesmo que fosse um *bordel*, cujas portas estavam sempre abertas para nós. Todos os outros eram somente um lugar de negócios, sem o menor indício de poesia.

Que desperdício!

Fui trabalhar em um estabelecimento que as garotas haviam indicado durante nossas últimas semanas juntas. O ambiente já estava diferente, e a perspectiva de ficar sem trabalho tornara muitas delas cegas e surdas para o pesar que me consumia. Freneticamente, elas analisavam a lista de bordéis de Berlim. Aquele ali não parecia ruim. Fui até lá sem convicção e cheguei com morte na alma: ele fedia ao Manège, com as garotas parecendo aviões de caça, e era exatamente isso que procuravam os homens. Ingenuamente, quis me apresentar sem sapato e de meias pretas, mas a *Hausdame* proibiu categoricamente, e me vi, como dois anos antes, em uma mansão forrada de materiais nobres, usando escarpins desconfortáveis para cumprimentar um sujeito que queria apertar seios remodelados e ser arranhado por unhas de acrílico. A voz da revolta rugia em mim, em um alemão perfeito. *Bando de miseráveis, exigir que usemos salto... Usem salto vocês, se acham que toda a feminilidade se resume a isso, se acham que os homens querem garotas que claramente estão trabalhando.*

Terminei conseguindo um cliente, um regular da Maison. As dimensões pretensiosas do lugar, para nós que estávamos habituados a nossa cabaninha quente, a minha música, a nosso cheiro, literalmente nos esmagaram. Ficamos constrangidos e sem jeito, eu já não sabia onde estava o quê e o que devia fazer com aquilo. Quando ele foi embora e eu saí do quarto com os braços carregados de lençóis para colocar na roupa suja (lençóis brancos e ásperos de hotel em que se dorme mal), a *Hausdame* me chamou de lado:

— Notei que o quarto não está bem arrumado. Olhe aquela almofada, está torta. Sei que as coisas eram um pouco diferentes no lugar em que você trabalhava antes.

Diferentes? Você não faz a menor ideia, irmã.

Revi a Maison e o bilhete pregado no quadro de cortiça ao lado do banheiro, onde as garotas novas não poderiam deixar de ver: "Caras damas, aqui vocês são livres para escolher seus trajes, desde que não sejam excessivamente reveladores. Escolham o que lhes parecer melhor. Vocês podem se apresentar de salto alto, sapatilhas de balé, sandálias ou descalças, como uma elfa." Juro por Deus! Uma elfa!

Falo de um mundo no qual as putas podiam escolher ser princesas, elfas, fadas, sereias, garotinhas, mulheres fatais. Falo de uma casa que assumia as dimensões de um palácio e a doçura de um porto seguro. Agora, para as garotas, o resto do mundo é um abatedouro.

"Memory of a Free Festival", David Bowie

Não me lembro de lançar um último olhar ao que quer que fosse. Desde o começo, todos os meus olhares tinham a gravidade e a lentidão de uma despedida. Sempre fui embora da Maison persuadida de que, atrás de mim, ela desaparecia como em um sonho. Tanto que, na última noite, após a festa organizada na véspera da mudança, corri até o metrô, recusando-me a crer que aquela era a última vez, sem me demorar, porque as despedidas me revoltam.

Era difícil acreditar: todos os quartos estavam abertos e o ar suave de maio entrava pelas sacadas onde se reuniam as fumantes, já que havíamos reservado o salão para Désirée, cujos pulmões frágeis não toleravam fumaça. A música, muito alta, vinha de um pequeno aparelho instalado no jardim. Mais de cinquenta garotas haviam comparecido, todas as que eu conhecia e as outras, as míticas, cujos nomes ainda podiam ser lidos nos armários e nas listas, mas que haviam parado tempos atrás. Estavam lá minhas colegas, usando roupas normais, e mulheres elegantes, agora respeitáveis, vestidas para seu novo trabalho e que haviam comparecido por lealdade; porque, mesmo portadoras do status de cidadãs honestas, ainda traziam no coração uma imensa gratidão por terem vivido tão bem aqui, apesar do cansaço no final, apesar do desejo de serem normais, apesar da vontade de fazer esquecer que já haviam sido pagas para chupar caralhos. E essas mulheres de tailleur, assim que passavam pela pesada porta blindada, voltavam a caminhar de um jeito sinuoso; na luz púrpura do salão, seu rosto sábio tinha o ar de um disfarce de secretária projetado para excitar o executivo que não ousava dar em cima da sua própria. Annette, que era assistente em um escritório de advogados, olhava o jardim com olhos imensos, sem dúvida revendo aqueles cinco anos de sua vida como uma fantasia, um sonho realista que jamais contaria a ninguém.

Agora que o telefone já não toca, as garotas falam alto de coisas que não temem que os vizinhos ouçam. Procuro com os olhos por Pauline, que não virá, e encontro Hildie, que me segue para fumar um baseado na sacada do Amarelo.

— Foi aqui que tive meu primeiro cliente — diz ela sem olhar para o cômodo ainda mobiliado, com as cortinas fechadas. Ela olha para a sacada para a qual nunca saímos antes e, em frente, do outro lado da rua, para os apartamentos onde um sujeito de binóculos se escondia atrás das cortinas para ver corpos nus.

— É engraçado, ontem um cara me perguntou como foi com meu primeiro cliente. Quis responder alguma coisa fascinante ou chocante, algum súbito desdobramento de minha personalidade, enfim, o tipo de coisa que os homens imaginam. Mas a verdade é que não senti muita coisa. Ou realmente foi um choque e não me dei o luxo de ficar magoada ou enojada ou sou diferente das outras mulheres. Sei lá. Achei fácil. Fiquei surpresa por não me sentir suja. Alguma coisa me dizia que devia me sentir assim. Com meu primeiro michê, comprei meias e sapatos. O dinheiro me pareceu igual ao que ganhamos trabalhando.

Hildie parece refletir e sorri:

— Pareceu melhor.

Passei dois anos pensando que deveria me sentir suja, culpada, humilhada. Passei dois anos me perguntando de onde vinha aquela onda de alegria ao sair do metrô nos dias em que o sol brilhava tanto que seu reflexo nas janelas dos imóveis em volta da Maison me cegava. Passei dois anos maravilhada por ter aquela aparência principesca ao me ver refletida nas vitrines das lojas, por sentir meu corpo tão leve, por achar o mundo tão agradável e cheio de promessas.

Talvez fosse por ter tanto dinheiro. De viver dois anos sem que nenhuma consideração financeira pesasse sobre meu espírito. A única sombra em minha felicidade era aquela ausência de culpa, aquele orgulho, mesmo, e a ideia de que eu não era normal e estava destinada a jamais me inserir na sociedade. Eu tinha constantemente sobre os ombros o desdém e a comiseração irritada que o mundo sente pelas putas. Essa angústia não era minha, era deles.

Meu primeiro cliente... Se entendemos por *primeiro cliente* o primeiro cara com quem transei sem vontade, somente para agradar, é preciso ir muito mais longe que a Maison ou o Manège. Já nem lembro mais. Talvez seja por isso que, como Hildie, não tenha sentido choque ou repulsa quando me ofereceram uma vaga e um salário por minha resignação. Eu me lembro bem de meu primeiro cliente na Maison, que recebi ao lado do quarto Amarelo, onde Hildie estava ajoelhada na frente de um operário de obras. Foi na penumbra opaca do Lilás, um homem que alisava o bigode enquanto folheava a *Spiegel*. Ele queria uma cena de aluna e professor, e precisamos de algum tempo para nos entender, porque eu mal falava alemão. Ele não se importou e, muito pedagógico, articulou cuidadosamente as palavras para me fazer entender o jargão da submissão. Sim, ele era feio, concedo esse pormenor à multidão ávida por detalhes. Um homem pequeno e de bigode, ligeiramente careca, sem envergadura, mas muito simpático, usando uma aliança que não se deu o trabalho de tirar. A ideia de vê-lo nu ou ser possuída por ele não me enojava. O que me parecia constrangedor era o cenário ridículo (eu tinha de sair do quarto, bater à porta e fingir ser uma aluna que entregou o trabalho com atraso e merecia um corretivo).

Mas fiz. E isso não me impediu de, mais tarde, comer um sanduíche de ovos e ler quarenta páginas de Nicholson Baker, nem de dormir como uma pedra na noite seguinte. É esse o problema? Eu deveria ter perdido a vontade de comer e beber e tido pesadelos horríveis? Deveria ter me olhado no espelho dizendo *Eis o que você é, uma puta?*

Jamais, em dois anos, tive esse tipo de pensamento. Estou consciente de que as coisas teriam sido muito diferentes se eu tivesse ficado no Manège. O que faço aqui não é uma apologia da prostituição. Se faço apologia, é da Maison, das mulheres que trabalhavam lá, da benevolência. Não se escrevem livros suficientes sobre o cuidado que as pessoas dedicam a seus semelhantes.

Se só muito raramente senti desprezo ou ódio por *elas* — no fim do turno, quando estava de mau humor, menstruada ou simplesmente à flor da pele — é porque partilho com os homens essa obsessão pelo corpo das mulheres, pelo desejo — mesmo fingido — das mulheres. Essa corrida sem fim atrás do pau é exatamente a que conduzi durante toda a vida atrás de minha boceta, sem esperança de entender. Esses homens não são mais patéticos que eu. Eu procurava a mim mesma nos olhos deles, ao passo que eles meramente satisfaziam uma necessidade física.

"Essa é a parte mais difícil. Hoje, tudo mudou. Não tem mais nada acontecendo. Espero que isso passe, como todo mundo. Não consigo nem comer direito. No dia em que cheguei, pedi fettuccine à marinara e recebi miojo com ketchup. Eu sou um ninguém. Terminarei a vida como um caipira", como diria Henry Hill em *Os bons companheiros.*

Nosso humor. Também era isso que eu amava. Que minhas piadas sexuais, que habitualmente causam frieza, fizessem tanto sucesso junto às garotas. Na cozinha, Betty, Delilah e Hildie, entre o riso e a náusea, ouvem-me descrever o cliente inglês que me abordou pela manhã com ideias sobre *strap-on.* No mundo externo, eu teria precisado de uma longa preparação antes de poder usar essa palavra, mas aqui ela sai tão facilmente quanto uma conjunção coordenativa e não vejo sequer uma garota franzir as sobrancelhas ou estremecer, pois todas já tiveram ao redor da cintura essa cinta peniana de nylon preto e esse falo translúcido, esse colega supranumerário. Encorajada pela benevolência delas, conto o restante da história, de como trabalho desajeitadamente no sujeito sem ousar olhar no espelho, meio envergonhada com o fato de minha companhia inspirar nele esse tipo de fantasia, e não a de simplesmente me possuir. É isso que ele rumina desde a primeira vez em que nos vimos? Mesmo? É disso que tem vontade ao me ver de cinta-liga e meias de seda? Estou envolvida em minhas reflexões, espantada de ainda me surpreender com a bizarrice dos homens, quando percebo, pasma, que estamos literalmente cobertos de merda — e, agora que escrevo para ouvidos castos, isso evidentemente soa mal; seria preciso que eu esquecesse por um instante que dois anos se passaram e o restante do mundo esquece lentamente quem era Justine e quem é Emma.

— Eu me afasto para recuperar o fôlego e percebo que há merda por toda parte; no dildo, na bunda do cliente, nos meus dedos...

Betty guincha, com a boca cheia de presunto e queijo, Hildie se afoga com o cigarro e Delilah, com os belos caninos brilhando entre o vermelho dos lábios, repete *Ah, meu Deus; Ah, meu Deus; Ah, meu Deus.* Era exatamente o efeito que eu queria.

— Sinto um momento de pavor quando entendo que ele não se deu conta, ele não viu nem sentiu nada; pior ainda, ele começa a se virar para se deitar de costas, porque quer continuar, e eu balbucio *Eu vou lavar as mãos. Você não quer passar no banheiro?* O sujeito responde *Não, tudo bem, espero você aqui.* Então corro até o banheiro. Estou tão sufocada que nem tenho vontade de vomitar, mas estou coberta pelo cheiro quente de merda, e me pergunto como é possível que ele não sinta. Há merda na colcha, nas almofadas. A verdadeira pergunta é como foi que não percebi antes. Eu estava tão perdida em meus pensamentos que nem notei... Em resumo, eu me limpo, limpo o dildo e volto para o quarto persuadida de que, nesse meio-tempo, ele se deu conta do desastre. Até espero que tenha ido embora, mas não, ele está lá. Felizmente, só faltam cinco minutos e eu pergunto novamente se ele não quer tomar um banho. Ele repete que não, e eu o vejo pegar a calça — será que é para valer? Ele realmente vai colocar a roupa e voltar ao trabalho com o cu cheio de merda? Mas, na hora de colocar a cueca, ele fica imóvel. Ele entende, embora tente se manter impassível, e diz, finalmente, que vai dar uma passadinha *rápida* no banheiro. Quando sai, ele não sabe o que dizer, está com vontade de sumir e provavelmente nunca voltará. E, vejam bem, o sujeito nem ao menos deixou uma gorjeta.

— Se deixasse gorjeta — responde Betty —, significaria que ele sabia.

— Mas como poderia não saber?

— Se ninguém tocar no assunto, é como se nunca tivesse acontecido. Ele sem dúvida achou que, se deixasse gorjeta, você pensaria que ele tinha previsto isso.

— E quem diz que não previu? Eu acabei por acreditar que ele sabia o que estava acontecendo. Não era uma manchinha residual, do tipo "tomei minhas precauções, mas sempre há um risco". Era *muito*. Muito, do tipo "estava com vontade de cagar quando cheguei". Do tipo "sabia que isso ia acontecer e talvez quisesse, mas não ousei pedir". Quer dizer, a gente não faz esse tipo de coisa aqui, faz?

— Pode acontecer — responde Delilah —, mas no Estúdio, por causa do linóleo, e o cliente deve pagar ao menos o dobro.

— Sim. Geralmente, a *Hausdame* os envia ao B. para essas coisas — diz Betty. — Eles têm o equipamento necessário por lá e, acima de tudo, as garotas estão acostumadas. Justine, por que você não deu uma bronca nele?

— Eu estava com vergonha por ele!

— Entendo — diz Hildie. — Eu também não teria dito nada.

— Se ele quisesse isso, teria dado mais dinheiro para continuar.

— A menos que aquilo que realmente o excitava fosse me pegar de surpresa.

— Talvez ele tenha acordado com vontade de dar o rabo — diz Hildie —, tenha feito um enema em casa, mas tenha exagerado ou saído cedo demais, e ainda ficou água lá dentro. Já aconteceu comigo.

— É possível. E ele não deixou dinheiro a mais porque estava perturbado com a ideia de dizer *Sinto muito pelo que aconteceu, tome aqui 100 euros, isso não vai se repetir.*

— Minha gorjeta é que ele vai pensar nisso a tarde inteira, horrorizado. Minha verdadeira gorjeta foi aquela conversa.

Talvez exista um humor de bordel e, desde o início, esse fosse o público a mim destinado. Recentemente, eu falava de meus impostos com uma colega e mencionei o limite de 18 mil euros que é preciso não ultrapassar para evitar uma mordida ainda maior do *Finanzamt.*

— 18 mil euros *por mês?*

— Por ano! — especifico, meio lisonjeada que ela possa achar que eu ganhava tanto dinheiro. — Você consegue imaginar 18 mil por mês? Eu poderia fumar muito mais!

Silêncio tumular. Quase consigo ouvir Delilah e Hildie rugindo de rir. Talvez eu vá precisar para sempre, em um canto de minha mente, de meia dúzia de putas hilárias sempre que uma piada horrível me ocorrer — o que acontece com frequência.

Trata-se da mesma colega que leu o primeiro esboço deste livro e me disse que, no fundo, achou tudo muito triste. Eu estava muito deprimida naquele momento e tinha tanta necessidade desse feedback quanto de uma corda e um tamborete. Eu o reli com cuidado, tentando compreender o texto com o espírito de alguém que só teria sobre as putas um olhar inocente, o olhar que eu tinha ao começar. E continuei a rir nos mesmos lugares, com a impressão de transcender exatamente o que ela deve ter julgado triste. Por muito tempo, por meses depois disso, fui impedida de escrever pela ideia de que tudo isso só parecesse engraçado para mim. Ou que, se havia aqui alguma forma de humor, ele era muito negro, como o mau gosto necessário, catártico, do legista que coloca uma bolinha de gude na garganta dilacerada de um cadáver. Malgrado minhas tentativas desajeitadas de fazer rir, o restante do mundo provavelmente continuaria a ver somente o horror em estado puro, o comércio de párias com outros párias — e eu sonhava em perguntar a essa colega, porque essa era a única coisa que realmente contava: *Você quer dizer que dou a impressão de querer que me amem?*

Como se não fosse evidente.

Após me enrolar em minha soberba de escritora e decidir que eu era engraçada e que o mundo inteiro podia ir se foder diante dos espetáculos de Kev Adams, parei de escrever por causa de minha família. Prefiro contar antes que alguém pergunte: sim, eu pensei neles. Sim, pensei neles o tempo todo. Não, eu não matei meus pais, ok? Deus sabe que tentei, mas eles claramente são imortais. Ah, os suadouros que tive, que tenho ainda, quando essa ideia flutua em minha mente depois de ter fumado um... Durante o dia, com o estômago vazio, tenho um senso de missão que me permite varrer meus escrúpulos com um movimento belicoso da mão, mas, à noite, a bunda mole que sou por trás de minha aparência corajosa começa a esmorecer. Tenho o pressentimento de que, se enviar este manuscrito a algum profissional do ramo, meu braço, meu ombro e finalmente meu corpo inteiro ficarão presos em uma engrenagem de proporções indizíveis. Do momento A em que eu clicar sobre "enviar" ao momento B no qual meu pai disser, impassível, que realmente foi um excelente investimento pagar por meus dez anos de estudo em uma instituição católica, vejo somente uma queda pontuada por vãs tentativas de me esconder atrás do conceito de romance, acrescentando à infâmia o ultraje de não ter coragem de assumir meus atos. Não há como me esconder: essa ideia retorce minhas entranhas até o momento em que consigo dormir. Ao acordar novamente, essa covardia, esses estratagemas imaginados para diminuir o choque inicial me revoltam: por que eu deveria me esconder? Sinto orgulho do que fiz. Fui feliz na Maison. Adorei conhecer aquelas garotas, amei aqueles homens, amei a cor de minha pele na luminosidade rosada e os jogos de sombra em meu rosto, a sensação de inventar à vontade uma nova Emma, uma nova Justine, amei a impressão de que nada era impossível. E, se fui capaz de mergulhar no que muitos consideram um inferno, é porque deve haver em mim um instinto de vida transmitido por meus pais. Eu sou eles, e esse júbilo constante, essa risada eterna, são meu pai e minha mãe, meus avós, minhas irmãs; todos eles estão, inteiros, nessa capacidade de ser eu mesma e rir de mim mesma, e encontrar poesia e ternura em toda parte. Minha força veio de observá-los viverem e se apertarem uns contra os outros quando as coisas ficavam difíceis. E se amei tanto estar entre aquelas mulheres que riam quando poderiam chorar, que não estavam aí para nada, que acariciavam o cabelo umas das outras para consolar seus pesares e davam tapas na bunda umas das outras para se encorajarem mutuamente, é porque a garotinha em mim se lembrava daqueles momentos nos quais o desespero era mantido a distância, a uma distância astronômica, porque a meu lado havia todas essas pessoas cujo cheiro eu reconhecia.

"Wir müssen hier raus", Ton Steine Scherben

Necessariamente chegará um momento no qual ficaremos sem argumentos contra a puta feliz. Já chegamos a ele e, por trás de argumentos agora caducos, só encontramos uma inveja paradoxal chamada por outros nomes. Não se trata mais de uma carreira na qual a mulher morre aos 30 anos, consumida pela sífilis ou alguma outra doença que, hoje em dia, pode ser curada com um mês de antibióticos; a época na qual a puta era uma eterna jogadora de roleta-russa está ultrapassada. A puta já não tem no centro do ventre essa ferida escorrendo, reaberta todos os dias, cujos gritos são abafados por necessidade. Onde essa atividade é legal, ela não precisa se arrastar sob a chuva para concluir negócios duvidosos em becos escuros. Nas casas em que cuidam dela, não precisa vigiar o tempo todo sua bolsa, na qual o michê do dia incha o bolsinho interno; não precisa sentir frio ou medo dos homens que constituem seu ganha-pão. Ela pode usar sua renda para pagar um apartamento, pode ter um cartão de crédito, e tem mais ou menos as mesmas vantagens e os aborrecimentos administrativos que qualquer contribuinte. E, na verdade, não pode se dar o luxo de gastar tudo em narcóticos diversos que, como imaginamos, a matariam tão rapidamente hoje em dia quanto as doenças venéreas no início do século XX.

A puta tem tempo... e quanto! A felicidade de não precisar acordar ao raiar do dia e, enquanto o sol brilha, ir se sentar no terraço, por trás de óculos escuros, para se entregar às únicas atividades que tornam suportável nossa pobre existência: ler, escrever, sorrir para os homens, devorar as mulheres com os olhos. Deus do céu, eu sabia que não podia estar muito errada, em Paris, quando ocupava a maior parte de meus dias pulando de café em café, com meus manuscritos na mão. Telefonar para Pauline, que também não trabalha hoje, e tomar um café da manhã tranquilo enquanto os outros correm para o escritório. Pagar generosamente a garçonete bonita e caminhar sem pressa, no calor perfumado de Berlim, até o jardim botânico repleto de flores.

Há momentos nos quais me pergunto o que poderiam me propor de melhor. E sinto bem que o ódio, a desconfiança do mundo inteiro contra as prostitutas se deve sobretudo à inveja que sua liberdade inspira. E à reticência de admitir que todo esse tempo livre, essa embriaguez de saltitar sem freios, vale o preço de ser acariciada ou apalpada por estranhos. Não é a mim que se deve perguntar, minha opinião está formada. Sim, entendo o que se poderia opor a esse argumento: que sou preguiçosa. Que escolhi a facilidade. Que existe, nesse compromisso odioso, uma abominável renúncia ao trabalho e à perseverança. Para ser socialmente aceitável, seria preciso que eu passasse a maior parte do tempo penando em uma butique, e o salário que me pagariam, não sem resmungar, me permitiria ler, escrever e preencher minhas noites com encontros mais ou menos satisfatórios, mais ou menos medíocres. O fato de eu ter tido a astúcia de combinar trabalho e sedução claramente constitui, para o mundo inteiro, um insulto imperdoável ao funcionamento laborioso da sociedade. Mas, embora compreenda o que a sociedade julga aceitável, prefiro recomendar uma cerveja bem gelada e um brinde à saúde de todas as putas do mundo.

A dificuldade que tenho para terminar este livro se deve somente ao fato de que não quero me despedir da Maison. Quando estou lá, literalmente vejo o livro se escrever sob meus olhos, com as nuances justas e tanta ternura e humor quanto imagino na hora mais escura da noite, quando não consigo dormir. As garotas parecem todas saídas de páginas cheias de cor, como um bando de pássaros raros que se aproximaram demais de minhas mãos para que não exista alguma conexão entre nós. Mas, quando tenho um dia livre, quando não tenho nada melhor a fazer que escrever, é como se um sortilégio se abatesse sobre mim, e não consigo escrever uma linha. Porque parte de mim entendeu que, no instante em que terminar este livro, não precisarei mais da Maison. Não precisarei mais delas. E volto imediatamente para respirar uma golfada de seu oxigênio, com o sangue gelado pela decisão de me virar sozinha, em um momento de inspiração inebriante.

E agora passeio com meu vestido largo, a barriga arredondada e o cinto ajustado sob os seios para que ninguém ignore meus cinco meses de gravidez, tendo um Romain Gary nas mãos. Meus melhores amigos, os homens da minha vida, com exceção de Jules, estão inteiramente nos livros e aprecio sua companhia como nunca antes, ocupando os terraços ensolarados em uma felicidade interior na qual minha percepção de meu corpo desaparece inteiramente. Passei por um luto pacífico pela morte de meu eu sexual, que agora só parece viver através dessa barriga onde, às vezes, sinto alguma coisa se mexer.

Imagino uma época na qual serei novamente tão magra quanto as garotas à minha volta. A sensualidade, essa obsessão de todos os instantes, parece um passado longínquo ou um futuro estranho, quase imaginário. Sem dúvida isso se deve mais à idade que à gravidez; sinto uma nostalgia lancinante por aqueles passeios malucos em Paris nos quais cada olhar masculino era uma golfada de ar. A maneira como eles viravam a cabeça e eu, por minha vez, virava a minha. Aturdida pela possibilidade. Ofegante pelo que eu os imaginava imaginando. Aquela consciência de meu corpo, aquele conforto infinito de ser e me mover, aquele amor por mim mesma. Aqueles olhares que eu levava até os confins de meu subúrbio, queimando por ter passado sob seus narizes como um perfume delicioso. Aquelas travessuras internas com homens que jamais veria novamente, e com aqueles que encontrava cotidianamente; aquele trabalho árduo de conseguir um sorriso mais franco que o habitual. As rochas enormes que me sentia empurrando. A necessidade patológica de saber que eles tinham sido fisgados — a pior e mais deliciosa de todas as minhas escravidões.

É inacreditável que hoje em dia eu possa ser tão indiferente. Digamos antes que renunciei a essa distração enquanto estou grávida.

Fechada em mim mesma, de braços dados com Romain Gary, tenho acessos de riso. *Para além desse limite, seu ingresso não é mais válido*; como são miseráveis as contingências humanas, não? Essa mania de pau duro, quando ao amor basta a comunhão de almas. Gozar é bom, sim. Mas tão limitado, tão restrito. Horas de contorções ofegantes pelo simples prazer de gozar a dois, pela mão um do outro — quando faríamos isso sozinhos com tal brio. Todo esse rebuliço por um espasmo: qualquer homem sensato renunciaria a isso.

Agora que o sexo me parece vão, estou nas condições perfeitas para ser surpreendida por um romance de envergadura inédita. Sou a candidata ideal, e quase consigo imaginar a aparência que ele terá, aquele por quem eu pensaria em abandonar marido e filho. O verdadeiro amor impossível. Saber enfim do que falo. Eu me imagino sentada no batente de uma janela, suspirando pelo homem deitado atrás de mim, em uma cama molhada por nossos fluidos. *Não sei mais o que fazer.* Por essa janela, são ainda os tetos de Paris que vejo. Sinto em meu peito tranquilo a respiração entrecortada daquela que volta para casa coberta pelo cheiro de outro homem. Meus dedos conhecem de cor o trajeto para apagar uma conversa no Facebook. Eu levaria um minuto para acabar com tudo e me tornar novamente aquela mulher. E pensar que esse homem já existe em alguma parte do mundo, provavelmente a algumas centenas de metros daqui. Talvez já tenha até esbarrado em mim e visto somente uma mulher grávida. Que ironia miraculosa!

Na mesa ao lado há dois casais de mais ou menos 40 anos. As mulheres discutem com um dos homens; o outro, que enrola um cigarro, não é de se jogar fora. Devo ter tido, por alguns instantes, a aparência de uma mulher que pensa em seu próximo amante. Ele me observa; não deveria fazer isso, mas faz, de qualquer modo. Não é como se sua mulher fosse parar de falar, e ele já ouviu essa história mil vezes. Ninguém perguntará sua opinião porque ele não dá a mínima. Renunciaram a ele e o deixaram em paz, de boa vontade, para enrolar seu cigarro. Os quatro se conheceram durante as férias; ele e a mulher moram em Berlim e o outro casal vem de Munique (sim, são bem o tipo). Eles se conheceram na Espanha, mas não a Espanha de todos os alemães, e sim um lado de uma ilha na qual não há turistas. Eles alugaram vilas e frequentaram o mesmo bar de *tapas*, e foi lá que se conheceram. As duas mulheres haviam estudado juntas no liceu, que coincidência! E, embora tenham perdido contato durante quinze anos, no fundo cresceram no mesmo mundo e são parecidas. Uma é loira e a outra morena, mas as duas pertencem ao mesmo tipo de mulher bonita de 45 anos, bronzeadas, maquiadas, com roupas caras, mas casuais, joias pouco chamativas; mulheres que claramente cuidam bem de si mesmas e bebem Apérol Spritz. Parecem esposas de médicos, advogados ou financistas. Os quatro poderiam transar juntos. De todo modo, dá para ver que ainda transam, individualmente. São casais que, no conjunto, se dão bem e se traem discretamente, com o cuidado de não magoar o outro. Mas o que enrola o cigarro tem um ar de ter passado frio durante todo o inverno; talvez nem sequer pensasse no assunto, mas, agora que o sol voltou e as garotas passeiam seminuas pelas ruas, a ideia de um romance desarrazoado o invade como uma lenta embriaguez. Também é possível que seja a cerveja (uma cerveja branca, uma verdadeira cerveja de burguês). Ele é esse tipo de homem, o tipo que gosta de transar com a esposa, mas cuja ideia de sexo acadêmico com outra, uma desconhecida, o deixa sem fôlego.

Na verdade, o mais perturbador não é o olhar do homem, mas a indiferença que existe entre. É esse desviar de olhos quando se encontram. É a ideia de que não é de propósito. É, no meio das conversas que se cruzam, o silêncio com que ele me observa e eu o observo. Essa maneira que temos de ficar meio separados de todos os outros pelo espaço de um piscar de olhos. Não é o olhar dele, é a convicção pacífica que murmura *Leia seu livro tranquilamente, eu estarei aqui quando você erguer os olhos. Eu a observarei à vontade durante todo o tempo em que você fingir que não existo.*

"Venus in Furs", The Velvet Underground

A chibata imaginária de Delilah assobia no ar. Chove torrencialmente e eu a contemplo maravilhada, nessa atmosfera de casulo pré-apocalíptico, enquanto ela encena seu *grand-guignol*.

— Você acha que vai sentir minha bocetinha? É isso que você quer, que eu deixe você enfiar seu pau nojento na minha bocetinha? Baixe os olhos quando eu falar com você!

Impressionada, obedeço.

— Por que você acha que pode olhar para mim? Um doente como você, que paga mulheres para ser tratado como merda. Você me dá nojo!

Sua voz muda imperceptivelmente para indicar a didascália:

— Você pode dar umas batidinhas com a palmatória; no caralho, por exemplo. Nunca com a mão, pelo menos não antes do fim. O que também funciona é fazer com que se deitem no chão e caminhar sobre eles, com um pé de cada lado. De salto, é preciso sempre usar salto. A vantagem é que eles não conseguem não olhar, o que oferece mais uma razão para bater.

O púbis projetado à frente, insolentemente desenhado pela minúscula calcinha coral, os lábios roliços e, sempre, essa chibata mais real que a realidade, que sinto recair sobre meu pescoço:

— Eu dei permissão para você olhar para a minha boceta? Você sabe o estado em que fico quando você me desobedece? Peça desculpas, seu nojento. Perdão? Perdão, *madame*, ninguém lhe ensinou boas maneiras? Você vai contar cada golpe, a fim de aprender a ficar no seu lugar. E seu lugar é no chão, com os olhos baixos. Juro que, se você errar na contagem, vou recomeçar, até seu rabo estar tão machucado que você não vai poder voltar para a sua mulher, entendeu? *Aqui você faz com que ele se erga e prende os braços dele por baixo da cabeça.* Eu dei permissão para você ficar de pau duro? Seu desequilibrado! Se você ficar de pau duro de novo após a punição, juro que vai se arrepender. Perverso! Nada me irrita mais que esse pau grosso a quem ninguém pediu nada. Você acha que vou me sentar nele, é isso que você acha? Já faço passar essa sua vontade de ficar de pau duro.

Delilah se senta novamente, com um grande sorriso:

— Tudo é motivo para punição. O truque é se aproximar um pouco mais perto do fim. Depois de meia hora apanhando, se eles sentirem seu cu ou sua boceta, mesmo de longe, vão gozar imediatamente. Mas é preciso lembrar que uma dominadora não transa e, sobretudo, não chupa. Nunca dê mais que a mão e, mesmo assim, faça cara de nojo.

— De qualquer modo, jamais serei tão boa quanto você.

— *Ach, quatsch.* Passei para você o esquema de base, não tem como errar. *Sobretudo com esse sotaque francês.*

Delilah faz uma amável imitação de meu alemão bizarro, do qual nunca sei se ela zomba ou se acha bonitinho. O que não digo a ela é que, por mais que ela imite à perfeição a amplidão das vogais e a textura cantante das consoantes, não entendo metade das palavras que ela diz.

— Evidentemente — continua ela —, é mais fácil quando eles têm algum fetiche. Os que amam pés, por exemplo, são bons clientes. Você faz com que eles lambam e acariciem seus pés e, no fim, você os agracia passando os artelhos sobre seu caralho. Pronto, acabou. Um extra a mais se eles quiserem gozar sobre seus sapatos. É tranquilo.

— Como os que querem ser enrabados, imagino.

— Ah, sim, *isso* me relaxa. É assim que me sinto mais como eu mesma.

Eis algo que não tenho nenhum problema em imaginar: Delilah trabalhando com empenho em seus clientes, mal notando a cinta, enrabando-os com o dildo. Ela escolhe as palavras certas, o ritmo certo, tendo sempre aquele ar de indiferença dos amantes de minhas fantasias. Eu arrisco, sorrindo:

— Você se vinga um pouco, não é? É sua vez de fodê-los.

— Inegavelmente. É muito natural. Com toda minha experiência, sei como é bom.

Ela apaga o cigarro, pensativa:

— E mesmo que eu não soubesse de nada! O que eles realmente querem quando pedem para ser enrabados não é, no fundo, que acabemos com eles?

— Imagino que sim. Não sei. Sempre ouvi dizer que, para dominar bem, é preciso muito amor e empatia.

— Coisa nenhuma! — bufa Delilah. — Essa é mais uma invenção dos homens para que as mulheres rastejem a seus pés. Quando se trata de dominar um homem, garanto que não é preciso amor. É muito mais simples que isso. Você acha que amo meus clientes? Eu gosto muito de alguns, mas a coisa para aí. Eles continuam a ser homens com os quais eu não falaria fora do bordel. Não... para dominar, é preciso não ter pena. Os caras querem ser lembrados de que são nojentos, com seu caralho e sua necessidade patética de enfiá-lo nas garotas. Porque eles esquecem.

Delilah se alonga; um tremor de bocejo deforma seu rosto por um instante, formando um biquinho de impaciência antes que sua boca se abra, cheia de dentes cruéis:

— Mas as mulheres não esquecem. Como poderíamos esquecer? Sobretudo nós.

Seu programa acabou de chegar. Ela guarda o telefone em uma bolsinha na qual está pendurado um chaveiro em forma de ursinho.

— Honestamente, não sei como isso funciona no exterior, mas acho que é tudo muito simples no bordel. Você é boazinha ou malvada. E isso depende de cada garota, mas, para mim, é preciso menos esforço para ser malvada que para ser boazinha. Olhar para eles de cima e mal lhes dirigir a palavra, é automático. É por isso que sou boa no Estúdio.

É por isso que ela faz seu serviço tão bem. O desprezo.

O desprezo! Ainda penso nele quando Janus, que acaba de prender meus braços para trás, procura um chicote no porta-guarda-chuvas. Imagine um homem de quase 2 metros de altura agachado ao lado de um porta-guarda-chuvas, procurando alguma coisa que finge não saber bem o que é. Com Janus, não há surpresa: é o chicote de três pontas ou a palmatória, que parece um batedor de tapetes. Depois de seis meses de programas semanais, não detecto nesse homem nenhuma vontade de mudança, nenhuma tentação de experimentar a miríade de instrumentos que lotam as gavetas da cômoda ou mesmo outro chicote. Como a bengala de bambu, cuja eficácia é petrificante: contrariamente ao resto, ela é excelente para avermelhar o traseiro macio das burguesas excitadas com *Cinquenta tons de cinza.*

Por mais gasto que seja seu cenário, Janus não precisa de ajuda nem evolução. Houve um período no qual, enquanto ele tomava banho conscienciosamente, eu arrumava sobre o aparador as algemas do tamanho certo, as cordas, a camisinha, seus dois chicotes favoritos. Ele voltava nu como veio ao mundo e eu o acolhia já despida, tendo nos lábios um sorriso de funcionária-modelo: *Veja, preparei tudo.* Zelosa, eu apagara a luminária, deixando somente a meia-luz das velas vermelhas, como ele mesmo fazia; ligara a música; empurrara o cavalete para o meio do cômodo; colocara a tolha sobre o banco onde geralmente terminava nossa sessão. Depois que eu estava amarrada, ficava constrangida quando ele se interrompia para encontrar seus acessórios, que as outras espalhavam. Eu tinha a impressão de que nossa bagunça custava a ele, injustamente, segundos preciosos. Em face dessa delicadeza, Janus dava um sorrisinho contrito de agradecimento, e terminei por entender que o estava privando do prazer de procurar; que esses instantes perdidos eram para ele uma deliciosa e primordial pausa para tomar fôlego. O silêncio cheio de hesitações, pesado como antes de uma tempestade e povoado unicamente pela abertura de gavetas e passos lentos, dava todo seu peso à ação que se seguiria. Era seu júbilo de gourmet à ideia de me fazer esperar e daquele atraso, daquele adiamento constante que é a marca registrada dos grandes dominadores e que, no bordel, está ao alcance de simples funcionários.

Mexendo os punhos nas algemas enquanto espero, constato que, se realmente quisesse me soltar, nada me impediria; certamente não Janus, que jamais dá um nó sem se assegurar, com voz suave, de que não sinto dor e o sangue continua circulando livremente. Essa afabilidade faz com que eu o encare com boa vontade: nada de ruim acontecerá comigo enquanto estiver com ele. O que lhe custa em credibilidade. Para dizer a verdade, nada acontecerá comigo enquanto estiver com ele. O único risco seria me molhar um pouco quando ele enfia o pau em minha boca, profundamente, implacavelmente, porque sua excitação chegou a um ponto crítico. Ele me segura pelo cabelo, atrás da nuca, e esse é o único momento em que assume ares indomáveis, em que seus traços impassíveis de sujeito bonzinho que interpreta um carrasco se crispam um pouco, de uma maneira que pareceria assustadora a qualquer uma que não eu.

O que torna ainda mais tocantes suas satisfações simples, infantis, no Estúdio. Desenrolar as cordas. Baixar a calcinha, que não tiro desde que compreendi que alegria ele sente ao despir uma garota, roubá-la de seu pudor, mesmo que ela seja uma puta, para quem o pudor se tornou um fingimento recomposto a partir de memórias distantes. Girar a manivela para erguer meus braços acima da cabeça, eis uma delícia de rei. Quase tanto quanto me segurar pelo queixo e me forçar a olhar para ele, uma tarefa que executo com tremores assustados e tentativas de fugir. Só se lê no olhar dele um vazio abissal, o nada. E devo reconhecer que ele tem certo talento: em se tratando de olhar de psicopata, Janus poderia ensinar todos os aprendizes de dominação. Ele fala pouco, tendo compreendido a dimensão erótica do silêncio. E, quando dá ordens, é de maneira breve, em uma voz baixa que destaca a soberba da língua alemã.

O que ele também faz muito bem, o pequeno detalhe invariável que executa com maestria, é a transição entre essas preliminares e o que eu chamaria de *olho do furacão*. A camisinha é colocada sobre o aparador, no porta-trecos em forma de concha. Janus solta meus braços; exprimo meu sofrimento teatral massageando os pulsos e gemendo debilmente para representar o alívio permeado de medo de uma garota suspensa durante horas (eu contei: estamos aqui há 18 minutos). *De joelhos.* Ele se vira, gravemente, para pegar a camisinha. E, em um toque genial, joga a embalagem a meus pés, de uma maneira que claramente se pretende desdenhosa. Não sei se ele se orgulha disso, mas esse é seu ato mais crível; ele precisou de tempo para aprimorá-lo. De programa em programa, ele ajustou sua maneira de caminhar até mim e esse movimento seco com os cotovelos para assumir um ar intratável. Eu gostaria muito de agir de acordo com esse pequeno nada que o põe nesse estado, de ter uma reação que desse profundidade suplementar a sua falsa repulsa, mas não encontro nada melhor que um silêncio abissal, de olhos baixos e ombros caídos; rasgo febrilmente a embalagem, como se tivesse renunciado a fugir de uma punição muito merecida. Depois que a camisinha é vestida, não há mais nenhuma surpresa. Mesmo esse simulacro de dissimulação se desfaz. A camisinha — e, intrinsecamente, a possibilidade de gozar — assinala para Janus a permissão para se soltar. Nesse estado, ele está às portas do abismo. Como é organizado, sabe, sem olhar para o relógio, que restam entre cinco e dez minutos. E então sua máscara cairá em um estalar de dedos, como uma pele morta.

É risível, sim, mas não há aí nada de desprezível. É bonita a expressão que ele faz enquanto se segura. Bobbie, ao sair certa noite de um programa com ele, disse, rindo: *Quando ele goza, torna-se realmente bonito.* Bonito, efetivamente, com aquela graça assassina dos homens muito gentis quando se abandonam; quando passa por seus traços, rapidamente, a pulsão de morte reprimida. E aquele silêncio palpitante durante o qual ele se mexe lentamente dentro de mim, contraindo e relaxando os dedos. Logo em seguida, dobrando humildemente o preservativo cheio em uma toalha de papel: *Foi tudo bem? Não foi muito difícil?*

Não, não sinto desprezo por Janus. Esse sujeito não tem nenhuma outra pretensão além de sua pequena fantasia de garota que se recusa. Janus nada tem a ver com aqueles que desprezamos no Estúdio — e é fácil desprezá-los, quando somos amarradas sem cuidado por um homem de dedos enrijecidos. E ainda mais quando estamos do lado bom do chicote, como Delilah.

Olaf, por exemplo. Olaf, esse especialista em tempo perdido. Eu me questiono sobre a utilidade de exigir Satie como fundo sonoro, chegar vestido com esmero e revirar o Estúdio em busca dos instrumentos mais exóticos quando, ao fim de vinte minutos, a trama narrativa perde rapidamente a velocidade. Tenho o direito de supor que um homem que marca um programa para as 22h teve o dia inteiro para refletir sobre o que lhe dará prazer, mas não.

Geralmente, minha boa vontade acaba muito rapidamente enquanto espero, amarrada de qualquer jeito, que ele tenha alguma ideia. Não é preciso conhecer S&M para adivinhar que ele nada sabe. A ignorância, a excitação e a vontade de fazer tudo direito o tornam desajeitado. Por mais que ele se vista a rigor, os nós que confecciona são frouxos ou apertados demais, dando vontade de rir ou de esbofeteá-lo. Como ele é gentil e eu também, eu o deixo me prender pelo pescoço, não sem temer perder o equilíbrio e terminar pendurada, miseravelmente, como David Carradine; suponho que, com o método que ele emprega e o tempo que leva para dar os nós, eu poderia morrer cinco vezes antes que ele entendesse como desatá-los.

Sua maneira de bater também trai a falta de técnica: ele causa mais dor a si mesmo que a mim. Rapidamente fica sem fôlego e para. Eu observo, irritada, enquanto ele chafurda por essa cena de dominação opressora que impôs a si mesmo. Espremendo o cérebro tão ostensivamente que chego a ficar constrangida por ele — e, como ele sempre vem no fim do turno, quando já gastei toda a minha paciência com outros clientes, o constrangimento rapidamente se transforma em raiva. Ou em desprezo. *Olaf, meu querido, 200 euros é dinheiro demais para ter esse ar de novato!* Ele está lá, com os braços balançando, perguntando-se qual é a próxima etapa.

E quando não consegue pensar em nada:

— O que devo fazer com você agora?

— O que deve fazer comigo?! — cuspo eu por trás da mordaça frouxa.

— Você está com vontade de quê?

Amarrada como estou, olho para ele, estupefata:

— Eu... Sei lá!

— Você tem alguma ideia?

— Mas... Não, nenhuma! Sou eu a submissa aqui.

Olaf coça a cabeça. Não somente eu não o ajudo como, em breve, começarei a julgá-lo. Então ele decide fazer com que eu caminhe de coleira pelo Estúdio, munido de um chicote macio que não se decide a usar. Mesmo com os punhos amarrados atrás das costas e o rosto contra o linóleo morno, não estou em uma posição muito desconfortável.

— Você deve ter vontade de alguma coisa — diz ele, sentado no banco do outro lado da guia, em uma posição de velho no parque esperando que seu cachorro faça cocô.

Mesmo fora do Estúdio, perguntar a uma puta do que ela tem vontade é ingênuo; como qualquer empregado, a puta responderá *Tirar férias*. No Estúdio, essa estupidez adquire nova intensidade. Já não estou morrendo de vontade de apanhar nem de movimentar discretamente os dedos dos pés e das mãos para aliviar o formigamento. Faço isso de boa vontade, porque esse é o jogo, mas não me peçam para ter iniciativa. Quem já ouviu falar de um dominador que pergunta a opinião da submissa? Ou de um dominador sem ideias? No ritmo em que as coisas vão, Olaf vai começar a preparar anotações para estudar no dia anterior.

— Você quer que eu te solte e te deixe me amarrar?

— Não. Eu sou a escrava. E não sei dominar.

E, acima de tudo, porra, não se inverte assim os papéis ao sabor da falta de inspiração, não se exige de uma garota que ela compense a falta de criatividade do cliente, sobretudo no Estúdio, onde as regras são estabelecidas previamente. Há garotas ambivalentes, como Margaret, a quem a ideia de usar o chicote deixaria encantada e que adoraria fazê-lo pagar por sua falta de jeito, assim, de supetão — mas Margaret é um camaleão de bordel, dotada de uma capacidade de adaptação verdadeiramente admirável. Não há ninguém pior que eu no Estúdio; quando me dão um papel, não tenho nenhuma vontade de sair dele e minha espontaneidade dorme como um gato velho diante da lareira.

Mas Olaf está se afogando e me arrastando com ele, então digo, com um suspiro:

— Não sei, por que você não tenta a bengala de bambu?

Obtendo assim um pouco de tranquilidade, fico feliz em contar em voz alta para Olaf, que já não está entediado. Quando ele ejacula contra minha coxa, o alívio substitui a irritação e chego a ficar animada. Vejo no relógio que ainda nos restam quinze minutos, e sinto pena dele:

— Nós podemos fazer de tudo, mas é preciso que você avise antes. Se você quer inverter os papéis, eu devo me preparar, não consigo passar de submissa a dominadora assim de repente.

— Ah, não, mas hoje foi ótimo!

Olaf limpa polidamente o esperma que caiu no linóleo preto. Constato que ele também gozou na minha bunda, mas, como ele é meu último cliente, não me importo muito. Diferentemente dele, não há esperma na roupa com a qual deverei cruzar Berlim até chegar em casa.

— Vamos fumar? — propõe ele, jogando-se sobre a espreguiçadeira que fica em frente ao cavalete.

Depois que gozou, Olaf já não é desprezível. Ele é culto, é interessante e tem belos traços. Ao abrir as janelas, eu o vejo como subitamente vejo o Estúdio, pelo que realmente é: um pequeno cômodo forrado de napa preta por nosso faz-tudo, com paredes ingenuamente cobertas por algemas e grilhões que se pretendem ameaçadores, mas que esfregamos frequentemente demais com spray antibacteriano para temer; quando as polias se enrolam ou param de girar, é preciso chamar um técnico e, enquanto esperamos que venha, a *Hausdame* pendura à porta uma placa de DEFEKT. Quanto às *Gymnopédies* de Satie, que coloquei em volume considerável, elas não conseguem esconder o barulho dos canos do banheiro contíguo, onde é possível ouvir claramente o gargarejar de um cliente. Quando acendo o cigarro, o som da sineta do corredor entra por debaixo da porta, abafado. Em teoria, o Estúdio é hermeticamente fechado, mas, por precaução, permite que se ouçam todos os ruídos; a atividade que ocorre ali não escapa a ninguém, nem às garotas, nem às *Hausdamen*, que depois de tanto tempo conseguem distinguir instintivamente os falsos gritos de dor dos silêncios mais suspeitos. Janus e Olaf sem dúvida ignoram o fato, mas é isso que precisariam manipular para causar medo. Seria preciso jogar com esse tempo de latência, persuadir a garota de que, em alguns segundos, e sem que ela emitisse qualquer som, algo terrível poderia acontecer.

Aquele que poderia demonstrar isso a todos os outros, aquele cuja mera menção causa rebuliço na casa, é Gerd. Geralmente, ele agenda o programa, mas às vezes chega de improviso, querendo surpreender e se deixar surpreender — e então uma guerra fraternal divide tacitamente nossas fileiras durante a apresentação. Todas as que aceitam ir ao Estúdio, qualquer que seja a posição que ocupem, aglomeram-se no corredor enquanto ajeitam o cabelo com os dedos. Não se trata de dinheiro, porque Gerd tampouco dá gorjeta, e não se pode dizer que compense o fato com seu físico. Com sua maleta e seu longo casaco de lã, grande demais para ele, Gerd parece um velho médico de família que nos teria trazido todas ao mundo. Mas, quando a *Hausdame* abre a porta e, com reprimendas encantadas de jovem estreante, recebe as rosas que ele invariavelmente traz, os murmúrios se espalham como um rastilho de pólvora: *Gerd! Gerd está aqui! Não, sem programa!* O rumor se propaga até o salão e movimentos repentinos fazem ciciar as meias sobre meia dúzia de coxas febris. O telefone toca, mas ninguém se importa, e uma infeliz deplora: *Já tenho programa...*

Com o tempo, Gerd descobriu o truque da cortina e, embora não possa ver ninguém a partir do corredor, exceto sombras e os escarpins de Birgit aparecendo por baixo, ele ergue seu chapéu em nossa intenção e nos saúda com um menear da cabeça. As rosas são sempre belas, suas roupas são sempre impecáveis e ele é de uma amabilidade muda, a ponto de mesmo as mais chatas esquecerem que ele tem ao menos mil anos. Mas, acima de tudo, Gerd conhece seu ofício. Qualquer uma de nós atestará isso alegremente — salvo Delilah, que não se deixaria dominar por todo o ouro do mundo e, na verdade, está perdendo algo grandioso.

Talvez ela tenha medo da maleta. Todas tivemos. Eu lembro de nosso primeiro encontro. Gerd pediu expressamente o quartinho Lilás ao fim do corredor, o mais afastado. Mesmo assim, ainda podíamos ouvir as idas e vindas das garotas, mas eu estava amarrada de tal maneira, com o pescoço preso aos braços atados aos tornozelos, que me teria sido fisicamente impossível emitir o menor som de alerta. Pouco a pouco, senti despontar a angústia. Pelo canto do olho, do armário embutido fechado por cortinas onde Gerd literalmente me guardara, eu o observava me observar, masturbando-se. Com um ar impassível. Totalmente consciente do pouco espaço de manobra que me restava para respirar, dos segundos que ainda me separavam da exaustão e, possivelmente, do estrangulamento. Achei que tudo terminaria ali. Jamais um fim trágico me pareceu tão próximo. Ao menos, pensei, eu seria encontrada em um local caloroso; ao menos haveria uma *Hausdame* chorosa para explicar a meus pais: *Nós vigiamos, nós prestamos atenção, mas não podemos estar em toda parte.*

Olhei para Gerd com olhos de cavalo enlouquecido, com a garganta contraída pela vontade de dizer *Me solte, me solte, vou desmaiar.* Ele agora caminhava a minha volta, quase encostando em mim, com as pontas dos dedos frios deslizando sobre minha pele. Fechei os olhos para não ver meu próprio fim, enquanto ele sussurrava *Acalme-se* em meus ouvidos, e acreditei ser aquele o último som que ouviria. Gerd era uma espécie de anjo da morte tentando me acalmar enquanto eu dava meu último suspiro; meus joelhos amoleceram. Revi todas as belas coisas que sem dúvida revemos antes de morrer: a casa em Nogent, o pôr do sol na praia em Sainte-Maxime, o sorriso dos homens amados. No fundo, jamais há tempo suficiente, ou talvez haja coisas belas demais. Mas, com um gesto, Gerd

289

desfez o nó que prendia meu pescoço ao gancho no teto, e eu caí como um pacote em seus braços — que subitamente já não pareciam tão fracos. Meu coração batia tão forte e eu estivera com tanto medo que senti uma onda de gratidão e devoção por aquele homem me invadir como uma torrente de lágrimas. Meus seios estavam dolorosamente salientes por causa do hábil macramê de cordas, meus joelhos estavam na altura das orelhas e eu tinha a impressão de ser um pedaço de carne desprovido de vontade, mas alguma coisa servil e completamente idiota em mim babava ao pensar nos próximos gestos dele. Eu poderia ter ficado consternada, como ficara tão frequentemente, ao vê-lo vestir uma luva de látex antes de enfiar os dedos em mim; quantos dedos? Não sei. E, mesmo que quisesse contá-los, a fronha que ele enfiara em minha cabeça me tornava cega e surda a tudo; à minha gordura saliente entre as cordas, ao fato de eu não ter ar, à vergonha que sentiria se uma *Hausdame* aturdida abrisse a porta. Tudo de que me lembro é de gozar tão intensamente que mordi a língua até sangrar. Depois, ao me ver ressurgir rubicunda na sala comunal, Esméе e Hildie estouraram de rir: *Tudo bem, Justine? Quer um Schnapps para se recuperar?* Obviamente, eu não estava vermelha de cólera ou exaustão e, estranhamente, eu, que caminhava nua entre elas sem o menor constrangimento, tinha o desejo reflexo de me enrolar em uma manta, como se meu corpo também gritasse que ali estava uma mulher realizada. Havia qualquer coisa de íntimo no rosado de minhas bochechas que ia bem além da nudez e me fazia desejar uma solidão sonhadora, um cochilo tão profundo quanto a morte. Depois disso, assim como as outras, passei a aguardar as aparições de Gerd.

Gerd tampouco corre o risco de provocar desprezo numa conversação, porque ele não conversa. Algumas frases preambulares, a título de cortesia, e é tudo — bravo homem. Ele toma banho, faz as garotas gozarem com uma eficácia tremenda e volta para casa, aliviado de suas rosas, de seus 200 euros e de uma descarga seminal que nenhuma garota jamais viu. O espetáculo da mulher que goza, que não tem escolha, que desistiu de lutar, basta amplamente, e ele se contenta com sua mão pequena e fina, que não acreditaríamos capaz de tantas coisas. Há uma nobreza nesse velhinho que elogiamos na cozinha, eu, Hildie e Thaïs, em uma bela manhã, ao passo que ele tortura Bobbie (que, aliás, não merece, porque basta ser tocada para gozar). Delilah, que entra para fumar um cigarro, ouve nossa conversa antes de resmungar:

— Vocês me fazem rir, com esse sujeito que poderia ser seu avô. Já deram uma olhada na maleta dele? Vocês teriam de me pagar para ao menos encostar nela. Vocês nunca se perguntaram em quantas garotas ele já usou aqueles brinquedos? Repugnante. Ele provavelmente vai a todos os bordéis nojentos da cidade e, quando chega aqui, vocês ficam doidas para serem masturbadas por um vibrador que acabou de sair de uma *Hartgeldnutte* [prostituta barata] infestada de clamídia.

— Ele limpa tudo na nossa frente — retorque Hildie. — Ele tem seu frasco de desinfetante.

— Sim, *seu* frasco... Quem diz que não tem só água lá dentro?

— Você e sua má-fé! Ele coloca camisinha em todos os dildos e luvas de plástico por toda parte.

— Eu não confio nele. Esse sujeito é maluco. E não dá um único euro de gorjeta.

— Sim, mas ele nos faz *gozar* — digo eu, decidida a defender a honra de Gerd.

Delilah dá de ombros:

— Eu não preciso que um velho me mostre onde está meu clitóris, querida.

Esse comentário não consegue me deixar de mau humor, mas sinto que Delilah está irritada com nossa unanimidade e, sobretudo, com o fato de não haver, em nossa conversa, o menor sinal de zombaria em relação a Gerd. O fato de putas subitamente sentirem afeto por um sujeito que as amarra perturba a marcha correta do mundo. E abre uma brecha em sua concepção do ofício: de um lado, os namorados; do outro, os clientes. O desprezo de Delilah se estende ao próprio conceito de homem; o que salva seus namorados é o amor que ela sente por eles — surgido em meio à aversão por todos aqueles que pagam.

"Jack on Fire", The Gun Club

Como o caminho de volta pode ser doce às vezes! Estamos no verão, quando o céu cheio de estrelas é da cor de um Violet Fizz entre os edifícios feios. Ao sair da Maison, sinto tanta alegria que poderia cumprimentar as pessoas na rua — e, como faço todas as noites, aceno para o dono do restaurante turco, que sabe perfeitamente quem são essas clientes bonitas e muito maquiadas que nunca querem cebola em seus kebabs. E daí se ele sabe?

Como adoro meu vagão de metrô! Não há nada mais inebriante que se saber puta no meio de uma multidão respeitável que não desconfia de nada — porque, não importa o quanto eu me dedique a esse ofício com notório empenho, frequentemente sou, a essa hora tardia e nesse bairro, a que mais se parece com uma estudante. Pense bem! Quando passei o dia todo de baby-doll e salto alto, com o cabelo solto até o meio das costas e mais rímel que o necessário, meu luxo é vestir novamente meu jeans folgado, um blusão disforme e meus gastos tênis Bensimon e prender o cabelo em um rabo de cavalo sem graça; é então que adoro observar as garotas arrumadas para sair e que parecem ter feito um esforço enorme para se parecerem com a ideia que fazem de nós, as putas.

Quem parece ser uma mulher fácil agora, senhoras e senhores? Elas, com jeans tão justos que não deixam espaço para a imaginação, ou eu, que leio tranquilamente com minha cara de babá? Dou sorrisos polidos para as senhoras idosas que se agrupam a meu lado porque sou uma vizinha mais reconfortante que esses bandos de garotas embonecadas que viram garrafas de Berliner Kindl antes de se espremerem para entrar na Berghain. Esse vago odor de suor masculino só pode vir delas, preso ao cabelo longo demais; elas têm um riso barulhento que supera minha música; vejo as velhinhas arquearem as sobrancelhas: *As jovens já não sabem se comportar.* Tenho um ar de conivência para dizer que devemos ser indulgentes com a juventude.

Como ler nessas condições? Eu me sinto como o Superman disfarçado, tendo acabado de salvar o mundo em meio à indiferença unânime, e me pergunto se os homens conseguem sentir. Não é a maquiagem que pode me trair, porque lavei o rosto antes de sair, mas meus olhos mantiveram a audácia do bordel, uma desenvoltura que passa por atrevimento. Acabo de deixar meu último cliente e sei perfeitamente que seu cheiro ainda pode ser sentido. Que está se extinguindo em mim, muito lentamente, na medida em que, em mim, esse tipo de coisa pode se extinguir. Na linha U7, com exceção dos velhos que sempre observam as garotas, só viajam velhas sonolentas e, às vezes, Bobbie ou Thaïs, que descem na Yorckstrasse com uma piscadela na minha direção. Mas é na linha U1 que a experiência é mais interessante: é ali que minha embriaguez de boa trabalhadora se enriquece com a alegria geral que recai sobre Kreuzberg. Há mais ou menos uma chance em três de que, entre a torrente de jovens berlinenses que andam de metrô, eu cruze com um cliente meu ou um daqueles que divido com Pauline (a dupla que formamos atrai mais jovens artistas sem dinheiro que executivos ocidentais). Embora eu os reconheça imediatamente, eles levam mais tempo, à custa de olhares disfarçados, para estabelecer a ligação entre o cabelo — que também prendo antes de me inclinar sobre eles para chupá-los — e o livro em francês que só leio na diagonal. Como Werner, por exemplo, que embarca em Hallesches Tor;

ele gozou no meu rosto há 48 horas e partilhamos essa memória, mas, enquanto ele enrubesce, eu me contento em sorrir. Toco a barra de minha estúpida boina à guisa de saudação, Werner acena com a cabeça e nós mergulhamos novamente em nossas leituras respectivas: Zola para mim, um resumo de Le Corbusier para ele.

Olhe para mim, belo amigo. Levante os olhos do telefone. Enfrente meu olhar desnudo, se ousar. Como uma garota de boina como eu pode ter tantas coisas fervilhando nos olhos? Vou dizer como: fui fodida o dia inteiro. Fiz homens gozarem das 16h às 23h e, para dizer a verdade, poderia continuar, se quisesse. Talvez queira, aliás. Eu saberia exatamente o que fazer para que você suplicasse ao Criador para não permitir que eu devorasse sua alma.

Ah, jamais tive relações tão agradavelmente obscenas com os homens quanto aquelas no metrô, com perfeitos desconhecidos. Saindo moída do trabalho, eu me imaginava esvaziada de toda sensualidade, mas sempre havia alguma em minha mente, como na cena final de *Laranja mecânica*, com a *Nona sinfonia* de Beethoven a todo volume enquanto os passageiros do metrô, nus e cobertos de suor, fazem coisas inomináveis uns aos outros.

"Words of Love", Buddy Holly

Manhã rósea na Maison.

Sarah boceja guardando suas coisas no armário. Bobbie se abaixa para pegar as meias e se agacha sem nenhuma graça, em uma indiferença total ao corpo exposto, tocante como a de uma mulher que acaba de se levantar e a quem a sedução, ao menos por algum tempo, só entedia. Birgit dobra toalhas no banheiro, ouvindo rádio nos fones de ouvido. De chinelos, arrasto os pés até a cozinha para fazer café, mas Paula, visivelmente furiosa, já está cuidando disso. A campainha que acaba de tocar, arrancando lamentos de todas, é seu primeiro programa. O cliente, que visivelmente deseja ser pontual, já a espera fielmente no quarto Verde.

Ela acende agressivamente um Winston, com uma vulgaridade adorável e as sobrancelhas franzidas ao dar a primeira tragada, e acusa:

— Fico louca quando eles chegam exatamente na hora. Não posso falar nada, porque está escrito em toda parte que abrimos às 10h. Mas eu *acabei* de chegar! Eu me pergunto se ele não subiu atrás de mim na escada. Agora que penso nisso, tenho certeza de que o ouvi atrás de mim!

— É insuportável — concordo, com a indignação complacente e satisfeita daquela cujo primeiro programa é só ao meio-dia.

— Já é *inacreditável* querer transar ao acordar, antes de ir trabalhar. Com a mulher, ainda vai, ela está ao lado dele na cama, ele só precisa estender a mão. Mas *ir ao bordel* antes de ir ao escritório! Eu não entendo, por mais que tente, porra, não consigo. Pela manhã, a gente quer tomar um café tranquilamente, ler o jornal! Vir ao meio-dia, durante o almoço, tudo bem. Mas chegar *exatamente* na hora em que abrimos, só porque tem o direito de fazer isso... O que ele acha, que eu vivo de cinta-liga e salto alto?

Para dizer a verdade, já nem sei dizer com que roupa ela chegou. Seu cabelo chanel está meio desalinhado e ela usa escarpins como se fossem pantufas — Paula poderia muito bem viver de cinta-liga e salto alto e, mesmo assim, acharíamos que acabou de sair da cama.

— Mal abri a porta e Birgit já estava em cima de mim, *O cliente está esperando*, precisei sair correndo para me vestir e maquiar. Felizmente tomei banho em casa, porque não teria tomado outro por causa dele.

Ela arregala os olhos maquiados com irritação mal contida.

— Sim, porque olhei pela fechadura para ver quem era! Tive uma intuição, uma suspeita. Eu poderia matar esse cara. Ele é todo carinhoso, grudento, você não consegue desgrudar, ele leva séculos para entender que precisa se mandar. E meu café?

— Mas *beba seu café*! Dez e quinze são dez e quinze. Como no correio. Tente ir ao correio antes da hora, para ver o que acontece.

— O café vai demorar mais dez minutos para ficar pronto, não posso esperar sabendo que ele está lá, com as mãozinhas sobre as coxas, olhando fixamente para a porta. Isso me oprime. Melhor me livrar dele de uma vez. Mas já digo que esse tipo de comportamento me irrita. Eu também tenho uma vida pela manhã.

Após apagar o primeiro cigarro no cinzeiro, Paula calça dolorosamente os sapatos. E permanece um instante agachada, com a fumaça saindo voluptuosamente das narinas magníficas, em uma exalação resignada.

— Quando as coisas começam assim, você não sabe quanto tempo leva até que eu fique de bom humor novamente.

Entre a cortina e a porta da cozinha, vejo-a preceder seu cliente na direção do banheiro: um jovem alto que a observa com ar de adoração e não pode ver a carranca em seu belo rosto, por baixo do sorriso obrigatório. Enquanto ele se lava e ela preenche o registro, Paula suspira:

— Ele é esperto, esse animal, e me trouxe um vale-compras da Ka-DeWe. Muito gentil. Mas agora estou duplamente de mau humor: porque estou e porque não posso realmente estar.

Ele irá embora arrebatado, como sempre — arrebatado no sentido próprio da palavra. E, ouvindo Paula estourando de rir na sacada com Genova, ambas envoltas em fumaça e cheiro de café, reflito que esse cliente será como todos os outros: eles nos irritam e comovem enquanto estão lá. Depois que vão embora, é como se jamais tivessem existido.

"Tainted Love", Gloria Jones

Em certos momentos é difícil fingir esquecer que se trata de prostituição. Vemos por entre as pernas toda essa carne que se mexe; ouvimos esses ruídos laboriosos, exagerados e extenuados que produzimos sem nem pensar; percebemos a que ponto tudo isso é absurdo.

Eu ia escrever — senti na ponta dos dedos — que nosso esgotamento deve se aproximar ao de uma babá forçada a brincar incansavelmente com os filhos dos outros, a satisfazer as múltiplas exigências deles, a conter sua impaciência; Deus sabe que, na minha cabeça, as duas atividades exigem a mesma energia sagrada, a mesma abnegação. Mas duvido muito que exista neste planeta uma fadiga comparável à das putas, mesmo nas profissões mais fisicamente exigentes. Isso para não falar da energia mental necessária para conversar com oito homens diferentes e ser igualmente amável e sorridente com cada um deles: uma energia *titânica*! Ninguém sabe a que ponto o corpo está ligado à cabeça após oito homens, a que ponto a vagina está *cansada*, e o que é abrir obsequiosamente essa vagina e conter a cólera a cada estocada, a cada vez que o pau a atinge lá no fundo, como um enésimo soco na boca inchada de um homem espancado até a morte.

No fundo, já não sentimos nada. Ou sentimos somente coisas ruins: o que ainda subsiste de nervos despertos só transmite ao cérebro uma sensação de intrusão, um desconforto que poderia se tornar um suplício — e que deve ter sido na época em que ainda não existia lubrificante. E também a violência contra nós mesmas, essa resignação quando revestimos a vagina de lubrificante para que as coisas continuem, a despeito de tudo, para calar as contrações reflexas e para que, quando temos dificuldade de sorrir, ao menos *aquele sorriso* continue resplandecente. Essa violência é imposta por nós mesmas, ao repetirmos que o buraco está lá, foi feito para isso e, se já é a oitava vez para nós, para o homem é o apogeu do dia, não haverá outro, pense nele, *pense nele*, pois pensar em dinheiro nada tem de reconfortante. Esse senso de sacrifício que nos faz oferecer a outra face para que eles, ao menos, sintam-se felizes.

Se penso nisso hoje, precisamente, é porque me enganei quanto a meus horários e, em vez de chegar às 2 da tarde, como indicara à *Hausdame*, cheguei às 10 da manhã em ponto. Quando percebi meu erro, já tinha programas marcados até o fim do turno e, com minhas recentes e múltiplas faltas, não ousei modificar a agenda tão em cima da hora. Onze horas de trabalho parecem um suplício para minhas irmãs, que trabalham em um café. Mas, quando trabalhamos em um bordel, a tortura se mistura a um sentimento de desumanidade dirigida contra nós pelo restante do mundo, a começar pelos homens e chegando às *Hausdamen* que, acreditando agir bem, lotaram minha agenda.

Na cozinha, Genova acabou de começar seu turno. Ela se maquia calmamente no pequeno espelho de duas faces parafusado sobre a mesa, e eu fumo sentada em frente a ela, discretamente fascinada pelas inumeráveis etapas de sua transformação. Primeiro a base, cor de cobre, que deveria colidir com sua pele clara. Mas, contra todas as expectativas, funciona: ela tem um monte de esponjas e pincéis que transformam dois esguichos de creme colorido em uma segunda pele indetectável. Eu jamais conseguiria fazer isso. E, além do mais, ela consegue conversar ao mesmo tempo, demonstrando o quanto esse procedimento é natural para ela, como seria para mim enrolar um baseado impecável (e que não melhora minha tez).

— Como vão as coisas, Justine?

— Tudo bem, e você?

— Sempre bem.

Ela usa descuidadamente vários lápis para sobrancelha. Alguém poderia pensar que se trata de uma garotinha se fantasiando de feiticeira: há cinza, preto, marrom e, dessas camadas grosseiras, emergirá uma maravilha de sofisticação. Deve ser graças à estranha esponja em forma de supositório.

— Não quero vê-los nem pintados — digo, subitamente no clima para confidências.

— Não diga!

— Ainda daria para levar se esse cara não viesse. Eu preferiria pagar para que ele ficasse em casa. Ele é gentil, mas eu disse que não tinha tempo hoje e, mesmo assim, ele reservou duas horas. Você não imagina como isso estraga meu dia.

— Simplesmente diga a ele que não quer vê-lo.

— Sim, só que se eu não quiser vê-lo hoje, mas mais tarde, talvez, seja indiferente ou até agradável?

— Você pode muito bem dizer a ele: *Hoje não estou com vontade.*

— Sim, mas isso é meio que um...

Genova interrompe seu gesto, esperando pela palavra que procuro e que se revela *capricho*. Intimidada por suas sobrancelhas, desdenhosamente arqueadas pelo traço oleoso do lápis, suspiro:

— Não sei...

— Escute aqui, baby, vou dizer uma coisa. Eu, por exemplo, faço esse trabalho para viver. Tenho contas para pagar, aluguel, seguro-saúde, preciso do dinheiro e, geralmente, não sou muito exigente em relação aos clientes; esse é meio que o princípio da coisa. Mas, se me acabo em um dia, se fico de mau humor, sei que no dia seguinte vou cancelar, e esse será um dinheiro perdido que nunca mais recuperarei.

— Sim, eu sei que você tem razão...

— Sinto muito, mas não vendemos pãezinhos aqui. Trata-se de uma relação humana. E, às vezes, é assim mesmo, você não tem vontade. Não há nem o que discutir. Eles podem muito bem reclamar para a *Hausdame* ou até mesmo para a proprietária; ninguém dirá uma palavra.

— Pensarei nisso da próxima vez. Agora já passou, já estou melhor, mas onze horas de trabalho são demais.

— Sei bem do que você está falando.

Agora é o batom. Uma cor neutra, que dá brilho a seus belos lábios cheios sem fazê-los parecer maquiados.

— Alguns dias são assim. Quando anoitece é que fica *demais*. No meu caso, são os espelhos que me enlouquecem. No Dourado, por exemplo. Parece um círculo do inferno. Você já não aguenta mais, e ainda precisa ver no espelho aquele sujeito segurando você pelas nádegas, pela cintura, sacudindo você para todo lado... Habitualmente, gosto disso, adoro quando eles são meio bestiais. Mas, às vezes, sinto uma cólera crescer em mim e tenho vontade de gritar *Tire essas mãos de merda de mim, seu filho da puta sujo!* Entende?

Nada respondo, contentando-me em sorrir para Genova, que jamais teria imaginado no limite, tomada pela mesma aversão pelos homens que sinto hoje. É isso, é como um flash no meio das boas intenções: o reflexo no espelho subitamente é o de uma boneca destruída, uma bela pele rosada e firme sob o corpo de um animal. O som do massacre é tão antigo quanto o mundo, o som de uma mulher oprimida sob um homem, sofrendo sob ele, de impaciência, de fadiga. E vejo por entre o cabelo as cortinas, os espelhos, as luzes e as flores, com o quarto inteiro tremendo a minha volta ao ritmo que *ele* escolheu, e penso que a decoração é somente uma tentativa de nos fazer esquecer o que realmente acontece. Não surpreende que, por breves períodos, a verdade ressurja. O conforto e a delicadeza impressionam por algum tempo, mas partimos de condições absolutamente desumanas; essa profissão jamais foi verdadeiramente humana. A legislação, que está do lado das putas, pode amenizar as condições de trabalho, mas trata-se de um esforço doloroso feito pela sociedade a fim de tentar adocicar o postulado inicial: a puta é um objeto sexual. A possibilidade de dizer não de uma puta é bastante limitada. Sim, é claro que podemos dizer não, sobretudo aqui — mas que tipo de "não" é esse? Não ao quê? Não a quem, *em particular?*

E então há dias nos quais nada entendo sobre os clientes; quando chego atrasada e o primeiro já me espera; quando começo meu turno sem nem mesmo me maquiar ou fumar o cigarro que permite que me transforme em Justine, e já preciso pensar em tudo, nas toalhas, na música, no lubrificante, enquanto minha mente ainda está cheia de considerações literárias ou de fantasias sobre o idiota do momento.

Pode não ser nada demais, mas não estou presente, só Deus sabe por quê. Não estou no momento, meus gemidos soam falsos, fico desorganizada... e parece que os caras adivinham, parece que os sinto menos duros, eles demoram mais para gozar e, após ter me sentido culpada, começo a desprezá-los, assim como os garçons odeiam subitamente os clientes que os obrigam a confrontar sua má vontade ou falta de jeito. Eu os culpo por isso, e os mais ínfimos detalhes do sexo se tornam intoleráveis: esse aqui não fica tão duro quanto deveria; aquele sua como um jumento e o contato de seu torso gotejante é insuportável (*e, puta que o pariu, se cair uma gota em meu rosto vou unhá-lo até tirar sangue*); aquele outro quer me beijar e, como viro a cabeça, contenta-se em lamber minha orelha; e o outro, a quem proibi expressamente qualquer salamaleque anal, fica tentando enfiar o dedo no meu cu; e o outro ainda, que tem um cheiro que não é bom nem ruim, mas que me dá nos nervos, e faz tanto barulho ao me lamber que tampo as orelhas de uma maneira que espero discreta — e, se não for, ele que vá se foder!

É porque estão habituados à minha gentileza que minha súbita frieza os deixa impotentes? Cansada de alternar entre uma trepada de pau mole e um boquete inútil, com minha glote muito suscetível, como sempre fica nos dias ruins, tiro a camisinha como quem arranca um esparadrapo e encho as mãos de lubrificante. Delicadamente no início, eu os masturbo com uma fé impensada no contato quente de minha pele nua e nos indizíveis requintes dessa massagem. Mas, como demora, perco todo o talento e as carícias experientes se transformam em sacudidelas furiosas de ordenhadora de vacas, até que o pau incerto entre meus dedos encolhe e a derrota dolorosa e minha falta de profissionalismo podem ser lidas em letras escarlates: eis o que dá fazer mal o seu trabalho. Você queria terminar rapidamente, fazendo o mínimo de esforço possível, e olha só o resultado. Onde você acha que está? Este é um ofício de artista, porra. Você achava que era o quê? Olhe para você, não quer conversar, não quer transar, e só está aqui porque se odeia por ter gastado 600 euros na Agent Provocateur, sua vaca idiota! E 600 euros por *um* conjunto. O que revela que não percebemos quando realmente nos tornamos putas. E você acha que esse cara tem condições de pagar o que paga por uma hora com você? Ele é *assistente social*, caramba, casado, com filhos. Ele está fazendo um sacrifício, e você suspira de raiva? Por uma hora do seu tempo, ou seja, duas vezes menos que você passou ontem no sofá, conectada ao Tinder e pintando as unhas dos pés? Onde está seu coração? Não vamos nem falar em coração; onde estão seus princípios? Aqueles famosos princípios que a diferenciam das outras putas?

Então eu me torno amável novamente. Eu me torno *muito* amável e terna para que minhas mãos valham mais que as dele. E, quando ele goza com gemidos extasiados, sou tomada por uma onda de gratidão e afeto misturados. Ele parece tão feliz! E me agradece com um ar de cansada beatitude. Isso não a comove, mulher de coração de pedra, o fato de que, por um instante de doçura, ele tenha perdoado quinze minutos de ordenha feroz? Que, no fundo, as coisas possam ser assim tão simples?

E, porque estraguei minha grande obra, serei carinhosa com eles, tantos quantos forem. Farei cafuné em seu cabelo, ronronado, abrandada pela embriaguez da camisinha cheia, por meus remorsos e por uma estranha solidariedade em relação a esses homens que vêm até aqui para se sentir mais bonitos depois. Um pouco como no cabeleireiro, sem a menor garantia de que vá funcionar.

"Strange Magic", Electric Light Orchestra

Quando meu amigo Arthur se tornou pai, no início de setembro, eu não estava presente para festejar com ele — eu vegetava no sul da França, convencida de que estava grávida —, e foi outra quem bebeu champanhe em seu sofá em Vincennes. Foi Anne-Lise, dez anos de amor e vago rancor, finalmente resolvida a não ser *aquela*. Ao longo dessa década, houve muitas vinganças sangrentas e tragédias declamadas no patamar de seu apartamento, e muitas vezes elas pareceram as últimas. Mas por conhecê-lo há tanto tempo, Anne-Lise entendia Arthur e, embora chorasse e às vezes gritasse, sabia que nada de viável nasceria da raiva em relação a ele — e estava sempre lá quando ele não queria ficar sozinho, da mesma forma que ele sempre abria a porta quando ela estava cansada da solidão. Eles se falavam diariamente. Anne-Lise era aquele tipo de ex em relação à qual as namoradas de Arthur não sabiam o que fazer e terminavam decidindo coabitar com essa sombra, com a vaga certeza de estarem aprovando covardemente qualquer traição da qual nunca haveria prova. No fundo, ela era como uma melhor amiga a quem se conta tudo, e foi para ela que ele telefonou na noite em que sua filha nasceu.

Qualquer que tenha sido a dor confusa, mais ou menos consciente, suscitada pelo telefonema de Arthur trombeteando *Ela nasceu!*, Anne-Lise o convidou para ir até sua casa três dias após o nascimento. Havia champanhe na geladeira e Anne-Lise, que ainda não tinha filhos, ofereceu a ele o entusiasmo esperado das mulheres diante dos jovens pais. Arthur, embriagado por seu novo status e pela benevolência de sua interlocutora, perdeu-se em conversas maçantes sobre episiotomia, corte de cordões, pés que já não tocam a terra e amor por toda a raça humana. E sem pensar um só instante que ali não havia lugar para Anne-Lise.

Ele não ficou surpreso quando ela tirou a camisa, dizendo que era preciso fazer outro brinde. Ele abriu os braços com um júbilo sereno, persuadido de estar festejando a Mulher, a maravilhosa fecundidade de seus orifícios, a alegria cega e imbecil que cria bebês. Ela fez amor com ele de maneira gloriosa, cheia de um abandono comunicativo, inventando para ele contorções perigosas que o deixavam ofegante, com as mãos agarradas àquele corpo jovem e flexível. Ele pensou, e disse: *Jamais me esquecerei disso.*

Depois, deitando-se sobre o peito dele, que tentava recuperar o fôlego, meio atordoado pela ejaculação diluviana, ela sorriu e acariciou seu rosto, subitamente senhora de si: *Fico feliz.* Fora um presente que ela lhe dera, uma performance destinada a marcar a ocasião. Nada, naquela transa, permitira suspeitar de algo assim; enfim, nada de concreto, nada de palpável. Anne-Lise tinha manchas vermelhas no peito e pálpebras pesadas sob as quais cintilavam olhos maliciosos — e Arthur se perguntou de onde vinha essa malícia. Do fato de ter gozado? Ou de tê-lo feito gozar? Ele sentira *prazer* em oferecer a ela aquela cavalgada desvairada; ela participara com boa vontade, e até se poderia dizer amor. Tendo consciência de cada gesto, cada postura, cada olhar febril entre as mechas de seu longo cabelo castanho. Tendo consciência, talvez, de cada contração de sua vagina no momento em que talvez tivesse gozado, *talvez* — subitamente o mundo estava tomado pelo talvez. Não que isso fizesse muita diferença, prazer era prazer, mesmo que o de Anne-Lise tivesse sido motivado por mais que simples desejo. E ele pensou: *Será que elas realmente são capazes de ser assim duplas, triplas, quádruplas, será que são tão monstruosas que não existe nenhum controle sobre seu fingimento? Será que realmente devemos nos resignar a jamais saber, confiando nelas cegamente ou duvidando sempre, sob o risco de jamais sermos felizes?*

E ele pensou que talvez tivesse sido uma sorte, no fim das contas, haver ali um pau para resolver o problema, para chegar a uma saciedade, mesmo superficial, que diminuía a importância da verdade. E pensou que o pau sempre acabava vencendo quando a mente atolava em dilemas sem fim; e enquanto Anne-Lise dormia, quente e calma contra ele, teve uma consciência brusca e passageira, mas inesquecível, da *miséria* das mulheres, de sua sexualidade tão complexa que, frequentemente, elas mesmas não compreendiam, porque não tinham um caralho estúpido para lhes indicar a satisfação física. Um homem podia mentir sobre tudo, mas não sobre a ejaculação, mesmo que seu prazer tivesse sido medíocre. A ejaculação era um ponto final, ao passo que a mulher, capaz de encontrar satisfação em tudo e em parte alguma, corria incessantemente em busca do Prazer, atrapalhada por suas mil personalidades. Para a mulher, havia milhões de razões para transar, sem que nenhuma fosse verdadeiramente física. Entre essas razões, aquela, nobre e egocêntrica, de apagar a memória da outra, de cumprimentar, de continuar a existir, de festejar o nascimento do bebê da mulher que Arthur preferira a ela. Talvez o prazer nascesse desse altruísmo, em um momento ou outro; talvez uma mulher que tivesse começado com a intenção de fazer gozar caísse em sua própria armadilha, e talvez fosse por isso que a boceta de Anne-Lise estivesse tão molhada contra sua coxa.

Mas talvez estivesse molhada unicamente porque esse é o estado natural de uma boceta, mesmo não totalmente persuadida; talvez ela tivesse ficado excitada com seus próprios sons, com o efeito que causava nele. Era melhor não saber. Meus testemunhos cínicos sobre o bordel pesavam sobre ele, e Arthur se lembrou de mim transando e pensando em outra coisa. As mulheres podem, em essência, estar total e completamente compartimentalizadas, simultaneamente presentes em múltiplas dimensões.

Tratava-se realmente de miséria? E, se sim, essa miséria era das mulheres ou dos homens, que tentavam desesperadamente distinguir o verdadeiro do falso? Não era essa a única miséria, no fim das contas? E esse suplemento de alma das mulheres, capazes de estar ao mesmo tempo aqui e lá, não pertencia ao domínio da mágica?

Sim, pensou ele antes de também adormecer: devia ser como mágica.

Cercado por Anne-Lise e por mim, por todas as mulheres que fez chorar e possivelmente gozar e cujas memórias giravam em torno dele, estrondosas, Arthur pensou que, se isso se chamava *mágica*, era preciso aceitá-la como uma criança, sem malícia, desconfiança ou vontade de desvendar o truque — e, acima de tudo, era preciso não ceder àquela perversão adulta, àquela necessidade de saber por que nos tornamos mágicos, para compensar que ausência, para satisfazer que fome profundamente enterrada, quando basta dizer que um mágico adora ver brilharem os olhos de seu público, que este é seu nicho de prazer: o prazer alheio.

"Always See Your Face", Love

Que se vá ao bordel uma vez é algo que não tenho a menor dificuldade para entender. Que se retorne ao bordel é prova de que a casa funciona de maneira satisfatória e a escolha é suficientemente vasta para se adaptar às formas eternamente mutáveis das fantasias masculinas. Que se abandone o bordel, para sempre ou um curto período, é um mal necessário, compreensível para pessoas que, como eu, esforçam-se constantemente para diminuir prazeres culpáveis como cigarros, maconha e vinho rosé.

Quando comecei na Maison, eu achava que a vasta paleta de garotas oferecia a qualquer homem a possibilidade de ter sete esposas diferentes por semana, desde que seu orçamento permitisse: o bordel era a poligamia ao alcance do cidadão honesto. Mas, após nove meses de exercício, constato que minha agenda diária, lotada como sempre, contém poucos recém-chegados; na maior parte dos casos, os prenomes são familiares, e raramente entro na sala de apresentações sem arrulhar, em um alemão cada vez mais fluido: "Ah, é você! Como foram as coisas desde a última vez?" E transo com muitos como transaria com amigos. *Amigos*, esse termo sem dúvida deixa a desejar. Amigos dos quais abriria mão sem muita dificuldade. Amigos com os quais poderia jamais transar. Que eles retornem inexoravelmente talvez possa ser explicado pelo poder imenso que o hábito exerce sobre os homens. A maioria considera que 160 euros por hora é uma soma bastante razoável para não correr o risco de ser enganado (ou satisfeito) em outros lugares. Uma decisão sábia, aprovaria a esposa comum de quem esse investimento é escondido através do artifício de despesas imprevistas. Em contrapartida, o que ela diria dos elos fatalmente criados por essa relação estável que, em certos casos, dura mais de seis meses?

O dinheiro deveria tornar tudo insignificante, como em uma massagem tailandesa, mas, após oito meses, Lorenz sabe meu nome verdadeiro, Robert leu meu livro, Jochen tem meu telefone e nossas transas perderam a indiferença profissional e agora se parecem com as que eles têm com as esposas à noite, quando voltam do trabalho. O que ainda me diferencia de uma amante, e somente eu e eles acreditamos nisso, é o óbolo que nos prende a uma temporalidade. Eles pagam para ter uma amante, e nada mudou a respeito desde o século XIX. Eles pagam para ter só uma, a mesma; é onipresente a necessidade dos homens, e das mulheres, de dar substância a algo que deveria se reduzir ao dinheiro.

Sim, mas e quanto aos que não são casados? Será que, quando o homem encontra uma mulher que lhe agrada, o bordel o deixa preguiçoso? Veja o caso de Theodore: após seis meses de programas, seu físico medíocre já não me inspira nenhum desprazer; ao contrário, muitos outros parâmetros o tornaram mais que simpático: *amável*. Theodore deve ter no máximo 35 anos. Ele é biólogo, uma profissão solitária e cuja sonoridade nada evoca de sedutor. A coisa que mais gosta de fazer é vagar sozinho pelos quatro cantos da Alemanha, de onde traz mudas de plantas misteriosas. Com exceção de seus amigos, cujos nomes se tornaram familiares, não sei de nenhuma mulher próxima a ele. Assim, não é incongruente me considerar aquela que mais se aproxima, nessa existência solitária, de uma namorada. Theodore é um homem brilhante, cheio de recursos. Terno, divertido, paciente; e esses longos meses juntos me ensinaram que não é inábil nem egoísta na cama, sendo um dos clientes que fazem questão de me fazer gozar. Digamos, em suma, que há nesse homem tudo que é necessário para fazer uma mulher honesta feliz. E, de fato, às vezes me pergunto se o tempo que passo com ele não é roubado de uma mulher igualmente terna e solitária, e que não cobraria um centavo para transar com ele. Eu me pergunto se não o prendo à falsa ideia de que, para ele, não é possível amor sem pagamento antecipado.

Com Theodore, como com outros, é cada vez mais complicado definir meu lugar. O dinheiro, que deveria nos proteger uns dos outros, é somente a última barreira falsa colocada entre nós, na esperança de que não nos amemos. E, quando a ilusão se desfaz, a verdade surge ainda mais crua e fustigante: ali estão um homem e uma mulher que todo o ouro do mundo não impediria de se penetrarem, em todos os sentidos do termo (e o mais literal não é aquele que se imagina, longe disso). Tendo terminado a faina do sexo, chega meu momento preferido, aquele no qual eles dizem amenidades e acariciam meus flancos, comentam minha música, contam como foi sua semana. Suas satisfações. Seus pesares. Os pequenos nadas que os definem nessa existência da qual faço parte, sem jamais perceber verdadeiramente.

Estamos em dezembro. Lorenz e eu acabamos de transar e estou resmungando a respeito das festas de fim de ano que se aproximam rapidamente, trazendo em sua esteira de ouropel minha família inteira e as diabólicas obrigações colaterais ao nascimento do Menino Jesus: os presentes, as refeições, o Réveillon... Tento converter Lorenz a minha causa, mas ele simplesmente sorri, com os braços cruzados atrás da cabeça e os olhos colados à lâmpada vermelha acima de nós.

— Acho que esse vai ser um bom Natal — diz ele, finalmente.

— Vai? Por quê?

— Minha namorada está grávida — responde Lorenz, enrubescendo.

Foi como se uma mulher anunciasse a gravidez ao marido e eu, no lugar do marido, senti meu peito inchar de euforia:

— Jura?

— Sim! Gêmeos!

Lorenz está literalmente radiante. E ali estamos nós em nossa nuvem, Lorenz e eu, falando de sua namorada, que está grávida pela primeira vez. Ele já tem dois filhos adultos, e os bebês que chegam o fazem rejuvenescer vinte anos.

No início, fico meio perplexa, em meu foro interior, com o ímpeto de desejo, ou de alegria, que empurra o futuro pai não para os braços de sua mulher grávida, mas para o ventre vazio e indiferente — na medida em que pode ser — de outra. Que essa outra seja uma puta não faz a menor diferença.

Em Paris, alguns meses antes, eu tivera uma relação clandestina e insatisfatória com um homem casado; um homem, específico, que não figura em nenhum de meus livros anteriores; em suma, um qualquer. Esse homem de 46 anos era casado desde os 20, idade na qual tivera o primeiro filho. Certa noite, depois de uma rapidinha — como sempre —, perguntei a ele sobre o dia preciso daquele nascimento, e ele me contou uma história: naquela noite, o jovem pai saiu da clínica em transe, abalado por ter segurado nos braços um pacotinho vermelho e barulhento, seu filho. Seria possível? Ele, com um filho? Ninguém jamais inventou uma sensação de felicidade e angústia mais intensa ou uma euforia tão contagiosa; nem mesmo o ecstasy, que ele usava liberalmente, deixava alguém tão apaixonado por tudo, por Paris, pelo mundo e pelo próprio Deus, que agora, estranhamente, parecia existir. Ele comprou vinho, subiu na moto e atravessou a cidade inteira com um sorriso de beatitude no rosto — indo para onde, se posso perguntar?

Na direção da mulher com a qual transava então, paralelamente à legítima, e de cujo nome só se lembra porque foi com ela que dormiu naquela noite, a noite em que se tornou pai. Ele subiu os degraus de quatro em quatro, com as garrafas debaixo do braço. Possuiu a garota com uma calma e uma virilidade de imperador. *Enquanto isso sua mulher, com bolsas sob os olhos e uma almofada inflável sob as nádegas, sentia o coração bater na episiotomia*, pensei, e ele deve ter pensado o mesmo, porque riu baixinho:

— É estranho, não é? Eu me perguntei se não era um canalha. Muitas vezes me comportei como canalha, não nego. Mas é difícil explicar o que senti naquela noite. Eu tinha tanto amor em mim, tanto. Era como se fosse explodir. Precisava dividir aquilo com alguém. Victoire estava na clínica, cansada...

— E seus amigos?

Meu tom é mais duro que eu, porque algo muito primário em mim compreende o paradoxo desse homem; ou, ao menos, quer compreender. Há aí qualquer coisa de indubitavelmente humano, se não tocante.

— Sim, meus amigos... Falei com eles depois. Não era deles que eu precisava naquele momento. Eu precisava de uma mulher. Entende?

— Uma mulher que não a sua. Com a qual você não tivesse filhos.

— Suponho que sim.

— Você não acha que era medo? Quero dizer, que estava se agarrando desesperadamente àquilo que, para você, mais se aproximava da liberdade naquele momento?

— É claro — responde ele docilmente. — Eu estava morto de medo. Havia algo aterrorizante naquele amor.

Sim. Algo como uma armadilha que se fechava, uma armadilha muito doce e confortável, na qual ele adormeceria de boa vontade, talvez para o resto da vida. A sensação de que o próprio amor era uma armadilha. Então ele foi transar com outra, porque aquela lufada de ar não fazia sua cabeça girar, não o projetava quilômetros acima do mortal comum. Será que esse é o preço a pagar para ter a seu lado um bom pai, um pai presente, amoroso com a mulher e os filhos? Continuar a ignorar, ou entender, que o amor desvairado, combinado ao medo de fazer merda, pode levar um jovem pai à infidelidade?

O que ele disse à amante? O que poderia dizer à amante, em que medida poderia admitir que tinha medo, que talvez tivesse cometido um erro? A ereção que trespassou essa angústia talvez já fosse confissão suficiente.

Percebo que Lorenz está meio envergonhado de estar lá comigo, em vez de ao lado da mulher, cuja gravidez complicada a obriga a permanecer de repouso durante seis meses. O sexo está fora de questão, ou então somente de maneira muito suave, com muitas precauções. Mas mesmo com todo cuidado do mundo, quando um homem sabe que a menor contorção pode colocar em perigo a vida de dois fetos, imagino que tenha a súbita tendência de achar seu pau grosso ou comprido demais, e tremer um pouco ao tocar o fundo.

(Enquanto escrevo estas linhas, a milhares de quilômetros da Maison e de minha condição, peço a Deus que me dê uma gravidez simples. Que me dê uma gravidez feliz, sensual, que se possa e deva violentar. Para uma mulher, é aterrorizante subitamente ter seu corpo inteiro devotado à sobrevivência de uma criança, ser investida desse grave papel, sentir todas aquelas sombras a sua volta — as mulheres de ventre vazio —, perceber o medo silencioso que agarra o outro pela garganta e saber que ser a Mulher, a Única, é justamente o que a condena a ser traída.)

Para voltar ao ponto de partida, do qual adoro me desviar, parece que, com um pouco de pragmatismo, poderíamos dizer que as putas são as "Uber Amantes" dos casais burgueses. E por que não? 160 euros por semana são irrisórios em face dos custos combinados de um quarto de hotel não muito ruim, champanhe, jantar, presentes; enfim, todas as besteiras destinadas a tornar menos lancinante e triste o fato de que um homem casado jamais deixa a mulher. O investimento, de qualquer perspectiva, parece melhor. Levei algum tempo para entender que, aos olhos de muitos homens, minha condição de puta era o argumento último que usariam com a esposa se algum dia, sabe-se lá como, fossem descobertos.

É claro que alguns vêm apenas para trepar. Também acho difícil entendê-los. Penso particularmente em um jovem e dinâmico executivo que, às vezes, telefona para avisar de sua chegada iminente, a fim de que eu esteja pronta, banhada e fresca. Da primeira vez, isso me irritou. Ele sorriu e explicou que, se fosse possível levar menos de meia hora, ele o faria — e é o que acontece muitas vezes. Ele toma um banho rápido e, uma vez no quarto, transa como se o universo fosse desaparecer de uma hora para outra, com os olhos revirados. Um breve vagalhão do qual retorna imediatamente; enquanto recupero o fôlego na cama, ele já veste a calça e fecha o cinto. Nos lábios, o sorriso de um homem a quem se prestou um bom serviço. Ele não toma banho depois; prefere fazer isso em casa, com calma. Às vezes consigo alguns minutos de conversa. Ele tem uma namorada e a ama, mas se cansou dela, como de tudo. Ir ao bordel é um mau hábito do qual gostaria muito de se livrar e que lhe custa bastante dinheiro. Mas não é por causa do dinheiro que chega e parte rapidamente; ninguém se ilude a respeito. Ele é como um viciado em heroína de origem nobre, caído no lodo por algum acaso infeliz, sem jamais se sentir ligado a seus companheiros de infortúnio. Uma vez por semana ele precisa se misturar a essa gentalha para obter sua dose, mas só consagra a isso um ir-e-vir apressado, cheio de repulsa, odiando a ideia de que o prazer pode ser lido em seu rosto, persuadido de que essa vez será a última; mas não é assim que as coisas funcionam, e a prova é que sempre nos despedimos dizendo "até breve". Durante nossos encontros, falamos um pouco de sua namorada, do que ele não gosta, ou já não gosta, nela. Não será isso culpa do tédio, que destrói tantas coisas que acreditávamos aprazíveis para sempre? Se existe um arquétipo de puta, constato que namoradas e esposas saem igualmente de moldes semelhantes, e o epitáfio no túmulo onde jazem algumas meias horas por mês é composto de palavras graves: *Um dia fui uma fantasia, e depois me tornei a Única, e por isso morri.*

Antes, dizem eles, elas adoravam sexo. Antes, passavam a noite inteira transando. Antes, nenhum dos orifícios era proibido. Antes, elas chupavam. Antes. Antes de quê? Nem todos são como o jovem turco, pai de três meninas e casado com uma devota cuja boca cativante, capaz de tantas maravilhas enquanto eles estavam noivos, articulou esta sentença na manhã seguinte ao casamento: agora as chupadas acabaram. Raras são as mulheres que deliberadamente se trancam no caixão conjugal e levam os maridos consigo. O verdadeiro problema é o tempo. O que podemos contra o tempo? Talvez, diante desse inimigo supremo, invencível, invisível, os homens lancem mão do bordel como um pecado menor, mais desculpável que uma história de amor paralela, e talvez também mais desprezível.

O bordel é a parte de humildade inexorável da sociedade, onde homem e mulher são reduzidos a sua verdade mais estrita: o corpo, que degusta e cheira e treme sem sombra de raciocínio, sem a menor racionalização, um mais e um menos que se penetram ferozmente porque esse é o objetivo último, a linha de chegada dessa corrida insana. E, nessa simplicidade, nessa linha reta de encefalograma do desejo de feras por outras feras, ninguém tem consciência do combate eminentemente cerebral que esses dois seres humanos conduzem contra o tempo. O tempo. Porque não há mais nada. O tempo e, ao fim dele, a morte: a irmã mais velha do tédio, a quem se ensinou a ser honesta.

Isso é inquietante. Todo mundo que já foi parte de um casal sabe ou supõe a que ponto o abandono é duplamente dilacerante. Deslizamos para ele com as melhores intenções, como em uma banheira quente. De repente, sentimos diminuir a necessidade de manter as aparências. É nessa hora que, lentamente, no berço do amor recíproco, desaparecem os gestos polidos que fazemos para aparar as arestas. Pouco a pouco, já não nos forçamos a nada, o que imagino ser uma coisa boa.

Ou não? Quem nunca esteve a dois — ela com um Twix na boca e uma calça desbeiçada de moletom, ele nos mesmos trajes tentando vencer o Bayern no jogo de videogame da FIFA — sem sentir flashes de um perigo informe ameaçando a libido do casal? Isso não significa necessariamente que a qualidade do sexo seja prejudicada, mas o sexo é uma partida já ganha. É a possibilidade de perder que está faltando.

E essa possibilidade de perder deve ter um poder de atração fenomenal. Eu me lembro de Margaret acompanhando um cliente até a porta e o homem lhe perguntando, baixinho, se ela gostara do tempo que passaram juntos. De pé na cozinha, diante da porta entreaberta, comendo chocolates destinados aos clientes, estremeço com a audácia e a ingenuidade da pergunta, e imagino o que custará a Margaret responder, sorrindo, *Foi muito bom, querido.* Em vez disso, ela permite que se prolongue um silêncio constrangedor, antes de suspirar:

— Posso ser completamente honesta?

— Claro — responde o cliente, certamente já lamentando o fato de ter aberto a boca quando deveria ter recebido seu beijo de adeus e ido embora cheio de ilusões.

— Se tivesse sido um encontro do Tinder, por exemplo, não tenho certeza de que telefonaria para você de novo.

Há fortes chances de que, mesmo separados pela parede da cozinha, eu e o cliente estejamos paralisados, sofrendo do mesmo atordoamento. Paro de mastigar.

— Mas, hã... O que não funcionou?

— Querido, não leve a mal. Não estou dizendo para você não voltar. Se gostou, pode voltar quando quiser.

— Eu estava com tanto tesão por você... Foi rápido demais?

— É, tem isso. Mas não é nada. Isso não o impede de tentar novamente. Não tem como você ficar comigo pela primeira vez e fazer tudo certo.

— Mas você parecia satisfeita.

— Sim, parecia. Mas, como parecer não basta para você, prefiro dizer a verdade.

— O que preciso fazer? Diga.

— Ah, não, não vou dizer nada. É preciso que você me descubra. Como com qualquer outra mulher. E agora, querido, preciso ir, tenho muito a fazer.

O sujeito voltou alguns dias depois.

Uma mulher ou uma puta, para um homem que se encontra sozinho diante delas, é igualmente uma criatura misteriosa em cujo rosto ele gostaria de colocar um sorriso.

"Bold As Love (instrumental)", Jimi Hendrix

Não passo um dia, ou mesmo uma hora, trabalhando neste livro sem perceber que sem dúvida escolhi o lado ruim da história. Não exatamente ruim; digamos que não escolhi o lado bom. Não o mais interessante. O que me leva a me perguntar se, no fundo, não nasci do lado ruim. Eu deveria ter nascido homem, porra; nesse caso preciso, deveria ter nascido homem.

Eu teria sido o rei dos clientes. Eu gostaria que fosse possível, por apenas um dia (um dia muito longo), ter meu cérebro de mulher no corpo de um homem jovem — mas não muito jovem, nem muito bonito. Sobretudo não muito bonito; não é assim que sensibilizamos as putas e obtemos delas um pouco daquele abandono tão precioso.

Meu coração estaria pulsando forte, e talvez também meu pau, nos degraus que levavam à Maison. Havia ali um cheiro, como se fosse um tapete vermelho, oleoso e almiscarado, um cheiro de anáguas recém-lavadas em torno de ancas febris, um sopro infantil, maternal e pervertido de garotas bem-criadas fumando escondidas na lavanderia. Como cliente, eu não saberia de onde vinha esse cheiro, assim como não soube, como uma das garotas, de onde ele escapava, por qual interstício microscópico de nossa porta blindada. E seria esse mistério que me atrairia como uma mosca, que me faria apertar a campainha com um dedo trêmulo, e a campainha, perturbando por um instante os risos e as discussões, produziria aquele ruído abafado de colegiais tampando a boca umas das outras para criar a ilusão de sala comportada.

Ao entrar, eu sentiria a presença de todas elas, escondidas atrás da cortina para ver a cara do recém-chegado. A cortina balançaria um pouco, com uma delas, menos discreta que as outras, permitindo entrever por um instante uma longa perna vestida de negro e algumas mechas de cabelo.

Eu não agendaria programa. Chegaria na hora em que as garotas estivessem ociosas.

— Vou chamar as damas — diria Inge com sua voz animada, enfatizando delicadamente a palavra *damas* para designar essas mulheres que muito frequentemente nem mesmo são chamadas de *garotas*.

Eu me sentaria bem em frente ao buraco da fechadura, para que elas pudessem me observar antes de se apresentarem ou não, e fingiria ignorar os olhos azuis, verdes e castanhos que se alternariam para avaliar o cliente, assim como fingiria não ouvir o murmúrio de algumas delas fazendo relatório às outras. Ah, a felicidade que seria estar sentado lá, com câimbras na barriga, sob aquela luz ocre, escutando aquela música bobinha e lasciva.

E então a porta se abriria lentamente; quem viria primeiro? Birgit, com voz decidida, longas pernas e os sapatos de salto que calçava e descalçava como se fossem chinelos? Thaïs, com o sorriso repleto de perversão mercantil, a bunda roliça e firme de potranca jovem e o olhar inequívoco de garota que não estava lá para ser ninada? Manuela, com olhos gentis e seios enormes sob um rosto meio ingrato, mas sempre alegre, perdoando os pedidos mais indignos? Odile, com busto de virgem de Murillo sobre quadris talvez largos demais, adorável de frente e enlouquecedora ao sair da sala, com uma bunda monumental, vibrando de tanta gordura? Margaret, com seu 1,80 metro de pele negra e dourada e cheiro de jasmim? Genova! Genova, a rainha das putas, inventando nomes ternos para cada cliente, com aquela boca carnívora que não deixava espaço para dúvidas e covinhas nas coxas que davam vontade de morder? Eddie, com seu apelo de mulher respeitável perdida no bordel, com os dedos elegantemente estendidos, como se esperasse que fossem beijados? Todas, mande *todas*. Eu apertaria suas mãos com veneração. Eu as despiria mentalmente com o maior respeito, muito delicadamente, para que não percebessem.

E escolheria uma que não fosse nem muito bonita, nem muito confiante. Uma com a barriga saliente ou as meias desfiadas. Uma que eu teria perturbado no meio do intervalo e que traria consigo um cheiro de cigarro e certa impaciência. Escolheria uma não muito disposta, indolente, e que daria um suspiro quando a *Hausdame* anunciasse: *Ele escolheu você.*

Sonja me disse um dia que, se a Maison pertencesse a ela, ela redecoraria os quartos de acordo com o gosto masculino: com poltronas de couro, madeira escura e aço. Ela usaria essência de cumaru e cores acinzentadas, sem flores, babados ou linho cor-de-rosa, para dar aos homens a sensação de estarem em casa. Mas é justamente a impressão de entrar no mundo das mulheres que constitui a genialidade e o sucesso da Maison; se eu fosse cliente, não mudaria nada, não moveria uma única peônia de plástico ou voile cor de ameixa, porque é ali que as garotas vivem, seus olhos reconhecem cada frufru e cada móvel e elas estão presentes em cada florzinha ingênua de cada colcha. Porque elas estão em casa nessa ilusão humilde e sem pretensões, e é como se concedessem aos clientes a graça de acolhê-los em seu quarto. Eu teria para cada bibelô um olhar úmido de ternura e daria muito valor a esses pequenos ornamentos, esses pequenos esforços para tornar belos e poéticos quartos que só servem para trepar. Valorizaria as fontes baratas e as lareiras falsas munidas de um botão para acender chamas falsas; valorizaria o falso crepitar. Os sofás nos quais só nos sentamos para amarrar os sapatos, mas nos quais o olho experiente nota, no veludo gasto, os sorrisos fantasmagóricos das bocetas, deixados ali por descuido em um dia longínquo.

Eu já teria tomado banho em casa, mas sabiamente tomaria outro, ou simplesmente abriria a torneira, para dar a ela o tempo de se preparar.

Sentado na borda da banheira, emocionado como da primeira vez, eu a imaginaria estendendo as toalhas sobre a cama e espalhando camisinhas, das normais e das grandes, pois nunca sabemos o que o destino nos reserva. Eu a faria esperar um pouco mais que o necessário, para que ela se perguntasse que diabos eu estava fazendo e pensasse em mim, especificamente em mim. Para que se perguntasse de que tipo eu era: do que não consegue ficar de pau duro, do que leva mil anos para gozar ou do que quer exercer seu desejo contratual de gozar duas vezes. Ao entrar no quarto, eu veria todas essas perguntas flutuando por trás de sua amabilidade profissional.

Eu não tiraria a roupa. Diria *Não quero trepar, não quero que você me toque, nem mesmo que olhe para mim.* Não quero que finja gostar de mim nem que diga o que quer que seja. Quero que feche os olhos e tire a calcinha, só a calcinha, se estiver usando uma.

Ela não estaria. Estaria usando um body, do qual abriria os colchetes, com um riso gutural de garota que topa todas as mentiras, mesmo aquela que consiste em dizer que não estou lá para comê-la. Ela estaria deitada na cama, na poça de luz amarela de um raio de sol atravessando as cortinas, e teria sob as nádegas uma almofada que as ergueria um pouco. Pouco importa como seria sua boceta, porque ela não seria a primeira de minha coleção, mas eu ficaria excitado com sua maneira de mostrá-la, de abrir as pernas. Ela faria isso sem procrastinação supérflua, e eu gostaria de ser assim. Ela me mostraria como mulher que esqueceu, por um momento, a que ponto Deus está presente nos detalhes; a que ponto, malgrado o dinheiro, aquilo é um presente.

Pouco importa como seria sua boceta, mas gosto de imaginá-la carnuda, cheia, escondida atrás de pelos espessos. Uma boceta de mulher enquadrada por coxas roliças, como a encadernação de uma Bíblia. Uma boceta que ela teria tido alguma vergonha, algum escrúpulo, de mostrar por volta dos 16 anos, antes que sua profissão a deixasse orgulhosa e indiferente. Com longos lábios da cor de carne fresca, como um corte profundo no meio dos pelos grossos. Quando ela abrisse as pernas, os lábios teriam existência própria, independentes um do outro. Um estaria dobrado sobre si mesmo, o outro afastado para o lado, revelando um pouco das profundezas vermelhas e rosadas; que ela não se importasse com esse belo caos, que tivesse essa humildade, faria meus olhos se encherem de lágrimas. Aquela fratura muda em seu centro, lavada pelo olhar de centenas de homens, seria como uma obra-prima reservada somente para minha contemplação. Eu amaria até a falsa umidade, a gotinha de lubrificante aplicada enquanto eu tomava banho, no caso de eu querer possuí-la imediatamente. Eu a beijaria lá, nessa mentira que os outros homens engolem crua. Ela estremeceria um pouco, sem que eu pudesse determinar se era um tremor real ou o início de seu teatro habitual. E, na dúvida, eu diria *Não quero que você finja*. Não quero que goze; evidentemente, isso me deixaria feliz, mas não quero exigir o impossível. Goze se quiser, ou não. Vim até aqui para olhar para você. Você é bela.

Eu olharia para ela me perguntando quantos homens a possuíram sem excitá-la, e quantos a excitaram. E o que seria necessário para excitá-la, que doses de indiferença e egoísmo, que proporções de amor para fazer com que se abandonasse a um homem que não paga. Eu tocaria, muito levemente, a pele fina em torno de seu clitóris adormecido. Observaria cada dobra e cada veia azulada, perguntando-me qual conduzia verdadeiramente a sua mente. Sopraria suavemente os pelos em torno de seus lábios para ver a xoxota se contrair sub-repticiamente, como uma ostra regada com limão. Eu a beijaria no meio dessa confusão rosada de carnes e pelos. E empregaria assim o tempo designado, analisando-a de todos os ângulos; observando, incrédulo, as mudanças de ritmo de sua respiração. Acariciaria lentamente cada estria perolada, cada especificidade desse corpo-altar ao qual tantos homens, todos os dias, visitavam para se entregar, para levar àquela deusa da piedade e da indiferença suas frustrações, alegrias e caprichos. Eu não gozaria; como prova de minha grande estima, apertaria minha ereção contra sua bunda gorda demais, ouvindo no outro quarto a garota fazendo suas vocalizações, tendo como metrônomo o estalido sincrônico dos corpos. Eu me masturbaria obrigatoriamente no banheiro, tendo a torneira aberta como único álibi, sem perturbar nem minha garota, nem essa outra que, tendo se despedido do cliente, arrumava o quarto cantarolando. Sem dúvida, passaria por impotente. O que não trepa. O que vem somente para beijar religiosamente a coorte de bocetas morenas, loiras, ruivas, depiladas ou hirsutas, que enche seu herbário com mil clitóris de arquitetura sofisticada como a das catedrais, com o cheiro de bocetas e cus, e que ninguém sequer desconfia que se alivia no banheiro com uma dança febril do punho.

Como as conheceria, saberia que elas não me dariam a mínima. Mas terminariam por saber meu nome. Falariam de mim como sendo um cliente fácil, embora estranho, e as mais exigentes terminariam por engrossar as fileiras das apresentações ao me verem por trás da cortina. Ao fim de um tempo, eu as conheceria de cor: que perfume usavam, que tipo de maquiagem, de que lingerie gostavam. Eu reconheceria, no hálito longínquo e desejável de garotas que não beijam, a composição de sua última refeição: as impudentes que comeram kebab, as que beberam café, as que foram para a fila de apresentações com migalhas de bolo no canto da boca. Eu não falaria muito, não seria daqueles clientes que substituem o coito por intermináveis perorações, mas elas me seriam familiares. Eu leria seu humor nas dobras de sua boceta e em suas cores mutáveis; seus mamilos me diriam em que dia de seu ciclo estavam; eu perceberia o traço de cobre do sangue por trás do sabonete, do lubrificante e do *eau de toilette* ruim dos clientes precedentes. Saberia, pela forma de suas sobrancelhas, se sua barriga estava doendo, e colocaria minhas mãos quentes lá onde seu útero palpitaria dolorosamente. Eu seria silencioso, de uma humildade picante. A ponto de, ao fim de um tempo, forçosamente haver uma que se lançasse ao desafio de subjugar aquele cliente do qual ninguém saberia sequer se tinha um pau funcional. Haveria uma insolente que meu mutismo irritaria, uma audaciosa com um grande ego que abriria meu cinto e me obrigaria a fechar os olhos, e me chuparia em desafio, de quatro sobre mim, com a fenda obsequiosamente aberta a alguns centímetros de meu rosto maravilhado. Haveria uma que meu olhar tranquilo lentamente conquistaria e reconfortaria, e que então decidiria se abandonar um pouco. Uma cujos pensamentos obscenos eu tentaria adivinhar em vão ao ver seu clitóris desabrochar; uma que eu impediria de gozar no último momento e que, tendo-se deixado levar, esqueceria que estou pagando e gemeria, revoltada; uma que, após o orgasmo, se esfregaria em mim, talvez meio envergonhada. Uma que bruscamente teria vontade de um pau duro em seu ventre e não me diria. Uma que eu possuiria de supetão, sem dizer palavra, aspirado para dentro dela como que por uma boca, com o bom gosto de não demorar muito para não deixá-la circunspecta.

Os pudores saborosos das debutantes, a docilidade, a indiferença das mais velhas, que conhecem cada dobra de seu corpo e se entregam por inteiro, sem um tremor de medo, sem constrangimento, como animais de carga cujo vestido importa pouco. Os charmes imprevistos, os defeitos que não se esperam, os que fazem suspirar *Mas que pena*, imaginando como seriam antes. Os seios refeitos de qualquer jeito, com cicatrizes largas, dando testemunho de uma época na qual os cirurgiões plásticos tinham mãos mais pesadas — não teria escolhido aquela garota se soubesse, mas esses detalhes exibidos na maior desenvoltura pareceriam presentes. A cicatriz pálida de uma episiotomia antiga e que eu beijaria docemente; essa criatura fazedora de filhos e que ainda encontra tempo, bondade e necessidade de alugar ao que paga mais essa boceta corajosa e trabalhadora. Eu perseguiria sob as meias pretas as pernas mal depiladas; sob as axilas úmidas o odor de transpiração; valorizaria as descobertas improváveis e grosseiras: a mecha de cabelo endurecida pelo esperma; no fundo da calcinha tirada e vestida dez vezes, os salpicos brancos de uma explosão de entusiasmo; o esmalte lascado das unhas dos pés; as unhas das mãos meio roídas; a limpeza pouco rigorosa das garotas que, entre dois clientes, usavam um jato d'água do bidê e, à noite, carregavam um pouco de cada um daqueles homens.

As palavras que elas deixariam escapar com suas vozes graves, risonhas, arranhadas, exaustas, roucas ou acariciantes; eu inventaria para elas uma infância, uma adolescência, uma família e muitos projetos, toda uma vida da qual não faria parte, ou faria tão pouco. E andaria pelo bairro com tal constância que terminaria por encontrar algumas, em roupas normais, as que não estivessem trabalhando e as que caminhassem para o trabalho, e as saudaria com um sorriso quase invisível de amigo que por nada no mundo trairia seu segredo. Eu as veria de jeans e tênis, com um casaco de malha nos ombros, rindo e falando ao telefone, parecidas com todas as mulheres que salpicam manchas vivas de cor pelas ruas cinzentas. Eu terminaria por vê-las em todo lugar: a senhora diante de mim na farmácia, na Späti, lendo um romance policial a meu lado no metrô, em cada amazona de bicicleta deslizando como o vento entre mil outras; eu veria putas por toda parte. Essa aqui, que mal tem 25 anos e cujos quadris balançam demais; essa outra com um decote muito profundo, observado de cima a baixo pelos homens e que trai sua bela indiferença de confeiteira cujo cabelo sempre tem cheiro de açúcar. Ou aquela, que sustenta o olhar dos homens ao passar por eles na rua, por desafio ou por hábito, porque há muito tempo não os teme.

Eu seria o biólogo silencioso dessas sacerdotisas do sonho, que tudo ouvem sem nada dizer, que só mentem para ser agradáveis. Eu lhes leria poemas em línguas que compreenderiam ou não e que as fariam sorrir; falaria de livros nos quais são heroínas, de uma época na qual só havia esposas ou putas. E poderia lhes dizer, porque sou homem, que escrevo um livro sobre elas, um livro no qual todas serão belas e heroicas, no qual a sujeira se tornará nobreza e não haverá sujeira, salvo aquela que irremediavelmente excita. Eu explicaria a elas, em meu alemão confuso de francês no exílio, a obscenidade graciosa de suas posturas agachadas como que para urinar, da maneira como afastam as coxas para que nada de sua fenda escape ao olhar, esses truques para me fazer gozar mais rapidamente e que me dariam vontade de me conter até que o mundo virasse pó. Eu traduziria para elas páginas de Miller, Calaferte, García Márquez, tendo desistido de me expressar de modo mais belo. Eu certamente me apaixonaria, como homem, levado pelo peso de meu próprio lirismo. E, por estar com elas, nelas, sem dúvida esqueceria que há no mundo, em cada rua, garotas que não são pagas, ao menos não dessa maneira, não assim tão honestamente, que são pagas de outra maneira, por meio de táticas para as quais eu seria preguiçoso demais. Eu talvez fosse daqueles que se casam com uma puta pelo orgulho de ser, entre mil paus, o único que conta, aquele cujos dedos, sem nada fazer de diferente, deixam-na ofegante e com as bochechas rosadas, o único para o qual tombam todas as resistências.

Escrevo estas palavras no terraço de um café na Boxhagener Strasse, em uma tarde ensolarada, mas meio fria; a meu lado passa, fluida, a multidão colorida dos cantos elegantes e imundos de Berlim Oriental, homens com barbas e cabelos bem-cuidados; garotas tingidas de rosa, azul, verde; pais levando pela mão pirralhos desmazelados; punks fedendo a cerveja; velhos e velhas cheios de tatuagens; homens e mulheres; putas e clientes; todos misturados, sem que se possa dizer quem é quem, quem faz o quê e a quem. Ontem, comecei essa passagem após uma semana de depressão profunda, combatida a golpes frenéticos de Zola. Tendo encerrado meu dia, acabara de tomar banho no banheiro dos clientes. E, no espelho do corredor, de repente me vi, olhei para mim mesma: a toalha bordada em torno dos quadris, a toalha que penduro em meu gancho, a que diz *Justine*. Inge apagara as luzes do térreo e desligara a música, e eu a ouvia falando sozinha, listando o que fora feito e o que restava a fazer, toda aquela trabalheira adicional à qual se dedicava tão complacentemente, sem jamais se permitir o menor sinal de irritação.

Fui tomada pela consciência de estar em casa naquele bordel, e minha casa era tão doce. E me perguntei, meio circunspecta, quando eu mudara, quando aqueles quartos, aquele cheiro, aquelas garotas haviam deixado de me intimidar e se tornado um estranho domicílio. Quando tomei minha primeira ducha no banheiro dos homens, a primeira vez que cantei sem perceber ao arrumar a cama, minha primeira recusa de me apresentar — quando, exatamente, tomei aqui, como em um lugar familiar, a primeira liberdade e impus meu primeiro capricho.

Na sala comunal, eu tentara contar, vagamente, o número de armários nas paredes e ler os nomes colados nas portas; cada um tinha sua etiqueta e seus ornamentos, com cada garota adicionando sua pequena voz ao coro: *"Kein Sex mit Nazis"* ["Sem sexo com nazistas"], *"Komm Zu Mir"* ["Venha para mim"], *"Für das Recht auf Faulheit"* ["O direito à preguiça"], um Papai Noel pelado e de pernas cruzadas perto do nome de Thaïs. Os cartões-postais que elas enviavam durante as férias. E, nessa multitude, havia também meu nome, Justine, com um coração no lugar do pingo do "i", e quando foi que me senti tão feliz aqui, tão orgulhosa, a ponto de desenhar algo tão bobo e infantil quanto um coração? Quem abre meu armário encontra dois desenhos de minhas irmãs, para misturar um pouco minha família a essa outra.

Nua como vim ao mundo, com o sabonete dos clientes secando em minha pele, desprendendo aquele cheiro reconhecível entre mil outros, caminhei em silêncio pela concha vazia que é um bordel fechado, esse parque de diversões em repouso.

Então me questionei sobre o sentido da palavra *família*. Se ela se aplica realmente ao que nos liga umas às outras; se podemos chamar de "família" o fato de sermos mulheres, somente isso. Se uma família designa simplesmente essa parte humilde e calorosa da humanidade que faz os homens se levantarem e andarem. Para mim, a família é um lugar, um momento, um ambiente, onde rimos e falamos e confiamos mais que em qualquer outro; onde temos os mesmos problemas, as mesmas vitórias, os mesmos defeitos. A família é um lugar onde a raça humana parece mais bela, mais nobre e frágil, elevando uma comunidade acima do lodo. Eis, sem dúvida, um argumento especioso; independentemente do contexto no qual nasce, seja na luz ou na sombra do desprezo geral, a noção de família ou fraternidade eclode sempre que se reúnem pessoas que partilham o mesmo destino. Vemos momentos de amor, compreensão e comunhão em qualquer conglomerado de mafiosos, criminosos, miseráveis, em qualquer franja da sociedade na qual a moral seja mais ou menos questionável. E imagino que seja natural que trinta mulheres convivendo nuas, reunidas pelo simples fato de terem nascido mulheres e serem pagas por isso, possam, se não se consideram inimigas, considerar-se irmãs. A família não se preocupa com nenhuma questão de moralidade que não a própria; ela prospera na busca do objetivo que lhe é próprio, indiferente ao que pensa o mundo externo.

Nada posso dizer sobre as nobres empreitadas que trabalham abertamente para o bem da sociedade, para sua elevação; não sei dizer se a busca por grandeza aproxima e une as famílias atreladas a ela. Mas, entre o bem comum evidente e o mal inegável, encontra-se essa sombra clara da qual gostaria de falar. Quero falar desse ninho de mulheres e garotas, de mães e esposas, confortando-se na consciência de também trabalharem um pouco, com seu corpo e sua infinita paciência, para o bem dos indivíduos que compõem a sociedade. Esquecendo-se de si mesmas por definição, transcendendo suas fraquezas e emprestando, para alguns instantes de alegria, esse corpo em relação ao qual um dia se decidiu, em nome de um céu cego e surdo, que só podia pertencer a um homem ou ao diabo. Quero falar dessas mulheres que criam e destroem, com seus dedos delicados, a noção ilusória de sagrado, desses seres acima da mulher que parecem só existir entre as paredes de um bordel. Quero falar delas porque existem e, quando vão embora do bordel, deixam nesse barco vazio o cheiro lancinante e enlouquecedor de mil tipos diferentes de amor, de ternuras buscadas e encontradas, cada uma a sua maneira, um cheiro de plenitude atingida todos os dias e buscada todas as manhãs. E, se não há nobreza nisso, há verdades pungentes que não podem ser encontradas em nenhum outro lugar, testemunhos de felicidade e de promessas de felicidade — e é preciso que alguém fale disso.

Agradecimentos

Agradeço a meu agente, Olivier Rubinstein, um homem de fidelidade exemplar que, com sua leitura e sua apreciação, salvou este livro e a mim. Espero ter por muito tempo a graça de sua amizade e seu profissionalismo.

Obrigada igualmente à excelente Élisabeth Samama, que foi um olhar precioso e uma aliada inestimável.

Este livro foi composto na tipografia Granjon LT Std,
em corpo 12/16, e impresso em
papel off-white no Sistema Cameron da
Divisão Gráfica da Distribuidora Record.